Andrea Hinze

Glückssehnsucht

FSC
www.fsc.org
MIX
Papier aus ver-
antwortungsvollen
Quellen
Paper from
responsible sources
FSC® C105338

Andrea Hinze

Glückssehnsucht

Roman

Schon immer fasziniert vom gedruckten Wort, war mindestens ein Buch stets in ihrer Nähe. Im sagenumwobenen Thüringen aufgewachsen und später, über Umwege, in das geschichtsträchtige Berlin übergesiedelt, waren potenzielle Geschichten, die erzählt werden wollten, immer um sie herum. Zunächst als Erzieherin, später Journalistin, lebt sie heute ihre Kreativität in ihren eigen verfassten Geschichten aus und veröffentlicht sie auf Portalen, wie Wattpad, wo sie sich einer regen Leserschaft erfreut. Andrea Hinze lebt mit ihrer Familie im Norden von Berlin.

Bibliografische Information der Deutschen Nationalbibliothek:
Die Deutsche Nationalbibliothek verzeichnet diese Publikation
in der Deutschen Nationalbibliografie;
detaillierte bibliografische Daten sind im Internet
über http://dnb.dnb.de abrufbar.
Die automatisierte Analyse des Werkes, um daraus
Informationen insbesondere über Muster, Trends und
Korrelationen gemäß §44b UrhG („Text und Data Mining")
zu gewinnen, ist untersagt.

© 2024 Andrea Hinze
Lektorat: Andrea Hinze
Korrektorat: Andrea Hinze
Umschlaggestaltung: Canva Pro

Herstellung und Verlag: BoD – Books on Demand, Norderstedt

ISBN: 9783759734891

1.

Schon als Sarah an der Unfallstelle eintrifft, weiß sie, dass das kein Spaziergang werden wird.

»Scheiße«, flucht sie und parkt ihren alten Jeep am Straßenrand, direkt hinter dem heruntergekommenen Viehtransporter des Metzgers. Mit einer flüssigen Bewegung löst sie den Gurt, öffnet die Tür und steigt aus. Ein ergrauter, rundlicher Mann, der mitten auf der Fahrbahn steht, hebt abwehrend die Hände und höhnt: »Du kommst zu spät, Mädel. Wir sind uns schon einig.« Selbstgefällig verschränkt er die Arme vor der Brust. Skeptisch zieht Sarah die Augenbrauen hoch. »Ich will doch nur mal schauen, Herbert«, gibt sie lässig zurück.

»Ja, ja, dein Anschauen kenn ick. Aber hier haste ken Glück. Der Gaul kommt inne Wurst.«

Kopfschüttelnd geht sie an ihm vorbei, zum Anhänger, der gekippt im Straßengraben liegt. Der schwarze Ford Ranger steht, vom Unfall unbehelligt, davor. Qualvolles Wiehern tönt aus dem Innern des umgestürzten Transporters. Das Technische Hilfswerk ist bereits dabei, das Pferd aus seiner misslichen Lage zu befreien. Daneben, mit verschlossenem Gesichtsausdruck, steht Detlef Hohenfels, hiesiger Gestütsbesitzer. Sarah kennt ihn seit Jahren und liegt ebenso lange mit ihm im Clinch. Ihre unterschiedlichen Auffassungen vom Tierwohl lassen beide immer wieder aneinandergeraten. Auch heute ist Sarah mal wieder gerade noch rechtzeitig gekommen. Nicht zum ersten Mal würde sie eines seiner Pferde vor dem Metzger Herbert Müller retten.

»Du hast mir gerade noch gefehlt«, brummt Hohenfels, als er ihrer Gewahr wird.

»Verlässlich wie immer«, kontert sie und sieht zu, wie das verletzte Tier über Kran und Trage aus dem havarierten Anhänger gehoben wird. Hohenfels wendet sich ihr zu. »Mädel …«

Nach all den Jahren ist es ihr immer noch schleierhaft, warum sie hier alle älteren Herren Mädel nennen. Mit ihren 34 Jahren zählt Sarah doch wohl kaum noch zum jungen Gemüse.

»… mit diesem Pferd machst du dich nur unglücklich. Glaub mir. Der ist zu nichts mehr zu gebrauchen«, sucht er sie von vornherein zur Umkehr zu bekehren.

»Na ja, unsere Ansichten, was ein Leben wert ist, gehen ganz schön auseinander, Herr Hohenfels.«

»Der ist verletzt. Und zwar schwer. Ist nicht so, als wäre er 'ne alte Mähre.«

Sarah brummt etwas Unverständliches.

Detlef Hohenfels gibt nicht nach. »Die Tierarztkosten, bis das Pferd wieder so hergestellt ist, dass man drauf reiten kann, sind utopisch.«

»Na, wie gut, dass ich nur die Materialkosten zahlen muss.«

Selbstgefällig grinst sie ihn an.

»Pha«, macht der andere.

Um das Ganze abzukürzen, fragt sie direkt, »Wie viel zahlt Müller Ihnen?«

"350.«

»Prima. Ich zahle Ihnen 400.«

Lachend kratzt er sich am Bart. »Mädel, das Pferd kommt sicher nie mehr auf die Beine. Mach dich doch nicht unglücklich.«

»Über meinen Zustand müssen Sie sich keine Gedanken machen«, rät sie freundlich. »Ich komm' schon klar. Also …« Siegessicher hält sie ihm die ausgestreckte Hand hin. »… schlagen Sie ein?«

Hinter ihnen war Metzger Müller herangetreten. »Nee nee nee, Fräulein. Ick hab hier den Zuschlach bekomm. Diesma musste ohne Gaul abziehn.«

Ihn ignorierend sieht Sarah selbstsicher dem Pferdebesitzer in die Augen. »Herr Hohenfels?«

Dieser sieht nacheinander zu ihrer Hand, dem Metzger und ihrem Gesicht.

»Herr Hohenfels …«, mahnt Müller. »Se ham doch jesacht …«

»Ja, ja.« Energisch bringt Hohenfels den anderen mit erhobener Hand zum Schweigen. Man sieht ihm den inneren Kampf an, doch schließlich siegt die Aussicht, nach höherem Profit. »Sie zahlt mir 400«, erklärt er laut und schlägt in den Handschlag ein.

»Prima!«, ruft Sarah erleichtert. »Damit ist der Kauf besiegelt. Herr Müller, ich wünsche Ihnen noch einen angenehmen Tag.«
Der Unterlegende brummt etwas Unverständliches, dreht sich grußlos um und schlurft von dannen.
»Gut. Haben Sie das Geld dabei?«, fragt Hohenfels.
»Selbstverständlich. Ich gehe nie ohne ein paar Scheine aus dem Haus«, erklärt die junge Frau fröhlich. Alle Anspannung ist von ihr abgefallen. »Schließlich weiß ich nie, ob nicht irgendein verletztes Tier vor dem Abdecker gerettet werden muss.«
»Mädel, du kannst doch nicht alle Tiere des Landkreises retten«, mahnt der Gestütsbesitzer kopfschüttelnd. Nimmt aber die vier, einhundert Euro Scheine an und steckt sie sich zusammengefaltet in die Brusttasche seiner Weste. »Irgendwann ist doch auch dein Hof voll.«
»Noch ist Platz genug«, kontert sie und geht zu ihrem Pferd. »Sagen Sie mir was über ihn!«
"'Be nice to me' heißt er. Ist vier Jahre alt und steht ganz am Anfang seiner Ausbildung.«
»Na, das bleibt dir ja nun erspart«, flüstert sie und klopft dem Wallach sanft auf den Hals. Sein rotbraunes Fell glänzt vor Schweiß im Sonnenlicht. Laut sagt sie, »Na besonders nett wollten Sie ja nicht gerade mit ihm umspringen.«
Hohenfels macht ein abfälliges Geräusch. »Für mich ist er jetzt unbrauchbar. Niemand will ein Fohlen von einem Krüppel.«
Ihr Blick fliegt über den Pferdekörper. Aus einer Wunde am Oberschenkel tritt einiges an Blut aus. Ein nicht unerheblich großes Stück Rohr steckt darin. Sarah beschließt, es an Ort und Stelle zu belassen und es erst später, unter steriler Umgebung herauszuziehen. Sorgsam tastet sie seine Beine nach weiteren Verletzungen ab. Das Tier schnaubt ängstlich, doch zum Wehren oder gar Aufstehen, fehlt ihm die Kraft.
»Na, bist du derselben Ansicht. Das Pferd ist hin«, urteilt Hohenfels.
»Das ist doch noch gar nicht raus«, widerspricht Sarah. »Vielleicht wird er auch wieder?«

Doch ihr Gegenüber ist anderer Meinung. »Nee nee, glaub mir mal.
Sicherlich wird der nie wieder jemanden auf seinem Rücken tragen. Vom
Springen will ich gar nicht erst anfangen.«
Detlef Hohenfels ist im gesamten Landkreis für seine vorzüglichen
Spring- und Vielseitigkeitspferde bekannt. Sarah, die Pferde lieber
dösend auf der Koppel stehen sieht, ist da ganz anderer Auffassung. Ihr
genügt es, ab und an gemächlich auszureiten. Auf ihrem Gutshaus
Greiffenberg betreibt sie bereits seit sieben Jahren einen Gnadenhof für
kranke und altersschwache Tiere. Ihr Beruf als Tierärztin kommt ihr da
sehr gelegen. Zusammen mit ihrer Tante Dörthe lebt und kümmert sie
sich dort um Schweine, Esel, Pferde, Hühner, Hunde und allerlei
anderem Getier.
»Bei mir muss er keine Erfolge vorweisen. Er darf einfach glücklich
sein.« Sarah schließt ihre vorläufige Untersuchung ab, steht auf und
klopft sich den Staub von der Hose.
»Mit glücklichen Viechern ist kein Geld zu machen«, lässt Hohenfels sie
noch wissen und verabschiedet sich von Sarah. Scheinbar war für ihn die
Sache hiermit erledigt. Wie das Pferd auf den Gnadenhof kommt, schien
ihn nicht zu interessieren.
Mit dem Einsatzleiter bespricht sie die Einzelheiten und verabschiedet
sich ebenfalls. Man wollte auf einen benachbarten Landwirt warten, der
'Be nice to me' mit seinem offenem Anhänger in sein neues zu Hause
bringen wird. Für den Transport in Sarahs Pferdeanhänger war das Tier
zu stark verletzt.

Zurück auf Greiffenberg will sie eigentlich ihre zuvor unterbrochene
Stallarbeit wieder aufnehmen, als Dörthe aus dem gelben Haupthaus
tritt. »Da bist du ja wieder«, ruft sie erleichtert. »Ich dachte schon, du
hast es vergessen.«*
»Was vergessen?« Schwungvoll schließt sie die Autotür ihres
dunkelgrünen Jeeps.
Dörthe hat das untere Ende der Freitreppe erreicht und kommt vor ihr
zum Stehen. »Na, die Steuerprüfung.«
Die hatte Sarah tatsächlich vergessen. Oder eher verdrängt. Zwei Jahre
zuvor war schon einmal jemand vom Finanzamt da gewesen. Als hätte er

einen Stock in seinem Allerwertesten wühlte sich der alte Mann durch
ihre Unterlagen. Hatte hierzu und dazu eine Frage, verlangte das und
jenes zu sehen. Sarah gibt gern zu, dass Büroarbeit nicht gerade zu ihren
beliebtesten Tätigkeiten auf dem Hof zählt.
»Schitt, die habe ich tatsächlich vergessen.« Genervt fährt sie sich mit
der Hand durch das lange, blonde Haar.
»Ich aber nicht«, verkündet Dörthe mit einem gewissen Stolz in der
Stimme. »Habe sogar einen Erdbeerkuchen gebacken.«
»Dörthe, der Kerl kommt wegen unserer Unterlagen. Der will sich hier
nicht häuslich niederlassen. Und ich will das schon gar nicht«, fügt sie
brummelig hinzu. Langsam gehen beide Frauen in Richtung
Stallgebäude.
»Wann kommt der noch mal?«
Dörthe antwortet, »Heute. Gegen 14 Uhr.«
»Prima. Dann zeig du ihm alles! Okay?«
»Ist gut«, flötet ihre Tante. »Ich gehe jetzt noch ein paar Blumen
schneiden.«
Eine Antwort erspart Sarah sich und verschwindet im Stallgebäude.
Während sie ihre unterbrochene Arbeit wieder aufnimmt, hört sie es
draußen donnern. Ein Sommergewitter. Wie im Radio heute Morgen
angekündigt, entlädt sich der Himmel über der Uckermark. Dringend
benötigt wird er, der Regen. Die Landwirte und auch Sarah ächzen unter
der anhaltenden Hitze und der damit einhergehenden Trockenheit.
Sarahs Futtermais sieht mittlerweile alles andere als gut aus und auch
das Heu droht auf den Feldern zu verbrennen, wenn es nicht langsam
mal eingeholt wird. Doch allein zu zweit schaffen sie die viele Arbeit
nicht. Nach einer weiteren Hilfskraft, wie Tina, im letzten Sommer,
sucht Sarah bisher vergebens. Die junge Frau hatte damals ihr
freiwilliges ökologisches Jahr auf dem Gnadenhof absolviert. Doch in
diesem ließ Hilfe auf sich warten. Was eventuell auch an Sarah liegt, die,
wenn sie mehr Büroarbeit machen würde, sicherlich den einen oder
anderen jungen Menschen finden könnte. Doch Werbung für ihren
Gnadenhof zu machen, um Spendengelder zu bekommen, bedeutet
Büroarbeit und diese wiederum, bedeutet unliebsame Arbeit, die Sarah
ein Graus ist. Ein Teufelskreis.

Der Regen fällt schwer auf das Dach und verursacht ein stetiges, leises Klopfgeräusch. In langen Bahnen läuft das Wasser außen an den schmutzigen Fensterscheiben herunter.
Box um Box, mistet sie aus und fährt Fuhre um Fuhre den Mist hinaus auf den Haufen. Den Hühner scheint der Regen nichts auszumachen. Fröhlich gackernd flitzen sie kreuz und quer über den Hof.
Schnaubend wischt Sarah sich mit dem Handrücken den Schweiß von der Stirn. Warm war es noch immer. Kurzerhand zieht sie ihr T-Shirt unter der blauen Latzhose aus und wirft es über einen Zaun.
Irgendwann wird das Grollen leiser und der Regen versiegt. Bis auf einige größere Pfützen, die gut verteilt über den Innenhof verstreut sind, erinnert bald nichts mehr an den heftigen Regenguss. Die Sonne strahlt, als wäre nichts gewesen von einem beinahe wolkenlos blauen Himmel. Von irgendwo ist Motorengeräusch zu hören. Da sich normalerweise selten Autos hierher verirren, kann es sich bei diesem Fahrzeug nur um das des Steuerprüfers handeln. Und da Dörthe sich diesem Problem annehmen wollte, macht Sarah keine Anstalten ihre Arbeit erneut zu unterbrechen. Routiniert säubert sie die letzte Pferdebox und geht anschließend durch die Verbindungstür hinüber in ihre Praxis, um dort alles für die Ankunft des verletzten Wallachs vorzubereiten

---

»Fuck«, flucht er ganz entgegen seines sonstigen Gebaren und schlägt mit der flachen Hand auf das Autodach. Nach einem Wegweiser suchend, sieht er sich um und entdeckt – Nichts. Nicht mal eine Menschenseele ist unterwegs.
»Verdammtes, verlassenes, einsames Nest. Wie hasse ich das Land«, flucht er lautstark vor sich hin. Noch einmal nimmt er sein Smartphone zu Hilfe. »Wo steckt dieser verdammte Hof?«
Sein Navigationsgerät im Audi hatte schon längst aufgegeben. Ihn sogar über einen für Fahrzeuge gesperrten Waldweg mitten in ein Naturschutzgebiet navigiert. Noch immer verärgert über den Anschiss des Forstbeamten, der ihm natürlich ausgerechnet in diesem Moment über den Weg laufen musste, sucht Thomas nun mithilfe von Google Maps nach dem richtigen Weg.

»Er ist doch ganz in der Nähe«, murmelt er und sieht sich erneut um. Da hinter dem Waldstück müsste es sein. Wieder setzt er sich hinter das Steuer, wendet und gibt Gas und rast förmlich die Straße, aus der er gekommen ist zurück. An der Stelle, wo die monotone Stimme des Navigationsgerätes meldet, er müsse rechts einbiegen, fährt er langsamer. Tatsächlich entdeckt er so, die Einfahrt zum Gutshaus. Diese liegt versteckt zwischen tief über die Straße hängenden Zweige dicht belaubter Alleebäume. Vorhin war er geradewegs daran vorbeigerast, doch nun setzt er den Blinker und biegt in die enge Kopfsteinpflasterstraße ein. An Linden und Kastanienbäumen vorbei rumpelt der tiefergelegte Sportwagen förmlich zu der kleinen Anhöhe hinauf, auf der ein riesiges Gelb getünchtes Gutshaus thront. Thomas umrundet halb den wie ein Nadelöhr angelegten Vorplatz. Auch hier liegt ausschließlich Kopfsteinpflaster unter den uralt anmutenden riesigen Bäumen. Als er aussteigt und die Autotür schließt, kommt niemand zu seiner Begrüßung. Nach einer Klingel suchend steigt er, die Aktentasche unter dem Arm, die Freitreppe hinauf. Oben angekommen, schiebt er sich die Brille auf die Nase. »Das Land und dazu noch die Hitze. Ich bin echt am Arsch«, denkt er und pustet aus. So wie Thomas das Wort Land ausspricht, merkt man, dass er dem idyllischen Landleben nichts abgewinnen kann. »Hallo?«, ruft er laut und lauscht anschließend. Im Haus rührt sich nichts. Sollte er einfach eintreten? Lieber nicht. Sicherlich sind die Bewohner irgendwo draußen unterwegs.
Also steigt er die Treppe wieder hinunter und geht links um das Gebäude herum. Nicht, ohne es dabei einer optischen Prüfung zu unterziehen. Solide Bauweise, gut in Schuss gehalten. Nirgends bröckelt Putz ab und ist ein Fenster beschädigt. Das Haus scheint aus einem Hauptteil und zwei Flügeln zu bestehen und somit ein kantiges ein U beschreiben. Es geht direkt in einen parkähnlichen Garten über. Auch hier finden sich alte Bäume und Blumenrabatten. Alles ist gepflegt. Der Rasen gestutzt. In der Nähe kann er ein weiteres Gebäude ausmachen. Dem Geruch nach, ein Stall. Dieses ist jedoch von einem Zaun umschlossen. Thomas öffnet ein Gatter und will hindurchgehen, als ein lautes Quieken ihn innehalten lässt. Mit der Hand auf der obersten Zaunlatte starrt er in Richtung Stall. Aus diesem stürmt in vollem Galopp gerade ein

ausgewachsenes Schwein heraus. Es schlägt förmlich einen Haken, beschreibt eine Kurve und hält direkt auf ihn zu. Sicherlich wittert es die Freiheit. Vielleicht sollte es ja gerade unter das Messer? Wie erstarrt bleibt Thomas stehen und stolpert zurück, als das riesige Tier ihn touchiert. Quiekend läuft der Eber seiner Freiheit entgegen in den Park.
»Karlchen«, ruft eine weibliche Stimme.
»Scheiße«, flucht Thomas gleichzeitig und besieht sich das Malheur. Mit seinen handgefertigten italienischen Lederschuhen ist er mitten in eine tiefe Pfütze getreten. »Auch das noch«, denkt er sauer und schüttelt den betroffenen Fuß.
»Karlchen«, schreit die Frau erneut, kommt ebenfalls aus dem Stall gelaufen und bleibt ruckartig stehen, als sie ihn, Thomas, statt des Ebers sieht. Einige ihrer blonden Strähnen haben sich aus dem Pferdeschwanz gelöst und kleben ihr an der schweißnassen Stirn. Dass ihre Augen blau sind, kann er erkennen, als sie näher kommt. Überrascht registriert er erst jetzt, dass die Frau beinahe barbusig vor ihm steht. Allenfalls ein feuerroter BH kleidet ihren schlanken Oberkörper. Ihr Atem geht stoßweise, der Brustkorb hebt und senkt sich heftig. Sprinten scheint nicht zu ihren Stärken zu zählen. »Wer sind Sie?«, presst sie hervor. Ihr Blick wandert von seinem Gesicht, über den Körper hinunter zu seinen Schuhen. Irrte er sich, oder umspielt tatsächlich ein spöttisches Lächeln ihre vollen Lippen. Jetzt, wo sie so nahe vor ihm steht, bemerkt er, dass von ihr ein intensiver Geruch ausgeht. Frische Luft, Kacke, Apfelblüte und noch irgendetwas anderes, was er jedoch nicht fassen kann, steigt ihm in die Nase. Für einen Moment empfindet er Zärtlichkeit für diese Frau, will sie an sich drücken, seine Nase in die Beuge an ihrem Hals vergraben, doch als sie spöttisch fragt, »Oh, haben Sie ihre guten Schuhe ruiniert. Das tut mir aber leid!« ist der Moment auch schon wieder verflogen. Missmutig brummt er, »Mein Name ist Odenberg. Ich komme vom Finanzamt Angermünde. Und meine Schuhe dürften Ihr kleinstes Problem sein.«
Wer ihm zickig kommt, dem entgegnet er es ebenso.
»Hm, dachte ich mir schon. Sonst verläuft sich kein so feiner Pinkel hierher zu uns«, entgegnet sie abweisend. In diesem Moment scheint ihr aufzugehen, dass sie halb nackt ist. Ihre Augen weiten sich und sie

bedeckt hastig ihre gut proportionierte Oberweite mit dem Latz ihrer Hose. »Ähm.«

Giftig entgegnet er, »Keine Sorge. Ich gucke Ihnen schon nichts weg. Da hab' ich schon ganz andere Kaliber gesehen.«

Wütend funkelt sie ihn an. »Wie schön für Sie.« Damit dreht sie sich um und geht in Richtung Stall zurück. Das Schwein scheint vergessen zu sein.

Grinsend folgt Thomas der Furie. »Dürfte ich auch Ihren Namen erfahren?«

»Sarah Mitchell.«

»Dann will ich zu Ihnen«, eröffnet er ihr das Offensichtliche. Offenkundig hatte sie ihn ja bereits erwartet. Oder doch nicht, wenn man ihren Aufzug bedenkt? »Mitchell. Das klingt britisch. Sind Sie Britin?«, versucht er Konversation zu machen.

»Hm.« Fräulein Mitchell sieht sich suchend um und durchquert dabei das gesamte Stallgebäude. Thomas folgt ihr an sauberen Stallabteilungen vorbei, durch eine Zweiflüglige Stalltür und steht plötzlich in einer Arztpraxis. Zumindest hat es den Anschein. In der Mitte des Raumes befindet sich ein Behandlungstisch. Allerdings aus Metall. »Also entweder ist das hier eine Pathologie oder Tierarztpraxis«, denkt er schmunzelnd.

»Was grinsen Sie denn so?«, fährt sie ihn an. Sie hatte ihn also auch beobachtet. »Was ist so lustig?« Mit vor der Brust verschränkten Armen bleibt sie direkt vor ihm stehen. Dass sie dabei ihre Brüste zusammendrückt und somit ein äußert ansehnliches Dekolleté präsentiert, das es ihm schwer macht woanders als genau dort hinzusehen, scheint sie nicht zu stören.

»Ähm … natürlich habe ich das«, murmelt er abwesend und zwingt sich in ihr Gesicht zu sehen. »Ich … ich bin nur … überrascht.«

»Ach so?«

»Ja, ich hatte einen Gnadenhof erwartet.«

»Den gibt es hier ja auch.«

»Ach … ach so?« Verwirrt sieht er sich um.

»Nicht hier drin«, erklärt sie dunkel. »Gutshaus Greiffenberg ist der Gnadenhof. Doch ich bin außerdem Tierärztin.«

»W-was?«, stammelt er. »Moment.« Er öffnet seine Tasche und zieht
eine Akte hervor. Eilig überfliegt er den Text. »Davon steht hier aber
nichts.«

»Kann es ja auch nicht. Ich praktiziere nicht.«

»Nicht?« Er sieht sich erneut in der für seinen laienhaften Blick gut
ausgestatteten Praxis um. Alles ist sauber und wie es scheint jederzeit
einsatzbereit. »Aber …«, beginnt er, doch sie unterbricht ihn resolut,

»Hören Sie! Ich habe zu tun. Gehen Sie ins Haupthaus, dort finden Sie
meine Tante. Sie wird Ihnen alles zeigen.«

»A-aber. Ich bin doch ihretwegen hier.«

»Falsch«, entgegnet sie und hüllt sich in einen weißen Kittel, den sie sich
von einem Kleiderhaken greift. »Sie sind wegen meiner Unterlagen hier.
Wollen herumschnüffeln. Mir einen Fehltritt nachweisen. Wollen mir
Geld abpressen.«

Entrüstet holt er Luft. Wieder einmal jemand, der einen vollkommen
falschen Blick auf das Finanzamt hat. »Moment mal. Ich bin mitnichten
…«

Sarah Mitchell streckt ihm ihre ausgestreckte Hand entgegen. »Ich habe
wirklich keine Zeit. Dank Ihnen darf ich nämlich jetzt einen
ausgewachsenen Eber mitten in der Natur einfangen. Danke schön.«

»Ich … ich konnte doch nicht …«

Doch sie lässt ihn einfach stehen und verlässt, nun durch eine andere
Tür, die Arztpraxis.

Eilig folgt Thomas ihr hinaus in den Sonnenschein. »Warum ist das Tier
denn fortgelaufen?«, will er dennoch wissen.

»Kastration«, faucht sie, sprintet los und verschwindet um die Hausecke.

»Also habe ich ihn doch gerettet«, denkt er und schlendert verwirrt zum
Haupthaus hinüber.

2.

Karlchens Freiheitsdrang war zum Glück im Garten aufgehalten worden.
Sarah fand ihn am Gatter der weiblichen Schweine. Andächtig starrte er
zu seinen Artgenossen ins Gehege. »Du darfst ja auch bald wieder im
Matsch planschen«, beruhigt sie ihn und klopft auf seinen
Hinterschinken. »Aber zuerst müssen wir dafür sorgen, dass du keine
Ferkelchen machen kannst.« Denn mit einem hatte Hohenfels recht, der
Platz im Gnadenhof war begrenzt. Weitere Schweine, Pferde oder Rinder
konnte er kaum fassen. Zudem sich noch Hunde, Katzen und an die 20
Hühner samt Hähne auf dem Hof tummeln. Als Dörthe vor einiger Zeit
beinahe ein verlassenes Waschbärjunges an der Bundesstraße überfahren
hatte, zog auch dieser hier ein. Aus welchen Gründen auch immer, von
seinen Eltern verlassen, tat er den beiden Frauen so leid, dass er
kurzerhand Kasimir getauft und mitgenommen wurde.
Es kostet Sarah einige Mühe den Eber zurück zum Stall zu bugsieren,
doch letzten Endes schafft sie es. Besänftigt schmatzt das Tier nun seine
Extraportion Leckerchen, dass ihm sein Frauchen in den Napf warf.
»Aufgeschoben ist nicht aufgehoben«, murmelt sie und klopft dem Tier
auf den Rücken. »Für heute hast du Schonfrist. Morgen aber kommst du
unters Messer. Ob es dir passt oder nicht.« Mit einem Mal ist
Motorenlärm zu vernehmen. Sarah sieht auf ihre Armbanduhr und denkt
fröhlich, »Der war aber schnell. Tja, Mister Superwichtig, bei mir gibts
eben nix zu holen. Gute Heimfahrt wünsche ich.« Grinsend
verabschiedet sie sich von Karlchen und verlässt den Schweinestall.
Endlich war die Luft wieder rein, um gefahrlos im Haus einen Kaffee zu
trinken. Doch kaum war sie in den Sonnenschein getreten, sieht sie den
Traktor des Nachbarn über den Sandweg auf ihren Hof zu rumpeln.
Michael hatten sie also verpflichtet, ihr neues Pferd zu ihr zu bringen.
Direkt dahinter fuhr der Jeep ihres Kollegen. Frank Grabowski, seines
Zeichens Landveterinär. Von ihr auch gern ihr persönlicher Dorn im
Auge genannt. Denn, seinetwegen war sie als frisch hinzugezogene,
ausländische, junge Frau unter den hiesigen Tierbesitzern nie als

Tierärztin akzeptiert worden. Grabowski selbst wusste nichts von ihren Plänen und deren Nichterfüllung. Denn für ihn lief alles wie bisher. Kalbt eine Kuh – ruft man Grabowski. Wird ein Hund von einem Auto angefahren – Grabowski kommt. Gilt es, eine Trächtigkeit festzustellen – wer ist zur Stelle? Ja, klar, Frank Grabowski. War ja klar, dass man ihn dazu gerufen hatte. Schließlich war er nunmehr der einzige praktizierende Tierarzt der Gegend.

Sarahs blauäugige Vorstellung, es müsse sich erst herumsprechen, dass eine weitere Tierärztin im Landkreis praktiziert, lies sie eine ganze Weile durchhalten, doch die Praxis blieb leer und mittlerweile war der Wegweiser vorn an der Straße zugewachsen und ihre Praxis verwaist. Wie im Dornröschenschlaf befindet sie sich auf dem Gelände und manchmal fühlt Sarah sich auch mehr als Tierpflegerin als Ärztin. Doch dafür hatte sie nicht fünfeinhalb Jahre die Uni besucht. Doch es ist, wie es ist und, und an Tagen wie diesen wusste sie, wozu es gut war. Heute kann sie endlich mal wieder zeigen, dass sie eine sehr gute Tierärztin ist. Der Traktor erreicht sie.

»Hallo Sarah«, grüßt Michael vom Sitz aus. »Wo magst du das Pferd hin haben?«

»Hi Michael. Danke, dass du dich erbarmt hast!«, begrüßt sie ihren Nachbarn.

Der junge Landwirt tippt sich an die Hutkrempe. Ein verschmitzt Grinsen stiehlt sich, wie bei jedem ihrer Zusammentreffen, auf sein Gesicht.

»Kannst du ihn direkt zum Stalleingang fahren?«

Michael nickt und schlägt das Lenkrad ein.

Der Tierarzt parkt seinen Wagen vor der geschlossenen Praxis und steigt aus. »Guten Tag, Frau Mitchell.«

Sarah geht auf ihn zu und gibt ihm die Hand. »Hallo, Herr Grabowski.«

»Da haben Sie sich einen beträchtlichen Brocken aufgeladen. Der Wallach ist ziemlich mitgenommen.«

»Nichts, was ich nicht wieder hinbekommen werde«, entgegnet Sie selbstbewusst.

Der ältere Mann lächelt freundlich. »Da bin ich mir sicher. Falls Sie aber doch bei der OP Hilfe benötigen, sagen Sie es nur!«

Dieses Angebot nimmt sie nur allzu gern an. Zwar geht ihr Dörthe dann und wann bei der ärztlichen Versorgung zur Hand, doch eine ausgebildete Tierarzthelferin war sie, als Schneiderin, nicht gerade. Ihre Stärken liegen ganz klar im häuslichen und definitiv im musischen Bereich.

Gemeinsam folgten sie dem Traktor.

Es war ein gutes Stück Arbeit, das Tier zunächst einmal von dem Anhänger zu bekommen und ihn anschließend in seine neue Box zu führen. Das Rohrstück hatte Frank bereits entfernt und die Wunde verbunden. Scheinbar hatte zudem das linke Vorderbein des Wallachs etwas abbekommen. Mit Sarahs mobilem Röntgengerät stellten sie eine leichte Fraktur fest. Diese muss gerichtet und fixiert werden.

Zu zweit war die Operation ganz gut zu schaffen. Dauerte aber lange und war recht kräftezehrend, sodass Sarah fix und fertig war, als sie Frank Grabowski verabschiedet. Der Einfachheit halber schlurft sie direkt durch den Garteneingang ins Haus. Dörthe zuliebe, die regelmäßig im Dreieck springt, wenn sie mit verschmutzter Kleidung ihr frisch geputztes Wohnzimmer verunreinigt, schlüpft sie aus ihren Gummistiefeln und lässt sie draußen stehen. Auf Strümpfen huscht sie durch das riesige Zimmer, den Flur entlang bis in die gemütliche Wohnküche.

»Da bist du ja, Kind«, grüßt Dörthe, dreht, die Pfanne in der Hand haltend sich zu ihr um und reißt entsetzt die Augen auf. »Wie siehst du denn aus?«

Irritiert sieht Sarah an sich herunter. »Ich hab' die Stiefel doch … Ach das. Das ist Blut«, entgegnet sie achselzuckend.

»Das sehe ich«, pikiert kräuselt Dörthe die Lippen.

»Ich bin fix und fertig, Dörthe. Das war eine Arbeit, sage ich dir.«

Entkräftet lässt sich die Jüngere auf einen Stuhl fallen.

»Kind, könntest du bitte …«

Doch ohne auf den Einwurf ihrer Nenntante einzugehen, plaudert Sarah weiter, »Der Wallach weißt du. Von heute Morgen. Der war doch schwerer verletzt als zunächst angenommen. Eine Oberschenkelfraktur der rechten Hinterhand. Grabowski und ich haben ihn gerade operiert.«

»Sarah, ich möchte …«, versucht Dörthe erneut ein Gespräch zu
beginnen. Doch Sarah lässt einer ihrer weniger guten Eigenschaften
freien Lauf und plappert munter weiter.
»Aber er wird schon wieder. Keine Sorge. Ich habe uns nicht noch einen
Pflegefall ins Haus geholt.« Lachend wirft sie ihr langes Haar zurück.
»Apropos Pflegefall. Wie lief's denn mit dem Lackaffen?«, endet sie und
sieht Dörthe abwartend entgegen.
»Was?«
»Na der Steuerfutzi? War er zufrieden oder hatte er viel
herumzumeckern?«
»Sarah …« Dörthe's Blick huscht hin und her.
Doch ihre Nichte war noch nicht fertig. »Wie der rumgelaufen ist. Dieser
Anzug. Die auffällige blaue Karre. Was denkt er, wer er ist, ein
Rennfahrer? Sein affiges Getue.« Lachend schlägt sie sich die Hand vor
den Mund. »Du hättest sein Gesicht sehen sollen, als er mit seinen tollen
Designerschuhen in den Matsch getrampelt ist.«
»Kind, bitte!«
»Was denn? Sicher wurde der schon mit einem Stock im Arsch
geboren.«
»Sarah!« Dörthe hasste es, wenn Sarah sich vulgär ausdrückte.
Ergeben hebt diese beide Hände. »Ich weiß, ich weiß, du magst es nicht,
wenn ich fluche. Aber du musst zugeben, dass er furchtbar war. Obwohl
…« Sie verstummt, ihr Blick schweift in die Ferne. »… irgendwie sah er
gar nicht aus wie der typische Steuerprüfer.«
»Ach nein?«, war da plötzlich eine männliche Stimme hinter ihr zu
vernehmen. Erschrocken springt Sarah auf. »Was … was tun Sie denn
noch hier?« Ihr Kopf ruckt zu Dörthe herum. »Warum hast du mir nicht
gesagt, dass der noch da ist?«
Dörthe verschränkt die Arme vor der Brust und lehnt sich an den Herd.
»Kind, ich habe die ganze Zeit versucht dir zu sagen, dass Herr
Odenberg hinter dir steht.«
»W-was?« Entsetzt weiten sich Sarahs Augen.
»Aber du lässt, wenn du dich erst einmal in Fahrt geredet hast,
niemanden zu Wort kommen. Ich habe dir gesagt, das wird dir
irgendwann …« Ergeben hebt Dörthe die Schultern.

»Ja, ja, ich weiß schon«, unterbricht sie ihre Tante murmelnd.
Zerknirscht, wendet sie sich wieder dem Gast zu. »Ähm …«
Entsetzt gleitet sein Blick an ihrem Körper herab. »Haben Sie den Eber
umgebracht? Eine ziemlich drastische Reaktion, nur weil das Tier
entlaufen war«, meint er dunkel und sieht ihr ins Gesicht.
Verwirrt entgegnet sie, »Was?«
»Das Blut.« Mit einer Hand deutet er auf ihre Körpermitte.
»Ach, das?« Erleichtert folgt ihr Blick dem seinen. »Das ist nicht von
Karlchen. Der hat, dank Ihnen, bis morgen Gnadenfrist.«
»Dann haben Sie also ein anderes Tier umgebracht?« Thomas Odenberg
lehnt sich lässig an den Türrahmen. Was fällt dem Kerl ein? Wie redet
der denn mit ihr?
»Nein«, entgegnet sie spitz. Alles an diesem Mann brachte sie auf die
Palme. »Im Gegenteil.« Kämpferisch schiebt sie das Kinn vor und
funkelt ihn wütend an. »Ich habe eines gerettet.«
»So so.« Dieses selbst gefällige Grinsen.
Nun war es aber genug. »Was machen Sie eigentlich noch hier?«,
wiederholt sie ihre Frage.
Statt ihm, antwortet Dörthe, »Ich habe Herrn Odenberg zum Abendessen
eingeladen.«
»Du hast was?«, keucht Sarah und starrt sie an.
»Na ja, ich dachte …«
»Herr Odenberg …« Sarah betont den Namen absichtlich deutlich. »…
wollte doch nur meine Buchhaltung durchsehen und dann gleich wieder
verschwinden. Also?« Sie dreht sich wieder zu ihm um. »Wie weit sind
Sie?«
»Wie weit ich bin, will sie wissen«, echot er verächtlich lachend. Er
macht ein abfälliges Geräusch. »Ihre sogenannte Buchhaltung, ist das
mieseste, was mir je untergekommen ist. Praktisch ist sie gar keine. Sie
ist weniger als Nichts. Es wird Tage, wenn nicht sogar Wochen dauern,
sich da durchzukämpfen.«
Perplex klappt ihr Mund auf. So hatte noch nie jemand gewagt, mit ihr
zu sprechen. Diese Dreistigkeit.
»Wissen Sie überhaupt, was eine Lohnsteuerbescheinigung ist? Kennen
Sie ihre Pflichten? Ich habe so viele Fragen …«, stichelt er. Wort für

Wort war er näher an Sie herangetreten. Wobei Sarah unwillkürlich zurückweicht.

Dörthe sieht dies als ihr Stichwort an. »Genau deswegen dachte ich, dass es gut wäre, wenn Herr Odenberg noch etwas länger bleibt.«

»Länger?«, echot Sarah verständnislos.

»Ich kann mir auch Schöneres vorstellen«, brummt Thomas und sieht dunkel auf sie herunter.

Damit betritt er eindeutig ihre Komfortzone. »Ja, sicher«, zischt Sarah und macht einen weiteren Schritt rückwärts. »Einkaufen, zur Kosmetik gehen, mit dem Sportwagen herumprotzen, Frauen beeindrucken …«

»Ach, Sie sind der Meinung, dass ich Frauen mit meiner Erscheinung beeindrucke?« Irrte sie sich, oder zeigt sich da ein winziges Lächeln auf seinen Lippen?

»Ich, ähm … äh …«

»So sprachlos habe ich dich ja noch nie gesehen«, lacht Dörthe und wendet sich wieder ihren Töpfen und Pfannen zu.

»Wären Sie dann jetzt bereit …«

»Bereit wofür?«, fährt Sarah ihn an.

Misstrauisch runzelte sie die Stirn. »Um meine Fragen zu beantworten?«, antwortet er böse lächelnd.

»Ach so. Ähm … ja, gleich. Ich würde nur gern vorher …« Ihre Hand deutet auf ihre Mitte.

»Natürlich. Ich warte in der Bibliothek.«

»Gut.« Damit lässt sie beide einfach stehen und entflieht der Küche. In der Bibliothek also. Dort hat er sich breitgemacht.

Wenig später betritt Sarah frisch geduscht und noch mit feuchtem Haar die hauseigene Bibliothek. Thomas Odenberg sitzt, Unterlagen studierend, an einem der Tische. Weitere Briefe, Akten, Kassenbons und Rechnungen liegen in rauen Mengen auf der Tischplatte.

Sie bläst die Backen auf, als sie das Chaos überblickt.

»Ja, so habe ich auch reagiert«, bestätigt er und bedeutet ihr mit der Hand sich zu ihm zu setzen.

»Ich bin … Sie haben ja recht, Buchhaltung, gehört nicht gerade zu meinen Lieblingsbeschäftigungen«, gibt sie zerknirscht zu uns setzt sich ihm gegenüber.

»Das sehe ich. Hm.« Sein Blick wandert über den Papierberg. »Was ich nicht verstehe …«, beginnt er leise und sieht ihr direkt in die Augen. »… Wie können Sie überleben? Wie halten Sie das Ganze hier …« Seine Hand beschreibt eine ausholende Geste. »… am Laufen? Das Haus ist tipptopp in Schuss. Das Dach ist recht neu eingedeckt, hat mir Ihre Tante verraten. Ebenso, wie sie mir sagte, dass sie keine regelmäßigen Einkünfte haben. Verstehen Sie mich nicht falsch, Frau Mitchell, ich bin nur neugierig. All diese Tiere. Futterkosten. Und so. Wovon bezahlen Sie das alles?«

»Wir kommen klar«, blafft sie ihn an.

»Das sehe ich. Aber die Frage ist doch, wie. Wovon bezahlen Sie ihre Fixkosten?«

Sie schweigt.

»Gut. Wie Sie wollen.« Er zieht eine Akte zurate. »Hier steht, sie hätten hier einmal eine Tierarztpraxis betrieben, den Betrieb jedoch rasch wieder aufgegeben.«

Abwartend sieht er sie an.

»Was denn? Das stimmt. Es lief nicht und da habe ich wieder aufgehört. Von relativ rasch kann jedoch keine Rede sein. Beinahe zwei Jahre habe ich durchgehalten.«

»Aber die Praxis ist voll eingerichtet. Sie ist sauber und ich hatte den Eindruck, sie könne jederzeit … benutzt werden.«

»Kann sie auch.«

»Verstehe. Und warum arbeiten Sie dann nicht als Tierärztin?«

Ein Achselzucken kommt zur Antwort.

»Frau Mitchell, bitte, ich möchte es doch nur verstehen …«

Sarah herrscht ihn über den Tisch hinweg an, »Sie mich verstehen? Von wegen. Sie wollen nur herumschnüffeln und schauen, wo Sie mir Geld abluchsen können.«

»Frau Mitchell, ich bitte Sie.«

»Sie können bitten, solange Sie wollen. Von mir dürfen Sie keine Kooperationsbereitschaft erwarten. Sie haben doch alles. Machen Sie ihre Arbeit, Herr Odenberg!«

»Sie haben ein völlig verschobenes Bild meiner Tätigkeiten.«

Sie zuckt die Schultern.

Trotzig verschränkt er seinerseits die Arme vor der Brust und sieht sie herausfordernd an. Schweigen macht sich breit. Schließlich gibt Sarah nach und gestattet ihm einen kleinen Einblick.

»Sie haben recht, ich habe keine regelmäßigen Einkünfte. Nur gelegentlich einmal, wenn doch mal jemand mit seinem kranken Tier herkommt.«

»Also ist die Tierarztpraxis doch der Öffentlichkeit zugänglich?«

»Natürlich ist sie das. Nur will keiner zu mir kommen.«

Eben sagten Sie noch, dass eben das mitunter doch passiert.«

»Sagen Sie mal, hören Sie überhaupt zu?«, blafft sie. »Gelegentlich mal.« Den letzten Satz betont sie bewusst für den offensichtlich geistig eingeschränkten Mann. »Nur, wenn Frank Grabowski, ein anderer Tierarzt, im Urlaub ist oder so. Meist werde ich mit Naturalien bezahlt.«

Sein Blick wandelt sich von Entsetzen, zu Angewidert sein, bis zu Neugier.

»Nicht das, was Sie denken«, weist sie ihn in die Schranken. »Eier, Schinken, Tankfüllung. Haushaltshilfe. Das meinte ich.«

»Haben Sie die Haushaltshilfe angemeldet?«

»Was?«, kreischt Sarah. »Ich habe doch gerade gesagt, dass mir solch eine Tätigkeit oft als Gefälligkeit angeboten wird.«

»Immer eine Sache der Auslegung. Wenn Sie hier jemanden schwarz beschäftigen, muss ich das melden.«

»Oh Gott, Ihnen ist wirklich nicht mehr zu helfen«, stöhnt sie und fährt sich mit den Händen durch das Haar.

»Ich mach' nur Spaß.« erklärt er lächelnd und sieht sie an. Für den Bruchteil eines Augenblicks sieht sie ihn in einem anderen Licht.

»Seltsamer Humor. Das kann ich nach so einem Tag nicht gebrauchen«, seufzt sie und streicht sich das Haar mit beiden Händen zurück.

Er steht auf, schlendert um den Tisch herum und sieht aus dem Fenster. »Sie haben sich hier viel aufgeladen. All die Arbeit und sie sind nur zu zweit.«

»Allein«, stellt Sarah richtig.

»Wie meinen?«

»Ich mache sie allein. Dörthe bestellt das Haus. Sie kauft ein, kocht und … und so.«

»Verstehe.«

»Das ist ja was ganz Neues«, denkt sie für sich.

»Umso erstaunlicher, dass Sie das alles schaffen.«

»Ich bin eine Kämpfernatur«, murmelt sie.

»Sicher.«

Schweigen macht sich breit.

»Können Sie es mir nun erklären?«, bricht er dieses nach etwa eine Minute.

»Was? Dem Weg nach Hause? Immer die Einfahrt runter, dann links und ab der Bundesstraße ist Berlin ausgeschildert.«

Thomas tut so als würde er lachen. »Sehr witzig. Nein, ich meinte meine Fragen. Wie können Sie allein, ohne Einkünfte, das alles stemmen? Sind Sie reich oder so was?«

»Klar, meine Mutter ist die heimliche Schwester von King Charles.«

»Ach, ist das so? Interessant«, entgegnet er sarkastisch.

»Ja, meine Apanage beläuft sich auf 10.000 Pfund Sterling im Monat. Aber das darf niemand wissen«, entgegnet sie trocken und besiegt sich ihre Fingernägel.

Energisch zieht er den Stuhl neben ihr unter dem Tisch hervor und setzt sich. »Können wir jetzt endlich mal ernsthaft miteinander reden?« Nun war es an ihm, sich genervt mit der Hand die Frisur zu ruinieren. Belustigt registriert sie, wie es ihm jetzt sexy in die Stirn fällt. An diesem Fensterplatz fällt das Sonnenlicht direkt auf ihn, umfängt ihn wie einen Heiligenschein und lässt sein braunes Haar in schier unendlichen Facetten glänzen. Fasziniert starrt sie ihn an. Erst jetzt bemerkt sie seine jadegrünen Augen, die vollen Lippen, den Bartschatten. Alles an diesem Mann war sexy. Zumindest sagte ihr Herz das und geriet sofort ins

Stolpern. »Hey Körper, könntest du dich bitte weniger wie eine untervögelte Jungfrau aufführen!«, mahnt sie sich in Gedanken.

»Hallo?«, holt seine tiefe Stimme sie aus ihren Grübeleien.

Oh Gott! Hoffentlich hatte sie nicht gesabbert. Wie peinlich, so beim starren ertappt zu werden. Hoffentlich würde ihn das nicht auf falsche Gedanken kommen lassen. Um keinen Preis möchte sie, dass er länger als nötig in ihrem Haus bleibt. Und genau deswegen wird sie Zugeständnisse machen müssen. Nur so wird sie seine berufliche Neugier stillen und ihn schnell loswerden können. Diesen nervigen, selbstgefälligen, arroganten sexy Großstädter.

Genervt fährt sie ihn an, »Also gut. Ja, ich beziehe keine regelmäßigen Einkünfte. Zumindest keine Löhne oder Ähnliches.«

Thomas horcht auf. Förmlich kann sie seine gespitzten Ohren sehen.

»Ich habe geerbt. Dieses Anwesen zum Beispiel. Und ich bekomme Geld. Unter anderem von meinen Eltern.«

»Okay. Und das genügt, um Ihre Fixkosten zu bestreiten?«

»Offensichtlich.«

»Gut. Und um wie viel Geld sprechen wir?«

»Mensch, ich frage Sie doch auch nicht, wie Sie solch ein Auto finanzieren können.« Ihre Hand deutet in Richtung Fenster unter dem, auf dem Vorplatz, noch immer der blaue Audi dieser Nervensäge steht. So langsam verlässt sie die Kraft für diese Art Gespräch. Nicht heute. Nicht mit ihm.

»Das tut hier nichts zur Sache«, entgegnet er ruhig. »Aber wenn Sie es unbedingt wissen möchten. Ich würde Ihnen antworten, durch Fleiß.«

Was bildet der sich ein? Wütend springt sie auf. »Wollen Sie sagen, ich sei nicht fleißig weswegen ich mir auch nur solch einen klapprigen Jeep leisten kann?«

»Was?«, keucht er und springt seinerseits ebenfalls auf.

»Was wissen Sie denn schon von mir?«, ruft sie wütend.

»Ja, das ist es doch gerade. Nichts.«

»Ja, genau.«

»Dann also bitte. Verdammt noch mal. Ich hab' auch keinen Bock hier zu sein«, schreit er.

»Dann geh doch!«

»Würde ich auch am liebsten.«

»Da ist die Tür.« Ihre Hand deutet auf genanntes.

Ein sarkastisches Lachen kommt zur Antwort. »Ich bin nicht dafür bekannt leichtfertig aufzugeben. Sie haben mich an der Backe, bis ich mich da durch gearbeitet habe.« Seine große Hand deutet auf den Papier er auf dem Tisch.

»Dann will ich Sie nicht aufhalten. Umso schneller bin ich Sie los. Guten Tag!«

Als sie sich an ihm vorbeischieben will, hält er sie am Oberarm fest.

»Sarah, bitte«, flüstert er mit einem Mal vollkommen ruhig.

Ihrer beiden Blicke liegen auf seiner Hand. Rasch windet sie sich aus seinem Griff und läuft zur Tür. »Sorry, aber ich hab' keinen Bock mehr.«

»Sarah.« hört sie ihn noch rufen, ehe sie die Tür hinter sich zuschlägt.

Was war nur mit dieser Frau los? Eine solche Furie war ihm noch nie untergekommen. Auch solch eine Schlamperei hatte er in seiner bisherigen Laufbahn noch nie gesehen. Wie sie es schaffte, da den Durchblick zu behalten, war ihm schleierhaft. Kopfschüttelnd widmet er sich erneut den Unterlagen. Doch nach wenigen Minuten gibt er auf.

»Das ist unmöglich«, schimpft er leise vor sich hin. Ohne ihre Mitarbeit würde er Wochen benötigen. Erst recht, wenn ihre Einkünfte von privaten Geldgebern kommen. Diese Frau trägt ein Geheimnis mit sich herum und er würde nicht eher Ruhe geben, ehe er es gelüftet hat.

Vorhin hatte er von dieser Tante einen echt guten Kaffee bekommen. Genau so einen brauchte er jetzt noch einmal. Vielleicht hatte sie sogar noch ein weiteres Stück Kuchen übrig? Denn, auch wenn man es ihm nicht ansieht, für Süßigkeiten schlägt sein Herz.

Langsam schlendert Thomas die obere Galerie entlang. Ein riesiges dunkles Gemälde im Goldrahmen bedeckt beinahe die gesamte Fläche der Wand. Um zu erfassen, was er dort betrachtet, fehlt ihm der künstlerische Blick. Doch der dunkle Parkettboden, die hellen Sandsteinsäulen, die uralten hölzernen Flügeltüren dagegen sprechen ihn sehr wohl an. Das ganze Gutshaus strahlt eine urige Gemütlichkeit aus. Klar, hier und dort blättert mal die blaue Farbe von den Türen oder eine Säule hat einen kleinen Schmiss, doch alles hat seinen Charme. Kaum hatte er vorhin das Haus zum ersten Mal betreten, umfing ihn sogleich ein heimeliges Zuhause Gefühl. Diese Dörthe, als Hausherrin, macht das Bild rund. Eine gemütliche, freundliche, ältere Dame. Doch ihre Nichte …

Ein seltsames Geräusch dringt an sein Ohr. Sind das Pfoten auf Steinboden? Neugierig beugt er sich leicht über das hölzerne Geländer und späht in die Tiefe. Am Fuß der Treppe humpelt ein mittelgroßer Hund über den Fliesenboden und sieht zu ihm auf. Kaum treffen sich ihre Blicke, beginnt sein Schwanz wie verrückt hin und her zu wedeln. »Na, wer bist du denn?«, murmelt er freundlich und beginnt den Abstieg. Aus den Augenwinkeln sieht er erneut die zahlreichen gerahmten Kinderzeichnungen an der Wand. Kinder hat er hier keine entdecken können. Auch keine Anzeichen, die auf einen gelegentlichen Aufenthalt solcher hinweisen.

Unten umrundet das Tier seine Beine wieder und wieder. Sein freudiges Bellen hallt in dem gemütlichen Eingangsbereich mit der hohen Decke wieder. Doch niemand kommt, um nachzusehen, weshalb das Tier sich so aufführt. »Ja, ich freue mich auch dich kennenzulernen«, flüstert Thomas und geht in die Hocke, um ihn zu streicheln. Ganz entgegen seiner sonstigen Abneigung gegen Tiere aller Art regt dieses in ihm etwas an. Vielleicht ist das dem Umstand geschuldet, dass er auf drei, statt vier Beinen durchs Leben humpelt. »Was ist denn mit dir geschehen?«

»Wuff«, antwortet der kleine Kerl.

»Hast es wohl nicht leicht, was?«

Wieder antwortet der Hund.

»Hier hast du es gut, oder? Zu euch Tieren ist sie sicherlich netter.« Der Hund legt den Kopf schief und sieht ihn an. Wuff. Das klang ganz so, als würde er fragen, »Wovon redest du? Sarah ist doch die liebste Frau auf Erden.«

»Ja, zu euch Tieren vielleicht. Mich scheint sie nicht zu mögen.« Der Rüde leckt ihm die Hand.

Grinsend wischt er den Speichel an seiner Hose ab. »Du meinst, das wird schon? Da bin ich nicht sicher.«

Langsam kommt er auf die Füße. Der Hund humpelt voran. Mit einem Lächeln auf den Lippen folgt Thomas ihm. In der Küche können sie beide etwas erschnorren.

Nachdem Dörthe dem Tier ein getrocknetes Schweineohr und Thomas einen Kaffee eingeschenkt hat, setzt sie sich zu ihm an den Tisch.

»Komisch, so habe ich Rudi noch nie gesehen.«

»Wie?« Er nimmt einen Schluck.

»Na ja, der lässt nicht einmal Sarah so nah an sich ran.«

»Nicht?«

Die ältere Dame schüttelt den Kopf. »Seit über drei Jahren ist er jetzt schon bei uns und noch nie haben wir ihn so … fröhlich gesehen.«

»Ach, das ist doch quatsch. Er scheint doch ein lustiges Kerlchen zu sein.«

»Vielleicht war er das mal? Früher. Vor seinem Unfall.«

»Unfall? Sie meinen, bei dem er sein Bein …«

»Stimmt. Er wurde wohl ausgesetzt. Auf einer Autobahnraststätte.« Wut flammt in ihm auf. Warum tun Menschen so etwas? Er selbst war nie der große Tierfreund, doch so etwas tut man keinem anderen Lebewesen an. »Wie furchtbar!«

»Es kommt noch dicker.«

»Wie?«

»Er konnte sich aus dem Halsband befreien, lief auf die Fahrbahn und …«

»Oh Gott! Sagen Sie nicht, er wurde …«

»Doch. Überfahren. Er war so schwer verletzt, dass das eine hintere Bein nicht mehr gerettet werden konnte.«

»Sarah hat ihn gefunden?«

Dörthe Lehmann nickt. »So ist es. Die Leute, vor deren Auto der Hund gerannt war, sind mit ihr bekannt und haben sie angerufen.«

»Verstehe.«

»Sie hat alles gegeben, doch das Bein konnte niemand mehr retten.«

»Wie traurig für ihn.«

»Das dachte ich bisher auch. Rudi hat es uns spüren lassen.«

»Was meinen Sie?«

»Die Wut um den Verlust seines Beines.«

»Aber Sarah hat doch alles getan ...«
»Jetzt haben Sie sie schon zweimal beim Vornamen genannt.«
»Was? Wen?«
Statt einer Antwort lächelt die ältere geheimnisvoll.
Verwirrt fährt er fort, »Er ist zu mir gekommen.«
»Offensichtlich. Sonst verkriecht er sich irgendwo draußen. Kommt nur zum Fressen mal mit den anderen Hunden zusammen.«
»Das kann ich mir gar nicht vorstellen. Gerade wirkt er eher als sei der freundlich und verspielt. Der kleine Kerl.«
»Tja, Herr Odenberg, Sie scheinen ein gutes Händchen für Hunde zu haben.«
Lachend winkt er ab. »Sicher nicht. Ich kann nicht gut mit Tieren. Das konnte ich noch nie.«
»Sie hatten wohl nie einen eigenen Hund?«
Er schüttelt den Kopf.
»Auch keine Katze, Kaninchen oder Wellensittich?«
Erneutes Kopfschütteln. »Meine Eltern hatten eine Landwirtschaft. Oder haben sie noch immer.«
»Ist nicht wahr?«, staunt sein Gegenüber.
»Doch. Leider.« Betreten sieht er auf seine gefalteten Hände auf der Tischplatte. »Ich konnte damit nie etwas anfangen. Bin so bald es ging von da weg.«
»Wirklich? Erzählen Sie!« Erwartungsvoll stützt sie das Kinn in die Hände und sieht ihn an.
Und Thomas erzählt von seiner Kindheit auf dem Gut seiner Eltern im tiefsten Erzgebirge. Seine Abneigung gegen alles Bäuerliche, Dörfliche und seine Flucht, kaum 18 geworden in die Stadt. Seines Jura Studiums und der Arbeit. Wie sehr sie ihn erfüllte und sich auch finanziell auszahlt. Auf ihre Frage, ob ihn das alles glücklich machte, antwortete er wie aus der Pistole geschossen ja.
»Wirklich? Ich habe noch nie jemanden getroffen, den ein solch oberflächliches Leben glücklich macht«, murmelt sie gedankenverloren.
»Oberflächlich?«, staunt er.

»Nun ja, Sie sind allein. Haben nicht einmal ein Haustier. Niemand ist am Abend zu Hause, wenn Sie heimkommen. Niemand da, der auf Sie wartet. Mit dem Sie reden können.«

»Wer sagt, dass da niemand sei?«, echauffiert er sich halbherzig.

»Sie haben niemanden erwähnt. Nur, wofür Sie ihr Geld ausgeben. Ich habe den Eindruck, dass Ihr Auto an erster Stelle steht.« Ihr durchdringender Blick geht ihm durch Mark und Bein.

»Ist das nicht traurig?« Damit erhebt sie und wendet sich ab. Getroffen, bleibt er zurück.

War das wirklich so traurig? Bisher ging es ihm gut damit. Natürlich ergriff ihn mitunter eine gewisse Melancholie, wenn Kollegen von ihren Familien erzählten. Wenn sie berichteten, wie ihre Kinder die ersten Worte gesprochen, wenn sie den ersten Schultag hatten. Auch bei Gesprächen über Partnerinnen konnte er kaum mitreden. Frauen, die bisher sein Leben gekreuzt haben, hatten jedes Mal andere Vorstellungen von einer Beziehung. Sie wünschten sich, eine Familie zu gründen. Erwarteten einen Antrag. Von einem Mann in seinem Alter setzt man einfach voraus, ebensolche Wünsche zu haben.

Im Nachhinein weiß er gar nicht, warum er einer Fremden das alles erzählt hat, aber irgendetwas hat Dörthe Lehmann an sich, dass ihn alle Hemmungen fallen lässt. Sie hat Ähnlichkeit mit seiner Großmutter, die er als Junge stets vergöttert hatte. Vielleicht ist es das?

»Ich bräuchte für das Abendessen noch ein paar Kräuter«, unterbricht Dörthe seine Gedanken.

»Ist gut.« Eilfertig springt er auf. Rudi ebenso. Wie ein übereifriger Soldat steht er seinem Leutnant beiseite. »Wo ist Ihr Vorratsschrank?« Lachend erwidert Dörthe. »Mein Vorratsschrank heißt Garten.« Sie reicht ihm eine Schere. »Draußen.« Ihr Kopf nickt in Richtung Fenster.

»Oh … okay«, stammelt Thomas. »Was brauchen Sie denn?«

»Petersilie, Schnittlauch, etwas Maggikraut. Für einen Laien wie Sie, ist das, denke ich, zu schaffen.«

Damit schiebt sie ihn aus der Küche. Überrumpelt verlässt er das Haus. Dicht gefolgt von Rüde Rudi. Draußen sieht Thomas sich um. Zielsicher geht er hinüber zum umzäunten Garten. Sicherlich verstecken sich hier irgendwo die gewünschten Kräuter.

»Kannst du mir sagen, ob wir richtig sind?«, fragt er den Hund und
dieser antwortet, wie nicht anders zu erwarten war, mit »Wuff.«
»Okay. Wir schaffen das«, lacht Thomas.

3

Es hätte schlimmer kommen können

Tatsächlich fand er die richtigen Kräuter. Nicht ohne einen gewissen Eigenstolz bringt er diese in die Küche. Rudi im Schlepptau. Der Hund wich ihm wahrlich keinen Augenblick mehr von der Seite. Frau Lehmann schien es, für eines der neuen Weltwunder zu halten, so begeistert wie sie ihre Nichte die Neuigkeit entgegen schmettert, als diese zum Abendessen das Speisezimmer betritt. Argwöhnisch fliegt Sarahs Blick von ihrer Tante, zu Thomas und anschließend zu Rudi, der schwanzwedelnd und hechelnd direkt neben seinem Stuhl sitzt und hechelnd zu ihm aufschaut. »Eigentlich mag ich es ja nicht, wenn Hunde bei Tisch sitzen.« Man sieht es ihr an, dass ihr das komplett gegen den Strich geht.

Ehe er etwas Schlagfertiges antworten kann, fährt Dörthe dazwischen, »Na dann ist es ja gut, dass Rudi nicht am Tisch sitzt, sondern nur darunter.«

»Ha ha«, macht ihre Nichte und nimmt Thomas gegenüber platz. »Und Sie. Immer noch da?«

»Wie gesagt, ich habe Thomas eingeladen«, antwortet ein weiteres Mal Dörthe.

Thomas schaut breit lächelnd zu ihr herüber.

»Wie nett«, ätzt Sarah und macht ein Gesicht, als wäre es ihr angenehmer in einer Badewanne mit Säure zu steigen.

»Finde ich auch«, gibt er frech grinsend zurück.

»Seit wann ist das …« Ihr aufgestellter Daumen deutet hinüber zum einzigen Mann in der Runde. »… da, Thomas?«

»Seitdem wir uns unterhalten haben. Gut, wie ich finde. Oder, was meinen Sie, Thomas?«

Dieser zuckt die Achseln.

»Siehst du«, lacht die alte Dame. »Wir haben uns angefreundet.« Ihr Lachen ist ansteckend und Sarah kommt nicht umhin, milde zu lächeln. Das Essen, ein wunderbares Gulasch mit Klößen und Rotkraut, wurde dann doch ganz entspannt. Sarah unterließ es Thomas anzufeinden und

Rudis Bemühungen, die Aufmerksamkeit und das eine oder andere Leckerchen zu ergattern, lockerte die Stimmung auf.

»Ich darf mich dann verabschieden«, verkündet Thomas nach dem Essen und steht auf. Höflich nimmt er sich seinen Teller, samt Besteck und Wasserglas auf, um das Geschirr in die Küche zu tragen.

»Schau mal einer an«, lobt Dörthe. »Ein Gentleman wie aus dem Bilderbuch.«

»Oder ein Schleimscheißer wie aus eben jenem«, war Sarah abfälliger Kommentar. »Der will doch nur lieb Kind machen, damit wir nicht meckern, wenn er morgen gleich wieder auf der Matte steht.«

Thomas' Magen zieht sich zusammen. Er hatte gehofft, während des Essens Fortschritte gemacht zu haben. Doch der Waffenstillstand wahr scheinbar vorüber. Giftig kontert er, »So wichtig sind Sie auch nicht, Frau Mitchell. Am Wochenende habe ich besseres vor.«

Sarah macht ein abfälliges Geräusch und sieht demonstrativ in eine andere Richtung.

Wie sie will. Dann würde er sich eben nur von Frau Lehmann verabschieden. Und von Rudi. Selbstverständlich humpelt er ihnen ebenfalls hinterher.

Beide begleiten ihn zur Haustür. Dörthe reicht ihm freundlich die Hand.

»Sie müssen bitte entschuldigen, Thomas, Sarah ist … sie ist etwas schwierig.«

Was sie nicht sagt.

»Ist schon gut«, beschwichtigt er sie freundlich und zieht die Autoschlüssel aus der Hosentasche.

»Sie hatte es nicht so leicht … hier in Deutschland. Ihre Pläne haben sich nicht erfüllt.«

»Das muss ich gar nicht wissen, Frau Lehmann. Es geht mich ja auch gar nichts an.« Langsam geht er in die Hocke, um sich auch von seinem neuen Hundefreund zu verabschieden. Dieser winselt, als würde er wissen, dass sich ihre Wege gleich trennen werden, herzzerreißend. »Ich komme ja wieder«, murmelt er an das Hundeohr.

»Mir ist es aber wichtig, dass Sie wissen, warum sie sich so verhält«, erklärt Dörthe.

Er schweigt abwartend.

»Sie wurde herb enttäuscht und musste zudem mit einem … einer Familiensache fertig werden.«

Nun war er zwar auch nicht schlauer als zuvor, aber sei's drum. »Ist schon gut.« Thomas kommt wieder auf die Füße. Rudi umrundet in einem fort ihre Beine.

Sie atmet tief durch. »Jedenfalls finde ich es schön, dass wir uns wiedersehen!«

Er kann sich zwar besseres vorstellen, als ein weiteres Mal seinem Wagen und sich selbst den Strapazen des Landes zuzumuten, doch er schenkt ihr ein strahlendes Lächeln. »Einen schönen Abend Ihnen noch, Frau Lehmann. Ich komme Dienstag wieder.«

»Ist gut. Fahren Sie vorsichtig!«

»Tue ich immer«, verspricht er und wendet sich zum Gehen. Rudi bellt sehnsüchtig.

»Mach's gut, Rudi. Ich komme wieder«, verspricht er lachend. Dörthe zieht ihn am Halsband zurück und schließt die Tür.

Kaum im Auto atmet Thomas ein paar Mal tief ein und aus. War das ein Tag. So was braucht er wirklich nicht täglich. Diese Frau …

Er startet den Motor und sofort erfüllt ihn eine Ruhe, die ihn nur erfüllt, wenn er ganz für sich sein kann.

Mittlerweile war es stockfinster. Nur schemenhaft war die Ausfahrt noch zu erkennen. Warum gab es eigentlich auf dem Land nirgends eine Straßenlaterne? Fuhren die Bauerntrampel nie nachts mit dem Wagen herum?

Ohne in der Dunkelheit ein Tier angefahren oder in den Straßengraben gerutscht zu sein, erreicht er die Landstraße, biegt nach links in Richtung Greiffenberg und fährt, die leere Straße ausnutzend, mit 80 km/h auf die Ortschaft zu. Wenn er sich beeilte, schaffte er es noch rechtzeitig zurück nach Berlin, ehe sein Lieblingspub schließt. Den durchgestandenen Ärger des heutigen Tages musste er irgendwie loswerden. Zunächst einmal reichte es, seinen Sportwagen auf Touren zu bringen. Den bulligen Motor zu hören. Wie im Rausch drückte er das Gaspedal beinahe bis zum Anschlag durch. Diese Frau brachte ihn zur Weißglut. Was hatte er ihr getan, dass sie dermaßen aufmüpfig, wild und wütend ihm gegenüber ist? Dieses Verhalten war ein so vollkommen anderes, als

er es von Frauen gewohnt war. Diese Sarah Mitchell gibt ihm Rätsel auf.
Sie stellt mit ihrer Art ein Problem dar. Man kann viel über ihn sagen,
aber nicht, dass er vor Problemen davonläuft. Mit einer wie Sarah
Mitchell würde er auch noch fertig werden. Doch seltsamerweise leidet
In ihrer Nähe seine Konzentration. Konzentrationsverlust führt zu
Verzögerungen, Verzögerungen bringen Ärger und er ist kein Mann, der
Ärger hat.
Wie eine Raubkatze gleitet sein Audi V10 über den Asphalt. Er liebt
dieses Auto. Es verkörpert alles für ihn, was er in seinem bisherigen
Leben erreicht hat. Er, der einstige Junge vom Land, hat nicht nur ein
glänzendes Abitur abgelegt, das Jurastudium mit magna cum laude
abgeschlossen und eine beachtliche Kariere im Finanzamt hingelegt.
Nein, auch seine Kompetenz, mit Geld umzugehen, trägt zu seinem
erhabenen Zufriedenheitsgefühl bei. Diese Eigenschaft hat ihm nicht nur
eine kleine, aber schöne Eigentumswohnung in Charlottenburg beschert,
sondern auch ermöglicht, einen Audi Sportwagen für knappe 150.000
Euro sein Eigen zu nennen. Zu alledem ist er ungebunden. Was will ein
Mann mehr?
Thomas erreicht das Ortseingangsschild. Rasch sieht er sich um. Keine
Menschenseele zu sehen. Die Geschwindigkeit nur leicht vermindert hat
er das Dorf bereits zur Hälfte durchquert, als es plötzlich einen
höllischen Schlag gibt. Dann geschieht vieles auf einmal. Das Lenkrad
wird ihm entrissen und alle Airbags im Innern explodieren. Thomas'
Kopf ruckt heftig zur Seite und kollidiert mit dem Seitenairbag. Der
Wagen kippt etwas nach rechts. Funken sprühen außen am Wagen. Es
kracht und quietscht. Hektisch tritt er auf die Bremse.
Mit Unterstützung des ABS kommt der Wagen schlingernd zum Stehen.
Was war das? Heftig atmend umklammert er krampfhaft das Lenkrad
und starrt hinaus in die Dunkelheit. Mit zitternden Beinen entsteigt
Thomas dem Wagen und entfernt sich ein paar Schritte. Sollte er es
wagen? Langsam, wie in Zeitlupe, dreht er sich um und besieht sich das
Inferno. Der Audi, sein geliebtes Baby, liegt zerschrammt und irgendwie
schräg auf der Fahrbahn. Das rechte Vorderrad fehlt gänzlich, ebenso
wie die halbe Schürze. Thomas schreit, »Scheiße! So ein verdammter
Mist!« Seine Stimme hallt laut von den Häuserfassaden wider. Wenn der

Lärm niemanden auf den Plan gerufen hat, dann wird es sein Getobe jetzt ganz sicher tun. Wütend rauft Thomas sich die Haare. Tritt näher, legt die Hand tröstend auf das lauwarme Blech der Motorhaube. Er könnte heulen. In einiger Entfernung sieht er Trümmerteile auf der Straße liegen. Ausgerechnet vor der wohl einzigen Straßenlaterne des Ortes musste er einen Unfall bauen. Aber was war geschehen?
»Da hat sich wohl ein neues Opfer unseres Schlaglochs gefunden«, bringt eine männliche Stimme die Antwort aufs Tapet.
»Was?« Keuchend dreht er sich zu dem Sprecher um.
Ein rundlicher Mann im altmodischen Jogginganzug tritt näher. Mithilfe einer Taschenlampe besiegt er sich den Schaden. »Ja, ja, schöne Scheiße«, murmelt dieser und klopft auf das Blech.
»Schöne Scheiße nennen Sie das?«, echauffiert Thomas sich. »Ich nenne das eine Katastrophe.«
Der Andere zuckt die Achseln. »Jibt schlimmeres. Bei der Geschwindigkeit hätte es Sie auch aufs Dach legen können. Dann wär'n se sicherlich nich so glimpflich wegjekomm.«
Da hatte er recht, doch einsehen wollte Thomas das jetzt nicht.
»Dann hätte ich es wenigstens hinter mir.«
Der Fremde legt ihm seine Pranke auf die Schulter. »Komm schon, Junge. So schlimm is es nich.«
Für Thomas war es ein Totalschaden. Irreparabel. Eine Katastrophe.
»Wie … wie soll ich denn jetzt nach Hause kommen?«, stammelte er leise und legt, als würde er beim Verstecke spielen mit zählen dran sein, Arme und Kopf auf das Wagendach. Tränen rollen ihm über die Wangen.
»Und wie soll ich ihn mitnehmen?« Seine Hand streichelt das Wagendach des Schrotthaufens, der bis vor wenigen Minuten noch sein ganzer Stolz gewesen war.
»Komm schon Junge. Dat wird schon wieder. Heute Nacht kannst ja bei mir schlafen.«
»Danke«, schnieft Thomas. »Und mein Wagen?«
»Der bleibt, wo er is. Um den kümmert sich morjen Dirk.«
Thomas wendet sich um, wischt sich verlegen mit dem Handrücken über die Augen. »Dirk?«

»Na unser Automechaniker«, erklärt der andere, als wäre das doch
selbstverständlich. »Und ick bin der Hermann.«
Thomas nickt, obwohl er keine große Hoffnung hat, dass da noch was zu
retten ist. »Thomas Odenberg«, stellt er sich selbst vor.
»Komm Junge!«
Folgsam begleitet er den Fremden zum nächst besten Haus.
»Haste dat Schild nich jesehn?«
Er schüttelt den Kopf. »Schild?«
»Nu ja, dit, was uf dat Schlachloch hinweist.«
Mist!
»Nee, hab' ich nicht. Scheiße!«
»Dat kannste laut sajen«, lacht der andere. »Wenn's dir nen Trost is, du
bist nich der Erste, der da drin seine Karre schrottet.«
»Sch-schrottet?«, stammelt Thomas fassungslos. Sie betreten das Haus
durch eine schmale Seitentür. Der laufende Fernseher ist die einzige
Lichtquelle, als sie gemeinsam das Wohnzimmer betreten.
»Jep. Setz dich.«
Der Jüngere folgt und versinkt in eine alte DDR Garnitur.
Bei eingeschaltetem Deckenlicht hantiert Herrmann etwas an seiner
Anbauwand herum. Öffnet eine Tür, schließt sie wieder. »Was hast de
denn hier jewollt?« Der alte Mann reicht ihm ein kleines, gefülltes
Schnapsglas.
»Danke.« Artig trinkt Thomas es in einem Zug. »Arbeit. Ich bin
Finanzbeamter und war bei Sarah … ähm … beim Gnadenhof.«
»Ah klar, de kleene Sarah.« Lächelnd setzt sich Herrmann ihm
gegenüber in den Sessel.
»Klein?«
»Na ja, sie ist doch nen junger Hüpfer, die Kleene.«
Thomas ist verwirrt. Warum wird eine gestandene Frau wie Sarah
Mitchell als grünes Gemüse angesehen? Kein Wunder, dass sie mit ihrer
Praxis keinen Fuß in die Türen der Leute bekam. »Sie ist sehr … nett.«
Aufmerksam mustert ihn der Ältere. »Hm. Sehr nett. Jans schön
dickköpfig.«
»Wem sagen Sie das«, murmelt Thomas.
»Hattest wohl och keen Glück bei der?«, lacht er.

»Nee.«

»Ja, ja, die kleene ist ein harter Brocken. Aber wenn man hinter die Fassade kiekt, dann is se ne jans liebe.«

»Ach wirklich?«

Der andere nickt. »Mir macht se och viel ärger. Aber sie is eben ene von uns.«

»Hm.«

»Ick bin der hießige Metzger, musste wissen. Mir hat se schon det ein oder andre Vieh unterm Messer weggekooft.«

»Wirklich?«

Der Andere nickt ernsthaft. »Sie liebt die Viecher. Rettet ens nach dem andren. Dat macht se sicher, bis ihr die Bude aus allen Nähten platzt.«

»Sicher.« grinst Thomas.

»Und?«

»Was und?«

»Hatten se Erfolg?«, will Hermann grinsend wissen.

»Erfolg?«, echot er verständnislos. »Womit?«

»Ach, is schon jut«, lacht sein Helfer. »Und, wo willste die Nacht verbring?«

»W-wie? Was meinen Sie?«

»Na, wo willste pennen? Bei mir oder bei der Kleenen?«

So langsam wird ihm der Mann unheimlich. Thomas dünkt, dass er irgendetwas nicht mitbekommt. Wer war das kleinere Übel? Die Aussicht auf mehr Platz, um sich aus dem Weg zu gehen, gibt schlussendlich den Ausschlag, sich für das Gutshaus zu entscheiden.

»Ich werde zurück nach Gut Greiffenberg gehen«, verkündet er tapfer.

»Jut. Aber, wennste dahin laufen willst, biste ne Weile unterwegs. Ik fahr dir kurz.«

»Danke«, murmelt Thomas.

Keine halbe Stunde später sucht er erneut an diesem Tag nach einer Klingel an der Haustür des Gutshauses. In der oberen Etage, wo sich die Privaträume der Frauen befinden, brennt noch Licht.

»Hallo«, ruft er laut in die Dunkelheit hinein. Warten. Irgendwo im Haus bellt ein Hund. Ein paar andere draußen tun es ihm nach. Erneut, »Hallo. Frau Lehmann. Frau Mitchell.«
Wieder warten.
Da öffnet sich ein Fenster im ersten Stock. »Wer ist da?« Sarah Mitchell's blonder Haarschopf beugt sich aus dem Fensterrahmen.
»Ich bin's, Thomas Odenberg.«
»Och nee, was wollen Sie denn hier? Wissen Sie nicht, wie spät es ist?«
»So gegen Mitternacht?«, mutmaßt er. »Aber keine Sorge, ich bin kein Gespenst«, sucht er mit einem Scherz die Stimmung aufzulockern.
»Die wären mir lieber gewesen«, kontert sie trocken. Vielleicht hoffte sie, dass er es nicht hat hören können. »Was wollen Sie?«
»Ich … ich hatte einen Unfall.« Beim Gedanken an seinen Wagen, der einsam und verlassen im Dorf steht, zieht sich sein Magen unangenehm zusammen.
Schweigend wartet sie auf weitere Ausführungen.
»Ich bin in ein Schlagloch gefahren und habe mir meinen Wagen …«
»Jetzt sagen Sie bloß, ihr geliebter Schlitten ist kaputt?« Freute sie sein Unfall etwa?
»Ja, leider. Ich komme hier nicht weg.«
»Und was wollen Sie da bei uns?«
»Na ja, ich … ich dachte …«, druckst er herum.
»Wer ist denn da?« Ist eine weitere Stimme zu vernehmen. Dörthe war aufgewacht und schaute nun ebenfalls aus einem der Fenster. »Thomas, sind Sie das?«
»Ja, ich bin es. Ich …«
»Er hatte einen Unfall und sucht jetzt Obdach«, vollendet Sarah für ihn den Satz.
»Oje, wie furchtbar!« Wenigstens tat er einer von ihnen leid.
»Selbstverständlich können Sie bei uns bleiben. Sarah …« Sie wendet sich an ihre Nichte. »Geh hinunter und lass ihn herein! Das Herrenzimmer dürfte doch das Richtige für ihn sein, nicht wahr?«
»Och nee«, protestiert die Nichte. »Muss ich wirklich?«
»Ja.«
»Ja, bitte«, rufen Dörthe und Thomas unisono.

Sarahs Fenster schließt sich ohne ein weiteres Wort. Kurz darauf flammt Licht im Treppenhaus auf und gleich danach wird die Haustür von innen aufgerissen. In neckischer, süßer Shorty Nachtwäsche steht die Blondine vor ihm. Das lange Haar fällt ihr offen über die schmalen Schultern. Das Oberteil ist nur bis zur Brust hin zugeknöpft. Sofort wird sein Blick von ihrer nackten Haut magnetisch angezogen. Unangenehm berührt fasst sie den Stoff am Hals zusammen und bedeutet ihn mit der freien Hand einzutreten.

»Vielen Dank«, murmelt er betreten.

Schweigend folgt er ihr ins Innere. Das charakteristische Geräusch von drei Hundepfoten nähert sich und schon wird er von Rudi umrundet.

»Dass wir uns so schnell wiedersehen, hättest du wohl nicht gedacht, was Rudi?«, lacht er und sieht zu Sarah auf. Die steht mit vor der Brust verschränkten Armen neben ihnen und sieht düster auf ihn herunter.

»Wenigstens ist einer über mein Auftauchen erfreut«, murmelt er kess während er auf die Füße kommt und sie herausfordernd ansieht.

»Dörthe freut sich ebenso«, kontert sie trocken. »Falls Sie sie auch zum Dank kraulen wollen, ihr Zimmer befindet sich oben.« Mit dem aufgestellten Daumen deutet sie in Richtung Zimmerdecke.

»Danke«, entgegnet er belustigt. »Aber ich ziehe es vor, die Nacht allein zu verbringen.«

»Gut zu wissen.« Damit dreht sie auf den nackten Ballen um und geht voran. Grinsend folgt Thomas ihr die Treppe hinauf. Rudi bleibt traurig winselnd am unteren Treppenende stehen und sieht ihnen sehnsüchtig hinterher.

»Gute Nacht, Rudi«, ruft Thomas.

»Wuff.«

»Hier«, blafft Sarah und stupst in der Mitte eines Ganges eine Tür auf. Neugierig, wie das Zimmer aussieht, welches man zu ihm passend befunden hat, schiebt er sich an ihr vorbei ins Innere. Dabei streift sein Oberarm ihre Brust. Scharf zieht sie die Luft ein. Er tut, als hätte er es nicht bemerkt und sieht sich um. Der dunkelrot getünchte Raum ist mit dunklen Echtholzmöbeln gemütlich eingerichtet. Ein riesiges Baldachin loses Himmelbett dominiert den Raum. »Sehr hübsch«, lobt Thomas ehrlich. »Hier lässt es sich aushalten.« Zwar steht der Biedermeierstil dem modernen zu Hause bei sich im krassen Gegensatz, doch es gefällt ihm hier.

»Da bin ich aber froh. Gute Nacht dem Herrn.« Damit lässt sie ihn einfach stehen und knallt die Tür zu.

Kopfschüttelnd geht er zum Fenster hinüber. Durch den zarten Spitzenstoff kann er auf den Vorplatz blicken. Eben gerade noch hat er selbst dort gestanden. Das bedeutet, dass die Zimmer der Frauen sich auf demselben Flur befinden. Vielleicht wohnt er ja Wand an Wand mit Sarah?

Durch eine schmale Verbindungstür gelangt man in ein schmales Badezimmer. Auch dieses ist äußerst geschmackvoll eingerichtet. Zudem ist alles in einem Tipptopp sauberen Zustand.

Also entweder erwarten die beiden Frauen jederzeit Gäste oder sie leben nur extrem vorausschauend. Er würde das beim Frühstück am nächsten Morgen einmal ansprechen. Falls es im Gutshaus noch weitere derart geschmackvoll eingerichtete Zimmer gibt, wundert es Thomas, dass sie noch nie auf den Gedanken gekommen sind, eine Pension zu eröffnen. Platz genug gäbe es ja.

Aus Mangel an Kosmetikartikeln beschließt er sich nur etwas Wasser ins Gesicht zu spritzen und den Mund einmal kräftig auszuspülen. Das würde reichen müssen. Seine Verwunderung steigerte sich noch, als er jetzt neben der Tür im Badezimmer in einem Regal fein säuberlich aufgestellt alles findet, was er benötigt. In einem glänzenden Wasserglas steht eine folierte Zahnbürste, nebst Zahncreme. Außerdem verschiedene Seifenstücke in beschrifteten Holzschalen. Dusche, Shampoo, Conditioner entdeckt er.

»Unfassbar«, staunt Thomas und nimmt das Duschstück in die Hand. Vorsichtig schnuppert er daran. Ein herber Zitrusduft steigt ihm in die Nase.

Nachdem er geduscht und Zähne geputzt hat, liegt er wach im Bett und starrt die Decke an. Was würde nun werden? Ob dieser Dirk überhaupt am Samstag arbeitet? Ob er seinen Wagen überhaupt würde reparieren können? Für ihn als Laien sah es ganz schön nach Totalschaden aus. Wie sollte er das seiner Mutter verklickern? Scheiße, seine Mutter.

Wie vom Blitz getroffen fährt er aus dem Bett, greift sich sein Smartphone vom Nachttisch und sieht auf das Display. Kurz vor halb drei in der Nacht. Zu dieser unchristlichen Zeit brauchte er nicht bei seinen Eltern anzurufen. Das würde bis zum Morgen warten müssen. Er wusste schon, was seine Mutter sagen wird, »Das ist nur passiert, weil du immer so rasen musst. Wärst du doch bloß bei uns geblieben.« Nach der obligatorischen Standpauke, in der sie ihm versichert, wie schlecht das Großstadtleben für einen alleinstehenden Mann ist, wird sie ihm erklären, wie enttäuscht sie ist. Weil er, aufgrund seiner Rücksichtslosigkeit, nun die Geburtstagsfeier von Opa Friedrich verpasst. Genervt fährt er sich mit der Hand durch das Haar. Jedes Jahr dieselbe Leier. Nur mit dem Unterschied, dass er sich dieses Mal, getrieben von Schuldgefühlen, doch hinter das Steuer klemmt, um nach Schwarzbach zu fahren.

Müde legt er sich wieder ins Bett, doch einschlafen konnte er noch immer nicht. Gerade als er sich sein Handy erneut nehmen will, um Musik zu hören, erklingt leise von nebenan eine Melodie. Konzentriert lauscht Thomas und erkennt *Take on me*. Genau sein Musikgeschmack. So etwas Ähnliches hätte er sich ebenfalls angemacht. Hört dort Sarah ebenfalls gern Musik zum Einschlafen? Lächelnd legt er sich wieder hin, verschränkt die Arme unter dem Kopf und lauscht mit geschlossenen Augen der Musik. Mit dem Bild von einer aufgrund der tropischen Hitze halb nackten Sarah vor seinem inneren Auge schläft er schließlich doch ein.

4.

Begutachtung

»Guten Morgen«, ruft er fröhlich, als er zu ihnen in die Küche stolziert kommt.

»Guten Morgen, Thomas«, erwidert Dörthe in ebensolchem Singsang.

»Wir hoffen, Sie haben gut geschlafen!«

»Du hoffst das vielleicht«, denkt Sarah.

»Und ob, vielen Dank«, antwortet der Typ grinsend und nimmt ungefragt Platz an ihrem Tisch. »Das Zimmer ist sehr schön und das Bett erst.«

»Ja, nicht wahr?«, freut Dörthe sich. »Meine Schwester hat hier wirklich ein Kleinod geschaffen.«

»Ihre Schwester?«

Dörthe wirkt ertappt, nickt aber. »Ähm … ja, Hedda. Sie hat hier mit ihrem Mann gelebt und auch gearbeitet.«

»Ich denke nicht, dass Herr Odenberg unsere Familiengeschichte etwas angeht«, fährt Sarah dazwischen und sieht ihre Tante scharf an.

Diese schluckt und nickt. »Ja, da könntest du recht haben.«

Irritiert runzelt Thomas die Stirn. »Ich möchte Sie auf keinen Fall zur Indiskretion verleiten.«

»Ach, ist schon gut. Haben Sie Hunger?«

Den hatte er tatsächlich. Dörthe schaufelt seinen Teller voll mit Rührei und Speck. Dazu reicht sie ihm eine Schale mit frisch geernteten Gemüse aus ihrem Garten.

»Sie bewirtet ihn, als wär' er hier Gast«, denkt Sarah wütend. »Herr Odenberg«, fügt sie laut hinzu.

Er blickt sie kauend an.

»Kann ich Sie nachher ins Dorf fahren? Sie wollen doch sicher Ihr Auto reparieren lassen und nach Hause fahren?« Auf *nach Hause* legt sie besondere Betonung.

Er nickt und verzieht den Mund zu einem Lächeln.

Eine Stunde später sitzen sie gemeinsam in Sarah altem Jeep. Auf den zerschlissenen Sitzpolstern wirkt Thomas Odenberg mit seinem schnieken Anzug vollkommen fehlplatziert.

Das anfängliche Schweigen bricht nach wenigen Minuten er. »Sie haben ein sehr schönes Haus!«

»Hm. Ich weiß. Danke.« Konzentriert starrt sie vor sich auf die Straße.

»Was ich mich gestern Abend gefragt habe …«

»Hm.«

»… Ihre Zimmer sind so geschmackvoll eingerichtet, alles ist sauber und auf Gäste vorbereitet, warum eröffnen Sie nicht eine Pension?«

Überrascht starrt sie ihn nun doch an. »Was? Noch mehr Arbeit? Sie spinnen wohl?« Fassungslos über so viel Naivität schüttelt sie den Kopf.

»Seien Sie doch nicht gleich böse. Ich meine ja nur. Sie haben die Möglichkeiten. Personal zur Hilfe ließe sich doch sicher finden. Sie glauben gar nicht, wie viele Menschen genau nach so etwas suchen.«

»Nach der romantisch stilisierten Landidylle?«

»Nach Ruhe, Entspannung, Entschleunigung«, stellt er klar.

Sie macht ein abfälliges Geräusch. Nicht zum ersten Mal in seiner Gegenwart.

»Im Ernst. Sie könnten richtig was daraus machen. Geld verdienen.«

»Damit ich mir auch solch einen überteuerten Luxusschlitten wie den Ihren leisten kann.«

»Ihre Prioritäten liegen sicher woanders«, meint er nüchtern.

»Aber ganz sicher tun sie das«, brummt sie und sieht weg.

»Nein, ich meine, damit Sie genügend Futter für ihre Tiere, den Strom und anderes haben.«

»Meine Tiere müssen nicht hungern«, blafft sie ihn an.

»Das wollte ich auch gar nicht sagen.«

»Dann halten Sie doch einfach die Klappe!« Ihre Stimme wird mit jedem Wort lauter.

Doch er kann auch laut werden. »Was hab' ich Ihnen eigentlich getan?«

Überrascht, dass dieser straighte Typ so ausrasten kann, dreht sie den Kopf und sieht ihm direkt in die Augen.

»Mensch, sehen Sie doch auf die Straße«, ruft er wütend und will ihr schon ins Lenkrad greifen.

»Stopp! Niemand tatscht meinen Wagen an«, schreit sie.

Ergeben hebt er beide Hände und entgegnet, »Entschuldigung. Ich wollte nur nicht auch noch Bekanntschaft mit dem Traktor da schließen.« Sein Kinn deutet auf die große Landmaschine auf der Gegenfahrbahn.

»Schon gut«, faucht sie. »Aber merken Sie sich das, niemand fasst mein Auto an.«

Provokant legt er die linke Hand auf die Ablage vor ihnen.

»Vorsicht!«, wart sie dunkel.

Er zieht die Hand weg, um sie gleich darauf auf dem Schaltknüppel zwischen ihnen abzulegen.

Mit dem Ellbogen boxt sie ihm in die Seite. Mit schmerzhaft verzogenen Gesicht reibt er sich die Hüfte. »Autsch. Was sollte das?«

»Ich hatte Sie gewarnt.« Mit einem rasanten Schlenker lenkt sie den Wagen an den Straßenrand. »So, wir sind da.«

Gemeinsam steigen sie aus. Sarah hat direkt hinter dem mittlerweile mit einem Warndreieck abgesperrten Audi geparkt.

Ihr Mund klappt auf. »Oh, sieht übel aus«, urteilt sie und sieht zu ihm.

»Da können Sie ja froh sein, nicht verletzt worden zu sein.«

»Das hat mir schon mal jemand gesagt«, murmelt Thomas und umrundet seinen Wagen.

»Hm …« Fachkundig folgt sie ihm. »Ob Dirk das wieder hinbekommt? Ich hab' da so meine Zweifel.«

»Sind Sie eigentlich immer so optimistisch?«

»Realist nennt man Menschen wie mich«, klärt sie ihn auf und schenkt ihm ein gekünsteltes Lächeln. »Gut, ich habe Sie zu ihrem Auto gebracht. Einen schönen Tag dann noch.« Damit wendet sie sich zum Gehen.

»Moment«, hält er sie auf. »Wo wollen Sie denn jetzt hin?«

Ihr Daumen deutet hinter sich. »Ich muss einkaufen und dann warten noch meine Tiere auf mich. Die sollen ja, entgegen der lang läufigen Meinung, auf keinen Fall verhungern.«

»Ha ha«, macht er trocken. »Sie können mich doch jetzt nicht so einfach stehen lassen.«

»Ich halte Sie für einen großen Jungen«, ätzt sie und grinst frech. »Sie schaffen es schon zurück nach Hause.«

Damit steigt sie in den Jeep und fährt davon.

Fassungslos steht Thomas da und sieht ihr nach.

Im Rückspiegel beobachtet Sarah den schlanken, groß gewachsenen Mann, bis sie um eine Kurve verschwindet. Wie hilflos er wirkte. Ob er wirklich nicht weiterweiß? Sicher hatte ihm niemand gesagt, dass Dirk seine KFZ Werkstatt zwei Dörfer weiter hat. Und ein Abschleppdienst hier draußen auch nicht verfügbar ist. Doch es hatte ihr solch ein Vergnügen gemacht, mal über ihm zu stehen. Mehr zu wissen, als er. Zur Abwechslung mal ihn erniedrigen.

Er, der arrogante Großstädter, der keinen Hehl daraus macht, andere wissen zu lassen, dass er finanziell und bedeutend über ihnen steht.

Bis nach Günterberg kommt sie, dann lässt das schlechte Gewissen sie den Wagen wenden und zurückfahren.

Als Sarah beim Autowrack ankommt, kann sie Thomas nirgends erblicken. Hat er sich zu Fuß aufgemacht, um Hilfe zu suchen?

Doch schließlich sieht sie ihn in seinem Auto sitzen. Den Kopf auf den Unterarm abgelegt, wirkt es, als würde er weinen. Sie hält den Wagen an und hupt. Erschrocken reißt er den Kopf hoch. Erst jetzt sieht sie, dass er telefoniert hat. Er lässt das Smartphone in die Innentasche seines Sakkos verschwinden und öffnet die Tür. »Sie schon wieder?«

»Ja, ich schon wieder«, entgegnet sie lax und bedeutet ihm mit einem Nicken, »Springen Sie rein! Ich fahre Sie zu Dirk.«

Erstaunt reißt er die Augen auf, folgt aber und sitzt gleich darauf erneut neben ihr.

»Dirk hat seine Werkstatt ein paar Dörfer weiter«, erklärt sie ruhig und fährt an.

»Ach so?«

»Hm. Ein wenig weit, um hinzulaufen. Und einen Abschleppdienst gibts hier übrigens auch nicht.« Seine Reaktion abwartend, sieht sie ihn an.

»Na toll«, speit er verächtlich aus. »Ich weiß schon, warum ich das Stadt,- dem Dorfleben vorziehe.«

»So schlimm ist es gar nicht. Angermünde ist ja nicht weit.«

»Pha. Angermünde«, brummt er und sieht aus dem Seitenfenster.

Schweigend fahren sie bis nach Schönermark. Dort steuert Sarah den Jeep direkt zu Dirks Werkstatt.

Dankbar lächelt Thomas ihr entgegen, als er aussteigt.

»Ich warte hier auf Sie«, verkündet Sarah.

Verwirrt schaut er sie an und erwidert stirnrunzelnd, »O-okay. …
Danke.« Noch immer verwundert, schlägt er die Autotür zu.

Während sie wartet, erledigt Sarah einige Anrufe und beantwortet
E-Mails. Was sie Thomas nicht verraten hat, sie ist involviert in ein gut
funktionierendes Netz aus Tierrettern, anderen Gnadenhöfen,
Spendengebern und Adoptionsinteressenten. Regelmäßig kommen
Anfragen, ob sie ein Tier aufnehmen oder abgeben würde. Sarah steht im
regen Austausch und bekommt von potenten Spendengebern
Zuwendungen. Wenn Thomas das noch nicht herausgefunden hat, wird
er das wohl noch. Sie würde jedenfalls ein Teufel tun, ihm das direkt auf
die Nase zu binden. Peinlich genug, dass sie auf diese Gelder
angewiesen ist. Zu gern würde sie ihr eigenes Geld verdienen. Doch die
Praxis wiedereröffnen, traut sie sich nicht. Ein zweites Mal steht sie
solch eine Schlappe kaum durch. Ihr Selbstvertrauen hatte damals, vor
sechs Jahren, einen mächtigen Dämpfer abbekommen, als all ihre
Ersparnisse zusammen mit dem Bastard von Mann abhandengekommen
waren. Sarah war blauäugig genug anzunehmen, dass ihr damaliger
Lebenspartner, ebenfalls ein Tierarzt, dieselben Ziele verfolgte wie sie.
Gemeinsam zogen sie in das Gutshaus, eröffneten die Praxis und teilten
Bett und Gut. Bis er irgendwann meinte, einen Kongress in Kanada
besuchen zu wollen und nie wieder gesehen ward. Ebenso wie ihr Anteil
des Kapitals aus der Auflösung der Liegenschaften ihres Großvaters. Ihr
Erbe. In Luft aufgelöst. Weg. Fern der Heimat ohne familiären Beistand
fühlte Sarah sich hilflos und verletzlich.

Zum Glück lebte schon damals Dörthe auf dem Gut. Mit ihrem
optimistischen Naturell, ihrer hilfsbereiten, freundlichen Art, fing sie
Sarah auf. Obwohl nicht wirklich verwandt, fand die junge Britin in der
Ferne eine Tante.

Die Tür wird aufgerissen und mit einer flüssigen Bewegung besteigt die
große Gestalt von Thomas ihren Wagen. »Es wird einige Zeit dauern«,
eröffnet er ihr niedergeschlagen.

»O-k-a-y. Und das heißt?«

»Ich komme hier nicht weg.«

»Ich … ähm … ja, so sieht's wohl aus«, stammelt sie. Beinahe hätte sie ihm angeboten, ihn hinzufahren, wohin er möchte. So weit kommts noch.

»Ich bin recht ratlos«, gesteht er und fährt sich mit der Hand durch das Haar.

»Ich … ich könnte Sie zu einer Bahnstation fahren.«

»Und was bringt mir das?« Er sieht sie herausfordernd an.

»Dass Sie nach Hause kommen.«

»Und was soll ich in Berlin ohne Auto machen?«

»Ü-Bahn fahren?«, versucht sie vorsichtig einen Vorstoß. »Oder Bus.«

Abfällig schnaubt er. »Als würde ich in solch ein enges Gefährt steigen. Zusammen mit hundert verschwitzten Menschen.«

Sie dreht den Zündschlüssel im Schloss. »Nee, stimmt, dafür sind Sie nicht der Typ.«

»Wo fahren wir jetzt hin? Setzen Sie mich jetzt in irgendeinem Waldstück aus?«

Zur Antwort erntet er ein höhnisches Lachen. »Da wären Sie wirklich am Arsch, oder?«

»Ich bin nicht so blöd, wie ich vielleicht in Ihren Augen aussehe.«

»Das haben Sie jetzt gesagt.«

Schweigend fahren sie an gelb blühenden Rapsfeldern und saftig grünen Wiesen vorbei.

»Was hat Dirk denn genau gesagt?«

»Dass es das gesamte Fahrwerk abgerissen hat.«

»Schitt!«

»Das können Sie laut sagen«, stimmt er ihr zu. »Die Schürze ist ab und der vordere Unterboden aufgerissen. Dazu müssen alle Airbags ausgetauscht werden.«

»Und wie lang wird es dauern?«

Mit schief gelegten Kopf wirft er ihr einen skeptischen Blick zu. »Was glauben Sie denn, wie lange es bei diesen Schäden dauert? Dazu kommt, dass er für meinen Wagen so schnell keine Ersatzteile heran bekommt.«

»Tja, da lobe ich mir meinen alten Jeep.« Liebevoll klopft sie auf das Armaturenbrett. »Er ist zwar nen Ami, aber den fahren sehr viele hier.«

»Schön für Sie«, brummt er, verschränkt die Arme und starrt aus dem Fenster.

»Hey, Sie müssen nicht gleich wieder eingeschnappt sein. Ich hab' ja nur gemeint …«

»Ich weiß schon. Danke sehr«, erwidert er, ohne den Kopf zu drehen. Dann eben nicht.

Die restliche Fahrt hängen beide ihren Gedanken nach und erreichen schweigend den Hof.

»Rudi wird sich freuen, dass Sie so schnell wieder da sind«, meint Sarah freundlich, um die Stimmung aufzulockern und steigt aus dem Auto.

»Hm.« Er folgt ihr.

»Dörthe sicher auch. Irgendwie scheinen Sie bei ihr einen Stein im Brett zu haben.«

»Ich bin eben freundlich.«

»Ach so.«

Unschlüssig stehen sie sich gegenüber und sehen sich an.

»Tja, also … "

»Ich … also, was machen wir denn jetzt?«

»Ich muss die Tiere versorgen.«

Ein Hauch von einem Lächeln erhellt sein Gesicht. »Ich meinte, mit mir. Kennen Sie eine Pension, wo ich so lange bleiben kann? Zumindest die nächsten Tage.«

»Ja.«

Abwartend sieht er ihr in die Augen. »Und, verraten Sie mir auch, wo diese Pension ist?«

»Ja.«

Es macht Spaß, ihn so zappeln zu lassen.

»Ich sage es Ihnen, wenn Sie mir helfen.«

»Wobei helfen? Ich sage es Ihnen lieber gleich, ich bin nicht besonders gut im Heimwerken.«

»Wer spricht denn vom Heimwerken?«, lacht Sarah. »Ich dachte an Stall ausmisten.«

Schockiert klappt ihm die Kinnlade herunter.

Lachend boxt sie ihm gegen die Schulter. »Sie müssten ihr Gesicht mal sehen. Zum Schießen.«

»Schön, dass ich Sie erheitern konnte.«

Sie erstarrt. »Sagen Sie mal, können Sie nicht mal den Stock aus ihrem Arsch ziehen, Herr Odenberg? Seien Sie doch mal locker.«

»Ich bin locker.«

»Ja, klar.« Sie wendet sich ab. »Kommen Sie!«

Sicher war er noch immer skeptisch, ob sie es wirklich ernst meint, folgt ihr aber dennoch in den Stall. Dort angekommen öffnet Sarah einen mit Spinnweben verdreckten Schrank und mustert deren Inhalt. »Die müssten Ihnen eigentlich passen.« Fröhlich hält sie ein paar olivgrüne Gummistiefel in die Höhe.

Fassungslos stammelt er, »Die soll ich anziehen?«

»Klar. Ihre hübschen italienischen Schuhe überleben den Stallmist sicher nicht.«

»Ach, mein Anson's Anzug aber schon?«

»Anson's? Noch nie gehört«, entgegnet sie fröhlich. »Ich hätte angenommen, Sie tragen Hugo Boss oder so etwas.«

»Tatsächlich habe ich auch ältere Boss Anzüge, aber das tut jetzt nichts zur Sache. Sie erwarten doch nicht ernsthaft, dass ich …«

»Dass Sie sich in meinem Stall dreckig machen? Doch, genau das. Denn das erwarte ich als Gegenleistung.«

»Gegenleistung?«, echot er verständnislos.

»Für Kost und Logis.«

»Wie jetzt?« Seine Verachtung scheint sich in Erstaunen zu wandeln. »Sie meinen, ich kann hier bleiben?«

»Jup. Und jetzt kommen Sie mit ins Haus!«

Thomas trabt Sarah hinterher ins Haus. Sie gehen in ebenjenes Zimmer, in dem er die letzte Nacht verbracht hat. Zielstrebig öffnet sie den Bauernschrank neben der Tür. Suchend überfliegt sie die darin enthaltende Kleidung. Fein säuberlich zusammengefaltet liegen hier Jeans, Hemden, Shirts und Pullover. Thomas, der über ihre Schulter ebenfalls in das Schrankinnere blickt, staunt, »Waren die vorhin auch schon darin? Also, Sie überraschen mich immer wieder. Nicht nur, dass Sie fix und fertige Gästezimmer haben, nein, Sie sind zudem noch mit Gästekleidung ausgestattet.«

»Die gehören meinem Bruder. Der hat in etwa Ihre Statur«, murmelt sie und zieht Hose, Langarmshirt heraus. Socken entnimmt sie einer Schublade. Die Kleidung in den Händen haltend mustert sie ihn abschätzend. »Ihre Unterwäsche müssen Sie leider weitertragen. Aber vielleicht stehen Sie ja auch auf ,unten ohne'. Dann könnten Sie die Sachen auch in den Wäscheschacht werfen und Dörthe wäscht sie für Sie.«

»Wie bitte? Ähm … danke nein, das wird wohl nicht nötig sein«, murmelt er verlegen.

»Wie Sie meinen.« Damit drückt sie ihm die Sachen in die Arme und sieht ihn an. Unschlüssig bleibt er vor ihr stehen.

»Worauf warten Sie?«, fragt Sarah frech. Wollen wir doch mal sehen, wie stark verklemmt er ist.

»Worauf ich warte?«, stammelt er.

»Na, umziehen! Zack zack. Die Tiere warten.«

»Ich … ich bin nicht sicher, ob …«

»Keine Sorge, die Sachen passen sicher«, grinst sie. Ihr Bruder Paul und Thomas Odenberg haben in etwa dieselbe Größe und auch sonst ähneln sie sich. Paul ist ebenso ehrgeizig wie verklemmt.

»Na gut«, gibt er nach. »Ich helfe Ihnen. Aber wir wissen doch gar nicht, wie lange ich bleiben werde.«

»Na ich nehme doch an, bis Ihr Chef Sie zurückbeordert.«

»Ich habe Urlaub.«

»Wie jetzt? Sie haben doch gedroht, am Dienstag wiederzukommen?«

»Gedroht?« Er runzelt die Stirn.

Ergeben zuckt sie die Schultern.

»Ich sagte ja nicht, an welchem Dienstag.«

»Sie Arsch!«, flucht sie, muss dann aber doch lachen.

»Ich wollte Ihre Tante nicht vor den Kopf stoßen. Und Rudi.«

»Ja, Rudi. Ihn zu enttäuschen, wäre unverzeihlich.«

»Genau«, stimmt er grinsend zu. »Wo er doch mich allein in sein Herz geschlossen hat.«

»Hm. Da können Sie sich was drauf einbilden.«

»Liebe Frau Mitchell, das tue ich auch«, lacht er fröhlich.

»Sarah.«

»Was?«

»Na, mein Name. Lassen Sie das blöde Frau Mitchell weg. Ich bin Sarah.«

Lächelnd mustert er sie. »In Ordnung. In dem Fall bin ich für Sie auch Thomas.«

Sie reichen sich die Hand.

»So, und nun, umziehen!«

Abwartend bleibt er stehen.

»Was ist denn noch?«, fragt sie hinterlistig.

»Ich warte, bis Sie gegangen sind, Sarah.«

»Meinen Sie, ich könnte Ihnen was weggucken?« Unauffällig tritt sie näher. »Da gibt es nichts, was ich nicht schon gesehen habe.«

Er lässt die Arme sinken, neigt den Kopf und sieht sie durchdringend aus seinen Jadeaugen an. »Meinen Sie?«

Sarah schluckt »Ähm … ja, sicher.« haucht sie zu ihm auf.

»Wollen Sie es herausfinden?«

Was geschieht hier? Das geht Sarah dann doch etwas zu weit. Sie hat sich wohl in ihm getäuscht, oder er ist ein guter Schauspieler. Von ihrem eben noch vorherrschenden Selbstvertrauen war nichts mehr vorhanden. Rasch macht sie zwei Schritte rückwärts, stößt gegen den geöffneten Kleiderschrank und landet beinahe mit dem Hintern darin.

Grinsend sieht er auf sie herunter. »Falls Sie jetzt doch an keiner weiteren Begutachtung interessiert sind, ist es wohl besser, Sie warten draußen.«

»J-ja. Genau. Ich warte draußen. Ich meine unten. Im Stall«, stammelt sie, dreht sich weg und flüchtet beinahe aus dem Raum.

5.

Ein Schwan kommt selten allein

»Schaffen Sie das?«

»Selbstverständlich«, gibt er zurück. Als würde er es nicht schaffen, eine voll beladene Schubkarre zu schieben. Für was für ein Weichei hält sie ihn?

»Okay.« Abwartend bleibt sie stehen und sieht ihm auf die Mistgabel gestützt zu. Für ihn als Laien, schien die Karre völlig überladen, dennoch bemüht er sich verbissen sie in Waage zu halten und schiebt das schwere Gefährt die Stallgasse entlang. Die dämliche schwarz weiße Hofkatze sitzt noch immer mitten im Weg und hat die Frechheit, ihn anzufauchen, als er ihr beinahe über den Schwanz fährt. »Dann hau doch ab«, knurrt er leise und geht weiter. Unbeeindruckt widmet das Tier sich wieder seiner Körperpflege.

Draußen schiebt Thomas die Schubkarre mit Schwung über ein Brett den stattlichen Misthaufen hinauf.

»Na, das hat doch gut funktioniert«, lobt Sarah, die ihm gefolgt war.

»Gern dürfen Sie mir immer helfen, Thomas.«

»Vielen Dank auch«, murmelt er und steigt rückwärts den Haufen hinab.

»Im Ernst. Ich bin sehr froh, dass Sie mir helfen«, bedankt Sarah sich und nickt ihm dankbar zu.

Thomas spürt, wie sein Gesicht warm wird. »Sehr gern.« Lächelnd sieht er auf sie hinunter.

Ein Moment peinlicher Stille entsteht. »Ähm … die Klamotten stehen Ihnen gut.«

»Danke. Sie sind überraschend bequem«, gibt er zu und zupft an dem Saum des Shirts.

»So etwas Legeres tragen Sie sicher nicht jeden Tag.«

»Nein«, lacht er.

Sarah hebt den Arm. »Sie haben da …«

Er versteht und beugt sich etwas zu ihr herunter. Vorsichtig zieht sie ihm einen Strohhalm aus dem Haar. Stolz zeigt sie ihm den Fund.

»Sie passen sich mehr und mehr uns Dörflern an«, scherzt sie und sieht ihm in die Augen.

»Ich geb' mir Mühe.«

Schweigend sehen sie sich in die Augen. Irgendetwas hatte sich zwischen ihnen verändert. Wo diese Frau ihn gestern noch vor Wut die Wände hochgehen ließ, so anziehend fand er sie heute. Er hatte das Bedürfnis, ihr näherzukommen. Langsam, wie in Zeitlupe, nähern sich ihre Gesichter. Plötzlich kommt im rasanten Schweinsgalopp Eber Karlchen angerannt. Wie eine Dampframme rauscht er zwischen ihren Beinen hindurch und bringt beide damit zu Fall. Sie fallen wie zwei Kegel. Sarah auf den lockeren Kies und Thomas in den stinkenden Mist. Lachend hält Sarah sich den Bauch. »Ich … muss vergessen … haben … den Stall zuzumachen«, presst sie atemlos hervor.

Thomas rappelt sich auf, klopft den Dreck etwas von Knie und Hosenboden und reicht ihr galant eine Hand. »Haben Sie sich wehgetan?«

»Und Sie? Sind Sie stark … verschmutzt?«, lacht sie neckisch.

Er sieht an sich herunter. »Hält sich in Grenzen.«

Sie schnuppert demonstrativ. »Eine Wäsche können Sie jetzt schon vertragen.«

Er winkt ab. »Das hat Zeit. Ich denke, wir haben noch genug zu tun.«

»Stimmt auch wieder. Na gut, dann wollen wir mal. Aber …« Sie hält ihn am Handgelenk zurück. »… nachher begleiten Sie mich an den See!«

»Ein See? Hier in der Nähe?«

»Ja.«

Ehe er ihr seine Antwort mitteilen kann, ist sie davongejagt. Dem Schwein hinterher.

»Warten Sie! Ich helfe Ihnen«, ruft Thomas und folgt ihr.

Gemeinsam jagen sie den Eber um und unter den alten Bäumen im Gutspark.

»Der haut öfter ab, oder?«, keucht Thomas.

»Eigentlich nicht«, gibt sie atemlos zurück und springt mit einem Satz auf das Tier zu. Daneben.

Er versucht sein Glück aus der anderen Richtung. Kalkuliert nähert er sich dem Eber Stück für Stück, hebt beide Arme, macht sich zum Sprung bereit … Karlchen dreht den Kopf, sieht ihn an, schnaubt und … sprintet los.

»Scheiße«, schreit Thomas, der sich schon auf den Fangzähnen des Ebers sitzen sieht, dreht sich um und rennt so schnell er kann vorneweg. Lachend folgt Sarah den beiden.

Karlchen jagt nun seinerseits Thomas über die Wiese. Dieser läuft, so schnell es in geliehenen Gummistiefeln möglich ist, zu einer Baumgruppe.

»Stopp! Nicht dorthin.« hört er Sarahs warnende Rufe. Falls sich dort ihre geliebten Blumenrabatten oder Ähnliches befinden, konnte er in diesem Moment darauf keine Rücksicht nehmen.

Er erreicht die Bäume, passiert diese, rennt weiter. Das Schwein laut grunzend hinterher. Wie war das gleich noch? Schweine sind Allesfresser. Was würde das Tier mit ihm anstellen?

Wieder ruft Sarah, »Stopp!«

Thomas erreicht einen Schilfgürtel. Stacheliges mannshohes Gras peitscht ihn ins Gesicht und an die Unterarme. »Scheiße«, flucht er erneut. Und schon geschieht es. Die Ernüchterung kommt, in Form von Wasser, dass ihm in die Stiefel läuft. Ihn in die Tiefe zieht und gleich darauf schwimmt er bäuchlings im Wasser.

»Was zur … ?«

Karlchen umrundet den Teich bis zu einer von Schilf befreiten Stelle. War ja klar, dass er der einzige Depp ist, der sich vom Schilf die Haut zerkratzen lässt. Aufgeregt läuft der Eber einige Momente noch im Gras auf und ab und sieht ihn aus dunklen Knopfaugen mürrisch an, ehe er sich umdreht und verschwindet.

»Sie sagten doch, sie wollen mir erst noch bei der Arbeit helfen, ehe Sie schwimmen gehen?«, scherzt Sarah, die das offene Ufer ebenfalls erreicht hat.

»Sehr witzig«, ruft Thomas und wischt sich mit der rechten Hand das Wasser aus dem Gesicht.

»Sie dürften stehen können. Der Teich ist nicht sehr tief.«

Er probiert es gleich einmal aus und tastet mit mittlerweile nackten Füßen nach dem Grund. Tatsächlich kann er glitschiges Geäst und so etwas wie Sand fühlen. »Stimmt. Ich kann stehen. Oder zumindest …«

Er macht eins, zwei Armbewegungen, um sich nach vorn zu schieben.
»… beinahe.«

»Fein!«, lobt sie. »Dann nehmen Sie mal ihre Beine in die Hand und machen, dass Sie da rauskommen!«

»Was? Wieso?«

»Deswegen.« Ihre ausgestreckte Hand deutet auf einen ziemlich schnell herannahenden Schwan.

»Mit denen ist nicht gut Kirschen essen. Besonders, wenn sie ihre Brut beschützen.« erklärt die Fachfrau. »Achtung, da kommt noch einer.«

Gehetzt dreht er den Kopf in alle Richtungen. Tatsächlich nähert sich ein weiteres von diesen weißen Biestern.

»Oh, bitte nicht«, jammert er. Was war nur geschehen, dass er seit er hier ist ein Unglück nach dem nächsten durchlebt? Die Tiere scheinen sich abgesprochen zu haben. Umkreisen ihn und ziehen dabei die Kreise immer enger.

Panisch reißt Thomas die Augen auf. Er macht ein paar hektische Vorwärtsbewegungen, verheddert sich dabei jedoch mit dem Fuß in einer Art Schlinge und fällt, mit dem Gesicht voran, ins Wasser. Prustend taucht er wieder auf. Wedelt mit den Armen. Irgendetwas hält seinen Fuß fest. Der Schwan kommt näher und näher. Drohend breitet er die weißen Flügel aus. Den Schnabel bereits weit geöffnet hat er Thomas fast erreicht. Dieser flucht, zieht mit einem kräftigen Ruck seinen Fuß aus der Schlinge und sprintet förmlich an das Ufer. Sarah empfängt ihn mit offenen Armen. Tröstend schlingt sie ihre Arme um seine Mitte. »Sie sind ja völlig nass.« Hinter ihnen schreien ihn die Schwäne wütend zum Teufel.

»Was nicht anders zu erwarten ist nach einem Vollbad.«

Lachend reibt sie ihm den Rücken. »Stimmt. Geht es Ihnen gut?«

»Geht schon. Aber ich muss schon sagen …« Sein Blick wandert über die Wasseroberfläche. »… äußerst kampflustige Tiere haben Sie hier, Sarah.«

»Tja, wie der Herr so das Gescherr.« Entschuldigend zuckt sie die Schultern.

Da sie wirklich nichts für sein neuerliches Missgeschick kann, schenkt er ihr ein Lächeln. Auch, dass sie ihn noch immer in ihren Armen hält, besänftigt ihn. Auch Sarah scheint nun aufzufallen, wie intim sie sich gerade gekommen sind, und tritt einen Schritt zurück.

Kaum, dass ihre Hände seinen Körper verlassen haben, vermisst er sie schon.

»Kommen Sie, Thomas. Drinnen finden wir sicher trockene Kleidung«, murmelt sie leise.

»Gern.« Brav folgt er ihr zum Haus zurück. Karlchen sehen sie in der Ferne am Gatter des Schweinepferchs. »Sehen Sie, den treibt's immer zu seinen Damen zurück«, erklärt Sarah mit Blick auf das Tier. »Eigentlich muss ich mir gar keine Gedanken machen. Und sind's nicht die Mädels, die ihn umkehren lassen, so doch irgendwann der Hunger.

»Das Schweineleben ist so einfach gestrickt«, war das Einzige, was Thomas dazu zu sagen hat.

»Ist doch wie bei uns Menschen«, urteilt sie nüchtern.

»Wirklich?«

»Ja.« Sarah bleibt so abrupt stehen, dass er beinahe in sie hineinläuft.

»Es ist doch schön, jemanden an seiner Seite zu wissen, der zu Hause auf einen wartet. Sei's nun mit einer warmen Mahlzeit auf dem Tisch oder einfach nur zum Reden.«

»Beides ist wohl schön«, murmelt er zustimmend.

»Warum sagen Sie das so, als wäre ihnen das vollkommen unbekannt? Sind Sie Single?«

»Was? Ich …« Ertappt starrt er sie an. »… ja, ich bin frei.« Überrascht runzelt sie die Stirn.

»Ich meine ungebunden«, beeilt er sich richtigzustellen.

Sie mustert ihn eindringlich. »Verstehe.«

»Und Sie? Keiner, der mit Ihnen das Bett teilt?«

Mit einem Mal verdunkelt sich ihr Blick. »Nein.« Damit dreht sie sich um und rennt davon.

Irritiert bleibt er zurück.

Was hatte er denn nun schon wieder falsch gemacht? Das war doch eine ganz normale Frage. *Sind Sie Single?*

Entweder hat Sarah ein echtes Problem mit ihm oder sie leidet unter Schizophrenie.

Hatte sie zu heftig reagiert? Bauschte sie ein harmloses Thema übertrieben auf? War sie verklemmt? Reflektiert Sarah ihren soeben hingelegten Abgang. Was er jetzt wohl von ihr denkt? Sicherlich hält er sie für eine überarbeitete, plumpe, alte Jungfer die nichts in ihrem Leben auf die Reihe kriegt. Nicht mal die simple Buchhaltung.

Wütend läuft sie ins Haus und knallt, kaum dass sie es erreicht hat, die Tür ihres Schlafzimmers hinter sich zu. Sollen alle sie doch mal gerne haben.

»Kind?« Zaghaft klopft es wenig später an ihre Tür. Dörthe hatte ihren Auftritt durchs Fenster beobachtet und sorgte sich jetzt. »Ist alles in Ordnung? Habt ihr euch gestritten?«

Warum fragt sie so etwas? Warum sollten Thomas und sie sich streiten? Sie waren ja nicht einmal befreundet. Mit Fremden streitet man doch nicht. Man hat höchstens eine Meinungsverschiedenheit oder führt eine Diskussion. »Alles okay«, ruft sie zurück.

»Darf ich reinkommen?«

Nein. »Ja.«

Vorsichtig betritt ihre Nenntante den Raum und setzt sich neben Sarah auf die Bettkante. »Ach Kind. Was ist denn geschehen?«

»Ach, ich … ich bin eine blöde Kuh, Dörthe.«

Diese lächelt. »Ganz sicher bist du das nicht.«

Sarah nickt. »Oh doch. Ich führe mich auf wie eine Furie. Mache aus einer Mücke einen Elefanten und bin unfreundlich.«

Liebevoll legt die Ältere ihre runzelige Hand auf die ihre.

»So bin ich doch gar nicht. Unfreundlich meine ich. Ich … ich mag niemanden verärgern.«

»Das weiß ich doch. Und derjenige, mit dem du dich gezankt hast, weiß das sicher auch.«

Sarah schüttelt den Kopf. »Er kennt mich doch gar nicht. Für ihn bin ich die Zimtziege. Und das von Anfang an.«

»Du sprichst von Thomas?«

»Ja.«

»Nun ja, du warst nicht gerade freundlich. Aber, wenn man bedenkt, was ihn zu uns geführt hat …«

»Eben. Er kann doch nichts dafür, dass er so ein verklemmter
Finanzheini ist. So ist er eben. Und ich … ich bin von Anfang an …
unfreundlich und abweisend.«
»Ich nehme an, du bist nicht die erste Person, die ihm kritisch
gegenübersteht. Ihm, den Steuerfahnder.«
»Hm.«
»Aber da ist noch mehr, oder? Ich frage, weil du damals, als schon
einmal einer hier war, nicht so eine … ähm, dich nicht so benommen
hast.«
Da hatte sie auch schon wieder recht. Thomas' Kollege war sie
distanziert, aber freundlich gegenübergetreten.
»Er ist es.«
»Er?«
»Ja, Thomas Odenberg«, presst Sarah hervor. »Es ist etwas an ihm, das
mich … das mich wahnsinnig werden lässt.«
»Ach wirklich?«, erwidert Dörthe mit wissendem Lächeln.
Sarah fällt der Unterton nicht auf. »Wie er sich gibt. Wie er aussieht.
Immer diese Anzüge.«
»Nun ja, er hat keine Wechselkleidung bei sich«, gibt Dörthe zu
bedenken.
Sarah überhört es und zählt weiter auf. »Überall steckt er seine Nase
rein. Und dann das Getue um seinen Wagen. Totalschaden, oje.
Kostenexplosion, auweia.« Theatralisch wedeln ihre Hände durch die
Luft.
»Findest du nicht, dass du etwas zu hart mit ihm ins Gericht gehst?«
Überrascht hält Sarah inne. »Wieso? So ist es doch. Thomas Odenberg
ist ein arroganter Wichtigtuer.«
»Ich weiß schon. Er ist unerträglich neugierig, wichtigtuerisch,
ordnungsliebend, wohlhabend, freundlich, ist dem Landleben gegenüber
kritisch und doch so interessiert und bei all dem so charmant.«
»Ja, genau. Du sagst es«, stimmt Sarah ihr zu.
Moment. Was?

6.

Das muss ich mir nicht antun

Das Telefonat mit seiner Mutter heute Morgen verlief genauso, wie er es prognostiziert hat. Selbstverständlich war er allein schuld an dem Unfall. Dem schlechten Gewissen, dass ihn plagte, die Geburtstagsfeier seines Großvaters zu verpassen, entgegenzuwirken, beschloss Thomas nun auch das baldige Geburtstagskind anzurufen. Zwar führen allein die gängigen Familientreffen ihn jährlich zurück in das tiefste Erzgebirge, doch würde er in diesem Jahr zum ersten Mal nicht anwesend sein.

»Hallo Opa. Ich bin's Tom«, grüßt er, nachdem man das Gespräch angenommen hat.

»Aber natürlich, mein Junge. Wie geht es dir?«, grüßt sein Großvater durch das Telefon.

»Mir geht's gut. Obwohl …«

»Ja?«

»Ich habe ein schlechtes Gewissen.«

»Warum, mein Junge?« Die Stimme seines Großvaters klingt brüchig, ganz anders, als es den Anschein hat, wenn man dem alten Herrn vis a vis gegenübersteht.

»Ich weiß gar nicht, wie ich es sagen soll.«

»Nur raus damit!«

Thomas atmet tief durch. »Ich schaffe es nicht, nach Hause zu kommen. Soll heißen, ich werde bei deiner Feier nicht dabei sein.«

»Oh, das ist aber schade. Warum denn nicht?«, will Hans Odenberg wissen.

»Ich hatte einen Unfall.«

Sein Opa unterbricht ihn und fragt besorgt, »Ist dir etwas geschehen? Bist du verletzt und kannst deswegen nicht kommen?«

Rasch beruhigt ihn sein Enkelsohn. »Nein, nein, keine Sorge. Ich bin unverletzt. Aber mein Wagen … Der ist Totalschaden.«

»Das muss ja ein heftiger Unfall gewesen sein.«

»Er steht in direktem Zusammenhang mit einem hier allseits bekannten Schlagloch«, gibt Thomas zerknirscht zu und reibt sich über das Gesicht.

59

»Und das hat deinem Wagen einen solchen Schaden zugefügt?«
»Es war ein sehr tiefes Schlagloch«, rechtfertigt er sich. »Das Einzige in diesem Nest.«
»Nest?«
»Ich bin sozusagen auf einer Geschäftsreise.«
»Ich verstehe.«
»Auf dem Rückweg nach Berlin ist es dann passiert.«
»Ich sage dir, es liegt an deinem Sportwagen. Der ist nicht für die Straße geeignet. Mit so einem kann man nur auf der Rennstrecke fahren.« Und da war sie wieder, die Standpauke.
»Das passt schon. Nur für diese dörflichen Huckelpisten ist mein Audi nicht geschaffen«, murmelt Thomas zerknirscht.
»Hm. Und jetzt bist du ohne fahrbaren Untersatz?«
»Stimmt genau. Es tut mir sehr leid, Opa!«
»Ist schon gut. Du bist doch sonst immer da. Aber deine Mutter wird enttäuscht sein.«
»Enttäuscht ist gar kein Ausdruck«, brummt er dunkel.
»Das kann ich mir denken«, lacht der Ältere. »Dann nutze dein freies Wochenende! Entspanne dich mal. Du stehst immer so unter Strom.«
»Eigentlich hatte ich vorgehabt, bis Montag in Schwarzbach zu bleiben und dann noch ein paar Tage durchs Land zu fahren. Aber nun.«
»Nun steckst du fest«, lacht Hans. »Apropos, wo genau steckst du eigentlich?«
»In der wunderschönen Uckermark. In Brandenburg.« Die Ungeduld ist ihm deutlich anzuhören. »Ich bin hier mitten auf dem Dorf. Wie bei euch, sagen sich hier Fuchs und Hase gute Nacht«, lacht Thomas.
Sein Großvater stimmt mit ein. »Das passt ja. Wo du dich doch so wohl auf dem Land fühlst.«
»So schlimm ist es gar nicht, offen gestanden«, gibt Thomas zu.
»Ach, wirklich?« Hans schien auf zu horchen.
Thomas überhört ihn und fährt fort, »Zumindest die Natur ist wunderschön, wenn auch etwas einsam.«
»Ist das so?«
»Hier gibt es nicht einmal eine Bahnstation, geschweige denn einen Supermarkt.«

»Nicht? Dafür aber sicher eine Landwirtschaft und einen Tante-Emma-Laden.«

»Ja, ja, das schon. Nur eine Handvoll Häuser, einen Bauernhof und … und den Gnadenhof, weswegen ich hier bin.«

»Verstehe. Aber dann ist es doch gut.«

»Gut?«

»Ja, sieh zu, ob du die Woche dort bleiben kannst. Vielleicht gibt es ja eine Pension oder Ähnliches? Miete dich dort ein paar Tage ein und erhole dich!«

Genau das hatte er sich vorgenommen, doch jetzt standen die Dinge anders. Dennoch versprach er seinem Großvater, sich seinen Rat zu Herzen zu nehmen und verabschiedete sich.

Am einfachsten wäre es, hierzubleiben, doch Sarah schien eine tiefe Abneigung, ihm gegenüber zu hegen. Hierzubleiben ist nicht nur praktisch, um dem Automechaniker ab und an etwas Dampf zu machen, sondern auch ihretwegen. Irgendwie schien etwas, tief in ihm, sich angestachelt zu fühlen dieser Frau zu imponieren. Doch wie es aussieht, legt sie keinen gesteigerten Wert auf seine Gesellschaft.

Tief in Gedanken versunken, sieht er aus dem Fenster. Beobachtet die Blätter, wie sie sich sacht im Wind bewegen und lauscht den Geräuschen der Natur. Das Schicksal höchstselbst scheint ihm die Entscheidung schlussendlich abzunehmen. Hinter ihm, auf dem Nachttisch, läutet sein Smartphone.

»Daniel?«, ruft er erfreut, als er sieht, wer ihn da zu erreichen versucht.

»Hey. Sag mal, wo steckst du? Wir waren verabredet.« Der tadelnde Unterton ist deutlich zu hören.

»Verabred… Ach ja.« Thomas reibt sich über das Gesicht. »Sorry. Ich stecke fest.«

»Na ich hoffe doch nicht in einer Frau.« Daniel lacht selbst am lautesten.

»Ha ha. Nein«, brummt Thomas und erklärt zum dritten Mal an diesem Tag seine Situation.

»O-k-a-y. Schöne Scheiße«, lautet das abschließende Urteil seines besten Freundes.

»Kannst du laut sagen.«
»Und was jetzt? Ich dachte, du bist schon auf dem Weg in die Einöde?
Hat dein alter Herr morgen nicht Geburtstag?«
»Mein Großvater. Ja. Ich habe meine Teilnahme schon abgesagt. Aber
gut, dass du anrufst!«
»Ich höre.«
»Könntest du mich abholen? Hier gibt's nicht mal eine Bahnstation.«
»Doppelt scheiße. Und dein Auto?«
»Bleibt hier natürlich.«
»Hm”
»Geht nicht anders. Ich hoffe nur, es dauert nicht ewig!«
Für einen Moment schweigen beide Männer nachdenklich. »Okay. Wo
bist du denn genau?«, will Daniel schließlich wissen.
»Das Nest heißt Greiffenberg. Bei Angermünde.«
»O-k-a-y. Ich werd's schon finden. Wo bist du genau?«
»Dieser Gnadenhof. Im Gutshaus.«
 »Gut. In einer Stunde bin ich da.«
»Macht nichts, wenn's ein bisschen schneller geht.« Damit legt er auf.

Schweigend essen alle drei ihr Abendessen. Wieder hat Dörthe etwas
Köstliches gezaubert. Sich auf das Mindestmaß höflicher Konversation
beschränkend, essen sie die frische Forelle Müllerin Art mit
Petersilienkartoffeln. Unauffällig steckt Thomas seinem kleinen Freund
Rudi, der natürlich erneut direkt neben seinem Stuhl sitzt, ein paar
Kartoffelstückchen zu. Sarah starrt, mit aufgestütztem Kinn,
gedankenverloren die gegenüberliegende Wand an, als gäbe es dort ein
Rätsel zu lösen und stochert in ihrem Essen herum.
Und Dörthe sieht mit wissendem Gesichtsausdruck zwischen den beiden
Hin und Her. »Nun mal Butter bei der Fische. Wie soll das
weitergehen?«, platzt sie plötzlich heraus und sieht ihre Tischnachbarn
nacheinander an.
Wie aus einem Traum aufgeschreckt, schüttelt ihre Nichte den Kopf.
»Was ist?«
»Wie meinen?«, fragt Thomas und sieht sie irritiert an.
»Na, wie habt ihr euch die nächsten Tage vorgestellt?«

»Wie meinst du das?«, will Sarah wissen.

»Na, Sie haben doch eine Woche Urlaub, Thomas. Bleiben Sie hier?«

»Ich … ähm …«

Ihr Plan scheint zu sein, pausenlos weiterzureden und die anderen gar nicht erst zu Wort kommen zu lassen, denn sie plaudert munter weiter.

»Ich habe mitbekommen, dass Thomas dir im Stall geholfen hat«, wendet die ältere sich an die jüngere Frau. »Ist das eure Übereinkunft? Er hilft gegen Kost und Logis.«

»So war's geplant«, brummt er.

»War?« Erstaunt schaut Dörthe ihn an.

Sarah hebt den Blick in seine Richtung. »Na ja, ich … Thomas und ich … wir …«

»Sarah hat ihre Meinung geändert«, blafft er. Außerdem wurde genug um den heißen Brei geredet. Um das Ganze abzukürzen, verkündet er, »Es haben sich sowieso Veränderungen ergeben.«

»Ach, wirklich?«, erwidern beide Frauen unisono. Nur ihr Mienenspiel verrät ihre unterschiedlichen Reaktionen.

»Ja, ich werde jeden Augenblick abgeholt.«

»W-wirklich?«, haucht Sarah zu ihm auf.

Er nickt. »Ein Freund kommt her.«

»Und was geschieht mit Ihrem Wagen, Thomas?«, fragt Dörthe irritiert. Verunsichert sieht sie zu ihrer Nichte.

»Der bleibt hier. Herr … Herr …« Krampfhaft versucht er sich an den Nachnamen des Mechanikers zu erinnern, doch er will ihm nicht in den Sinn kommen. »… ich weiß seinen Nachnamen nicht. Aber Dirk hat meine Nummer und gibt mir Bescheid, wenn ich ihn abholen kommen kann.«

»Ich verstehe«, flüstert Dörthe. »Schade! Nicht wahr, Sarah?« Ihr Blick sucht den Sarahs. Diese gibt nur ein, »Wenn du meinst zurück.«

Das war's. Ihm reicht's. Kurzerhand steht er auf, entschuldigt sich und verlässt den Raum. Im Gästezimmer lagen noch seine persönlichen Dinge. Seinen Anzug, dank Dörthe frisch gereinigt, trug er ja bereits. Ein verpasster Anruf zeigte ihm, dass Daniel versucht hatte ihn zu erreichen. Sofort drückt er auf die Rückruftaste und eröffnet mit, »Na, hast du dich verfahren?« das Gespräch.

»Jup. Wo liegt dieser verdammte Hof?«

»Versteckt hinter Bäumen wie im Dornröschenschlaf«, lacht Thomas. »Ich habe mich gestern auch verfahren.«

»Toll. Es ist genau, wie du gesagt hast. Das absolute Nest. Wo muss ich denn jetzt hin?«

Thomas erklärte es ihm rasch, sammelte dabei seine Siebensachen ein und verlässt das Zimmer.

Unten trifft er auf Rudi, der auf ihn gewartet hat. »Tschüss, alter Junge. Du bist toll! Lass dir nichts anderes sagen«, flüstert er dem Tier ins Ohr. Fragend sieht dieser zu ihm auf. »Ich muss jetzt gehen. Es war schön, dich kennengelernt zu haben!« Letzteres wiederholt er für Dörthe, die nähergetreten war.

Rudi beginnt zu jaulen. Herzzerreißend zu jaulen. Er schien zu spüren, dass dies ein Abschied für immer war.

»Vielen Dank für Ihre Gastfreundschaft, Dörthe.« Galant küsst er sie auf die Wange.

Sie tätschelt zum Dank seine Schulter. »Gern geschehen. Sie wissen, dass Sie auch gern bleiben können?«

»Lieber nicht«, entgegnet er schief grinsend.

Draußen wird gehupt.

»Grüßen Sie ihre Nichte. Tschüss Rudi.« Ein letztes hinter den Ohren kraulen und weg war er. Schnell läuft er die Stufen der Freitreppe herunter. Daniel sitzt noch im Wagen.

»Hi«, grüßen sich die Männer beim Einsteigen. »Danke dir noch mal.«

»Kein Ding.« Daniel startet den Motor und gibt Gas.

Durch das Seitenfenster beobachtet Thomas, wie die Bäume an ihnen vorbeiziehen. In der Ferne sieht er die Pferde auf einer Weide grasen. Er kommt nicht umhin, leise zu seufzen.

Daniel scheint zu spüren, dass sein bester Freund einen Moment für sich braucht und schweigt, während er das Fahrzeug die Ausfahrt hinaus auf die Landstraße lenkt und Gas gibt.

Die alten Alleebäume fliegen an ihm vorüber. All das Grün. Wenn das Fenster offen, statt die Klimaanlage laufen würde, könnte man die gute Luft riechen. Mit all ihren Düften. Im Radio beginnt ein neues Lied. *They*

Wenn das mal nicht wie die Faust aufs sprichwörtliche Auge passt.
Genervt rollt Thomas mit den Augen, als ABBA weitersingen.

Energisch dreht er die Lautstärke herunter.
»Willst du drüber reden?«, bricht Daniel das Schweigen.
»Ist schon gut«, brummt Thomas und fährt sich mit der Hand über das
Gesicht. Endlich dreht er den Kopf und sieht seinen Freund an.
»Woah«, ruft dieser entsetzt. »Wie siehst du denn aus? Das nimmt dich
ja echt mit, oder?« fährt er staunend fort.
»Ja, irgendwie schon«, gibt Thomas zu und sieht nach vorn. »Das hätte
ich nicht gedacht"
»Na ja, so wie du immer davon gesprochen hast …«
»Ich hatte doch noch gar keine Gelegenheit dazu?«, wundert Thomas
sich.
»Nicht? Also, mir kommt es so vor, als gäbe es für dich kaum ein
anderes Thema.«
»Wirklich?«
Daniel nickt ernsthaft.
»Seltsam. Ich dachte … Ich habe ja auch gar nicht damit gerechnet.«
»Mit einem Unfall rechnet man doch auch nicht.«
»Apropos. Pass auf, wenn du durch den Ort fährst!«
»Du meinst das Schlagloch?«
Thomas nickt.
»Da weißt doch extra ein Schild am Ortseingang drauf hin.«
»Das hat man mir auch gesagt.«
»Zu spät, möchte ich wetten«, lacht sein Freund. Als er sieht, dass dieser
das nicht so lustig findet, fragt er, »Wie lange wirst du denn auf deinen
Liebling verzichten müssen?«

»Für immer«, entgegnet Thomas gedankenverloren.

»Was?«, keucht Daniel. »So schlimm?«

»Jup. Das war wohl ein Abschied für immer.«

»Meintest du nicht, du müsstest die Reparatur bezahlen?«

»Hm.«

»Dann verstehe ich nicht, warum du sagst, ihr werdet euch nie wiedersehen?«

»Weil's so ist. Moment mal … Reden wir vom selben Thema?«

»Ich spreche vom Audi«, erklärt Daniel.

Erleichtert seufzt Thomas, »Ich nicht.«

»Nicht?«

»Nee.«

»Wovon dann? Ist hier irgendwas passiert, was dein bester Freund wissen sollte?« Skeptisch mustert er ihn.

Thomas winkt ab. »Schon gut. Hat sich eh erledigt.«

»Okay.«

»Ein gutes hat die ganze Sache aber doch.«

»Und die wäre?«

»Ich bin um Opas Geburtstagsfeier rumgekommen. Ich bin ein freier Mann, Daniel.«

»Glückwunsch«, erwidert dieser trocken. »Und was gedenkst du mit der unverhofften Freizeit anzufangen? Zumal ohne fahrbaren Untersatz.«

»Ich leih' mir ein Auto und fahre ans Meer.« Die Idee ploppte ihm ganz plötzlich ins Hirn.

»Klingt nach einem guten Plan«, lobt sein Freund. »Würde ja mitkommen, wenn da nicht die Familie und die Arbeit wäre.«

»Du tust mir leid«, erwidert Thomas nur halb im Scherz.

»Nun ist er weg«, verkündet Dörthe das Offensichtliche, als sie das Wohnzimmer betritt, wo ihre Nichte auf dem Sofa sitzt und in einer Zeitschrift blättert.

»Ist besser so«, erwidert Sarah, ohne aufzusehen. In ihrer Brust zieht es schmerzhaft.

»Ich bin mir nicht sicher«, meint Dörthe kryptisch und nimmt im Sessel neben dem Radio platz. Um das Schweigen nicht unerträglich werden zu lassen, stellt sie letzteres an. Der eingestellte Radiosender gefiel ihnen beiden. Musik der vergangenen Jahrzehnte. Doch gerade jetzt, in diesem Augenblick, schien er mit einem Stimmungsbarometer verbunden zu sein. Zunächst schmetterte Cher *Belive*, wurde jedoch abgewechselt von ABBA mit ihrem Herzschmerz Song *One of us*. Mit jedem Wort fühlte sie sich kleiner. Zog sich ihr Herz schmerzhafter zusammen. Warum nur? Sie verstand es nicht. Thomas war ein arroganter Wichtigtuer. Er sollte ihr am Arsch vorbeigehen, doch tat er ebendies nicht. Irgendetwas war in den vergangenen 24 Stunden geschehen. So gern sie es auch getan hätte, ein Fehlverhalten konnte sie ihm wirklich nicht vorwerfen. Stets freundlich und hilfsbereit war er ganz Gentleman der alter Schule. Und er war witzig. Seine trockene Art. Wie er stets bemüht war alles richtigzumachen und ihm dabei doch ein Missgeschick nach dem nächsten passierte.

Dazu sein Duft. Ja, er roch so gut. Umwerfend gut. Zum Verrücktwerden gut. Nein. Stopp! Das durfte nicht sein. Auf keinen Fall würde sie sich noch einmal auf einen Mann einlassen. Zu groß war die Enttäuschung damals. Das Schicksal will, dass sie allein durchs Leben geht. Das hatte sie bisher auch ganz gut gemeistert. So durfte es auch gern bleiben. Wer braucht schon die Männer?

Dörthe schien nichts von Sarahs Gedanken zu ahnen, »Rudi winselt sich die Seele aus dem Leib. Er scheint Thomas wirklich zu vermissen.«

»Ach wirklich? Der wird sich schon wieder beruhigen«, meint Sarah leichthin.

»Der Hund hat ein gutes Gespür für Menschen«, erinnert Dörthe fachkundig.

»Woher willst du das denn wissen? Uns lässt er doch, bis aufs nötigste, nicht an sich heran. Und wir waren immer gut zu ihm.«

»Das wissen wir und er weiß das auch. Und ich bin sicher, er ist uns dankbar. Doch nun hat er einen weiteren Menschen in sein kleines Hundeherz geschlossen.«

»Wie theatralisch«, denkt Sarah.

»Wie sehr er leidet, hört man ja.«

Beide lauschen.

»Hm. Wie gesagt, er wird sich schon wieder beruhigen. Es ist, wie es ist.« Energisch patscht sie sich mit den Händen auf die Oberschenkel. »So muss es ja nicht bleiben.«

»Nicht?« staunt Sarah. »Dörthe, falls du …«

»Ich mische mich da nicht ein. Zumindest nicht mehr. Das müsst ihr ganz allein hinbekommen.«

»Danke sehr«, brummt ihre Nichte. »Ich werde dann mal auf mein Zimmer gehen.« In Gedanken fügt sie hinzu, »Um ins Kissen zu heulen und mich selbst zu bedauern.«

»Tu das, Kind. Gute Nacht.«

Obwohl draußen noch die pralle Sonne schien, war Sarah nur danach zumute, sich die Bettdecke über den Kopf zu ziehen. An der Treppe, die in die oberen Stockwerke führt, sitzt tatsächlich Rudi, das Gesicht gen Haustür zugewandt und winselt, dass es einen Stein erweichen könnte. Mitfühlend setzt Sarah sich einen Moment neben ihn auf den Boden.

»Ich weiß, Rudi«, flüstert sie und krault sein Ohr. »Du darfst gern mir die Schuld für sein Weggehen geben.«

Mit schief gelegtem Kopf sieht er sie aus seinen dunklen Hundeaugen an.

»Weißt du was? Du kommst mit mir. Dann können wir zusammen einsam sein.« Kurzerhand steht sie auf und nimmt den kleinen Hund auf den Arm.

Diese Nacht würde sie zumindest nicht allein verbringen.

Die höllischen Kopfschmerzen und der Waschbärlook, nach einer durchweinten Nacht, am nächsten Tag bestärkten sie in ihrem selbst auferlegten Zölibat. Männer verursachen nichts als Ärger und Seelenschmerz. Frisch geduscht, lässt sie das Frühstück aus und geht, gemeinsam mit Rudi, direkt in den Stall. Wenigstens die Tiere blieben ihr treu. Sogar ihr dreibeiniger Hundefreund schien seit der vergangenen Nacht mit ihr versöhnt. Wahrscheinlich weil er spürt, dass auch sie Thomas vermisste. Die Arbeit auf dem Hof lenkte sie ab und so stellte sie später beim Mittagessen fest, dass sie seit mehreren Stunden nicht mehr an ihn gedacht hatte.

So ähnlich erging es Thomas. Er hatte sich, kaum nach Berlin
zurückgekehrt, am nächsten Morgen bei einem Mietwagenunternehmen
einen Wagen geliehen, seinen rasch zusammengepackten Koffer in den
Kofferraum geworfen und war in Richtung Ostsee gestartet. Als er nun
auf der B96 durch kleinere Ortschaften fuhr und links und rechts der
Fahrbahn Höfe sah, ähnlich dem in Greiffenberg, fühlte er sich an Sarah
erinnert. Ob sie gelegentlich auch an ihn dachte?
Doch je mehr er sich der See näherte, desto weiter flogen seine dunklen
Gedanken davon. Sollte sie doch ihr Ding machen. Er würde seines
durchziehen. An die noch ausstehende Steuerprüfung des Gnadenhofs
wollte er in der kommenden Woche keinen Gedanken verschwenden.
Auf einem Rasthof nahe Stralsund machte er Halt. In einem bekannten
Fast Food Unternehmen besorgte er sich etwas zu essen. Während er aß,
fiel sein Blick auf seinen davor geparkten Mietwagen. Was hatte ihn nur
geritten, sich ausgerechnet einen Kleinwagen zu leihen? Wie unbequem
diese Autos waren. Und so langsam. Kopfschüttelnd isst er zu Ende und
verlässt das Lokal.
Neben seinem Opel parkt ein weißer SUV. Seine Insassen, eine Familie,
Vater, Mutter, zwei kleine Kinder lachen gut gelaunt über das Baby, dass
sich soeben seine wohl erste Eiscreme ins Gesicht schmiert. Irritiert
steigt Thomas in seinen Wagen. Er persönlich würde ausrasten, wenn
sein Kind in seinem Wagen eine solche Sauerei anstellt. Aber vielleicht
ändert sich die Einstellung, wenn man selbst Vater ist? Ist es nicht so,
dass Eltern alles entzückend finden, das ihre Sprösslinge anstellen?
Langsam lehnt er sich in seinem Sitz zurück und beobachtet heimlich die
Familie nebenan. Und dann spielt ihm sein Verstand einen Streich. Es
muss so sein, denn plötzlich sieht er sich an der Stelle des fremden
Fahrers und neben ihm Sarah. »Was?«, keucht er und fährt sich mit der
Hand über das Gesicht. Die Augen zusammengepresst wagt er nicht sie
wieder zu öffnen. Zu groß die Sorge vor dem Verrücktwerden. Denn das
muss es sein. Er ist überarbeitet und langsam zollt der Stress seinen
Tribut.
Resolut öffnet er die Augen, reißt am Gurt und stopft die Schnalle in die
Halterung. Mit einem Kickstart fährt er aus der Parklücke und rast auf

die Bundesstraße zurück. Während der Fahrt wabern seine Gedanken immer wieder zu dem Gedanken zurück, wie es wohl wäre eine Familie zu haben? Seine Kollegen wirken glücklich, wenn sie von ihren Familien berichten. Seine eigenen Eltern sind bereits seit über 25 Jahren glücklich verheiratet. Und das ist nicht das einzige Paar in seinem Umfeld, das solch einen Erfolg vorzuweisen hat. Irgendwie scheint es, als würde jeder sein persönliches Glück finden, nur er, Thomas Odenberg, schien dafür bestimmt allein zu bleiben. Und das war auch gut so. Zumindest bisher.

Und auch wenn sein Unterbewusstsein wegen Sarah ihm vielleicht einzureden versucht, dass er es nicht wäre, dass da etwas fehlt, so konnte er ihm nur entlegenen, dass diese bestimmte junge Frau ihren Weg ganz allein gewählt hat. Sie will sich den Strapazen, die sie sich selbst geschaffen hat allein stellen. Nur zu. Soll sie doch. Er war raus aus der Geschichte.

7

Die Abneigung Thomas gegenüber ihrem Lebensstil bringt Sarah zum Nachdenken. Und so kommt es, dass sie am Abend seiner Abreise mit einer Flasche Wein auf der Streuobstwiese sitzt und über ihre Auffassung von Glück nachsinnt. Was war so falsch daran, das zu tun, was einen erfüllt und glücklich macht? Nichts.
Selbstverständlich ist ihre Arbeit unrentabel. Wohltätig zu sein, bringt kein Geld ein. Es kostet nur. Jedoch ist mildtätig sein gut für die Seele. Jeder der einmal einer gebrechlichen Nachbarin die Einkäufe die Treppe hinauf getragen, wer einsamen Senioren Zeit und Aufmerksamkeit schenkt, wer sich ehrenamtlich engagiert, weiß, wie viel diese Menschen einem zurückgeben und wie sehr einem selbst diese Taten guttun. Und ebenso ergeht es Sarah, wenn sie ein Tier vor dem Tod bewahrt. Ihnen einen schönen Lebensabend zu schenken, für sie gibt es nichts Schöneres.
Sie vertritt die These, in jedem Leben einen Sinn und das Schöne zu sehen.
Niemand aus Politik und Bevölkerung sprach ihr dafür Lob aus. Allenfalls von Dörthe und ihrer Freundin Helene bekommt sie Zuspruch. Sarahs Eltern hoffen und bitten stets und ständig, sie möge alles verkaufen und zurück nach England gehen. Zu ihrem Bruder. Sie nehmen es ihr noch immer krumm, ihr Erbe so leichtfertig aufs Spiel gesetzt und verloren zu haben. Können nicht verstehen, dass hier der schönste Ort der Erde liegt. Jedenfalls für Sarah. Und sie wäre ein Narr, dies alles aufzugeben. Ein Herrenhaus mit Ländereien in der Größe. Heutzutage – unbezahlbar. Dazu alles abbezahlt und renoviert. Für die meisten Menschen unerreichbar.
Genießerisch schließt sie die Augen. Eine warme Brise streift ihre Wange, fährt in das dichte Blattwerk des Baumes über ihr. Stille. Nur das Rauschen des Windes und der Gesang der Vögel sind zu hören. Sarah zieht die Nase kraus. Würziger Duft paart sich mit dem lieblichen der

Wiesenblumen und des himmlischen der Rosenblüten. Pferde wiehern, Frösche quaken und die Schafe rufen `Gute Nacht`.
Ja, hier ist ihr Paradies. Bisher hatte sie nichts vermisst. Sie war glücklich mit dem, was ihr das Schicksal zugestanden hat. Klar, sie musste mit dem Geld knausern. Konnte sich keine Auszeit vom Alltag nehmen, weil es Tieren nun einmal vollkommen egal war, ob Montag oder Sonntag, Weihnachten oder ihr Geburtstag ist. Sie brauchten immer Zuwendung. Sarah besitzt auch keine teuren Handtaschen, Kleider oder Schuhe, wie eventuell andere Frauen in ihrem Alter. Dafür aber eine stattliche Anzahl praktikabler Gummistiefel und Kleidungen. Auch andere Statussymbole findet man hier auf dem Hof nicht. Kein teures Auto, keinen Swimmingpool, auch wenn genug Platz dafür wäre, nicht einmal neue Möbel. Die alten Bauernmöbel gepaart mit dem klassischen DDR Chic hatten etwas ganz Eigenes. Ihr gefällt es.
Und wer ist schon ein Thomas Odenberg, der sich herausnimmt, das alles infrage zu stellen?
Doch auf eines musste sie bei ihrem Lebensstil verzichten und das fiel ihr oft ganz schön schwer. Das Gefühl, geliebt zu werden. Das Gefühl gebraucht zu werden und Dankbarkeit spürte sie jeden Tag. Die Tiere gaben ihr viel zurück. Doch da war niemand, der sie mal in den Arm nimmt, ihr einen Kuss gibt und ihr sagt, wie sehr sein Herz für sie schlägt. Das besagte Schicksal hatte wohl andere Pläne mit ihr, dass es immer wieder Beziehungen hatte platzen lassen. Aber vielleicht war der Richtige auch noch nicht dabei?

Thomas findet in Binz genau die Entspannung und Ruhe, nach der er gesucht hat. Endlich hatte er mal Zeit zum Nachdenken. Und die nimmt er sich immer wieder, während er am Strand spazieren geht oder mit einem Fahrrad an den Dünen entlangfährt. Am Abend vor seiner Abreise steht er auf der Seebrücke, betrachtet die grauen Wellen die bis an den orangen Horizont reichen und stellt sich selbst die elementarste Frage überhaupt. Was bedeutet Glück für ihn persönlich und hatte er es bereits gefunden?
Auf der Pro-Seite der Liste, die er sich in den vergangenen Tagen gedanklich gemacht hat, befinden sich bereits einige Dinge. Das da

wären finanzielle Absicherung durch den Bausparvertrag und die Wohnung, die er sein Eigen nennt. Einhergehend mit Luxusgütern, die er sich leisten kann. Sowie ein sicherer Job samt Beamtenstatus. Um Geld musste er sich keine Sorgen machen. Geldsorgen sind es doch, die die meisten Menschen umtreibt? Die Gene haben es gut mit ihm gemeint, als er erschaffen wurde. Gesunder Körper, guter Knochenbau und eine topp Kondition. So gesehen kann er sich glücklich schätzen. Die Kontra Seite weist hingegen einige Lücken auf. Da wären die Blicke der anderen, wenn er wieder einmal allein auf der Weihnachtsfeier auftaucht. Überhaupt Weihnachten und all die anderen obligatorischen Jahresfeste. Wenn Thomas ehrlich ist, muss er sich eingestehen, dass er die Einsamkeit gerade an solchen Tagen deutlich spürt.

Dann ist da noch die leere Betthälfte, das leere Regal im Badezimmer und der Platz ihm gegenüber am Tisch, die ihm seine Einsamkeit tagtäglich vor Augen führen. Wie schön wäre es, mal mit jemand anderen auszugehen als immer nur auf ein Bier mit dem besten Kumpel? Ihm schweben da gemeinsames Herumalbern, Kinobesuche, romantische Spaziergänge bei Sonnenuntergang oder Liebesurlaube vor. Ja, die Liebe. Die fehlt ganz eindeutig. Zwar hat er kein Problem damit jemanden für eine Nacht zu finden, doch mehr wurde es nie. Was wohl eher an ihm lag. Denn er musste erst auf jemanden wie Sarah treffen, irgendwo im Nirgendwo, um zu begreifen, dass er keineswegs wunschlos glücklich ist.

Nun schämte er sich dafür Sarah für ihren Lebensstil belächelt zu haben. Er verkannte, wie stark und mutig diese Frau ihren Mann steht. Ganz allein gegen alle Hürden. Und dennoch ist sie glücklich. Glücklich mit dem, was sie tut. Glücklich mit dem, was sie hat. Und wer war er schon, das infrage zu stellen?

Doch reicht diese Erkenntnis, ein Leben komplett umzukrempeln? »Hör auf dein Herz!«, riet sein geliebter Großvater bereits, als er noch ein kleiner Schuljunge war. Sebastian nahm sich dies zu Herzen, fand und heiratete eine tolle Frau und gründete eine Familie. Für Thomas hingegen war dies bisher nie eine Option. Zu sehr liebte er seine Freiheit. Die trügerische Freiheit, die ihn vereinsamen ließ und sein Gewissen vergiftete. Doch was würde es ihm bringen, alles hinzuschmeißen und ein neues Leben anzufangen? Er wäre wieder allein. Sarah hatte ihm deutlich zu verstehen gegeben, dass sie nicht an ihm interessiert ist. Was bringt es schon, nur weil er es mal ausprobieren will, in der Stadt seine Zelte abbricht, um sein Glück auf dem Land zu suchen, dort wieder allein ist. Dann konnte, der Bequemlichkeit wegen, alles auch beim Alten bleiben. Wenngleich es bedeutet, dabei auf Herzklopfen, die Zuneigung eines anderen Lebewesens, auf gemeinsam bestritten Höhen und Tiefen, das Gefühl, mit Haut und Haar geliebt zu werden oder gar auf Nachwuchs zu verzichten. Dies ist schlichtweg hinnehmbarer Kollateralschaden.

Am nächsten Tag ist der Urlaub vorbei und er zurück auf dem Weg nach Berlin. Anfangs überlegte er noch, ob es besser wäre, einen Kollegen zu bitten, die Steuerprüfung auf dem Gnadenhof zu übernehmen, dies erschien ihm dann aber doch feige. Zudem wartete sein Auto darauf, endlich aus der Wald und Wiesen-Autowerkstatt abgeholt zu werden. Überraschenderweise rief Mechaniker Dirk ihn bereits wenige Tage nach dem Unfall an und meldete Fortschritte. Überglücklich vernahm Thomas die Genesung seines Lieblings. Egal, was es am Ende kosten würde. Sein Ziel war es, den Audi auszulösen und im Gnadenhof die Zettelwirtschaft abzuarbeiten. Rein – raus – fertig.
Also macht er sich an einem Dienstag erneut auf den Weg in die Uckermark. Aus Ermangelung an öffentlicher Verkehrsinfrastruktur erbarmte sich Daniel ihn ein weiteres Mal zu chauffieren.
»Mensch, bin ich froh, meinen Wagen wiederzuhaben«, stöhnt Thomas.
»Das glaube ich«, stimmt sein bester Freund zu. »Ich selbst tue es mir, seitdem ich selbst zu den entspannten Autofahrern gehöre, nicht mehr an, mich mit hundert anderen in einen Bus oder eine Bahn zu quetschen. Schon gar nicht im Sommer.«
»Das waren noch Zeiten.« Beide Männer schmunzeln über die alten Zeiten.
Nachdem der Papierkram erledigt und das Geld seinen Besitzer gewechselt hat, stehen beiden auf dem Hof der Werkstatt. Ein unbeschreibliches stolz machendes Glücksgefühl durchströmt ihn, als er den Schlüssel ins Schloss seines Wagens steckt. »Jetzt habe ich dich

wieder.« Liebevoll tätschelt er das Lenkrad seines Arablauen V10 Coupé.

»Hat dich ja auch nur knapp 8000 Euro gekostet«, erinnert Daniel, der neben dem Wagen steht.

»Jeden Cent wert, das kann ich dir versichern.«

»Sicher.« Daniel lässt seinen Blick schweifen.

»Sicher«, bekräftigt er.

»Eigentlich ganz hübsch hier, oder?«, murmelt sein Kumpel, nachdem er den Blick hatte schweifen lassen.

»Du bist befangen. Deine Frau zwingt dich schließlich wöchentlich aufs Land hinaus, um spazieren zu gehen.« Letzteres speit er förmlich aus.

»Kein Wunder also, dass du irgendwann umgepolt bist.«

»Umgepolt?«, lacht er.

»Glaub mir, das sagst du nur, weil du nicht in einem solchen Milieu aufgewachsen bist. Wenn du das wärst, würdest du das anders sehen.«

»Mag sein. Katrin jedenfalls würde gern rausziehen. Und die Kinder haben auch die Nase voll.«

»Wirklich?«

Er nickt.

»Dann tut es doch!«

»Ha. Leichter gesagt als getan. Wenn du Familie hast, überlegst du dir solch drastische Schritte zweimal. Auf dem Land gibt es doch nix. Läden wurden schon vor Jahren geschlossen, die Häuser verfallen und die ärztliche Versorgung ist grottig.«

»Eben. Wenig erstrebenswert sich das anzutun.«

»Jedem das Seine.«

»Hm. Für mich wäre es jedenfalls nichts«, urteilt Thomas.

»Nee, sicher nicht«, lacht Daniel. »Und was hast du jetzt vor?«

»Jetzt begebe ich mich in die Höhle der Löwin und bestreite meinen Kampf mit dem Papierkram. Das ist wirklich kein Vergnügen, sag' ich dir.«

»Löwin?«

»Na, die Betreiberin des Gnadenhofs, weswegen ich vor einigen Tagen schon einmal hier war.«

»Verstehe. Und warum Löwin?«

»Du müsstest sie erleben. Wie eine Raubkatze ist sie. Und tust du etwas, was ihr nicht gefällt, greift sie dich an.«

»Echt?«, staunt Daniel. »Und, hat sie dir schon einmal ihre Krallen gezeigt?«

Thomas lacht. »Ja, und ob.«

»Wirklich? Kaum zu glauben. Sonst hast du es doch leicht bei den Frauen.«

»Ja, bei Stadtfrauen. Da liegen die Prioritäten ganz anders. Aber bei ihr … Ich bin einfach nicht der Typ Mensch, mit dem sie sich gern zu umgeben scheint.«

Überrascht reißt Daniel die Augen auf. »Sie konnte deinem Charme widerstehen? Dass ich das noch erleben darf. Yeah, das puscht mein Selbstvertrauen.« Er klatscht in die Hände.

»Schön, dass dich das amüsiert.«

»Sorry, Kumpel. Also, nur dass ich das auch verstehe. Du bist dort beruflich hin, auf diesen Gnadenhof. … Was ist das überhaupt? … Dort hast du dich dann in die Frau, die Besitzerin, verguckt. Doch die hat dich eiskalt abblitzen lassen? Stimmt so weit?«

Thomas nickt mit zusammengepressten Lippen.

»Was hast du angestellt?«

Zerknirscht zählt er auf, »Also zunächst machte mein Schuh Bekanntschaft mit einer Pfütze. Später ich mit einem stinkenden Tümpel samt Schwanfamilie. Dann habe ich ihren Lebensstil infrage gestellt und schlussendlich meinen Unmut über ihre Buchhaltung ziemlich deutlich zum Ausdruck gebracht.«

»Holla«, staunt Daniel. »Da läuft jetzt glatt ein Film vor meinem inneren Auge ab.«

Thomas' Hände krallen sich fester um das Lenkrad, bis das Weiße an den Fingern zum Vorschein kommt. »Glaub mir, ich bin nicht stolz auf mich.«

»Sieht sie wenigstens gut aus? Oder muss ich mir eine pausbäckige Rothaarige in Latzhose und Gummistiefeln vorstellen? Wenn ja, ist es klar, weshalb du mit deinen teuren Anzügen und der Karre keinen Blumenpott gewinnen konntest.«

»Ja. Ganz im Gegenteil. Ja und Nein. Genau.«

»Was?«

Grinsend erklärt Thomas, »Ja, sie sieht gut aus. Und wie. Ist schlank und blond und trägt zu ihrer Latzhose bei der Hitze lieber nur einen BH darunter. ”

Die Augen seines Freundes werden Wort für Wort größer. »Nicht dein Ernst? Und so eine lässt du dir entgehen?«

Er zuckt die Schultern. »Nicht meine Entscheidung. Sie steht nicht auf mich. Und mit Auto und Kleidung hast du recht. Damit kann man bei einer wie Sarah Mitchell keinen Eindruck machen. Sie setzt vollkommen andere Maßstäbe.«

»Das puscht mein Ego. Jetzt fühle ich mich besser.«

Überrascht starrt Thomas ihn an. »Warum das?«

»Weil es eine Frau in diesem schönen Land gibt, die dir die Stirn bietet. Sich nicht von dir ins Bett locken lässt. Und dafür zolle ich ihr Hochachtung.«

»Prima! Du tust ja gerade, als würde ich jede bespringen, die nicht bei drei auf dem Baum ist«, brummt Thomas und sieht geradeaus durch die Windschutzscheibe.

»Sorry, aber gönn deinem Kumpel einmal die Schadenfreude.«

Thomas ließ ihn gewähren, war aber alles andere als glücklich.

Es dauert ein paar Minuten, bis Daniel sich so weit beruhigt hat, um wieder ein vernünftiges Gespräch zu führen. »Wie dem auch sei. Wer weiß, wozu es gut ist? Eine rosarote Brille und null Durchsetzungsvermögen bringen einen hier sicherlich nicht weiter.«

»Hm.«

»Was macht sie noch mal? Einen Gnadenhof betreiben?«

»Jup. Und das ganz allein.«

»Na dann muss man ihr doppelt gratulieren. Als Frau ganz auf sich allein gestellt in einer Männerdomäne. Da muss sie eine ganz schöne Kämpfernatur haben.«

»Die hat sie. Ganz sicher.« Beim Gedanken an Sarah, wie ihre Augen blitzen, wenn sie ihn runter putzt, muss Thomas schmunzeln.

Daniel registriert es mit einem wissenden Lächeln. »Vielleicht ist eure Geschichte noch nicht ganz zu Ende geschrieben?«

Thomas atmet tief durch. »Wie auch immer. Ich muss jetzt los, wenn ich heute Nacht in meinem eigenen Bett schlafen will.«

»In deinem eigenen Bett? So so. In wessen Federn würdest du dich den sonst legen, wenn es wider Erwarten doch länger dauert?«

»Das, mein Bester, bleibt mein Geheimnis. Danke, dass du mich hergebracht hast! Ab hier muss ich meinen Weg allein bestreiten.«

Daniel lacht, geht zu seinem Wagen zurück und öffnet die Tür. »Alles klar. Viel Glück wünsche ich dir!«

»Das werde ich auch gebrauchen können«, denkt Thomas und hebt zum Abschied die Hand.

Während der kurzen Fahrt musste er über den Vergleich mit der Löwin nachdenken. Vielleicht war es in etwa so, wie mit einem Dompteur, der einer wilden Raubkatze seinen Willen aufzwingen möchte. Vielleicht spricht Sarahs Kratzbürstigkeit tief in seinem Inneren einen Urinstinkt an. Er fühlt sich angestachelt, hinter ihre raue Schale zu blicken, sie zu zähmen, sie eventuell für sich zu gewinnen. Und wenn er nur erreicht, dass sie ihn einmal anlächelt. Dann hätte er schon gewonnen.

Die Tage fließen dahin, die Arbeit wird nicht weniger und dennoch kommt sie nicht umhin, an *ihn* zu denken und sich auszumalen, wie es wohl gewesen wäre, wenn sie ihn nicht vergrault hätte. Ob es, wenn er geblieben wäre, für sie eine gemeinsame Zukunft gegeben hätte? Das fragt sich ihr Herz. Ihr Kopf jedoch meint zu wissen, dass es besser ist, allein zu bleiben. Er ist ein Mann, wie jeder andere auch. Herzensbrecher, Lügner, Betrüger und im schlimmsten Fall ein Dieb.

Es ist ihr ein Rätsel, warum ihr Herz Thomas so interessant findet. Doch es ist, wie es ist. Irgendetwas hat dieser Mann an sich, dass sie nachts vom Schlafen abhält und ihre Gedanken immer wieder abschweifen lässt.

Dörthe schien bemerkt zu haben, was mit ihr los ist und hat kurzerhand Sarahs beste Freundin auf den Hof bestellt. Zur Hilfe, wie sie erklärte, schließlich stand die Heuernte an. Doch es war wohl eher als Ablenkung gedacht. Und die Rechnung ging auf. Sarahs Laune besserte sich merklich. Zwar mochte sie Dörthe gern, aber jemand Gleichaltrigen zum Reden zu haben, vermisste sie seit ihrer Abreise und den damit aufgegebenen Freundschaften aus Gloucestershire doch ziemlich. Auf einem Wochenmarkt in Angermünde stolperte sie förmlich in Helene hinein. Genau genommen, fiel sie bäuchlings in deren Marktstand. Helene Malchin, ihres Zeichens Obstbäuerin und Hobbyimkerin wollte dort ihr frisches Obst an den Mann oder die Frau zu bringen. Doch dass sich die Kundschaft an diesem schicksalshaften Sommertag im August vor fünf Jahren derart stürmisch auf die Auslage stürzen würde, hatte sie sicher nicht im Sinn. Eine Verkettung unglücklicher Umstände, die Sarahs Beine, einen angeleinten Dackel, ein abgestellter Einkaufskorb samt Würstchen und Ablenkung in Form einer Einkaufsliste beinhalteten führten dazu, dass beide Frauen sich kennenlernten.

Helenes Gastgeschenk waren nicht nur einige Kanister frischer Apfelmost, sondern auch weitere Hilfe in Form ihrer Söhne. Zu viert waren sie gerade dabei, das zuvor von Michael gemähte Gras zusammenzurechnen und zu Haufen aufzuschichten, als Helene Sarah auf einen Mann am Feldrand aufmerksam macht.

»Schau mal, Sarah, der Typ steht schon eine kleine Weile da und starrt zu uns herüber. Kennst du den?«

Sarah, die ihre Freundin akustisch nicht verstanden hat, ruft, »Was ist?« Helene deutet mit dem ausgestreckten Zeigefinger in besagte Richtung. Sarahs Blick folgt dem Fingerzeig und sie erstarrt. Da hatte die Ablenkung in Form von Helene so gut gewirkt, doch mit einem Schlag war alles zurück. Den klassischen Anzug gegen legere Stoffhose und Langarmshirt getauscht. Doch unverkennbar Thomas Odenberg. Das brünette Haar, wie eh und je perfekt frisiert, glänzt in der Sonne. Gegen eben jene beschattet er mit der Hand seine Augen, als er sich scheinbar suchend nach jemandem umsieht.

»Das darf doch nicht …«, murmelt Sarah und wirft energisch die Harke ins Gras.

»Kennst du den?«, fragt Helene erneut. Sie war neben ihre Freundin getreten und sieht abwechselnd von ihr zu dem Fremden.

»Und ob, er ist eben jener, welcher«, erwidert Sarah. Noch immer hat sie ihm nicht zu verstehen gegeben, dass sie ihn gesehen hat. Daher schickt Thomas sich an, zu ihnen herüberzustapfen. Unbeholfen stakst er über den unebenen Untergrund.

»Immer noch das falsche Schuhwerk«, sagt sie mehr zu sich selbst und schüttelt lächelnd den Kopf.

Helene fragt, »Ach, du hast dir noch jemanden zur Hilfe bestellt?«

Lachend wirft Sarah die blonden Locken zurück. »Nee. Der will nicht helfen.«

»Hallo«, grüßt er, kaum, dass er vor den beiden Frauen zum Stehen kommt.

»Mit Ihnen hätte ich nicht mehr gerechnet«, eröffnet sie. »Dachte, Sie hätten meinen Fall abgegeben?«

Leicht spöttisch schüttelt er den Kopf. »Ich hatte Urlaub. Daher …«

»Willst du mich nicht vorstellen?«, erinnert Helene Sarah an ihre gute Erziehung.

»Was? Ähm … selbstverständlich«, stammelt diese. »Entschuldigung. Helene, das ist Herr Odenberg. Thomas. Er ist … ähm … mein … nicht mein, ich meine … er ist meinetwegen da.«

»Ach wirklich?«, grinst ihre Freundin neckisch.

Verwundert runzelt Sarah die Stirn. »Herr Odenberg, darf ich Ihnen meine beste Freundin Helene Malchin vorstellen?«

»Sehr erfreut.« Taktvoll schütteln sich die beiden die Hand.

»Und mich erst. Sie kommen gerade rechtzeitig«, meint Helene und stupst Sarah in die Seite. »Nicht wahr, Sarah? Jede Hand wird hier gebraucht.«

»Ich hab’ dir doch gesagt …«

Thomas unterbricht sie, »Tatsächlich? Wobei kann ich helfen?«

Helene deutet mit einer ausholenden Geste auf das Feld um sie herum. Energisch klatscht er in die Hände. »Gut, los geht’s. Was soll ich tun?«

Helene nimmt ihn am Ellbogen und führt ihn zum Feldrand, wo sie ihrem jüngsten Sohn Frederick die Harke abnimmt und sie dem lächelnden Thomas in die Hand drückt. Sarah steht wie vom Donner gerührt noch immer an Ort und Stelle und weiß nicht, was sie von Thomas Veränderung halten soll. Sicherlich war das nur eine neue Masche, um bei ihr Lieb-Kind zu machen. Doch als sie jetzt beobachtet, wie konzentriert und sorgfältig er das trockene Gras zusammen recht, kommen ihr doch Zweifel, an ihrer Annahme. Die egoistische Einbildung, er sei ihretwegen zurückgekehrt und hilft nur aus Liebe zu

ihr selbstlos mit, ist derart indiskutabel, dass sie den Gedanken gleich
wieder verwirft. Ihn jetzt noch wegzuschicken, könnte sie sich wohl
kaum erlauben. Wo Helene ihn so bereitwillig eingeladen hat. Irgendwie
würde sie sich mit seiner Anwesenheit arrangieren müssen.
Sarah konnte nur hoffen, dass er ganz viel Zeit in der Bibliothek, mit den
Papieren und somit fern von ihr verbringen würde. Denn je weniger sie
sich trafen, desto geringer die Chance sich noch mehr in diesen Kerl zu
verlieben.

Achtzehn Tage sind vergangen, seitdem er das erste Mal die
zugewachsene Auffahrt den Hügel hinauf gefahren war. Wie damals
parkt er auch heute wieder vor dem Gutshaus. Dieses Mal jedoch lässt er
die Suche nach einer Türklingel bleiben. Die gibt es sowieso nicht. Man
könnte sagen, aus alter Gewohnheit drückt er die schmiedeeiserne
Klinke der Haustür herunter und betritt den Eingangsbereich. »Hallo.
Frau Lehmann?«, ruft er laut ins Hausinnere.
»Wuff.« Rudi kommt auf ihn zu gehumpelt. Sein Schwanz wedelt derart
stark hin und her, dass man meinen könnte, er würde jeden Moment
abheben.
»Hey, Großer, was machst du denn bei solch einem schönen Wetter im
Haus?«, begrüßt er den kleinen Hund freudig. Die Antwort war förmlich
spürbar, denn im Innern des Hauses war es zu dieser Jahreszeit deutlich
angenehmer als draußen. Dieser Umstand ist sicherlich der barocken
Bauweise und den dicken Backsteinwänden geschuldet. Als Hund würde
er auch viel lieber den Bauch auf kalten Fliesen betten als in von der
Sonne verbranntem Gras.
»Wo sind denn alle?«
Der Hund legt zunächst den Kopf schief und sieht dann in Richtung
Haustür.
»Draußen also?«
»Wuff.«
»Gut, dann suche ich mal die Hausherrinnen. Kommst du mit?«
Erneutes zustimmendes Bellen. Jedoch, kaum draußen, schien der Hund
es sich anders zu überlegen. Unter der riesigen Linde inmitten des
Innenhofs macht er halt und legt sich in das schattige Gras darunter.

»Na gut, dann bleib hier«, meint Thomas freundlich. »Bis später dann.«
und geht weiter.

Küchengarten, Ställe und Praxis sind verwaist. Nirgends eine Spur der
Bewohnerinnen. Allerdings steht auch der Jeep nicht vorn in der
Auffahrt. Vielleicht war Sarah einkaufen gefahren? Immer dem
Bauchgefühl nach schlendert er dem Weg, unter dem Durchhaus
hindurch, folgend in Richtung Park, der direkt dahinter beginnt. Ein paar
Gänse queren seinen Weg und eilen schnatternd davon, als er sich ihnen
nähert. Im Schweinepferch neben dem Stallgebäude liegen Karlchen und
seine Mädels faul im Matsch. Ob Karlchens Männlichkeit mittlerweile
hatte dran glauben müssen?

Auf der Wiese unter den alten Parkbäumen grasen ein paar Schafe.
Waren die letztens auch schon da gewesen? Alles wirkt idyllisch und
friedlich. Wie aus einem Bilderbuch. Und so ganz anders als bei seinen
Eltern, wo es nur um Profit geht und Tiere reine Nutztiere sind. Keine,
denen man Namen gibt und sein Herz dranhängt. Und schon gar nicht,
wo man sie leben lässt, bis sie eines Tages aus natürlichem Grund ihre
Augen für immer schließen. Als ihm klar wird, welches Glück den
Tieren hier durch Sarahs Güte zuteilwird, erfüllt eine Wärme sein
Inneres, die wiederum ihn glücklich macht. Könnte *er* dieser Art
Landleben etwas abgewinnen? Könnte *er* hier glücklicher werden, als er
es in Berlin ist?

Tief in Gedanken durchquert Thomas den Park und steht mit einem Mal
vor einer mannshohen Backsteinmauer. Überrascht lässt er den Blick
schweifen. Das gesamte Gelände schien davon umsäumt zu sein.
»Mist«, flucht er leise. »Den ganzen Weg zurück.« Doch da entdeckt er
am Ende eines anderen Parkweges ein Tor in der Mauer. Gesäumt von
Fliederbüschen, war dieses gut verborgen. Sein Ziel im Blick geht er
quer über die Wiese darauf zu. Direkt dahinter kann Thomas in einiger
Entfernung Menschen auf einem Feld arbeiten sehen. Irgendetwas sagt
ihm, dort Sarah anzutreffen.

8

Schnupperpraktikum im glücklich sein

Erschöpft lässt er sich auf den Boden sinken. Ohne nachzudenken, zieht er sich das Shirt über den Kopf und wischt damit sein Gesicht trocken. Die beige Stoffhose war längst mit Grasflecken übersät und das Shirt klebt schweißnass an seinem Rücken.

»Na, geschafft?« Sarah war zu ihm gekommen und lässt sich jetzt neben ihn ins Gras fallen.

»Und wie. Das ist die Hölle«, stöhnt er geschafft. »Können Sie mir mal verraten, warum ich so wahnsinnig war, meine Hilfe anzubieten?«

Sie legt den Kopf schief und sieht ihn an. »Vielleicht, weil Sie doch ein netter Kerl sind?«, lacht sie.

»Habe ich Ihnen je Grund zur Annahme gegeben, dass ich kein netter Mann bin?«

Sie nimmt sich einen Moment zum Nachdenken, schließlich gibt sie zu, »Tatsächlich nicht. Aber der erste Eindruck zählt, oder?«

»Und der war so schlecht?«

Sie lacht.

»Also, ja«, schließt er aus ihrer Reaktion.

»Hey ihr«, ruft Helene beim Näherkommen. »Macht ihr eine Pause?«

Auch sie setzt sich ins Gras und wischt sich mit dem Handrücken über die Stirn.

»Ich habe gerade zu Frau Mitchell gesagt, wie anstrengend diese Arbeit ist und dass ich meinen nicht vorhandenen Hut ziehe, vor das, was sie hier leistet.«

Geschmeichelt lächelt sie ihn an. Ihre Blicke treffen sich, verharren und schließlich wandert ihrer hoch zu seiner Stirn. »Apropos Hut. Sie sehen schon ganz schön mitgenommen aus, Thomas. Vielleicht sollten Sie wirklich einen tragen?«

»Einen Hut? Besitze ich nicht.«

»Ich könnte nachschauen, ob ich etwas Derartiges im Haus finde«, bietet Sarah an.

»Danke schön.« Lächelnd mustert er sie. Was war geschehen, dass sie mit einem Mal so freundlich ist? »Aber meinen Sie, es dauert noch lange? Auf einen Laien wie mich, wirkt es, als wäre die Arbeit so gut wie geschafft.«

»Ist es auch.«

Erleichtert atmet er auf.

»Hier schon. Dahinten allerdings …« Ihr aufgestellter Daumen deutet über ihre rechte Schulter. »… wartet noch eine weitere Weide darauf, gekürzt zu werden.«

»Was?«, keucht er entsetzt.

Plötzlich beginnen Sarah und Helene herzhaft zu lachen.

»W-was ist denn?«, stammelt er verwirrt.

»Nichts«, presst sie hervor. »Ich habe Sie nur reingelegt.«

Verwirrt starrt er sie an. »W-wieso?«

Sarah versucht, sich zu sammeln. »Einfach nur so. Entschuldigung.«

Seine grünen Augen mustern sie dunkel, erhellen sich aber sofort wieder. »Schon gut.« Sein Blick löst sich von ihr und schweift über die Landschaft. »Das ist ein wirklich beachtliches Anwesen.«

»Oh ja, wem sagen Sie das«, stimmt Sarah zu.

»Wie groß ist es?«

»Fragt das der Privatmann oder der Finanzbeamte?«, stichelt sie.

»Privat.«

Grinsend wechselt sie einen schnellen Blick mit ihrer Freundin und antwortet schließlich, »Dann kann ich stolz antworten, dass das gesamte Gelände in etwa 950 Hektar umfasst.«

»Was?«, Thomas fällt fast vom Glauben ab. »Das … das ist ja Wahnsinn.«

»Stimmt«, lacht sie. »Entschieden zu viel für eine Person. Daher hat Dörthe's Schwester und ihr Mann damals auch nur das Gutshaus und die angrenzenden Nebengebäude, samt Park gekauft.«

»Dörthe's Schwester? Das ist Ihre Mutter, oder?«

Sie lacht. »Nein. Das ist eine längere Geschichte. Wenn Sie dieses Mal lange genug hierbleiben, verrate ich sie Ihnen vielleicht.«

»Mal sehen«, weicht er aus.

Helenes Söhne haben mitbekommen, dass die Erwachsenen eine Pause machen und kommen ebenfalls zu ihnen herüber.

»Ich kann nich mehr«, jammert der eine. Vorhin, als ihm alle vorgestellt wurden, hatte er sich die Namen noch gemerkt, doch nun, nach stundenlangem Sonnenlicht, schien sein Hirn aufgeweicht.

»Jetzt ist es ja bald geschafft«, tröstet Sarah ihn.

»Ist auch gut so«, brummt er und hockt sich hin.

Seine Mutter knufft ihn in die Seite. »Das ist schon in Ordnung. Oder Ben?« Sie bedenkt ihn mit einem strengen Blick. Zur Antwort erntet sie ein genervtes Augenrollen.

»Ich kann ihn verstehen«, verkündet Thomas und schlägt sich so auf die Seite der männlichen Helfer. »Ich hatte damals auch kein gesteigertes Interesse, bei der Heuernte zu helfen.«

Sarahs Kopf ruckt zu ihm herum. »Wie, damals? Sie haben Erfahrung im Heu machen? Wie das?«

»Auch das ist eine längere Geschichte«, grinst er.

»Am Lagerfeuer heute Abend wäre Zeit.« Sie zwinkert ihm zu.

»Okay«, lacht er und fährt sich mit der Hand durch das Haar. Dabei sieht er sich um. Die Sonne steht noch hoch am blauen Himmel. Kleine Vögel rasen über den Himmel und verschwinden in den Wildrosenbüschen am Wegrand. Lautes Zwitschern dringt daraus hervor. Die Worte »Schön ist es hier« kommen ihm unbedacht über die Lippen, doch sie sind wahr. Hier ist es schön!

»Schön, dass du das so siehst«, meint Helene zustimmend. Sie hatte kein Problem damit, ihn vom ersten Moment an zu duzen. Und für Thomas ist das in Ordnung. Sarahs Meinung, er sei verklemmt, stimmt nicht. Aber das würde sie auch noch merken.

»Unsere Uckermark ist der schönste Flecken Erde. Nirgends ist es schöner.«

Lächelnd sieht er sie an. »Ich schließe daraus, Sie sind Ur-Uckermärkerin?«

»Lass das Blöde sie weg«, erwidert sie kurzerhand. »Ich bin Helene. Und ja, ich bin geboren und aufgewachsen in Templin. So wie die alte Bundeskanzlerin«, lacht sie. »Und du?«

»Schwarzbach.«

»Oh Gott, das hört sich winzig an. Wo liegt es?«

»Stell dir den abgelegensten Ort der Erde vor, verpflanze den ins tiefste Erzgebirge. Dann kennst du es.«

»Oje, so schlimm?«, hakt Sarah sich ein.

»Schlimmer. Meine Eltern betreiben in dritter Generation eine Landwirtschaft. So, jetzt habe ich es doch schon verraten.« Er schenkt ihr ein schiefes Grinsen.

Überrascht sieht Sarah ihn an. »Wirklich. Ich hätte nie gedacht, dass Sie vom Land kommen.«

»Komme ich auch nicht. Ich wohne in Berlin.«

»Ja, aber früher.«

»Früher ist Vergangenheit und es war schrecklich.«

»Ach komm schon«, mahnt Helene. »Wenn du zurückdenkst, hattest du nicht eine schöne Kindheit? Fern von Lärm, Luftverschmutzung und Gefahr überfahren zu werden.«

Thomas versucht es und muss gestehen, dass wenn er an seine Kindheit denkt, die schönen Erinnerungen überwiegen.

Von einer Welle nostalgischen Gefühls getragen berichtet er von gemeinsam begangenen Streichen seines Bruders und ihm gegen die Eltern. Vom Dorfschulleben und wie eine Mitschülerin stets von ihrem Pony abgeholt wurde. So etwas erlebt man sonst nur in Astrid Lindgren Büchern. Oder der wilden Jugendzeit, in der seine Freunde und er mit aufgemotzten Schwalben über die Feldwege heizten.

»Das klingt doch sehr lustig«, urteilt Helene, als er geendet hat.

»Dann war es doch gar nicht so schlimm, oder?«, will Sarah wissen und sieht ihm tief in die Augen. »Warum sind Sie dem Landleben gegenüber heute so abgeneigt?«

»Ich weiß nicht? Es ist eben so. Alles in Schwarzbach ging mir plötzlich auf die Nerven. Ich wollte nur noch weg.«

»Hm«, macht sie nachdenklich. »Auch ich komme aus einem kleinen Ort. Gloucester. Ich habe in der nächsten Kleinstadt studiert und bin zurück zu meinen Eltern. Das war für mich völlig logisch. Allerdings stand ich dem Landleben immer offen gegenüber.«

»Hatten Ihre Eltern auch einen Hof?«

»Nein. Vater ist Landtierarzt und meine Mutter Übersetzerin. Sie braucht die Ruhe, um zu arbeiten.«

»Ich verstehe. Aber dann sind die Voraussetzungen doch auch ganz andere. Sie hatten die Wahl. Sebastian und ich waren immer gezwungen auf dem Hof mitzuarbeiten. Wenn das ein Zwang ist, wehrst du dich irgendwann dagegen. Es nervt einfach nur.«

»Okay.« Abwartend sieht sie ihn an und lauscht.

»Für Sebastian war es okay. Er steht auf diesen Lebensstil.«

»Was tut er heute?«, will Helene wissen.

»Er hat nach dem Studium den Hof übernommen. Genauer gesagt arbeitet mit. Wenn unsere Eltern aufhören, steht er in den Startlöchern.«

»Und du bist raus in die große weite Welt gezogen auf der Suche nach deinem persönlichen Glück?«

War er das? Bestimmt. Doch ob er es gefunden hat? Genau daran zweifelte er seit einigen Tagen.

»Sagen wir es so, es kann immer besser werden.«

Beide Frauen nicken.

»Und warum sind Sie nicht in der Praxis Ihres Vaters eingestiegen?«, möchte er an Sarah gewandt wissen.

Sie antwortet, »Er hat sie lieber meinem Bruder vermacht. Der ebenfalls Tiermedizin studiert hat. Er ist der ältere und war eben bereits fertig mit dem Studium, als meine Eltern beschlossen haben auszuwandern.«

»Sie sind ausgewandert?«, staunt er. »Wohin?«

»Teneriffa. Es war schon immer ihr Lebenstraum, dort ihren Lebensabend zu verbringen. Vom Erlös aus dem Verkauf des Grundstücks meines Großvaters haben sie eine Finca in Benjio gekauft.«

»Und, wie war das für Sie?«

»Selbstverständlich habe ich mich für sie gefreut.«

»Aber war es nicht seltsam so allein zurückzubleiben?«

»Ich bin doch schon groß«, lacht sie. »Und ganz allein war ich ja nicht. Mein Bruder ist schließlich auch noch da. Und seine Freundin ist ganz entzückend.«

»Hm.«

Schweigen macht sich breit bis Helene plötzlich raushaut, »Ihr seid ein zuckersüßes Pärchen.«

Geschockt zucken ihre beiden Köpfe zu ihr herum. »Was?«

Ergeben hebt sie die Hände und meint lachend, »Sorry. Das war nur Spaß.« Ehe noch irgendjemand fragen kann, wie sie auf diesen Gedanken kommt, schnellt Helene hoch und rennt fröhlich kichern in die Mitte des Feldes, wo sie ihre Harke zurückgelassen hatte.

Schließlich rappeln sich auch alle anderen auf, um die letzten Haufen zusammen zutragen und auf den Anhänger zu hieven.

Nach getaner Arbeit schlendert der ganze Trupp den Feldweg entlang in Richtung Gutshaus. Dort wartet Dörthe schon mit dem Abendessen.

»Da seid ihr ja«, ruft sie von der Terrasse aus und winkt. »Und Thomas ist wieder da.«

Als er die alte Dame höflich mit einem Handschlag begrüßen will, zieht sie den überrascht wirkenden Thomas in eine herzliche Umarmung. »Ich wusste es.« Sie lässt ihn frei und fragt, »Wollen Sie sich erneut in die Arbeit stürzen? Obwohl …« Sie mustert ihn von Kopf bis Fuß. »… Sie sehen aus, als hätten sie bereits damit begonnen.«

»Thomas war so freundlich, seine Hilfe bei der Heuernte anzubieten«, erklärt Sarah und geht an ihr vorbei.

»Oder hast du den armen Mann gezwungen?«, mahnt Dörthe und sieht ihrer Nichte nach.

»Für wen hältst du mich? Ursula die Seehexe?«

»Eher die böse Stiefmutter von Schneewittchen.« Nimmt die ältere die jüngere auf den Arm.

Thomas steht daneben und verzieht grinsend das Gesicht.

»Schön, dass Sie wieder da sind«, wendet sich Dörthe an ihn und tätschelt seine Schulter. »Es gibt gleich Essen. Wenn Sie sich vorher frisch machen möchten?«

»Geht schon. Der Hunger überwiegt. Aber, wenn es den Damen nicht gefällt, mit solch einem verschwitzten Kerl an einem Tisch sitzen, gehe ich selbstverständlich vorher duschen.«

»Uns macht das gar nichts aus«, meldet Dörthe. »Wir sind da nicht so pingelig.«

»Dann bleibe ich, wie ich bin.«

»Gut.«

»Was gibt's zu essen, Dörthe?«, will Frederick wissen. Helenes jüngerer

Sohn, der sich an ihnen vorbeischiebt und eine Antwort abwartend an der Terrassentür stehen bleibt.

»Tomatensuppe und Salat«, antwortet sie ihm.

»Kann's nich mal Burger geben?«, stöhnt der Teenager.

»Dafür wäre ich aber auch«, springt Thomas ihm bei und erntet ein strahlendes Lächeln.

»Dann wissen wir ja schon, wer sich morgen um das Abendessen kümmert«, lacht die alte Dame und geht ihnen voran ins Innere des Hauses.

»Kein Problem«, verkündet Thomas und folgt ihr. Frederick legt er freundschaftlich einen Arm über die Schulter. »Das bekommen wir hin, oder?«

»Klaro.«

Sie muss zugeben, sich in ihm getäuscht zu haben. Vielleicht ist er doch kein so übler Kerl? Mit allem hätte sie gerechnet, aber nicht mit seinem Angebot und der darauffolgenden Tatsache, ihnen zu helfen. Seine höchstwahrscheinlich überteuertes Shirt klebt an seinem verschwitzten Oberkörper und die helle Hose ist übersät mit Flecken. Gedankenverloren beobachtet sie ihn eine kleine Weile aus sicherer Entfernung. Helene wirft ihm ebenfalls immer wieder heimliche Blicke zu. Logisch, er ist äußerst attraktiv und Helene schon eine Ewigkeit Single. Doch darf sie sich zugestehen, ihn mit denselben Augen anschauen, wie es ihre Freundin tut? Schließlich weiß Sarah, weshalb er eigentlich hier ist. Steuerprüfung und das war's dann. Er wird verschwinden und nie wiederkommen. Doch in diesem Moment sitzt er hier bei ihnen am Esstisch, lacht und unterhält sich angeregt und scheint sich wirklich gut zu amüsieren. Schweigend beobachtet Sarah die Szenerie und kommt nicht umhin sich einzugestehen, sich daran gewöhnen zu können.

Später, Helenes Söhne waren schon auf ihren Zimmer verschwunden und Dörthe hat sich ebenfalls zurückgezogen, sitzen die beiden Frauen mit Thomas unter den Obstbäumen auf der Streuobstwiese. Sarah liebt diesen Platz und hat als ihre erste Handlung, damals nach der Ankunft eine Sitzecke gekauft und hier aufgestellt. Gern frühstückt sie hier oder liest einfach nur ein gutes Buch. Diese Ruhe, all das Grün und die verschiedenen Tierstimmen machen das Paradies vollkommen.

»Schön hast du es hier«, meint Thomas und schließt genießerisch die Augen. Er schnuppert. »Und dieser Duft.«

»Der kommt von den Hundsrosen dort drüben«, erklärt Sarah und deutet mit dem Kinn auf die Sträucher. Thomas folgt ihrem Wink. »Sehr schön. So friedlich und … himmlisch.«

»Ja, nicht.« Begeistert strahlt sie ihn an.

»Wo wohnst du denn, Thomas?«, möchte Helene wissen.

»In Berlin-Charlottenburg. Ich habe da eine kleine Dachgeschosswohnung.«

Sie nickt verständig. »Ich könnte das nicht. Ab und an bin ich ja mal in Berlin. Himmel! Der Verkehr, die vielen Menschen. Also, mir ist das zu viel. Da lobe ich mir doch meinen gemütlichen Hof auf dem Land.«

»Obwohl deine Söhne das sicher anders sehen«, lacht Sarah.

»Oh ja«, stimmt ihre Freundin lachend zu. »Die sehen das wohl so wie Thomas früher. Anfangs hat es ihnen gefallen. Alles war wie ein riesiger Abenteuerspielplatz, doch heute …«

»Heute wollen sie Freunde treffen, ins Kino oder shoppen gehen. Alles, Hauptsache Trubel.«

»Genau. Und eine Disco gibt es hier auch nicht.«

»Disco, was ist das?«, scherzt Sarah und alle lachen zustimmend.

»Geht man heute eigentlich noch in die Disco?«, fragt sich Thomas. »Ist das mittlerweile nicht nur was für die Ü60 Garde?«

»Also ich gehe gern mal tanzen«, gesteht Helene.

»Ich auch. Nur gibt es hier, bis auf das jährliche Ernte Dank Fest keine Möglichkeit.«

Thomas mustert sie schweigend, plötzlich platzt es aus ihm heraus, »Dann führe ich euch beide aus.«

Überrascht starren ihn vier Augen an. »Was?«

»Ihr kommt mal nach Berlin und wir gehen aus. So richtig, mit allem Drum und Dran.« Er scheint sich richtig reinzusteigern.

»Wir können doch nicht einfach …«, beginnt Sarah, wird jedoch von ihm rasch unterbrochen, »Keine Widerrede! Das machen wir. Ihr werdet euch doch wohl mal für ein Wochenende frei machen können?«

»Nein.« Rigoros widerspricht sie ihm. »Nein. Die Tiere brauchen jeden Tag Pflege. Und Hunger haben sie auch täglich. Das ist nicht wie mit einer Katze, die man mal für ein, zwei Tage allein lassen kann.« Zerknirscht antwortet er, »Verstehe. Schade!«

»Also, ich könnte mich freimachen«, verkündet Helene und strahlt. »Komm schon, Sarah, du doch sicher auch. Die Ställe können auch mal einen Tag ohne auszumisten auskommen und die Tiere könnte Dörthe füttern. Wenn wir sie lieb bitten, macht sie es sicher.«

»Meinst du echt?« Sarah hat Zweifel. Ihr Blick huscht zwischen den beiden Hin und Her. Und beide nicken unisono.

»Klar, wer sagt denn, nur weil wir selbstständig und über dreißig sind, dass wir nicht mehr einen drauf machen dürfen?«

Das stimmte. Schließlich stimmt Sarah zu. »Okay. Aber …« Ihr Blick trifft Thomas. Eindringlich mustert sie ihn. Unbehaglich schluckt er und weicht ihrem Blick aus. Dann fährt sie fort, »Wenn Thomas meint, ich solle mal etwas Neues ausprobieren … dann verlange ich auch von Thomas etwas.« Die Idee kam ihr ganz plötzlich. Weiß der Himmel, woher

Erschrocken weiten sich seine Augen. »W-was denn?«

Ein Lächeln breitet sich auf ihrem Gesicht aus. »Ich schlage Ihnen eine Art Praktikum vor.«

Er runzelt die Stirn. »Praktikum?«, fragt er verständnislos. »Warum sollte ich denn ein Praktikum machen? Und wo?«

Ihre Hand macht eine ausholende Geste. Helene, die zu ahnen scheint, was ihre Freundin meint, schlägt sich feixend die Hände vor den Mund.

»Hier, natürlich«, verkündet Sarah ihm nüchtern. Das ist doch logisch.

»H-hier?« Dies scheint ihn vollkommen perplex zu machen. »Warum hier?«

»Na ja …« Sie hält einen Daumen in die Höhe. »… zum einen brauche ich hier wirklich Hilfe. Zu diesem Jahreszeit ist jede helfende Hand willkommen.«

»Kann ich verstehen«, murmelt er. Lauter fragt er, »Und weiter?«

»Zweitens, ich denke, Ihnen könnte eine … Veränderung guttun.«

»Warum denken Sie, ich bräuchte eine Veränderung? Ich bin zufrieden, wie alles ist.«

»Alles?« Misstrauisch mustert Helene ihn. »Niemand ist vollkommen zufrieden. Das ist unmöglich.«

»Ich bin sehr wohl glücklich«, widerspricht er und macht dabei unbeabsichtigt einen Schmollmund wie ein kleines Kind.

»Trotzdem.« Rigoros verkündet Sarah, »Ich biete Ihnen ein einwöchiges Schnupperpraktikum auf meinem Hof an. Sie arbeiten mit, leben und erleben das alles hier. Und hinterher sagen Sie mir, wo man zufriedener, wo man glücklicher ist! In der Stadt oder auf dem Land.«

»Aber …«

»Sehen Sie es als Experiment. Als Feldforschung.« Im wahrsten Sinne des Wortes.

»So komme ich mir auch vor. Als Versuchskaninchen.«

»Sie müssen doch eh noch ein paar Tage herkommen, um sich durch meine nicht vorhandene Buchhaltung zu arbeiten. Seine Worte«, fügt sie an Helene gewandt hinzu.

»Das stimmt ja auch. Eine Katastrophe«, stimmt er zu.

»So hätten Sie genügend Zeit dafür.«

»Da haben Sie recht«, gibt er schließlich zu. Sein Blick schweift ab. Starrt ins Irgendwo.

»Sie können direkt hier bleiben. Ihr Zimmer kennen Sie ja schon.«

»Ach, jetzt ist jetzt schon mein Zimmer?«, grinst er. Nicht mehr lange, und sie würde ihn überredet haben. Es ist ja auch wirklich praktisch. Jeden Tag zurück nach Berlin zu fahren ist weder gut für die Umwelt noch für sein Portemonnaie. Benzin ist teuer heutzutage. Gerade für solch eine Spritschleuder, wie er sie fährt. Genau das sagt sie jetzt auch.

»Denken Sie an Ihr Auto! Je weniger es über unsere Straßen fahren muss, desto niedriger ist das Risiko für weitere Schlaglochbekanntschaften.«

Damit hatte sie ihn. Sie ahnte es.

Tatsächlich sieht Thomas die Vorzüge überwiegen und stimmt zu.

»Okay. Ich mach's.«

Lachend klatscht Helene in die Hände.

»Eine Woche. Nachmittags arbeite ich an der Buchhaltung und vormittags helfe ich Ihnen«, bestimmt er.

»Prima.«

»Ihnen ist klar, dass das nur geht, weil ich Abteilungsleiter bin. Als einfacher Angestellter ist solch eine Extrawurst nicht möglich.«

»Ist mir bewusst. Wie gut, dass Sie so fleißig sind, Herr Odenberg.«

»Soll das eine Anspielung ein?«

Ergeben hebt sie die Hände. »Schon gut. Entschuldigung.« Lächelnd sieht sie zu ihm herüber. »Sie wagen also das Experiment?«

»Das habe ich doch gesagt. Ich hoffe, Ihr WLAN ist anständig.«

»Ist es. Wir leben auf dem Land, nicht hinter dem Mond.«

Dazu sagte er lieber nichts.

»Ich hoffe, Sie haben dieses Mal Wechselkleidung dabei!«

»Na ja, nicht für eine ganze Woche.«

Ehe Sarah wieder eine spitze Bemerkung machen kann, vermeldet Helene, »Zum Glück hat sich die Erfindung der Waschmaschine auch bis zu uns auf dem Land rumgesprochen.«

»Und da sagt man immer, die Uckermärker sind ein verschlossenes und grimmiges Völkchen«, murmelt Thomas leise.

»Stimmt nur zum Teil. Wir empfangen niemanden mit offenen Armen. Sind erst einmal skeptisch. Neue müssen sich erst einmal beweisen.«

»Oh ja, das musste ich am eigenen Leib feststellen«, murmelt Sarah gedankenverloren.

Helene fährt fort, »Doch wer erst einmal uns Herz gewonnen hat, der bleib darin verschlossen. Wir Uckermärker stehen für einander ein. Helfen einander.« Freundschaftlich greift sie nach der Hand ihrer Freundin und drückt diese leicht.

»Das sehe ich«, erwidert er.

»Dass hier im bundesdeutschen Vergleich am häufigsten die Sonne scheint, lässt uns zudem zufriedener als alle anderen sein.«

»Ist das deine persönliche Einschätzung?«, will Sarah wissen.

»Nein«, empört sie sich. »Das ist wissenschaftlich belegt.«

»Na dann.« Lachend wirft Sarah ihr Haar zurück.

»Ich bin froh, dass Sie es versuchen wollen«, flüstert Sarah, als sich anschließend etwas zu ihm herüberbeugt. »Ich denke wirklich, Sie können davon profitieren.«

»Wie meinen Sie das?«

»Wir werden sehen«, gibt sie kryptisch zurück. Sie jedenfalls wird jede Minute seiner Anwesenheit genießen. Das versprach lustig zu werden.

9.

Neue Erfahrungen

Beim Frühstück am nächsten Morgen war es Dörthe, die ihn an ein Versprechen erinnerte, das er bereits völlig vergessen hatte.

»Bleibt es dabei?«

»Wobei?«

Lachend erwidert die ältere Dame, »Na, dass du heute das Abendessen zubereitest.«

»Ich?«, staunt er ehrlich. Plötzlich dämmerte es ihm. »Ach ja.«

»Falls es dabei bleibt, Hamburger zuzubereiten, müsste noch eingekauft werden. Diese Art von Zutaten wirst du wohl kaum hier im Haus finden.«

Erneut staunt Thomas. »Nicht? Na gut, dann gehe ich einkaufen.«

Feixend sehen die Frauen am Tisch sich an. Schließlich ist es Sarah, die ihm eröffnet, »Ich denke nicht, dass Greta in ihrem Dorfladen so etwas führt. Sie hat eher Zutaten für die sprichwörtliche Hausmannskost.«

»Ähm, na dann eben in der nächsten Stadt.«

»Angermünde.«

»Gut.« Er nickt ihr zu.

»Cool. Darf ich mit?«, mischt Frederick sich aufgeregt ein. »Mom, darf ich?«

»Von mir aus. Thomas wird schon aufpassen, dass du nix anstellst.«

Thomas sieht hilflos von einem zum anderen. Er, ein Babysitter? »Ich … ich denke, ich bin schneller, wenn ich allein …«

»Bitte.« Mit einem Blick, wie dem eines Hundewelpen, sieht der Junge ihn an.

Zerknirscht, gibt er sich geschlagen. »Hoffentlich geht es schnell. Ich muss endlich mal mit den Büchern anfangen«, denkt Thomas.

Eine halbe Stunde später sind sie abfahrbereit und nachdem Frederick Thomas Auto ausgiebig begutachtet und bestaunt hat und die Route vom Navigationsgerät herausgesucht wurde, fahren sie los.

»Echt klasse, dass Sie mich mitnehmen!«

»Kein Problem«, gibt er zurück und starrt konzentriert auf die Straße. Ein weiterer Schaden am Wagen würde auch seine, doch recht gut gefüllte Brieftasche, sprengen.

»Cool, dass Sie auch da sind! Es war ziemlich öde, so allein mit den Frauen.«

»Du hast doch deinen Bruder zur Unterstützung.«

»Der?« Freddy macht ein abfälliges Geräusch. »Der interessiert sich doch nur für seine Ausbildung und seine Tussi.«

»Ausbildung? Was macht er denn?«

»Ben wird im September als Zimmermann anfangen. Bei uns im Ort.«

»Das ist doch schön. Ein solider Handwerksberuf.«

»Hm. Öde«, urteilt er verächtlich.

Thomas schmunzelt. »Was willst du denn mal machen?«

»Ich hau’ so schnell wie möglich hier ab.«

»Wirklich?«

»Jup. Ich halte diese Postkartenidylle, das Kuh muhen, das ganze Grün und die stinkende Scheiße kaum noch aus.«

Unwillkürlich erkennt er sich selbst in dem Jungen wieder.

»Ich geh’ nach Berlin«, verkündet dieser weiter. »Und dann studiere ich etwas mit IT.«

»Okay. Das ist ja was völlig anderes«, murmelt Thomas.

»Was haben Sie denn studiert? Weil, wenn es was Cooles ist und einem scheinbar gut verdienen lässt, dann will ich das vielleicht auch. So eine Karre kann man sich doch nur leisten, wenn man ordentlich Schmotte hat.«

Da hatte er recht. »Jura. Ich habe Jura studiert.«

Frederick pustet hörbar aus. »Das ist ja voll ätzend. Ist doch voll schwer? Jura.« Er kann es wohl kaum fassen.

»Schwer ist jedes Studium. Und langwierig. Du darfst nicht erwarten, es ohne zu Fleiß da durch zu schaffen.«

»Ich weiß, aber … Jura.«

»Du könntest auch BWL studieren. Mit einem BWL Abschluss findet man auch in vielen Bereichen Arbeit. Mehr sogar als bei Jura.«

»Echt?«

»Jup.«

Damit war das, zumindest vorerst geklärt.

»Dich zieht's also nach Berlin?«, greift Thomas das Gesprächsthema wieder auf. »Warst du schon mal dort?«

»Ja klar. Mein Dad lebt dort.«

»Ach, deine Eltern sind getrennt?«

»Klar, was dachten Sie denn? Dass wir Halbwaisen sind, oder so was?«

»Nein nein.«

»Dad hat auch schon gesagt, dass ich dann bei ihm wohnen kann. Aber das will ich nicht. Wäre ja voll uncool.«

»Wird aber wohl kaum anders zu händeln sein«, meint Thomas nüchtern. »In Berlin herrscht schon seit Jahren Wohnraumknappheit. Manche Leute stehen jahrelang auf Wartelisten für eine Wohnung.«

»Fuck! Das ist scheiße!«

»Das kannst du laut sagen.«

»Aber Sie haben 'ne geile Wohnung?«

»Ja.«

»Und wo?«

»In Charlottenburg.«

»Hm. Dad wohnt in Neukölln«, mit einem gewissen Stolz in der Stimme. Thomas verdreht die Augen. Wie selig sind die Unwissenden.

»Besucht ihr ihn oft?«

»Nö. Nur in den Ferien. Meine Eltern können nicht so gut miteinander.«

»Verstehe.«

»Ich könnte ja auch mal Sie besuchen kommen, wenn ich in der Stadt bin? Bin gespannt auf Ihre Wohnung.«

Überrumpelt stammelt Thomas, »Ähm … na klar … gerne.«

»Super!«

Die restliche Fahrt über schweigen sie, bis das Ortseingangsschild von Angermünde in Sicht kommt.

Vom Navi durch die Ortschaft geleitet, erreichen sie den Parkplatz eines bekannten Supermarktes. »Da wären wir.«

»Cool«, urteilt Freddy und steigt ebenfalls aus dem Wagen.

»Was? Der Supermarkt?« staunt Thomas und sieht hinauf zu dem Leuchtschild.

»Ja. Mom geht nie in sowas einkaufen. Sie sagt immer, man muss die hiesigen Bauern unterstützen.«

»Da hat sie recht. Die haben ganz schön zu kämpfen. Das bekommt ihr doch sicher auch auf eurem Hof zu spüren?«

»Hm. Kann schon sein. Aber es gibt in Hofläden nie die coolen Sachen.«

»Es muss nicht immer alles cool sein«, mahnt Thomas und muss sich zusammenreißen, um nicht wie ein Oberlehrer rüberzukommen.

Gemeinsam betreten sie das Geschäft. »Okay. Hamburger«, murmelt Thomas mehr zu sich selbst.

»Cool«, ruft der Teenager und stürzt an ihm vorbei und lässt ihn stehen.

»Hey. Warte!« Ratlos folgt er dem Jungen und findet ihn schließlich bei einem Aufsteller mit dem Getränk einer Influencerin.

»Das ist definitiv cool«, urteilt der Jüngere.

»Was? Eistee? Den gab's doch schon in meiner Jugend.«

»Ja, Eistee. Das hier ist aber Eistee«, erwidert Frederick und sieht ihn ernsthaft an.

Einen Moment überlegt er, ob er über die Logik der Jugend lachen oder es besser lassen soll. Vielleicht war er früher ebenso … seltsam?

»Können wir davon, sagen wir, sechs Dosen mitnehmen?«, bettelt der Jüngere.

»Was, wieso?«

»Na, weil's …«

»Cool ist«, vollendet er den Satz augenrollend.

»Genau. Sie haben's kapiert.«

Stöhnend gibt er nach. »Na gut.«

Zufrieden grinsend legt Frederick vorsichtig sechs Dosen des coolen Eistees in den Einkaufswagen.

»So, jetzt aber zum eigentlichen Einkauf.« Thomas sieht sich um. An den aushängenden Schildern unter der Decke orientiert er sich und schiebt den Wagen in den Gang mit Backwaren.

Dort entdeckt der Jüngere gleich das nächste Objekt der Begierde.

»Schokomuffins«, jubelt er.

»Mein Gott«, stöhnt Thomas.

Freddy bittet, »Können wir davon auch 'ne Packung mitnehmen?«

»Du weißt schon, dass wir wegen des Abendessens hier sind?«

»Klar«, grinst er. »Aber was meinen Sie, wie die sich zu Hause freuen, wenn wir uns auch gleich um das Kaffee trinken kümmern.«
»Ähm ...«
»Also zwei Packungen«, verkündet Frederick und schon landen zwei Packungen Schokoladenmuffins im Wagen.
Thomas gibt sich geschlagen. Dieses Ausflug wird wohl anders laufen als beabsichtigt.
Dazu gesellen sich die Burgerbrötchen und Hamburger Soße. Selbstverständlich musste es eine solche sein. Ketchup allein – voll uncool.
»Jetzt noch das Hackfleisch.« Das war leichter gesagt als getan. Welches nimmt man. Das vor gewürzte oder gleich fertige Burgerpattys?
»Die fertigen«, bestimmt Freddy. »Oder haben Sie Lust, diese Pampe zu kneten?«
Hatte Thomas nicht. Zu Hause in Berlin steht er wirklich selten am Herd. Das brutzeln und braten liegt ihm nicht sonderlich. Er ist ein Genussmensch. Was bedeutet, dass er lieber Essen geht.
»Was brauchen wir noch?«, fragt er seine Begleitung.
»Käse, Tomaten und Salat«, zählt der Teenie überraschenderweise auf. Schnell ist alles zusammen gesucht. Im Kühlregal wandert allerdings noch weiteres in den Einkaufswagen. Thomas hat, jetzt, wo er eine ganze Woche auf dem Land verbringt, keine Lust auf seinen Joghurt zu verzichten. Dazu mehrere Käsestücke, die er gern mit Birnen oder Trauben isst.
Letzteres wandert mit im Korb. »Das ist 'ne Menge Obst«, brummt Frederick. »Mom wird schimpfen.«
»Wieso?«
»Weil wir Obst und Gemüse nie im Supermarkt kaufen. Immer nur unser eigenes oder beim Bauern.«
»Meinst du, wir sollten es lieber auf dem Wochenmarkt kaufen?«
»Wir können ja auch alles auspacken und behaupten, wir hätten es auf dem Markt gekauft.« Grinsend sieht er zu ihm hoch.
»Du bist ganz schön durchtrieben«, lacht Thomas.
»Ich bin erfinderisch«, korrigiert der Jüngere ihn.

Ehe sie die Kasse erreichen, wandern noch ein Sechser pack Cola, »Mom, erlaubt uns nie solchen Süßkram.« Einige Tüten verschiedenster Gummibärchen, aus demselben Grund und drei Pralinenkästen »Die Mädels werden sich freuen.«

»Können wir noch irgendwohin fahren, wo man Klamotten kaufen kann?«, bettelt Freddy, als sie im Wagen sitzen.

»Was?« Erschrocken starrt Thomas zu ihm herüber. Die Möglichkeit, sich heute noch um die Bücher des Gnadenhofs zu kümmern, schwindet immer mehr. »Wieso?«

»Weil ich mir schon eine Ewigkeit ein bestimmtes Shirt kaufen will.«

»O-k-a-y«, gibt er langsam zurück. »Und das muss ausgerechnet jetzt sein? Kannst du das nicht erledigen, wenn du das nächste Mal in Berlin bist?«

»Wissen Sie, wie lange das noch dauert?«

»Wieso? Es sind doch Sommerferien.«

»Das schon, aber Dad ist in Griechenland. Da ist er immer den Sommer über.«

»Der hat's gut«, murmelt Thomas und startet den Motor. »Na gut«, stöhnt er zustimmend. »Aber du machst schnell!«

»Klaro.«

Schnell heißt bei Frederick jedes Geschäft zu besuchen, mehrere Kleidungsstücke anzuprobieren und dafür in etwa drei Stunden zu brauchen. Noch hatte er nicht das Richtige gefunden. Wohl aber Thomas, der während er gelangweilt herumsteht, mehrere Langarmshirts und eine Stoffhose entdeckt. »Schließlich habe ich nicht genug Wechselwäsche dabei«, sucht er seinen Spontankauf vor sich selbst zu rechtfertigen. Wer A sagt, muss auch B sagen. Jetzt würde er auch noch Unterwäsche benötigen. In einem Kaufhaus wird er fündig.

»Ich komm' aber nicht zu Ihnen in die Kabine, um zu sagen, ob sie ihnen steht«, stellt Freddy nüchtern klar.

»Stell dir vor, Junge, ich muss die nicht anprobieren. Zufälligerweise kenne ich meine Größe.«

»Okay«, gibt der Teenager gelangweilt zurück. »Brauchen Sie vielleicht auch noch Socken?«

»Drei Paar.«

Frederick rollt mit den Augen. Schnell erledigt Thomas den Einkauf und sie verlassen das Geschäft.

»Eis«, brüllt der Jüngere plötzlich los. »Da ist ein Eiscafé.«

»Ja, und?«

»Bitte.« Die Hände, wie zum Beten zusammengelegt sieht er ihn betteln an.

»Muss das sein? Wir haben schon so viel Zeit vertrödelt.«

»Bitte.«

Das Letzte, was ihm noch einfällt, ist, »Wir haben doch Kühlware im Auto.«

»Das geht schon. Sie haben es doch extra in solch eine Tasche getan.« Entnervt stöhnt Thomas und fährt sich mit der Hand durch das Haar. »Na gut. Aber nur eines auf die Hand.«

»Ist gebongt.« Frederick tut immer so cool, doch bei der Auswahl der Eissorten merkt man ihm sein junges Alter dann doch an.

»Ich will Bubblegum, und Engelsblau«, verkündet er. »Oder nein, lieber Bubblegum und Kinderschokolade.«

»Schokolade mit Kaugummi?« Angewidert verzieht Thomas das Gesicht.

»Stimmt. Dann doch lieber Bubblegum und Kirsche.«

Irgendwann schaffen sie es aber doch zurück nach Greiffenberg.

»Können wir zusammen ins Kino gehen?«, platzt Freddy mit einmal heraus.

»Was? Wann? Jetzt?«, stammelt Thomas und wirft ihm einen fragenden Blick zu.

»Nee. Hier gibt's doch gar kein Kino«, lacht er.

»Wann dann?«

»Wenn ich Sie in Berlin besuchen komme.«

Oje. »Ähm … okay«, stimmt er zu, weil er nicht weiß, wie er dem Jungen klarmachen soll, dass seine Mutter ihn wohl kaum allein nach Berlin reisen lässt. Zudem Thomas ein Fremder ist.

Doch er hatte die Rechnung ohne den Optimismus der Jugend gemacht.

»Mom hat sicher nichts dagegen. Sie mag Sie.«

»Ach, tut sie das? Wie kommst du darauf?«

»Weil sie es mir gesagt hat.« Konsterniert starrt Freddy ihn an.

»Aber sie kennt mich doch gar nicht.«
»Mom reichen schon fünf Minuten. Sie hat da so ein Ding.«
»Was für ein Ding denn?«
»Na, so ein Psychoding. Sie guckt jemanden an, redet mit dem und
schon weiß sie, ob derjenige okay ist oder nicht.«
»Sie analysiert Menschen also?«
»Hm. Vielleicht.«
Menschenkenntnis hatte er Helene ebenfalls schon attestiert.
»Interessant!«
»Ja ja. Ist manchmal echt nervig. Manchmal, wenn man neue Leute mit
nach Hause bringt, ist es ganz schön schräg, wenn sie einem zuspricht
oder einem verbieten will sich weiter mit demjenigen zu treffen.«
»Hat sie denn recht, mit ihren Einschätzungen?«
»Ja, schon. Einmal, da meinte sie, dass Bens Kumpel auf die schiefe
Bahn geraten wird und er sich lieber von dem fernhalten sollte. Der
wurde schon öfter von den Bullen hopsgenommen als man an einer
Hand abzählen kann.«
»Siehst du.«
»Hm. Ja. Deswegen weiß ich auch, dass sie nichts gegen Sie sagen wird.
Sie müssen nur sagen, wann es mal passt.«
Thomas versprach dann Bescheid zu geben.

»Ihr wart ja ganz schön lange weg«, begrüßt sie Sarah zurück auf dem
Hof.
»Ja, wir haben spontan noch eine Shopping Tour angehängt.«
»Und was ist mit der Buchprüfung?«
»Ähm …« Ertappt verzieht er das Gesicht.
»Jetzt ist dafür aber keine Zeit mehr«, mahnt sie lächelnd. »Gleich bringt
Micha das Heu. Das müssen wir in die Scheune bringen.«
Thomas nickt zustimmend und erklärt, »Okay. Ich ziehe mich nur rasch
um, dann helfe ich.«
»Genau so hatte ich es geplant«, grinst sie schelmisch.

»Bereit?«

»Ja«, kommt es von oben. Schwungvoll stößt sie die Mistgabel in den Heuberg und schippt in einer flüssigen Bewegung eine gute Portion über ihren Kopf ins Innere der Scheune. Michael war so nett, den Anhänger direkt vor der Luke des Heubodens.

Nicht ohne eine beachtliche Anzahl Heuhalme zu verlieren landet sie vor Thomas Füßen. Von dort soll er das Heu von hinten nach vorn verteilen. Helene und Frederick helfen ihm dabei. Ben steht mit auf dem Anhänger. Dieses Verfahren haben sie in den letzten Jahren gut erprobt. Und umso mehr helfende Hände, umso schneller geht es vonstatten.

Als der Anhänger leer ist, geht Sarah ebenfalls hinauf auf den Heuboden.

»Hey, ihr habt hier ja schon viel geschafft«, lobt sie erleichtert.

»Wir haben ja auch eine starke Hilfe.« Helene zwinkert ihr zu und deutet mit dem Kinn auf Thomas Rücken. Sarah folgt ihrem Wink und schnappt nach Luft. Thomas hatte sich das Oberteil ausgezogen und arbeitete mit nacktem Oberkörper.

»Na, gefällt dir auch so gut wie mir, was du da siehst?«, zieht ihre Freundin sie neckisch auf.

Und wie. Fasziniert betrachtet sie seinen gut gebauten Oberkörper, der vor Schweiß im einfallenden Licht glänzt. Sie muss sich zusammenreißen, nicht hinüberzugehen, um ihn zu berühren. Plötzlich spürt sie einen unbändigen Drang, sich ihm an den Hals zu werfen. Sich von ihm halten, beschützen zu lassen. Einfach mal alle Sorgen vergessen. Konzentriert schippt er eine Fuhre nach der anderen. Scheint voll in seinem Element und merkt gar nicht, wie sehr er das Blut der anwesenden Frauen zum Kochen bringt. Gemeinsam mit Frederick schichtet er das Heu gleichmäßig auf dem Heuboden.

Sarah kommt nicht umhin festzustellen, dass sie diesen Thomas mit vollkommen anderen Augen als dem von vor zwei Wochen betrachtet. Was war nur geschehen, dass sie so empfindet?

»Ich weiß gar nicht, was du hast. Also, ich halte ihn für nett. Attraktiv und nett. Und erwähnte ich schon seine Attraktivität?«

»Ja, er ist nett«, stimmt Sarah ihr zu. »Ich weiß auch nicht, warum ich das vorher nicht gesehen habe.«

»Geblendet von seiner Schönheit?« Freundschaftlich bufft ihre Freundin sie in die Seite.

»Eher nicht«, lacht Sarah hinter vorgehaltener Hand. »Es war wohl seine Tollpatschigkeit.«

»Thomas, ein Tollpatsch?«, staunt Helene und sieht zu ihr herüber.

»Oh ja«, lacht Sarah.

Nun hatte er sie doch gehört, hält inne, dreht sich um und fragt, »Ist was?«

Freddy, der Kopfhörer trägt, und nicht mitbekommt, dass Thomas nicht weiterarbeitet, schippt konzentriert weiter das Heu in Thomas Richtung. Und eben in diesem Moment bekommt dieser eine volle Ladung ins Gesicht geschleudert. Sacht schwebt es an ihm herunter und bleibt an seiner verschwitzten Haut kleben.

Prustend und leise fluchend versucht Thomas das getrocknete Gras loszuwerden. Kaum geschafft, rieselt eine neue Fuhre über seinen Kopf.

»Fuck! Freddy«, ruft er sauer.

Sarah und Helene können nicht mehr. Vor lauter Lachen sinken sie auf den Boden. Nun merkte auch der Teenager, dass irgendetwas nicht stimmt. Er zieht die Kopfhörern runter und fragt, »Was is'n?«

Die zur Schau getragene Ahnungslosigkeit lässt die Frauen noch mehr lachen.

Thomas funkelt sie an. »Ha ha, sehr lustig.«

»Entschuldigung«, bitte Sarah. »Aber Sie sehen zu lustig aus.«

»Schön, dass ich es immer wieder schaffe, Sie zu amüsieren.«

»Ja, das schaffen Sie immer wieder«, stimmt Sarah ihm zu.

Irgendwann war aber auch diese Arbeit geschafft und alle gönnen sich eine Pause auf der Terrasse.

Dörthe's selbst gebackene Erdbeer-Biskuit-Rolle konkurrierte heute mit den mitgebrachten Überraschungs-Schokoladen-Muffins.

Thomas jedoch greift dann doch lieber nach dem Erdbeerkuchen.

Selbstgebackenes, wie er verkündete, durfte er selten genießen.

Allenfalls bei Familienfesten oder wenn er bei Daniel zu Besuch ist.

»Lecker«, lobt er die Bäckerin, die ihn daraufhin freudig anstrahlt.

»Eure kleinen Schokokuchen sind auch nicht schlecht. Auch wenn sie nicht selbst gebacken sind.«

»Die heißen Muffins, Dörthe«, klärt Frederick sie über den Tisch hinweg auf. »Das sollte sich mittlerweile auch zu dir rumgesprochen haben.«

Ben und seine Mutter zischen unisono, »Freddy!«

»Ach lasst nur«, winkt die alte Dame ab. »Das ist die Jugend. Die war schon immer der Meinung, die Alten leben hinter dem Mond.«

»Seht ihr«, verkündet Freddy grinsend. »Sie sieht es selbst ein.«

Helene schüttelt halb tadelnd, halb schmunzelnd den Kopf.

»Du bist echt unmöglich«, urteilt Ben über seinen jüngeren Bruder. Dieser zuckt unbeteiligt die Schulter und steckt sich ein weiteres Stück Muffin in den Mund.

Sarah schmunzelt. Auch wegen Rudi, der wieder einmal pausenlos den Tisch umrundet, um auf sich aufmerksam zu machen.

Bruno, Sarahs alter Beagle beobachtet ungerührt seinen jüngeren Artgenossen. Er selbst war längst über das Alter des Herumspringens hinaus. Gemächlich legt er den Kopf wieder auf die ausgestreckten Pfoten ab. Er weiß, auch auf ihn wartet am Ende des Tages ein voller Napf.

Thomas beugt sich zu seinem Freund herunter und krault ihm gedankenverloren hinter den Ohren. Freddys Satz, »Ich darf demnächst mal Thomas in Berlin besuchen« reißt ihn aus seinen Gedanken. Perplex starrt er quer über den Tisch zu ihm.

»Wie bitte?«, fragt Helene. »Wann wurde das denn beschlossen?«

»Na heute Morgen«, erklärt ihr Sohn, wendet sich an Thomas und fragt, »Stimmt doch, oder Thomas?«

»Ähm … ja, schon, aber …«, stammelt dieser.

»Siehst du, Mom. Kein Problem.«

Helene sucht Thomas Blick. »Na gut, wenn es für dich wirklich in Ordnung ist …«

»Hm.«

»Okay.«

»Danke, Mom«, ruft Frederick erfreut. »Siehst'e, Thommy, ich hab' ja gesagt, sie würde ja sagen.«

»Ach, wusstest du das schon vorher?«, lacht Helene. »Und seit wann heißt es Thommy?«

»Klar. Du magst ihn doch und wenn du jemanden gut leiden kannst, sagst du zu allem ja.«

Sarah prustet los. »Dein Sohn kennt dich wirklich gut.«

Beschämt schmunzelt Helene. Sicherlich auch, weil sie gerade als Thomas-Fan geoutet wurde. Dieser selbst tut, als hätte er nichts gehört und redet stattdessen wieder mit Rudi.

Den Abend möchte Thomas bei einem Spaziergang mit seinem Hundekumpel ausklingen lassen und bittet dabei nicht etwa Helene um Begleitung, sondern Sarah. Gemeinsam schlendern sie über den Innenhof in den Park hinaus. Man sieht Rudi an, wie sehr er sein Leben hier genießt. Wohl auch, weil er in Thomas endlich eine Bezugsperson gefunden hat. Sarah weiß gar nicht, wie es weitergehen soll, wenn dieser wieder weg ist. Sie gehen an duftenden Rosensträuchern vorüber, pflücken sich zwei Äpfel vom Baum und erreichen die hintere Mauer.

»Na, was meinst du, Rudi, die große Runde?«

»Wuff«, macht der Rüde und humpelt zum Tor.

Gut gelaunt folgen sie ihm, öffnen das Tor und schlüpfen hindurch. Sofort verschwindet der Hund im Gebüsch. Scheinbar war die Gegend hier für Hundenasen interessanter als in ihrem Park.

Es vergehen einige Minuten, in denen vom Hund weder etwas zu sehen noch zu hören ist.

»Wo er wohl steckt?«, murmelt Thomas. »Sollten wir nicht mal nach ihm sehen?« Konzentriert starrt er in das Blattwerk.

»Warum?«

»Na, weil er weg ist«, echauffiert er sich. »Nicht, dass er verletzt ist.«

»Verletzt?«, ulkt Sarah. »Wie kommen Sie darauf?«

Sprachlos wendet er sich ihr zu und blafft, als könne er kaum fassen, wie ignorant sie ist, »Er hat nur drei Beine.«

»Ich weiß«, gesteht sie lächelnd. »Doch Rudi ist stark und hat mittlerweile gelernt, sicher auf ebendiesen drei Beinen zu laufen.«

Thomas klappt die Kinnlade herunter.

»Sie müssen keine Angst haben. Der stromert nur etwas herum. Ich kenne das schon.«

»Und was ist, wenn er dabei in ein Kaninchenloch gefallen ist?«

Nun muss sie doch kichern.

»Was? Ich kann nicht glauben, dass Sie sich keine Sorgen machen.«

»Warum auch? Es kommt immer wieder vor, dass Hunde eine längere Zeit herumstromern. Und da wir hier auf meinem Land sind, ist das auch nicht schlimm.«

»Nichts schlimm?«, wiederholt er. »Wie auch immer, ich gehe jetzt da rein, ihn suchen.«

Sie macht eine Geste. »Bitte sehr. Lassen Sie sich nicht aufhalten. Wenn es Ihnen nichts ausmacht, warte ich hier. Auf zerschrammte Unterarme habe ich heute keine Lust mehr.«

Das ließ er so stehen und verschwindet im Busch. Grinsend lässt Sarah sich am gegenüberliegenden Feldrand ins Gras sinken.

»Rudi?«, ruft er laut. Natürlich erhält er keine Reaktion. Sicherlich war der Hund mittlerweile über alle Berge. Oder er liegt eben doch mit gebrochenen Beinen in irgendeiner Grube. »Rudi. Gib Laut!«

Irrte er sich, oder hatte er gerade ein Bellen gehört? »Rudi! Hierher.«

Wieder Gebell. Sogar anhaltend. Thomas stolpert immer den Geräuschen nach durch das Unterholz. Sarah hat recht, seine nackten Unterarme sind mittlerweile stark zerschrammt. Vielleicht wäre es doch besser gewesen, einfach vom Weg aus auf die Rückkehr des Hundes zu warten? Beinahe wäre er gefallen, als eine im Laub versteckte Wurzel mit seinem Fuß kollidiert ist. Gerade so kann er sich mit einem Stolpern abfangen, da entdeckt er einen hellbraunen Fleck im Unterholz. Rudi. Oder besser dessen Po. Das eine verbliebene Bein liegt seltsam abgespreizt auf dem Boden. Der Kopf steckt, bis zum Hals in einem Erdloch. »Was hast du denn da?«, fragt er und klopft dem Tier sanft auf das Hinterteil. »Komm schon, lass die Kaninchen in Ruhe.«

Doch Rudi sieht gar nicht ein, seine Beute aufzugeben. Wütend bellt er weiter in das Loch hinein.

Thomas richtet sich auf, nimmt all seine Autorität zusammen und befiehlt streng, »Aus.«

Rudi lässt das kalt.

»Rudi, aus!« Falls es an einer persönlichen Ansprache gefehlt hat.
Noch ein kleines Stück weiter drängt sich das Tier in die Erde, sodass
Thomas sich genötigt sieht, ihn am hinteren Ende herauszuziehen. Wie
ein Korken aus der Flasche flutscht der Hund aus dem Loch. Aufgeregt
bellt und knurrt dieser abwechselnd. Schnappt sogar nach Thomas Hand.

»Hey, ich will doch nur …«

Doch was genau er wollte, wurde nicht klar, weil just in diesem Moment
ein Dachs aus ebenjenem Loch gesprungen kommt. Erschrocken schreit
Thomas auf. Waren Dachse schon immer riesige Monster? Rudi,
vollkommen unbeeindruckt und vom Größenwahn geleitet kläfft das
Wildtier mutig an. Panisch greift Thomas sich den Hund, presst ihn sich
an die Brust und sprintet los. Das dichte Gebüsch macht eine Flucht
nicht gerade leicht. Zweige peitschen ihm ins Gesicht. Wurzeln packen
ihn an den Füßen. Gehetzt sieht er sich um. Noch immer war das
schwarz weiße Ungetüm hinter ihnen her. Und noch immer schien es
verärgert über das unerlaubte Eindringen in seine Privatsphäre. Der
Eindringling selbst scheint sich seiner Schuld in keinster Weise bewusst
zu sein. Er bellt über Thomas Schulter, direkt in sein Ohr. »Halt die
Klappe!«, presst er hervor. »Mach ihn doch nicht noch wütender.«
Glücklich erreicht er den Feldweg. Erleichtert springt er förmlich durch
das Gebüsch ins Freie.

Sarah sieht, dass irgendetwas nicht stimmt, rappelt sie auf und fragt
erschrocken, »Was ist los? Ist er verletzt?«

Nun macht sie sich doch Sorgen?

»Nein. Aber er leidet unter akuten Größenwahn.«

»Wie bitte?«

Heftig atmend erläutert er ihr den Sachverhalt. Doch ihre Reaktion ist so
eine ganz andere, als die er erwartet hat. Sarah legt sich eine Hand auf
den Bauch und lacht.

»Was … was ist so lustig?«, fragt er verwirrt. »Wir hätten … wir hätten
gefressen werden können.«

»Dachse sind keine Fleischfresser.«

»Sind sie doch.«

»Nein. Sie sind Allesfresser. Und ich kann Ihnen versichern, Menschen stehen nicht auf ihrem Speiseplan.«

»Ha ha. Ich hatte ja auch nicht wirklich angenommen, aufgefressen zu werden.«

»Ich weiß«, grinst sie. »Und ich weiß noch etwas.«

»Ja?«

»Sie werden nicht mehr verfolgt.« Ihre Hand deutet auf die Büsche. Thomas presst den Hund an seine Brust, sieht sich vorsichtig um und atmet erleichtert aus. »Gott sei Dank!«

»Ich weiß, es kann beängstigend sein, so plötzlich mit der Natur konfrontiert zu werden.«

»Sie machen sich schon wieder über mich lustig.«

»Nein«, gibt sie übertrieben zurück. »Wie kommen Sie nur darauf?« Langsam setzt er Rudi auf den Boden. »Nicht noch einmal da rein gehen«, flüstert er dem Hund ins Ohr. »Noch einmal überstehe ich das nicht.«

Lachend hakt sich Sarah bei ihm unter, zieht ihn weiter und sagt, »Komm, mein Held, für heute sind genug Abenteuer bestanden.«

Sein Blick wandert zu ihrem Arm, hinauf zu ihrem Gesicht. Mit einem Mal scheint sie sich der Nähe zwischen ihnen bewusst zu werden und löst sich wieder von ihm. Eine peinliche Stille entsteht, als sie zurück zum Haus schlendern. Das wehmütige Ziehen in Thomas Magen sagt ihm, dass er nichts gegen die andere Variante des Spazierens gehabt hätte.

10.

Die Freundinnen Sarah und Helene lassen den Abend bei einer Flasche Wein im Garten unter den alten Obstbäumen ausklingen.

»Wie lange weißt du es schon?«, will Helene wissen, nachdem Sarah ihr eröffnet hat, dass es um ihre Finanzielle Situation alles andere als gut bestellt ist. Viel Zeit, um sich auszutauschen, hatten sie nicht mehr. Die Besuchswoche war vorüber. Schon morgen würde Helene mit ihren beiden Söhnen auf ihren eigenen Hof zurückkehren. Noch immer war es schwül warm und die Mücken surrten in Schwärmen um ihre Köpfe.

»Ach …«, stöhnt Sarah. »… ich bin Realist genug, um einzusehen, dass es nicht mehr lange so weitergehen kann.«

»Wenn du nicht mehr lange sagst, von welchem Zeitraum sprichst du da?«

»Zwei Monate. Plus minus ein halber.«

»Scheiße«, urteilt Helene und Sarah nickt zustimmend. »Das kannst du laut sagen.«

»Ist wirklich alles weg?«

»Beinahe. Hätte ich wenigstens ein regelmäßiges Einkommen, aber das bisschen an Spendengeldern. …«

»Und es noch einmal mit der Praxis zu versuchen?«

Sofort wiegelt Sarah ab. »No way. Das gebe ich mir nicht noch einmal.«

»Aber Frank wird nicht jünger. Vielleicht ist er ja froh, wenn du …«

»Ich glaube, ihm ist es egal. Nur die Leute hier …« Sie macht eine allumfassende Geste mit der Hand. »… die akzeptieren mich nicht.«

Helene zieht skeptisch die Augenbrauen hoch. »Immer noch? Bist du sicher?«

Sarah war sich sicher.

»Dann musst du eine andere Einkommensquelle erschließen.«

»Ach ist das so?«, entgegnet sie verächtlich. »Und welche bitte schön?«

Helene legt grübelnd einen Zeigefinger an die Nasenspitze. »Du bist doch an dieser Tierpatenschaftsache dran. Bringt das nicht etwas ein?«

Sarah schnaubt verächtlich. »Eher nicht. Das ist, wenn überhaupt nur ein Tropfen auf dem heißen Stein.«

»Verstehe. Und wenn du etwas verkaufst?«

»Verkaufen? Dörthe's Erbe?«

»Ich dachte, es ist dein Erbe?«

»Ja. Aber es war Dörthe's Schwester, die das alles hier gekauft hat. Und warum?« Sie beantwortet die Frage gleich selbst. »Weil, sie sich in all das hier …« Sie lässt den Blick schweifen. »… vom ersten Moment an verliebt hat.«

»Es ist ja auch wunderschön hier«, bestätigt Helene.

»Eben. Und wer wäre ich, wenn ich alles einfach so hinschmeißen würde.«

»Einfach so, wohl kaum. Du bist eine Kämpfernatur, Sarah. Du hast alles versucht.«

»Danke für die Blumen, Liebes.« Liebevoll drückt sie die Hand ihrer Freundin.

Seufzend fügt sie an, »Alles kostet so viel Geld. Das Futter ist in den letzten Monaten teurer geworden. Beinahe das doppelte zahle ich mittlerweile. Dazu der Strom, Benzin und essen müssen Dörthe und ich ja auch etwas.«

»Wem sagst du das«, stöhnt nun auch Helene. »Bei mir ist es das Wasser. Die Wasserrechnung ist der teuerste Punkt. Und dann der Strom.«

»Siehst du. Und wahrscheinlich geht es allen Landwirten so. Nur ich bin die Einzige, die jammert.«

Lachend entgegnet Helene, »Dann müsstest du mal Mäuschen spielen im Dorfladen und Stammtisch. Was meinst du, wie die Leute schimpfen.«

»Schimpfen bringt nix. Handeln wäre besser. Nur weiß ich wirklich nicht, was ich tun soll.« Erneut vergräbt sie das Gesicht in den Händen.

»Ach komm schon, Süße, wenn das eine packt, dann bist du es. Und …« Ihr kommt da scheinbar eine Idee, denn plötzlich hellt sich Helenes Gesicht auf. »… wenn du Ponyreiten oder so etwas anbietest? Oder …« Sie klatscht in die Hände. »Ich glaube mal gelesen zu haben, dass gestresste Großstädter gern eine Auszeit nehmen von all dem Trubel. Ja, genau.« Sie bekräftigt das gesagte mit einem Nicken, wobei Ihre braunen Locken fröhlich wippen.

»Und was sollte ich diesen Menschen zu bieten haben?«, will Sarah entmutigt wissen.

Ihre Freundin deutet beidhändig auf die Umgebung. »Na, all das hier. Die Natur, die Ruhe, die Tiere …«

»Du meinst also, gestresste Großstädter im Anzug oder Abendkleid, sollten hier bei mir Esel streicheln und Ställe ausmisten, um wieder ihre innere Mitte zu finden?«, schnaubt sie verächtlich.

»Nun ja, ich nehme doch an, dass Großstädter auch geeignetere Kleidung besitzen«, lacht Helene. »Doch, das ist es, Sarah. Biete Entspannungswochenenden an. Ferienwohnungen für Familien oder Singles. Platz hast du doch genug.«

Sarah sieht hinüber zum Haus. Das stimmt, Platz genug ist vorhanden, doch könnte sie dies alles auch ihrer betagten Nenntante aufbürden? »Ich müsste zunächst einmal Dörthe fragen«, murmelt sie.

»Also ziehst du es in Betracht?«, freut sich ihre Freundin.

»Moment.« Ergeben hebt Sarah die Hände. »Das habe ich nicht gesagt.«

»Aber du denkst darüber nach. Versprochen?«

Das versprach sie ihr.

Helene kam jetzt erst so richtig in Fahrt. »Ich stell' mir das großartig vor.« Sie springt von ihrem Stuhl auf und beginnt aufgeregt auf und ab zu geben. »Am Wochenende tummeln sich hier kleine Kinder, die auf deinen Pferden reiten.«

»Ich bin keine Reitlehrern und die Tiere sind teilweise gebrechlich«, murmelt Sarah.

Helene überhört ihren Einwand und plappert munter weiter. »Zwei drei Ferienwohnungen. Das ist doch praktisch nix.«

»Das bisschen Mehrarbeit.«

»Die Leute kommen hier her, mieten sich für das Wochenende oder eine Woche ein und … entspannen sich. Wie könnte man das auch nicht? In solch herrlicher Umgebung?«

»Stimmt. Es ist wunderschön hier. Aber auch anderswo. Warum sollte man ausgerechnet in die brandenburgische Uckermark kommen?«

»Wunderschön?«, echauffiert Helene sich. »Es ist das Paradies auf Erden. Du könntest Yoga oder andere Entspannungskurse anbieten.«

»Klingt super. Doch auch darin bin ich nicht ausgebildet.«

Ihre Freundin winkt ab. »Und wenn schon? Kommt Zeit, kommt Rat. Hauptsache, du bietest die Möglichkeit an. Stell es dir wie ein Gemälde vor! Du liefert die weiße Leinwand. Irgendwer wird dann Farbe auftragen.«
Sarah nickt nachdenklich. Es klingt schon ganz gut, was Helene da alles vorschlägt, doch wer sollte, mit wessen Geld, dies alles bewerkstelligen?
»Und an der Straße vorn ein Verkaufsstand für Eier und selbst gemachte Marmelade. Ihr habt hier so viel Obst.« Sie geht hinüber zu einem tief hängenden Zweig eines Kirschbaumes und zupft zwei Früchte ab.
»Schon, aber wer …«
»Ich weiß, was du sagen willst. All die Arbeit.«
Sarah nickt zustimmend und patscht sich auf die Oberschenkel. »Genau. Wer soll das alles machen? Ich komme so schon kaum mit der Arbeit hinterher.«
»Auch für dieses Problem hat deine Freundin eine Lösung.« Lachend lässt Helene sich wieder auf den weißen Gartenstuhl fallen. »FÖJ.«
»FÖJ?«, wiederholt Sarah ungläubig. »Was ist das?«
»FÖJ ist die Abkürzung für das freiwillige Ökologische Jahr. Dabei können junge Menschen, die noch unentschlossen sind, was sie später einmal für eine berufliche Richtung einschlagen wollen, ein Jahr lang in einem natürlichen Beruf reinschnuppern.«
»Ach so, wie Lena, die letztes Jahr hier war. Allerdings nur einen Sommer lang und im Rahmen eines Studiums.«
»Ja, scheinbar schon.«
»Und wie viel kostet so etwas?«
»Das wird gefördert. Glaube ich zumindest. Du zahlst ihnen nur Kost und Logis.«
»O-k-a-y.«
»Denk darüber nach!«
Auch das versprach sie ihr.
»Da fällt mir ein, du hast doch zurzeit genau den richtigen Mann dafür hier.«
»Du meinst, Thomas?«
»Genau. Der kennt sich sicher mit so etwas aus.«
»Hm. Vielleicht. Aber eigentlich …«

Doch erneut unterbricht sie die übereifrige Helene. »Überhaupt ist das doch die Idee. Er kann dir fürs Erste helfen. Schließlich will er doch etwas lernen.«

»Er ist aber nur für eine Woche hier.«

»Ach, papperlapapp«, winkt Helene ab. »Wenn der erst einmal seine Scheuklappen abnimmt und merkt, wie glücklich das Leben hier draußen sein kann, will der gar nicht mehr weg. Wetten?«

»Ich weiß nicht? Thomas macht auf mich nicht den Eindruck, als würde er hier her passen. Schließlich kennt er das Landleben schon und hat es für wenig erstrebenswert bewertet.«

»Blödsinn. Wie du dich ausdrückst.« Sie lacht. »Erstens sind seit seinen Erfahrungen damals ein paar Jahre ins Land gegangen und zweitens, ich kenne Schwarzbach zwar nicht, aber sicherlich ist es hier schöner.« Ihr Blick fällt auf ihre Freundin. Mustert sie eindringlich. »Und noch etwas gibt es nur hier. Dich.«

»Was … was soll das denn heißen?«, echauffiert Sarah sich.

Helene zuckt die Schultern und setzt ein wissendes Lächeln auf.

»Helene! Du willst doch nicht …«

Ergeben hebt diese die Hände. »Ich will gar nichts sagen oder andeuten … oder, nun ja, vielleicht ein wenig«, lacht sie.

Gespielt beleidigt verschränkt ihre Freundin die Arme vor der Brust und presst beleidigt die Lippen aufeinander. Schließlich kann sie aber der ansteckenden Laune Helenes nicht widerstehen und kichert leise mit.

»Du wirst sehen, es wird alles gut«, meint sie schlussendlich.

Am nächsten Morgen verabschiedeten sich jedoch erst einmal Helene und ihre Söhne.

»Ich schreib' dir, wenn ich das nächste Mal in Berlin bin. Okay?«, sagt Frederick und klopft Thomas auf die Schulter.

Dieser schaut irritiert, nickt dann aber doch. »Ist klar. Du hast ja meine Nummer.« Verwundert starrt Sarah beide an. Sie ist sich nicht sicher, was sie mehr überrascht. Das ein gestandener Mann wie Thomas Odenberg einem Jungen wie Freddy seine Nummer gibt. Oder dass ein Junge es geschafft hat, diesem Mann den Stock aus dem Po zu ziehen.

»Ich bin immer noch nicht überzeugt, ob es wirklich eine so kluge Idee ist, euch zwei Jungs allein auf die Großstadt loszulassen«, mischt Helene sich lachend ein.

»Wie gesagt, mein Angebot steht. Ihr alle seit herzlich eingeladen mich in Berlin zu besuchen«, glättet Thomas die Wogen.

»Ich weiß, mein Lieber«, lacht sie. »Ich weiß. Und sicherlich kommen wir darauf zurück, oder Sarah?«

»Och menno, ich will aber allein mit dir einen Drauf machen«, mault Frederick. Worauf Thomas ihm lachend mit der Hand das Haar verstrubbelt. Dafür erntet er von dem Teenager jedoch einen misstrauischen Blick. Genervt, sich seine Frisur richtend, steigt er zu seinem älteren Bruder in den Wagen.

Sarah bekommt einen wehmütigen Gesichtsausdruck, breitet ihre Arme aus und zieht ihre Freundin in eine Umarmung.

»Ich werde dich vermissen.«

»Ich dich auch. Aber seien wir doch mal ehrlich, so weit bin ich ja nicht weg.«

»Stimmt. Komm ganz bald wieder!«

»Ende Herbst, wenn bei mir beinahe alle Bäume leer sind.«

»So lange?« Theatralisch jammernd küsst Sarah ihre Freundin auf die Wange. »Aber ich verstehe das.«

Helene, mit ihrem Obsthof, hat ebenso viel zu tun wie sie selbst.

»Ich bin ja auch noch da«, mischt Thomas sich ein und lässt beide Frauen erstaunt aufschauen.

»Für die nächsten Tage«, denkt Sarah insgeheim.

»Wusste ich es doch«, denkt sich Helene und schmunzelt. Zwinkernd wendet sie sich an Sarah. Lautlos formen ihre Lippen, »Siehst du. Frag ihn wegen der Sache!«

Sarah nickt zustimmend und wischt sich mit dem Handrücken über die Augen.

»Auf Wiedersehen, Helene«, verabschiedet sich Dörthe und nimmt sie in den Arm. »Tschau, Jungs.« Winkend verabschiedet sie sich von Helenes Söhnen.

Ben und Frederick erwidern dieses vom Auto aus.

Zu dritt winken sie dem davon fahrenden Auto hinterher.

»Nun sind sie weg.« Sarah atmet tief durch.

Dörthe legt ihrer Nichte den Arm um die Schulter. »Allein sind wir ja nicht.«

Das stimmt. Da sind auch noch 'ne Menge Tiere und die haben Hunger. »Wenn mich, wer sucht, ich bin im Stall«, verkündet sie und fügt in Gedanken hinzu, »Und heule mir die Augen aus dem Kopf.«

»Was steht heute noch an?«

Tief in Gedanken versunken geht Sarah an ihm vorbei den Sandweg um das Haus herum in Richtung Ställe.

Als sie noch immer keine Anstalten macht ihn zu beachten, stellt er sich ihr kurzerhand in den Weg. »Sarah?«

Mit gesenktem Kopf prallt sie gegen ihn. Instinktiv stützen sich ihre kleinen Hände an seinem flachen Bauch ab und bleiben dort, für einige Momente liegen. »W-was?«, haucht sie und hebt den Blick. Als sich ihre Blicke treffen, ist es, als würde ein Stromschlag durch sie hindurch fahren. Thomas' Herz schlägt im Prestissimo. Und auch ihr schien es ähnlich zu gehen. Sarahs Brust hebt und senkt sich in rascher Abfolge. Der Atem geht stoßweise und ihre Pupillen weiten sich bei seinem Anblick. In Filmen ist dies immer der Moment, in dem der Mann sacht den Kopf neigt und die Frau zum ersten Mal küsst. Ob er es ebenfalls wagen sollte? Gerade als er ansetzt sich herabzubeugen, wird ihr ihre Nähe bewusst und sie macht rasch einen Schritt rückwärts. Ihre Hände fallen ins Bodenlose. Hängen kraftlos an ihren Seiten. Und ihn überkommt ein Gefühl der Leere. Schweigend starrt er auf ihre volle Lippen. Wie sie wohl schmeckt? Herausfinden würde er dies nun nicht mehr.

»Ähm … was … was hast du gesagt?«, stammelt sie verlegen und fährt sich mit beiden Händen durch das blonde gelockte Haar.

Thomas ist ebenso verlegen. »Ja, ich … ich wollte nur wissen, ob … ob ich freihabe, also nicht richtig, denn ich muss ja auch noch … Oder ob ich Ihnen bei irgendetwas …«

»Nein«, platzt es aus ihr heraus. Ihre Hände ihm entgegengestreckt.

»Nein«, wiederholt sie etwas ruhiger. »Ich brauche deine Hilfe heute …

ich meine Ihre … ich meine, nein.« Sie ist richtig niedlich, wenn sie verlegen ist.

»Okay«, brummt er dunkel. »Also kann ich?«

Sie nickt heftig. »Genau. Du kannst … ähm … tun, was du willst. Ich meine Sie.« Damit dreht sie sich auf dem Absatz um und rennt praktisch in Richtung Haus zurück.

Verdattert bleibt er zurück und sieht ihrem wehenden Rock hinterher, bis sie um die Hausecke verschwunden ist. Zum Teil ratlos, zum Teil amüsiert folgt er ihr. In der Bibliothek widmet er sich erneut dem Papierkram. Als bereits köstliche Duftschwaden durch das Haus wabern, klopft es an der Tür. »Herein«, ruft Thomas und kommt sich ziemlich belämmert vor, da er hier alles andere als der Hausherr ist und somit nicht berechtigt irgendwen hereinbitten.

Dörthe betritt den Raum und schlendert zu ihm herüber. Wobei ihre Fingerspitzen zärtlich über das Holz der Regale und die Buchreihen streichen. »Ich wollte Sie nur zum Essen rufen«, plaudert sie und lehnt sich ihm gegenüber an die Wand.

Freundlich wendet er sich ihr zu. »Das ist nett. Ich bin hier sofort fertig.«

»Kommen Sie voran?«

Er nickt. »Mühsam ernährt sich das Eichhörnchen.«

Die alte Dame kichert. »Ist wohl gar nicht so einfach?«

Er stimmt in ihr Lachen ein. »Nein. Ich habe selten ein solches Chaos gesehen.«

»Typisch Sarah«, murmelt sie freundlich und lässt den Blick über die sorgsam sortiert und gestapelten Papiere wandern.

»Sie ist ein ganz schöner Wirbelwind«, urteilt er und weiß eigentlich nicht, warum er das gesagt hat.

»Das umschreibt Sarah ziemlich gut. Sie sind sehr scharfsinnig«, lobt sie ihn.

»Das bringt der Beruf so mit sich.«

Verständig nickt sie schweigend.

Eine peinliche Stille entsteht.

Angestaute Neugier platzt mit einem Mal aus ihm heraus. »In welchem Verwandtschaftsgrad stehen sie eigentlich zueinander?«

»In gar keinem.« Amüsiert betrachtet sie ihn, als er nun ungläubig die Kinnlade fallen lässt.

»In … in gar keinem?«, echot er verständnislos. »Wie das? Ich hatte angenommen …«

»Dass sie meine Nichte wäre? Ja. Aber das ist nicht korrekt. Sarah ist die Tochter des Halbbruders meiner Adoptivschwester.«

Verwirrt reibt er sich die Schläfen. »W-was?«

»Es ist ziemlich vertrackt.« Dörthe sieht, dass dies nicht so einfach zwischen Tür und Angel erklärt werden kann und nimmt ihm gegenüber am Tisch Platz. Während die spricht gestikulieren ihre Hände stetig mit. »Also, meine Mutter hieß Hilde. Sie war während des Krieges als Hilfskrankenschwester in einem Feldlazarett nahe Berlin beschäftigt. Ebenfalls dort beschäftigt war eine gewisse Elisabeth. Wie meine Mutter war sie Krankenschwester. Beide Frauen lernten sich kennen und schätzen.«

Thomas nickt schweigend, um ihr zu verstehen zugeben, dass er ihr so weit folgen kann.

»Selbstverständlich waren die Zeiten alles andere als gut. Sie sahen wohl viel Elend, Tod und Krankheit. Doch gerade in Situation des Chaos sehnt sich der Mensch nach Beständigkeit und Hoffnung. Und so kam es, dass Elisabeth sich in einen jungen Unteroffizier namens Hermann verliebte. Sie liebten sich wohl sehr, sagte meine Mutter. Sie wollten heiraten, sobald der Krieg vorüber wäre. Aus dieser Liebe entstand ein Kind. Doch bevor Elisabeth dieses Kind zur Welt bringen konnte, verstarb Hermann an der Front.«

Thomas schluckt. »Wie furchtbar.«

»Oh ja, das war es wohl für die junge Frau, die nun bald mit einem Säugling in den Wirren des Krieges allein dastehen sollte. Sie wussten damals ja noch nicht, dass dieser bald vorüber sein würde.«

Er mochte sich gar nicht ausmalen, was das für eine alleinstehende Frau bedeutet haben musste. Zudem alsbald die Russen diesen Teil Deutschlands besetzten und eine neue Schreckensherrschaft begann. Dörthe berichtet weiter, wobei ihre Mimik kein Happy End vermuten lässt. »Elisabeth bekam das Kind. Allein. Ihre Eltern gab es da wohl auch nicht mehr. Nur meine Mutter war bei ihr. Zu zweit versuchten sie

sich die Arbeit im Lazarett und mit dem Baby zu teilen. Dann war der
Krieg vorbei. Armut, Hunger und Krankheiten siegten über die Freude,
den Krieg überlebt zu haben. Manchmal war es wohl noch schlimmer als
während des Krieges. Bald traf die schöne Elisabeth auf einen etwas
älteren britischen Offizier. Er war hier stationiert, um die Ordnung
aufrecht zuhalten, sollte doch bald schon nach England zurückkehren.
Georg war ein Gentleman der alten Schule. Er verliebte sich in die
Deutsche, wollte sie heiraten, doch ein uneheliches Kind wäre für ihn nie
infrage gekommen. Elisabeth musste an sich und ihr Kind denken, und
verschwieg ihm ihre Tochter. Meine Mutter und sie verabredeten, dass
Hedda bei Hilde in Norddeutschland aufwachsen solle und sie ihr
regelmäßig Geld schickt. Später, wenn sie ihm alles erklärt und sie vor
allem verheiratet wären, wollte sie Hedda nachholen.«
»Irgendetwas sagt mir, dass es nicht so kam«, murmelt er.
Dörthe nickt. »Ja genau. Sie ging mit Georg nach Gloucestershire in
seine Heimat. Er war dort Großgrundbesitzer. Ein Lord oder Ähnliches.
Sie heirateten und waren froher Hoffnung. Leider eine Totgeburt. Sie
versuchten es erneut. Mit demselben Ergebnis. Über vier Jahre ging das
so.«
»Wie schrecklich!«
»Oh ja. Vielleicht lag es an der Mangelernährung während des Krieges?
Natürlich traute sie sich nicht ihrem Mann zu eröffnen, dass es da bereits
ein Kind gab.«
»Verstehe.«
»Irgendwann, das war 1950, wurde sie erneut schwanger. Dieses Mal
lebte das Kind und ein gesunder Sohn ward geboren. Sie nannten das
Kind John. Bedauerlicherweise war mit dieser Geburt alle Kraft
Elisabeths aufgebraucht. Sie starb noch im Kindbett.«
Thomas schluckt schwer. »Und dann?«
»Durch Elisabeths Tod vergessen wuchs Hedda bei meiner Mutter und
ihrem Mann Bernhard nahe Hamburg auf. Bernhard war Landwirt und
baute sich nach dem Krieg seine Wirtschaft wieder auf. Er adoptierte das
Kind schließlich. Da war sie, glaube ich, zehn Jahre alt. Beide bekamen
noch weitere Kinder. Hilde schien über eine robustere Gesundheit

verfügt zu haben. Zunächst kam Paul. Danach meine Wenigkeit und schließlich noch das Nesthäkchen Josefine.«

»Wie schön«, murmelt er leise.

»Wie man es nimmt. Leider musste ich nicht nur meine Eltern, sondern auch meine beiden Geschwister jung beerdigen. Hedda ging für ein Lehramtsstudium nach Berlin. Sie wurde Lehrerin und fand eine Anstellung im Landkreis Angermünde. Genau in diesem Haus hier war die Schule untergebracht.«

»Was denn? Hier im Gutshof?«, staunt Thomas.

Dörthe nickt.

Nun wäre das Rätsel der gerahmten Kinderzeichnungen im Treppenhaus gelost. Dabei musste es sich um Überbleibsel der Schulkinder handeln. Eine sentimentale Hommage an die Zeit, als dies hier eine Schule war.

»Durch einen glücklichen Umstand führte es irgendwann einen Beamten aus Angermünde hier her. Die jungen Leute lernten sich kennen und verliebten sich wohl vom Fleck weg ineinander. Hedda berichtete immer mit so einem bestimmten Glanz in den Augen von diesem Moment.« Selig lächelt die alte Dame. »Bald darauf heirateten sie. Christian war ebenso begeistert von diesem Ort, sodass er seine Kontakte beim Finanzamt Angermünde spielen ließ um dieses Anwesen kaufen zu können.«

Schelmisch zwinkert sie ihm zu.

»Ich sehe da Parallelen«, grinst er.

»Nur weil Christian ein einflussreicher Beamter war, war es ihm möglich, trotz der DDR Planwirtschaft, Hedda diesen Wunsch zu erfüllen. Er schaffte es sogar genug finanzielle Mittel aufzutreiben, um alles zu renovieren und in standzuhalten. Überhaupt soll er seine Frau auf Händen getragen haben. Ein Wunsch jedoch konnte er ihr nicht erfüllen. Den eines Kindes. Ihre Ehe blieb bis zum Schluss kinderlos.«

»Hm.« Er nickt, mit sich den Kloß in seinem Hals herunterzuschlucken. Gespannt lauscht er, wie es weitergeht.

»Als mein Vater starb, ging es meiner Mutter schlechter und schlechter. Sie liebte ihn aufrichtig.« Als würde ein plötzlicher Wegfall der Lebensfreude durch den Tod eines geliebten Menschen erklären, sieht sie ihm fest in die Augen. »Sie hatte einfach aufgegeben. Ohne ihn war das Leben nicht mehr lebenswert«, erklärt sie.

Konnte das möglich sein? Können zwei Menschen derart aneinander hängen, dass ein verwaistes Leben nicht mehr erstrebenswert ist?

»Ich pflegte sie bis zu ihrem Tod. Meine beiden Geschwister waren da bereits von uns gegangen. Danach holte Hedda mich hierher. Sie sah, dass ich zu vereinsamen drohte, wenn ich allein auf dem Gut meiner Eltern bleibe. Tja, und seitdem lebe ich hier.«

»Ich verstehe. Und ihr Mann war einverstanden?«

»Als ich hierherkam, war Christian bereits seit mehreren Jahren tot. Hedda führte hier eine kleine Pension.«

»Ach, daher die vielen eingerichteten Zimmer?«

»Genau. Doch auch sie wurde nicht jünger. Und trotz meiner Hilfe schafften wir all die Arbeit bald nicht mehr.

»Könnte Ihnen denn niemand helfen?«

»Niemand wollte hier leben und arbeiten. Die Städte lockten die Dorfbevölkerung weg.«

»Ebenso wie heute. Und die Politik verschließt die Augen vor dem Problem«, murmelt er.

Sie nickt zustimmend. »Genau so ist es.«

»Was geschah mit Hedda?«

»Sie starb wie ihr Mann an Krebs.«

»Was ich aber nicht verstehe ist, wie passt da Sarah ins Bild?«

»Nun, das kam so. Hedda erfuhr auf dem Sterbebett unserer Mutter von ihrer Vergangenheit und ihren wahren Eltern. Es ließ ihr keine Ruhe und sie setzte alles daran herauszufinden, was aus ihrer leiblichen Mutter geworden war. Nachforschungen führten nach England und schlussendlich zu Sarah.«

»Aber warum Sarah? Warum hat sie ihr alles vermacht?«

»Das ist sicherlich dem Umstand geschuldet, dass sie ihr am sympathischsten war.« Ein sanftes Lächeln umspielt die runzligen Lippen der alten Dame. »Hedda lud, nachdem sie genug geforscht und herausgefunden hatte, die ganze Familie Mitchell hier her ein. Und während sie sich einige schöne Tage in dieser wunderbaren Landschaft machen, traf Hedda ihre Entscheidung. Schon damals wusste sie, dass sie nicht mehr lange auf dieser Erde wandeln würde. Sarahs Eltern hätten nur Rot gegen Weißwein getauscht. Sie haben ein Anwesen in England, brauchten dieses nicht. Sie sind gut abgesichert. Sarahs Bruder, der in die Fußstapfen seines Vaters trat, übernahm nach ihm seine Praxis. Doch die Jüngste der Familie machte auf Hedda Eindruck. Sarah stand kurz vor ihrem Studienabschluss. Sie war offen für Neues und ungebunden. Praktisch die perfekte Kandidatin, um dies alles hier …« Ihre Hand macht eine allumfassende Geste. »… nach ihrem Tod zu erben«, schließt sie und atmet tief durch.

»So kam das alles also«, flüstert Thomas mehr zu sich selbst und lehnt sie zurück. »Doch so richtig weiß sie nicht was sie aus dem Anwesen machen soll. Oder irre ich mich da?«

Dörthe wiegt den Kopf, nickt schließlich und erwidert, »Sie haben recht und auch wieder nicht. Sarah hatte einen Plan, als sie nach Deutschland übersiedelte. Dass dieser nicht in Erfüllung ging, war nicht ihre Schuld.«

»Ich weiß, die Leute haben sie als Tierärztin nicht akzeptiert«, teilt Thomas sein Wissen. »Doch sich dann einfach hinzusetzen und die Hände in den Schoß zu legen, kann es doch auch nicht sein.«

»Ist es das, was Sie denken, was Sarah hier tut?«, staunt Dörthe und ihr Gesicht verdunkelt sich.

Sofort geht er auf Abstand. »Entschuldigung, aber ja, diesen Eindruck habe ich. Es ist jetzt wie lange her, sechs Jahre? In denen sie so vor sich her lebt. Nichts Ganzes und nichts Halbes macht«, plaudert er und merkt, wie er sich mehr und mehr in Rage redet. »Ich kann nicht verstehen, warum sie sich nichts anderes überlegt?«

»Und was käme da, Ihrer Meinung nach infrage, Thomas?« Mit einem Mal wirkt sie interessiert, beugt sich zu ihm und sieht ihm fest in die Augen.

Überrumpelt ruckt er zurück und fragt sich, ob seine Vorschläge nicht eine Grenze überschreiten, wenn er einer praktisch Fremden seine Ideen für diesen Hof vorlegt. Schließlich ist er hier nur zu Besuch. Und wer war er, sich anmaßen, den beiden Frauen gute Ratschläge zu geben?

»Also, ich würde …«, beginnt er stockend. »Ich würde nicht so einfach aufgeben. Würde versuchen, die Praxis zu eröffnen.«

»Auch, wenn es auf ein leeres Wartezimmer hinauslaufen könnte?«

Er nickt. »Ja«, bekräftigt er. »Ich würde es versuchen. Zudem müsste
man sich selbst vermarkten. Werbung machen. Dasselbe gilt für den
Gnadenhof. Andere schaffen das doch auch. Sie sollte Anzeigen
schalten. Sich um Spendengelder bemühen. Vielleicht Tierpatenschaften
anbieten. Dies alles könnte von sich wiederholenden Festivitäten hier auf
dem Hof abgerundet werden. Das spült nicht nur etwas Geld in die
Kasse und macht sie bekannt, sondern bringt vielleicht auch die ein oder
andere Tieradoption mit sich.«
»Dies ist kein Tierheim, Thomas. Die Tiere bleiben hier bis zu ihrem
wohlverdienten Lebensende«, erinnert Dörthe ihn und dämpft somit
seinen Enthusiasmus.
»Ja, stimmt. Das hatte ich vergessen. Aber wie viele Tiere will sie denn
noch hier aufnehmen? Irgendwann muss doch auch mal Schluss ein?«
»Sicher«, murmelt sein Gegenüber nachdenklich.
»Sehen Sie das denn anders, Dörthe?«
Zögernd schüttelt sie den Kopf. »Nein. Ich sehe es tatsächlich ähnlich.
Doch wer bin ich, Sarah vorzuschreiben, was sie mit all dem hier
anstellen sollte?«
»Nun ja, Sie wohnen auch hier.«
»Ja, sogar auf Lebenszeit. Das hat Hedda so gewollt.«
»Zu Recht, wie ich finde.«
»Ich finde auch, das Kind übernimmt sich völlig. All diese Arbeit mit
den Tieren. Ich versuche ihr ja im Haus einiges abzunehmen, doch ich
werde auch nicht jünger.«
Thomas wirft ihr ein charmantes Lächeln zu.
»Ständig zieht ein neues Tier ein.« Gedankenverloren krault sie Rudi
hinter den Ohren. Der Hund wich Thomas tatsächlich nicht mehr von der
Seite. Allenfalls zum Schlafen betteten sie sich in verschiedene Etagen.
Sarah schien nicht viele Regeln in ihrem Haus zu haben, doch eine
besagt, *Keine Tiere in den oberen Etagen.* »Dazu hat sie einen ziemlichen
Dickkopf. Will sich nie helfen lassen.«
Ja, das hat er auch schon festgestellt.
»Im Grunde tut sie mir leid.«
»Warum das?«, hakt er interessiert nach.
»Ich weiß nicht recht, ob ich gerade Ihnen das eröffnen sollte?«

Thomas' Lächeln lässt sie fortfahren. »Doch sie steuert offen Auges auf einen Abgrund zu. Sarah denkt, ich weiß nichts davon, aber lange wird es nicht mehr gut gehen. Sie hat praktisch kein Geld mehr.«
»Nicht?« Nervös weitet er mit dem Zeigefinger seinen Kragen.
Dörthe schüttelt betrübt den Kopf.
»Nein. Es ist fast alles weg. Alle Ersparnisse und auch ihr Erbe. Sie müsste sich dringend etwas einfallen lassen, doch sie macht weiter. Was ja auch gut ist. Eine ihrer herausragenden Eigenschaften. Niemals aufgeben. Das hat sie mit ihrer Halbgroßmutter gemein. Sagt man das so?«, lacht sie und sieht ihn an.
Er zuckt entschuldigend die Schultern. »Ich weiß es nicht.«
Dörthe winkt ab. »Wie dem auch sei. Jedenfalls muss etwas geschehen. Spätestens, wenn Sie hiermit fertig sind, Thomas, wird es herauskommen. Dann muss sie sich dem stellen. Und wir werden sehen, was anschließend geschieht? Aber das wird nichts Gutes sein, so viel ist sicher. Vielleicht sollte ich mich langsam nach einer neuen Bleibe umsehen?« Letzteres war an den Hund gerichtet, der mit gespitzten Ohren gelauscht hatte und nun leise winselnd seine Schnauze in ihren Schoß ablegt.
»Nicht, wenn ich noch ein Wörtchen mitzureden habe«, denkt Thomas und beobachtet den liebevollen Austausch der beiden.

11.

Die nächsten Tage verliefen ereignislos. Thomas half Sarah von morgens bis mittags bei den Tieren und ab dem frühen Nachmittag hatte er Zeit und Muße um sich um die Steuerunterlagen des Gnadenhofs zu kümmern. Diese verging ihm jedoch recht schnell. Genervt fährt er sich mit beiden Händen durch das mittlerweile etwas länger gewordene, dunkle Haar. »Phu, diesen Berg erklimme ich heute nicht mehr«, stöhnt er. Ein leises Winseln lässt ihn den Kopf drehen. »Du hast wohl auch keinen Bock mehr, hier herumzusitzen?«
Wuff.
Thomas sieht in Rudis Bellen die Bestätigung, dass beiden eine Pause guttäte und steht auf. Gemeinsam verlassen sie die Bibliothek.
In der Küche findet er statt einer der beiden Frauen nur einen Zettel vor. In geschwungenen Lettern steht dort notiert »Wir sind zum Einkaufen nach Angermünde gefahren. Fühlen Sie sich wie zu Hause. Dörthe.«
»Na gut, dann also nur wir zwei«, murmelt Thomas und krault seinem Hundefreund hinten den Ohren. Sein Blick wandert zu der offen stehenden Hintertür. Noch immer scheint die Sonne Tag täglich heiß und unerbittlich und erfrischender Regen lässt weiter auf sich warten.
»Wollen wir auch etwas nach draußen gehen?«
Der Hund stimmt ihm schwanzwedelnd zu.
»Gut. Dann komm!« Gemeinsam verlassen Herr und Hund das Haus.
Unschlüssig, wohin er gehen soll, bleibt Thomas einen Augenblick im Hinterhof stehen und beschattet mit der Hand seine Augen. Rudi schien seine Unentschlossenheit zu spüren und wackelt voran um das Gebäude herum in Richtung Auffahrt. »Du willst wohl eine größere Runde drehen«, ruft Thomas ihm hinterher. Wuff.
Er folgt dem Tier und zusammen spazieren sie die unebene Kopfsteinpflaster Auffahrt hinunter.
Theoretisch war es bis zum Dorf Greiffenberg nicht weit, mit einem neugierigen und zudem noch dreibeinigen Hund jedoch, dauerte es eine gefühlte Ewigkeit. Ständig bleibt Rudi stehen, schnüffelte hier und dort,

sodass nicht nur Thomas Geduld auf die Probe gestellt wurde. Dem Verdursten so nah wie noch nie erreichen sie das Ortseingangsschild und steuern direkt den einzigen vorhandenen Lebensmittelladen an. Die Tür steht einladend offen, was wohl der Hitze geschuldet ist. Auf einer weiß gestrichenen Bank davor sitzt eine ältere Dame. Um dem Kopf ein ausladender bunter Strohhut sitzt sie, die Augen geschlossen, die Hände im Schoß gefaltet, in der Sonne. Als er näher kommt, öffnet sie die Augen und setzt sie sich aufrecht hin. »Aber hallo. Sie habe ich hier ja noch nie gesehen«, grüßt sie. In ihrer vom Alter rauen Stimme schwingt Neugier mit. Ebenso interessiert mustert sie ihn vom Scheitel bis zur Sohle.

»Ich bin auch nur zu Besuch«, erklärt er. »Guten Tag. Sind Sie die Inhaberin?« Seine Hand deutet auf die Tür.

»So ist es. Hallo, Rudi. Dich hab' ich ja schon lange nicht mehr gesehen.«

Erfreut erkannt worden zu sein, humpelt er auf sie zu, um sich die nächste Liebkosung abzuholen.

»Sie besuchen also Sarah?«

»Ja, genau.« Mit einem Mal hatte er das Gefühl, sich einer Prüfung stellen zu müssen.

»So so«, grinst sein Gegenüber. »Sind sie befreundet?«

»Ähm … ich …«

»Das ist ja nett! Sarah ist ein solch liebes Mädchen.«

»Ja …«

»Ich freue mich, dass sie endlich jemanden gefunden hat! So allein mit der alten Frau auf diesem riesigen Hof«, plaudert die Fremde weiter.

»Wir sind ni…«

Doch er wird unterbrochen. »Ich hab' mich schon gefragt, ob mit ihr irgendwas nicht stimmt.« Ihr Blick bedeutet alles oder nichts. »Sie ist doch ein hübsches Mädel.«

»Ja, aber …«

»Na ja, wie dem auch sei. Ich freue mich für euch.« Damit hievt sie sich auf die Füße, drückt den Rücken mit in die Hüfte aufgestützten Händen durch und sieht lächelnd zu ihm auf. »Wenn Sie mit Rudi den weiten Weg gelaufen sind, haben Sie jetzt sicherlich Durst.«

Scharfsinnig war sie ja. »Genau deswegen bin ich hier. Aber …«

»Na dann kommen Sie mal mit!« Damit dreht sie sich um und betritt das Ladengeschäft. »Ach so, ich habe Ihren Namen noch gar nicht mitbekommen.«

»Ich habe ihn ja auch noch gar nicht genannt«, denkt er. Laut antwortet er ihr, »Thomas Odenberg. Und Sie?«

»Greta Hoffmann. Aber, alle nennen mich nur Greta. Ich bezweifle, dass jemand unter fünfzig überhaupt meinen Nachnamen kennt.«

Freundlich stimmt er in ihr Lachen ein. Als Rudi ihnen hinterherlaufen will, stoppt er ihn mit einer Geste und flüstert, »Du musst draußen bleiben, Kumpel.«

Greta, die ihn gehört hat, ruft von der Ladentheke herüber, »Quatsch. Komm rein, Rudi!«

Mit einem Blick, der wohl sagen soll, *Hab ich's doch gewusst,* humpelt der Hund an Thomas vorbei. Auch für Greta schienen die Tiere an erster Stelle zu stehen, denn bevor sie ihn nach seinen Wünschen fragt, bekommt Rudi eine Schale frisches Leitungswasser hingestellt. Thomas sucht indessen im Laden nach dem Getränkeregal und findet es in einem abgetrennten hinteren Bereich. Mit zwei Flaschen Cola in den Händen tritt er vor die Theke.

Skeptisch mustert Greta sie. »Das ist aber nicht sonderlich gesund.«

»Ich weiß«, lenkt er freundlich ein. »Aber dann und wann brauche ich auch mal etwas Süßes.« Er schenkt ihr ein charmantes Lächeln. Dieses scheint zu wirken, denn sie antwortet, »Wenn das so ist.« Damit huscht sie hinter dem Tresen hervor und verschwindet in den Tiefen des kleinen Ladens. Kurz darauf kehrt sie mit zwei Flaschen Mineralwasser und einer Pralinenschachtel zurück. »Nehmen Sie lieber die hier. Wir wollen doch, dass Sie ihre tolle Figur halten. Und die Pralinen teilen Sie sich gemütlich am Abend gemeinsam mit Sarah.« Das neckische Zwinkern lässt seinen Unmut verpuffen. Sie schien tatsächlich anzunehmen, dass Sarah und er ein Paar sind.

»Das ist sehr freundlich, dass Sie sich um meine körperliche Fitness sorgen … Aber, Sarah und ich …«

»Ja, ja, ich weiß schon. Sie sind beide alt genug, als dass eine alte
Schachtel wie ich, auf euch aufpassen muss«, lacht Greta. »Aber wenn
ich anbiete, es Ihnen auf Kosten des Hauses zu überlassen …?«
Thomas seufzt. Scheinbar war sie von ihrem Eindruck nicht
abzubringen. »Also gut. Dann sage ich danke schön.« Energisch greift er
sich eine der Flasche, öffnet sie und nimmt einen tiefen Schluck.
»Sehr gern geschehen. Und sagen Sie Sarah, sie kann sich ruhig öfter im
Dorf blicken lassen! Man sieht das Mädel ja manchmal monatelang
nicht.«
»Ich werde es ihr ausrichten«, verspricht er und verlässt das Geschäft.
Gemeinsam mit Rudi folgt Greta ihm. »Ich werde mich dann mal noch
etwas ausruhen. Was, Rudi, das ist das Beste?«
Wuff.
Schmunzelnd verlässt Thomas die alte Dame. Zu zweit schlendern sie
die Hauptstraße hinunter. Dabei passieren sie noch eine in die Jahre
gekommene Gastwirtschaft, einen Friseursalon, der mit von der Sonne
ausgebleichten Porträts zweier junger Frauen wirbt, den Dorfanger mit
der alten Feldsteinkirche und dem angrenzenden winzigen Friedhof.
Eine Bushaltestelle, wie er sie noch aus seiner Kindheit kannte, aus Stein
und mit geschützter Sitzbank war scheinbar die Leinwand der
Dorfjugend. Vor Graffiti war man auch hier nicht gefeit. Jedoch traf es in
Greiffenberg nur die Bushaltestelle. In ebendieser sucht Thomas Schutz
vor der sengenden Hitze, setzt sich auf die Bank und trinkt die erste
Flasche Wasser komplett aus. In der hohlen Hand bekommt auch sein
Hundekumpel etwas ab. Interessiert sieht er sich um und entdeckt ein
Werbeschild, dass auf eine Zimmerei im selben Dorf hinweist.
Aus der Ferne nähern sich Schritte. Absätze klappern auf dem Pflaster.
Rudi setzt sich auf und wedelt mit dem Schwanz. Aufgrund der
Steinwände kann er die Verursacherin nicht sehen, doch gleich darauf
quert eine schlanke schwarzhaarige im knielangen geblümten Kleid
ihren Weg. In der Hand trägt sie einen Korb mit Gemüse. Aus den
Augenwinkeln muss sie Thomas entdeckt haben, denn abrupt bleibt sie
stehen und wendet sich ihm zu. »Ja, hallo«, flötet sie und tritt näher. »Sie
habe ich hier ja noch nie gesehen.«

»Hallo«, entgegnet er langsam. Was war nur mit den Frauen hier los? Langsam kam er sich vor, wie ein Hengst bei einer Beschau. »Ich bin zu … Besuch.«

»Sehr schön. Und gefällt es Ihnen hier bei uns?« Plötzlich fällt sie in Gelächter und greift sich mit der freien Hand an die Brust, wobei sie, bewusst oder unbewusst, seine Aufmerksamkeit auf ihr Dekolleté lenkt. »Wie unhöflich von mir. Ich habe mich ja noch gar nicht vorgestellt. Cindy. Cindy Hübschmann.« Ihre schlanke Hand ihm entgegengestreckt kann er nichts anderes tun, als sie zu ergreifen und sich ebenfalls vorstellen. »Thomas Odenberg.«

»Sehr schön«, murmelt sie und lässt ihn unsicher zurück, ob sie seinen Namen oder seine Anwesenheit meint. Nervös weitet er mit dem Finger den Kragen seines Shirts.

»Und wo wohnen Sie, Thomas?«

»Eigentlich in Berlin, aber jetzt gerade …«

»Ach, in Berlin. Wie aufregend!«, unterbricht sie ihn. Damit schienen die Frauen hier alle ein Problem zu haben. Höfliche Umgangsformen.

»Haben Sie kurz Zeit?«

»Ähm …« Schon hat sie ihm ihren Korb in die Hand gedrückt und sich bei ihm untergehakt. »Sie dürfen mich nach Hause begleiten und währenddessen von Ihrem Leben in der Großstadt erzählen.« Überrumpelt tut er wie ihm geheißen und lässt sich von Cindy die Straße wieder zurückführen. Rudi humpelt ihnen hinterher. Zu spät merkt Thomas, dass er den Pralinenkasten in der Bushaltestelle hatte liegen lassen.

Mit knappen unverfänglichen Worten erzählt er ihr irgendetwas aus Berlin.

»Wie aufregend«, wiederholt sie. »Hier ist ja leider nie was los. Bis jetzt jedenfalls.« Eindringlich mustert sie ihn. »Bestimmt arbeiten Sie in einer führenden Position? Stimmts oder habe ich recht?« Sie selbst lacht am lautesten über ihren schlechten Witz.

»Ja, das stimmt. Ich bin Beamter.«

»Wusste ich es doch.« Ihre langen rot lackierten Krallen bohren sich noch ein wenig tiefer in seinen Unterarm. »Und jetzt haben Sie sich mal ein paar Tage zur Entspannung freigenommen«, mutmaßt sie fröhlich weiter.

Er nickt.

»Sehen Sie. Ich lese in Ihnen wie ein Buch.« Es folgt ein herzhaftes schrilles Lachen. »Das muss Schicksal sein. Hier wohne ich.« Sie waren vor dem Friseursalon angekommen und Cindy präsentiert das Haus wie den ersten Preis in einer Gameshow.

»Kommen Sie gern mit hinein.« Zielstrebig betritt sie vor ihm das Haus durch einen Seiteneingang. Da Thomas noch immer den Korb in der Hand hält und diesen nicht einfach so auf dem Gehweg stehen lassen möchte, folgt er ihr.

»Stellen Sie den Korb einfach im Flur ab!«, ruft Cindy aus den Tiefen des Gebäudes. »Geradezu geht's in die Wohnstube. Machen Sie es sich bequem. Ich bin gleich wieder bei Ihnen, Thomas.«

Natürlich hat er die Wahl. Er könnte sich umdrehen und einfach das Haus und somit Cindy verlassen. Er könnte aber auch einfach eine gute Unterhaltung führen und jemand Neues kennenlernen. Schlussendlich ist Thomas ein Mann und entschließt sich für letzteres. Cindy würde ihn schon nicht beißen und falls sie sich als Männer fressender Vamp herausstellen sollte, war er stärker und konnte noch immer Reißaus nehmen. Sich neugierig umschauend geht er in die angegebene Richtung und betritt, gefolgt vom vorsichtig schnuppernden Rudi das Wohnzimmer. Statt sich einen Sitzplatz zu suchen, schlendert er durch den Raum und nimmt die vorhandenen Gegebenheiten in Augenschein. Cindy schien, entgegen Sarah, nicht viel vom Lesen zu halten. Gerade einmal drei Sammelbände ordinärer Liebesromane liegen zerfleddert in einem Regal. In einer Ecke des Raumes steht, neben einem Tischchen samt Nähmaschine, eine Schneiderpuppe.

»Du hast meine Leidenschaft also schon herausgefunden«, flötet sie mit einem Mal hinter ihm. Cindy war zurückgekehrt. Ein Tablett mit Erfrischungen in den Händen balancierend. »Ich nähe meine Kleidung selbst. Irgendwie muss man sich ja zu helfen wissen, wenn man am Arsch der Welt lebt.« Ihr abschließendes Gelächter fährt ihn durch Mark und Bein.

Sich innerlich schütteln erwidert er, »Ich nehme an, niemand zwingt Sie hier zu leben? Ziehen Sie doch um!«

»Du bist mir gut«, lacht sie. »Ich habe hier doch meinen Laden.«

»Den könnten Sie auch woanders eröffnen.«

Cindy geht zur Couch hinüber und stellt das Tablett auf den davon stehenden Glastisch ab. »Aber woanders lebe ich nicht gratis. Dieses Haus ist das meines verstorbenen Mannes.«

Eine Witwe. Erschüttert starrt er sie an, »Oh, das tut mir sehr leid« und setzt sich neben sie auf das Sofa.

Sie winkt ab. »Das muss es nicht.«

Während Thomas noch darüber nachgrübelt, was diese Aussage wohl zu bedeuten hat, liefert sie die Erklärung, »Eddy war ein furchtbarer Mensch. Absolut langweilig und anstrengend. Drei Jahre ist er jetzt schon tot und ich kann dir sagen, seitdem geht es mir besser.«

»Sein Haus hast du dennoch gern genommen«, denkt er sich.

»Das einzig Gute an ihm war das Grundstück«, plaudert sie und schenkt ihnen beiden Gurkenwasser in zwei Gläser.

Angewidert nimmt er einen höflichen Schluck, als sie ihm seines reicht. »Nur hätte ich nichts dagegen gehabt, wenn es sich in einer angesagteren Umgebung befunden hätte.« Erneut dieses schrille Lachen.

Thomas schenkt ihr ein schiefes Lächeln.

»Aber warum reden wir von meiner Vergangenheit«, winkt sie ab und wendet sich ihm zu. In dieser Position war es ihm praktisch unmöglich woanders hinzusehen als in ihren Ausschnitt. Lasziv überschlägt sie die langen Beine. Die Knie ihm zugewandt. Ihre rechte Hand liegt locker auf der Rückenlehne hinter ihm.

Thomas spürt Nervosität in sich aufsteigen. Langsam frisst sie sich durch sein Innerstes.

»Trink doch noch etwas!«, fordert sie ihn auf.

Wuff. Rudis Bellen verursacht, dass ihr Blick ihn zum ersten Mal, seit sie den Raum betreten hat, loslässt. »Was will das Vieh denn hier drin?«, murmelt sie und betrachtet den behinderten Hund mit angewidert verzogenen Gesichtsausdruck.

»Das ist mein Kumpel Rudi.« Was redet er denn da? Was stellt dieses sogenannte Landleben nur mit ihm an, dass er sich nach ein paar Tagen schon nicht mehr korrekt artikulieren kann? »Ich meine, der Hund heißt Rudi. Er gehört zum Gnadenhof.«

»Gnadenhof?« So wie Cindy es ausspricht, könnte man meinen, sie redet von einer Klärgrube.

Unbeeindruckt fährt er fort, »Der Gnadenhof von Sarah Mitchell. Ein paar Meter vor dem Dorf.«

»Ich weiß, wer Sarah Mitchell ist«, zischt sie.

»Ah, Sie kennen sich?« Dass dem so ist, ist offensichtlich. Ebenso wie, dass Cindy alles andere als ein Fan von Sarah ist.

»Hm«, brummt diese. »In solch einem Nest läuft man sich gelegentlich mal über den Weg.«

»Verstehe.«

»Ich muss allerdings zugeben, dass ich kein großer Tierfreund bin.«

»Ach wirklich nicht?«, tut er überrascht. »Ich muss sagen, ich auch nicht. Jedoch hat sich meine Einstellung geändert, seit ich Sarah Mitchell kenne.«

Nun war es an ihr, überrascht zu tun. »Ist das so? Wie originell. Nun ja, heute darf der Hund mal hier sein. Bei deinem nächsten Besuch möchte ich dich aber bitten, ihn bei ihr zu lassen.«

Nächster Besuch? »Ich … ähm …«

»In welchem Verhältnis steht ihr eigentlich zueinander?«

»Sarah Mitchell und ich?«

Sie nickt.

»Ich … ich mache ein Praktikum.«

Überrascht hebt sich eine ihrer perfekt gezupften Augenbrauen.

»Praktikum?«, wiederholt sie konsterniert.

Thomas bestätigt mit einem Nicken. »Jup. Ich will mich vom idyllischen Landleben überzeugen lassen.«

»Idyllisch? Landleben?«, flüstert sie angewidert. »Aber Berlin ist doch …«

»Voll, laut, dreckig, stinkend«, vollendet er ihre Ausführung. »Stimmt genau. Je länger ich hier bin, merke ich, wie gut mir die Luftveränderung tut.«

»Wirklich? Also, ich weiß nicht.«

»Sie würden mir zustimmen, wenn Sie an meiner Stelle wären.«

»Ich lass' mich gern zu einem Experiment überreden. Ich besuche dich in Berlin und du überzeugst mich.«

»W-was?«

Amüsiert führt sie aus, »Ich besuche dich in Berlin und wer weiß, vielleicht sehe ich nach, sagen wir einem Wochenende mein Leben hier, mit ganz anderen Augen?«

Thomas verspürt wenig Lust, diese Frau von irgendetwas zu überzeugen. Sein Zögern schien jedoch für sie der Startschuss zu sein. Plötzlich beugt sie sich zu ihm. Näher und näher kommen ihm ihre Lippen.

Thomas überlegt, ob er es geschehen lassen sollte. Das lange dunkle Haar kitzelt seine Wange, während ihr Mund dem seinen nur noch wenige Zentimeter entfernt ist. Ihr frischer Atem ist das Erste, was seine Lippen berührt, ehe sich ihr Mund auf den seinen legt.

Wie vom Blitz getroffen, ruckt er zurück.

»Was ist?«, fragt sie verwundert.

»Ich … das geht mir etwas …«

»Ich verstehe. Entschuldige.« Cindy setzt sich aufrecht hin. »Manchmal gehen die Pferde mit mir durch.«

Erleichtert stößt er die angehaltene Luft aus und fährt sich mit einer Hand durch das Haar. »Schon gut. Bei dieser Hitze wird einem ziemlich …«

Sie springt auf. »Ja, nicht? Die Hitze macht einen wahnsinnig.«

Da hat er keinen Zweifel.

»Wie wäre es, wenn wir etwas trinken gehen?«

Etwas trinken? Irgendwo in der Öffentlichkeit? Super! Erleichtert stimmt er zu und steht auf.

Rudi bellt aufgeregt und als würde er seinem menschlichen Kumpel den Weg weisen wollen läuft er voran zur Haustür. Cindy folgt den beiden. Ihm fällt auf, dass sie die Haustür unabgeschlossen lässt. Scheinbar hat man hier auf dem Land eine deutlich geringere Angst vor Einbrechern.

Eine peinliche Stille und ein beklemmendes Gefühl entsteht, als sie gemeinsam zum nahe gelegenen Gasthof gehen. Was erwartet sie von ihm? Sollte er es ausnutzen, dass eine Frau Interesse an ihm zeigt? Allerdings scheint diese spezielle Frau ein besonderes Kaliber zu sein.

Im Biergarten des *Schwarzen Ochsen* setzen sie sich an einen der kleinen
rechteckigen Tische unter dem großen Kastanienbaum. Trotz
herrlichsten Biergartenwetters waren alle Tische bis auf einen frei. Die
arbeitende dörfliche Bevölkerung hat, ebenso wie die städtische erst am
Abend Zeit und Muße ein Restaurant zu besuchen. Zwei ältere Herren
im Radtrikot genehmigten sich eine Rast und erfrischen sich bei einem
Bier.
Ein gebückt gehender Mann mit derber Schürze tritt an ihren Tisch.
Sicherlich der Wirt höchstselbst. »Hallo«, grüßt er. »Was kann ich euch
beiden bringen?«
»Hallo, Kurt. Ich würde für ein Pils töten«, kichert Cindy übertrieben
fröhlich. Deutlich ist ihr die Nervosität anzumerken.
»Geht klar. Und Sie?«
»Ich schließe mich ihr an. Nur, dass ich noch nicht verzweifelt bin.«
Thomas schenkt ihm ein schiefes Grinsen.
Der Wirt nickt stumm und trollt sich.
»Ist der immer so wortkarg?«, will er wissen.
»Kurt? Und ob«, lacht sie. »Normalerweise kommt er nie hinter seinem
Tresen vor. Aber Lucy hat heute Spätschicht.«
»Lucy?«
»Seine Tochter. Sie hilft ihm. Genau wie sein Sohn und seine Frau.
Beide arbeiten in der Küche.«
»Verstehe.« Langsam lässt er den Blick schweifen. Auf den weißen
Holztischen liegen sorgsam ausgebreitet saubere rot weiß karierte
Tischdecken. Helle Lichtflecken tanzen, durch das dichte Blattwerk der
Bäume über den Sandboden. Eine schwarze Katze liegt zusammengerollt
auf einer Stufe der Treppe, über die der Mann soeben im Haus
verschwunden war.
»Es ist echt schön hier«, lobt Thomas.
»Na ja. Für mich hat hier alles einen faden Beigeschmack.«
Das wusste er ja nun bereits. Daher antwortet er auch nur mit einem
Schulterzucken.
»Und du würdest dies hier gegen dein Leben in Berlin eintauschen?«
»Ich weiß nicht, ob ich bereits so weit bin, es einzutauschen. Schließlich
lebe ich bereits einige Jahre dort.«

»Ach, du kommst gar nicht aus Berlin?«, fragt sie interessiert.
Und so erzählt er ein weiteres Mal in der letzten Zeit seine
Lebensgeschichte. Es entspinnt sich ein recht gutes Gespräch, bei dem
auch einiges an Flüssigkeit ihrer beiden Kehlen herunterläuft. Natürlich
hätte man zu gegebener Zeit auf alkoholfreie Getränke umsteigen
können, doch scheinbar haben sie beide den Absprung verpasst. So
kommt es, dass, in Verbindung mit der prallen Sonne nicht nur ihm der
Alkohol direkt in den Kopf steigt.
»I-ich soll … sollte langsam mal … mal … geh'n«, lallt er. »R-rudi muss
… muss ins Bett.«
Kichern, schlägt sie ihm auf den Arm. »Muss ins Bett«, wiederholt sie
ebenso lallend.
Schwankend erhebt Thomas sich, gerät aber sofort ins Taumeln und kann
sich gerade noch an der Tischkante abstützen, um nicht umzufallen.
Von Cindy mehr oder weniger gestützt verlassen sie den Biergarten in
Richtung Straße. Rudi schien nicht zu wissen, was er vom neuen
Auftreten seines Menschenfreundes halten soll. Immer wieder bleibt er
stehen, sieht sich zweifelnd nach ihm um und humpelt dann doch voran.
»W-warte Kum-kumpel!«
Und plötzlich geht alles ganz schnell. Ein Auto, dessen Fahrer das
30er-Schild am Ortseingang übersehen haben muss, rast mit überhöhter
Geschwindigkeit auf der Dorfstraße mitten durch die Ortschaft. Zunächst
nur hörbar taucht der Pkw wie aus heiterem Himmel vor dem Gasthof
auf. Rudi, mitten auf der Fahrbahn, bleibt wie paralysiert stehen und
starrt seinem unweigerlichen Tod direkt ins Gesicht. Regungslos steht er
einfach nur da. Ein letzter Rest Selbsterhaltungstrieb lässt ihn in letzter
Sekunde doch noch in Bewegung kommen. Doch zu spät. Aufgrund
seiner Behinderung quälend langsam bewegt er sich.
Kurz bevor der Wagen das Tier erreicht, springt Thomas, mit dem Ziel
seinen Hundefreund das Leben zu retten, nach vorn. Wie ein
Fußballprofi einen Ball, sucht er mit einem Hechtsprung den Hund von
der Fahrbahn zu pflücken, doch zu spät. Das Fahrzeug touchiert den
Hund am Hinterlauf. Wie eine Puppe wird Rudi auf die Fahrbahn
geschleudert und bleibt regungslos liegen. Cindy Schrei mischt sich mit
dem Quietschen der Bremse. Thomas beugt sich über den Hund, will

nach dem Puls fühlen. Tastet hier, fühlt dort. Nichts. Dunkel erinnert er
sich in einem Film gesehen zu haben, wie jemand bei einem Hund die
Atmung über die Nase geprüft hat. Seine Wange nahe der Hundenase
haltend, ist schwach ein stoßweise abgegebener Luftzug zu spüren. Gott
sei Dank! Er lebt.

»Rudi«, murmelt er und streichelt dem Tier über das Fell. Nun ist die
Atmung auch so spürbar. Cindy kniet neben ihm. Die Hände knetend im
Schoss gefaltet. Thomas' Blick fliegt zum Unfallverursacher. Ein Mann
war ausgestiegen und zu ihnen herübergelaufen. »Lebt er noch?«, will er
aufgeregt wissen.

»Gerade so«, knurrt Thomas. »Was sollte die Raserei?«, fährt er den
Fremden wütend an. Dieser macht überrascht einen Schritt rückwärts.

»Sorry, ich … ich muss ganz schnell …«

»Was?«, schreit Thomas und richtet sich auf.

Der Mann deutet mit der Hand hinter sich auf seinen Wagen. »Meine
Frau …«, stammelt er zusammenhanglos. Ihm ist anzusehen, dass der
Unfall auch ihn mitgenommen hat.

Seine Unsicherheit scheint den betrunkenen Thomas nur noch mehr
anstacheln. Durch die rücksichtslose Fahrweise dieses Trottels liegt sein
Hundekumpel wahrscheinlich im Sterben. »Mein Hund ist tot«, faucht
er.

»Ich denke, er lebt noch?«, mischt Cindy sich aus dem Off ein.

Thomas achtet gar nicht auf sie und schreit den Mann weiter an. »Wie
kommst du dazu, hier derart durchzurasen? Was, wenn ein Kind an
seiner Stelle gewesen wäre?«

»Zum Glück war es ja nicht so«, rutscht es dem Mann heraus.

Vor Wut kochend schreit Thomas, »Ach, und so kannst du das mit
deinem Gewissen vereinbaren?« Ehe der Mann antworten kann trifft
auch schon Thomas Faust auf seine Nase.

»Scheiße«, brüllt er. »Spinnst du, Wichser?«

Sofort erspinnt sich daraus eine Prügelei, bei der Cindy nichts weiter tun
kann als beide Männer wieder und wieder anzuflehen endlich
aufzuhören. Plötzlich wird Thomas von zwei kräftigen Armen gepackt,
die ihn energisch von seinem Kontrahenten wegzerren. »Lass mich!«,
ereifert er sich. »Der braucht das.«

»Ja, komm nur her, du Arsch, dann zeig' ich dir was du dringend brauchst«, schreit der Andere. Cindy presst ihm die flache Hand gegen die Brust und drängt ihn rückwärts gen Hauswand.
Ein leises Winseln vom verletzten Rudi ist es schließlich, dass Thomas wieder zur Besinnung kommen lässt.
»Machst du jetzt keinen Ärger mehr, Junge?« Thomas erkennt den Mann wieder. Er hatte ihm damals nach seinem Schlaglochunfall geholfen.
»Lass mich los. Ich lass' den Wichser in Ruhe«, verspricht er dunkel und wirft dem Fremden einen vernichtenden Blick zu. »Wenn Rudi stirbt, bist du dran.«
Der Unfallverursacher wirft die Arme in die Luft und wendet sich ab.
Der neu hinzugekommene Hermann lässt Thomas los, der wiederum sofort zu dem leise vor sich hin winselnden Hund rennt. Sein Herz weiß vielleicht nicht, was zu tun ist, sein Hirn weiß es sehr wohl. Automatisch wählen seine Finger Sarahs Handyrufnummer.

12

Stubenarrest

»Schön, dass wir heute mal wieder zusammen losgezogen sind«, seufzt Dörthe und lächelt ihre Nennnichte liebevoll an.
»Na klar, gern«, erwidert Sarah und tätschelt ihre Hand.
Beide Frauen waren am Morgen, direkt nach der Stallarbeit nach Angermünde zu einer Einkaufstour aufgebrochen.
»So hatten wir mal Gelegenheit, ausgiebig zu quatschen«, lacht die Jüngere.
»Richtig. Das war auch schön. Allerdings hast du ein bestimmtes Thema den ganzen Tag zielsicher umschifft.«
Sarah wirft ihr einen misstrauischen Blick zu. »Och nee. Fang nicht schon wieder damit an«, stöhnt sie augenrollend. »Das Thema haben wir doch lang und breit durchgekaut.«
»Ja, aber ich könnte es mir nie verzeihen, wenn ich nicht wenigstens versucht hätte, euch zusammenzubringen. Ihr seid so ein schönes Paar.« Neckisch zwinkert sie ihr zu.
»Uns zusammen zu … ach, Dörthe, er ist nicht einmal mein Typ. Woher willst du überhaupt wissen, dass wir ein schönes Paar abgeben würden?«
»Kindchen, ich hab' doch Augen im Kopf.«
Ehe sich das Gespräch in diese Richtung weiterentwickeln kann, klingelt Sarahs Smartphone in der Halterung des Armaturenbretts.
Sarah wirft einen Blick auf das Display. Eine Rufnummer wird angezeigt.
»Ähm … Dörthe könntest du bitte …«
»Aber sicher doch.« Zielstrebig greift sich Dörthe das Handy, tippt auf den grünen Hörer und flötet in das Gerät, »Hallo. Wer spricht?«
Sie lauscht, sagt, »Oh, wenn man vom Teufel spricht« und wirft Sarah neben sich einen bedeutungsvollen Blick zu. »Was sagen Sie? Rudi.«
»Was ist mit Rudi?«, horcht Sarah auf und ist sofort konzentriert.
Draußen rast ein Polizeiauto mit Blaulicht an ihnen vorbei.
»Natürlich. Wir sind sowieso noch unterwegs. Wir sind gleich da«, spricht Dörthe ins Telefon und beendet das Gespräch.

»Was ist los?«, fragt Sarah zum wiederholten Mal aufgeregt.

»Rudi. Er wurde … angefahren.«

»Was?«

»Das eben am Telefon war Thomas. Er ist mit Rudi im Dorf und da wurde er angefahren.«

»Wie konnte das … Wo sind sie? In welchem Dorf?«

»Na in unserem, Liebes. In Greiffenberg.«

Sofort drückt Sarah das Gaspedal etwas mehr durch. Kurz darauf passieren sie das Ortseingangsschild von Greiffenberg. Schon aus einiger Entfernung ist das Polizeiauto zu erkennen, dass mit Blaulicht am Straßenrand steht. Sarah hält direkt dahinter. Mit einer flüssigen Bewegung steigt sie aus und knallt die Wagentür hinter sich zu. Eine Menschenmenge steht am Straßenrand und verdeckt den Blick auf das Geschehen in ihrem Inneren. »Entschuldigung, darf ich mal?«, bittet Sarah und drängelt sich konsequent durch sie hindurch.

Dörthe folgt ihr und entdeckt Thomas zuerst, der im Schatten der Hauswand direkt davor auf dem Boden sitzt. Ein Polizist steht breitbeinig vor ihm und redet auf ihn ein. »Sarah, da ist Thomas.«

Sarah dreht sich um und reißt entsetzt die Augen auf. Der Blutstrom aus Thomas Nase und Mundwinkel schien mittlerweile versiegt, doch zuvor hatte es sein Hemd auf Höhe der Brust durchdrungen. Er sieht ziemlich ramponiert aus. Ein Stich fährt ihr förmlich ins Herz. Sorgenvoll läuft sie hinüber und geht neben ihm in die Hocke. »Was … was ist hier denn los? Wo ist Rudi?«

»Und Sie sind?«, will der Beamte wissen.

Sie richtet sich wieder auf und erklärt, »Mein Name ist Sarah Mitchell. Ich habe erfahren, dass mein Hund angefahren wurde.« Suchend sieht sie sich um.

»Der Hund liegt da drüben. Dem …«

Thomas hievt sich auf die Füße. »Sarah, ich … er …«

Sie ignorierend beide Männer und geht von dunklen Vorahnungen getrieben in die angegebene Richtung. Tatsächlich liegt der dreibeinige Rüde mit geschlossenen Augen am Straßenrand. Irgendwer hatte ihm eine Thermodecke über gelegt. Zu Tode erschrocken stürzt sie zu ihm, kniet neben ihn nieder und betrachtet seinen erschlafften Körper.

»Rudi, Schatz?« Routiniert untersucht sie das Tier und stellt erleichtert fest, dass er, Gott sei Dank, noch lebt und zudem scheinbar nur oberflächlich verletzt ist. Glück im Unglück. Scheinbar hat der arme Kerl auf seinem Pechkonto genug Punkte gesammelt. Liebevoll streicht sie ihm mit der Hand über das Fell. »Armer Schatz«, raunt sie. Thomas gesellt sich zu ihnen. »Wie ... wie geht es ihm?» Presst er stoßweise hervor. Mit einem Mal steigt Sarah Alkoholgeruch in die Nase. Hatte er etwa getrunken? War Rudi deshalb verletzt worden?

»Er kommt durch.« Ein eiskalter Blick trifft ihn. »Wie konnte das passieren?«

»Da war plötzlich das Auto. Es ging alles so ... so schnell.« Fahrig rauft er sich das bereits verstrubbelte Haar.

»Nein«, stoppt sie ihn rigoros. »Was ich meinte, wie kommst du dazu, mit Rudi herumspazieren? Reicht dir die Tatsache, dass er nur drei Beine hat, nicht aus, um zu verstehen, dass man mit ihm nicht auf Wanderschaft gehen kann?« schreit sie ihm mitten ins Gesicht.

Überrascht ruckt sein Kopf zurück. »Hey, ich ... ich wollte nur ...«

»Spar dir das.« Sarah wendet sich wieder dem Hund zu, der mittlerweile die Augen geöffnet und begonnen hat seine Wunden zu lecken. »Nein, nein, nein, mein Süßer«, tadelt Sarah leise und dreht vorsichtig seine Schnauze weg.

»Sarah, lass mich dir helfen«, flüstert Thomas und macht Anstalten den Hund auf die Arme zu nehmen.

»Stopp!«, fährt sie ihn an.

Erschrocken zieht er die Hände zurück. »Ich wollte nur ...«

»Mir doch egal. Lass die Hände von ihm.«

»Aber, ich ...«

Sie atmet tief durch. »Er könnte innere Knochenbrüche haben. Er muss vorsichtig transportiert werden.«

Er beißt sich auf die Unterlippe und flüstert, »Ja, natürlich.«

Sarah steht auf und läuft zurück zu ihrem Jeep. Kurz darauf kehrt sie mit einem zusammengeklappten Plastik Einkaufskorb zurück. Darin betten sie den Hund vorsichtig und tragen ihn gemeinsam ins Auto.

»Hey, wo wollen Sie hin?«, ruft eine männliche Stimme.

Thomas rollt mit den Augen, bleibt stehen und entgegnet, »Ich werde jetzt gehen.«

»Nicht so schnell. Was glauben Sie, warum ich die Polizei gerufen habe?« Der Unfallverursacher hatte ebenfalls telefoniert. Allerdings nicht um medizinische Hilfe für irgendwen zu organisieren, sondern um die Polizei herzubeordern, um die an ihm begangene Körperverletzung zur Anzeige zu bringen.

»Hören Sie«, lenkt Thomas entschuldigend ein. »Es tut mir leid. Okay? Aber wir müssen jetzt …«

»Die Frau kann gehen, aber Sie bleiben hier«, mischt sich der Polizist ein und stellt sich Thomas in den Weg. »Sie können nicht wahllos Leute verprügeln und sich dann nicht den Konsequenzen stellen.«

»Thomas, was hast du getan? Was für eine Körperverletzung?«, will Sarah entnervt wissen.

»Ich … ich … Der Typ ist durch den Ort gerast. Mit mindestens achtzig Sachen. Der wollte … der hat nicht … Ich fand, dass er eine Abreibung verdient hat«, stammelt er.

»Wollte er Fahrerflucht begehen? Hast du ihn nur aufhalten wollen?«

»Ich … ich denke nicht.«

»Warum dann?«

»Weil, na weil, er so blödes Zeug gesagt hat«, sucht er sich zu rechtfertigen.

»Blödes Zeug? Na und? Du kannst doch nicht wahllos Menschen zusammenschlagen.«

»Ich habe ihn nicht …«

»Genau deswegen bleibe ich Männern lieber fern«, faucht sie. »Ihr seid alle gleich.«

»Aber …«

»Ich kann nicht noch länger herumtrödeln. Der Hund muss dringend untersucht werden.« Sie deutet mit dem Kinn auf den Korb. »Ich fahre jetzt. Dörthe, kommst du?«

»Sie können gehen. Er bleibt hier«, wiederholt der Polizist.

»Na toll. Und wie soll ich zurück zum Gut kommen?«, will Thomas entnervt wissen.

»So wie du hergekommen bist vielleicht. Mein Gott, stell dich nicht so an.« Damit verstaut Sarah Rudi auf der Rücksitzbank im Jeep und geht um das Fahrzeug herum.

Dörthe kommt zu ihm herüber und tätschelt seine Schulter. »Sie wird sich schon wieder beruhigen. Gib ihr Zeit.« Damit wendet sie sich ab und geht ebenfalls zum Jeep zurück.

Sprachlos starrt er dem davon fahrenden Jeep nach. »Ich sollte bei ihr sein«, murmelt Thomas.

»Später.« Der Polizist zückt einen Notizblock.

»Können wir dann jetzt mal? Auch ich müsste eigentlich woanders sein«, ruft der Andere.

»Ach ja. Wartet das Feierabendbier oder was?«, blafft Thomas ihn an. Irgendwo musste seine Wut hin und da kommt ihm der Kerl mit seinem unverschämten Grinsen auf dem blutverschmiertem Gesicht und mit den trotzig vor der Brust verschränkten Armen gerade recht. Am liebsten würde er ihm noch einmal …

Drohend macht er einen Satz nach vorn, sodass der Polizist sich genötigt sieht, sich dazwischen zu stellen.

»Von wegen«, faucht der Fremde. »Meine Frau liegt in den Wehen. Oder nein, sicherlich hat sie unser erstes Kind mittlerweile allein auf die Welt gebracht.«

Plötzlich ist Thomas tief betroffen. »Ihre Frau bekommt ein Kind?«

»Ja, das habe ich doch gerade gesagt. Was glauben Sie denn, weshalb ich so schnell gefahren bin?«

»Da gibt es vielerlei Gründe«, mischt der Polizist sich ein. »Dann wollen wir mal. Herr Simon, Sie wollen also Anzeige erstatten?«

Das wollte und tat er auch. Geläutert, fügt Thomas sich. Cindy, die mit der Sache nichts zu tun haben wollte, hatte sich beim Eintreffen der Polizei heimlich aus dem Staub gemacht. Ansonsten hätte er auch für sie ein paar dankende Worte für diesen Mist übrig gehabt.

Nachdem man seine Personalien aufgenommen und ihm den Ratschlag auf den Weg gegeben hat, zukünftig erst zu reden und dann Taten folgen zu lassen, macht sich Thomas zu Fuß auf den Weg zurück zum Gnadenhof.

Dort angekommen, führt ihn seine Suche nach Sarah auf direktem Weg
zur ehemaligen Tierarztpraxis. Ihre Wut noch immer gut in Erinnerung
lugt er zunächst einmal nur durch die Fenster. Tatsächlich steht sie über
den Behandlungstisch gebeugt, auf dem der verletzte Rudi liegt und tut
irgendetwas mit einer Nadel. Immer wieder bricht sich das Licht in dem
gebogenen Stück Metall. Fasziniert beobachtet Thomas, wie routiniert
sie dem Hund seine Wunden versorgt, ihn anschließend verbindet und
sanft in ein gepolstertes Hundekörbchen bettet.
Rudi leckt ihr dankbar die Hand, als sie ihn abschließend streichelt.
Thomas sieht seine Chance gekommen gefahrlos in Erscheinung zu
treten. Langsam geht er zur Tür und betritt die Praxisräume.
Als sie seine Anwesenheit spürt, hält sie inne und fragt, ohne sich
umzudrehen, »Was willst du denn hier?«
Sofort zupft er sich mehrere Papiertücher aus einem Spender an der
Wand neben sich und tritt zu ihr. »Dir helfen«, murmelt Thomas und
beginnt das Blut vom Behandlungstisch zu wischen.
Lächelnd beobachtet sie ihn. »Danke.«
»Gern geschehen«, flüstert er und wirft die benutzten Tücher in den
Abfalleimer.
»Ich meine auch, dass du mich sofort angerufen hast«, stellt sie klar.
Ihre Blicke treffen sich. »Wen hätte ich sonst anrufen sollen, als die beste
Tierärztin am Platz?«
Für einen Augenblick stiehlt sich ein Leuchten auf ihr Gesicht. »Danke.«
Schweigend arbeiten sie nebeneinander her während sie den
Behandlungsraum säubern. Der kleine hellbraune Rüde liegt
zusammengerollt im Korb und scheint vor Erschöpfung eingeschlafen zu
sein. Sarah folgt Thomas Blick und erklärt leise, »Ich habe ihm ein
Schmerzmittel verabreicht. Das macht müde.«
Liebevoll streichelt er dem Hund über den Kopf. »Ich bin so froh, dass
er das überstanden hat«, murmelt er mehr zu sich selbst.
»Nicht nur du.«
Langsam richtet Thomas sich wieder auf und lehnt sich gegen den
Türrahmen. »Du bist fantastisch!«
»Was ist?«
»Du bist fantastisch«, wiederholt er lächelnd.

»Und wie kommst du zu diesem plötzlichen Urteil?«, fragt sie von gegenüber wo sie gerade das benutzte Besteck in den Sterilisator räumt.

»Ich habe dich beobachtet.« Er deutet auf das Fenster. Ihr Blick huscht hinüber. »Von draußen. Was du an Rudi vollbracht hast, war toll! Er sieht schon wieder viel besser aus. Du bist eine tolle Tierärztin!«

Misstrauisch mustert sie ihn.

»W-was?« Von einem Gefühl unter Beobachtung zu stehen ergriffen, spürt er mit einem Mal eine extreme Beklemmung.

Während sie Schritt für Schritt mit gefurchter Stirn näher kommt, weicht er so weit zurück, bis das Mobiliar ihn stoppt. Rücklings gegen einen Schrank gedrückt, bleibt er stehen und sieht auf die kleinere Frau vor ihm herunter. »Ich … was ist denn?«

Sarah stellt sich auf die Zehenspitzen und schnuppert nahe seinem Mund.

»Was tust du da?«, fragt er irritiert und runzelt die Stirn.

»Ich überprüfe eine These.« Erneutes Schnuppern. Rigoros greift sie sich sein Handgelenk, legt Zeige- und Mittelfinger auf seinen Puls und schließt für einen Moment die Augen.

»Was … was tust du da?«

»Ich überprüfe deinen Puls. Und ich habe recht«, verkündet sie, öffnet die Augen und funkelt ihn an. Dabei fällt ihm auf, wie niedlich sie aussieht, wenn ihre Nase sich beim Schnuppern kräuselt. Fasziniert sieht er ihr in die blauen Augen.

»Der Fall ist klar. Die Pupillen erweitert, Pulsschlag erhöht und dein Atem stinkt nach Alkohol. Du bist betrunken. Bist du deshalb auf der Straße herumspaziert?«

»Ich bin was?«, echauffiert er sich, sieht jedoch schnell ein, dass es zu leugnen nicht viel helfen wird. Er war überführt. »J-ja, du hast recht. Ich habe etwas getrunken.« Nervös fährt er sich mit der Hand durch das Haar. Noch immer steht sie so nah vor ihm, dass er die hellen Sommersprossen auf ihrer Nase zählen kann. »Ein wenig mehr sogar. Das tut mir leid. Wir haben eigentlich nur … Wir wollten uns … nur unterhalten.«

»Wir?«, haucht sie.

»Cindy Hübschmann und ich.«

»Hübschmann? Was bitte schön ist das für ein Name?«

»Der ihres verstorbenen Mannes.«

Sarah funkelt ihn an. »Ach so ist das. Und da dachtest du, dass du einer trauernden Witwe am besten Trost spendest, indem du dich mit ihr betrinkst?«

»Trauernde Witwe?«, staunt er verwundert. »Die ist alles andere als traurig.«

»Wirklich?« Sarah weicht zurück, verschränkt die Arme vor der Brust und hebt kämpferisch das Kinn. »Dann ist sie also froh, dass ihr Mann tot ist und hat dich als ihr nächstes Opfer auserkoren?«

Verwirrt schüttelt er den Kopf. »W-was? Was geht denn jetzt ab? Ich bin niemandes Opfer.«

»Das denkst du? Du bist doch so dämlich und von dir selbst eingenommen, dass du es überhaupt nicht checkst, wenn sie dich in ihr Netz lockt«, schreit sie ihm entgegen. »Ich kenne Cindy. Sie ist die hiesige Friseurin, nicht?«

Er nickt zögernd.

»Die Frau ist eine Männer fressende Schlampe.«

»Aber …«

»Die will nur das eine von Männern und die meisten, zu denen du wohl auch zählst, fallen auch noch auf sie rein. War's wenigstens schön? Hat sie dir gegeben, was du brauchst?«

»Sag mal, spinnst du? Und ich dachte, Rudi hätte einen Unfall gehabt.« Patzig brummt sie etwas Unverständliches.

»Sarah …«, sucht er sie zu beruhigen. Langsam nähern sich seine Hände ihren. »… es tut mir leid, aber du irrst dich, wenn du denkst, ich hätte mit Cindy rum…«

Sie weicht noch weiter zurück. »Wusste ich es doch«, ruft sie und entzieht ihm ruckartig beide Hände. »… ihr habt also doch rumgemacht und anschließend noch ein Gläschen gehoben.« In ihren Augenwinkeln schimmert es verdächtig.

»Ich habe mitnichten mit Cindy rumgemacht, wie du es so schön ausdrückst. Das ist unter meiner Würde.«

»Ach, ist es das? Was ist denn dann deiner würdig?«

Verwirrt schüttelt er den Kopf. »Ich weiß zwar nicht, wie das Gespräch so ausarten konnte, aber wenn es dich beruhigt, ich habe Ansprüche und springe nicht …«

»Ach spar dir das«, unterbricht sie ihn wirsch und wischt sich mit dem Handrücken über die Augen.

Ratlos, wie er sich verhalten soll, um nicht in ein weiteres Fettnäpfchen zu treten, sieht er sie schweigend an.

»Du rechtfertigst dich nicht. Also ist es doch wahr?«, faucht sie.

»Liebes, ich denke, das reicht jetzt.« ertönt da plötzlich Dörthe's sanfte Stimme von der Tür her. Sie war von beiden unbemerkt in die Praxis gekommen.

»Mir reicht's schon lange«, faucht Sarah, dreht sich auf dem Absatz um und rauscht aus dem Raum.

»Ich weiß nicht, was hier gerade passiert ist«, plappert Thomas konsterniert, als nur noch sie beide zurückbleiben.

»Ihr seid scheinbar beide ziemliche Dickköpfe.«

Er zuckt die Achseln.

»Ich kenne Sarah, sie beruhigt sich schon wieder. Du musst ihr nur Zeit geben.«

»Ich weiß nicht …«

Dörthe scheint, seine Gedanken zu lesen. »Das schlechteste, was du jetzt tun kannst, ist, alles hineinwerfen und nach Berlin zurückzukehren”

»Woher wollen Sie wissen, dass ich das vorhabe?«

»Ich kann in dir lesen, wie in einem Buch. Und daher weiß ich auch, dass ihr zwei nur eine Chance habt, wenn ihr das jetzt zusammen durchsteht.«

»A-aber, wer sagt denn, dass wir beide das überhaupt wollen? Was, wenn es ihr Wunsch ist, dass ich gehen soll?«

»Ist es nicht.« Ein wissendes Lächeln umspielt ihren Mund.

»Und woher wollen Sie das jetzt wissen?«, wiederholt er.

Dörthe zuckt die Schultern. »Wie gesagt, ich lese.«

»Ja, ja, schon klar. Mir reicht's. Seit Wochen mache ich mich hier zum Hampelmann. Ich hab' genug.« Er wendet sich zum Gehen.

»Und der Grund, weshalb du hier bist, Thomas?«

Er wirbelt zu ihr herum. »Die Steuerprüfung? Die kann sie sich in den Arsch stecken.« Von seinen eigenen Worten am allermeisten überrascht, zuckt er zurück und bittet um Verzeihung. »Entschuldigung. Das ist eigentlich nicht meine Art, mich derart gehen zu lassen.«
»Schon gut. Du bist aufgebracht. Es war ja auch ein wenig viel heute. Vielleicht gehst du auf dein Zimmer und ruhst dich etwas aus.«
Thomas zögert.
»Geh nur. Sarah wird auch erst einmal schmollen. Morgen sieht die Welt schon wieder ganz anders aus. Ich bringe dir nachher etwas zu Essen aufs Zimmer, Thomas«, bietet sie ihm lächelnd an.
Derart überrumpelt nickt er nur, dreht sich um und verlässt mit dem unbestimmten Gefühl, wie ein unartiger Junge abgestraft worden zu sein, die Tierarztpraxis.

»Na, ist er abgehauen?«
 Dörthe setzt sich neben ihre Nichte auf die Terrasse. Gemeinsam sehen sie einem Schmetterling hinterher, der Blüte um Blüte in den bepflanzen Terracottatöpfen ansteuert.
»Er ist auf seinem Zimmer. Ich fand, dort wäre er am besten aufgehoben.«
»Du hast ihn tatsächlich, wie einen kleinen Jungen, auf sein Zimmer geschickt?«
Als Dörthe nickt, kichert sie los.
Das Kichern steigert sich in gemeinschaftliches Gelächter. »Und das hat sich ein Herr Thomas Odenberg gefallen lassen?«
»Du kennst mich. Ich bin eine Autoritätsperson«, lacht Dörthe und klopft sich auf die Brust. »Mir widerspricht man nicht.«
»Und wie lange dauert sein Stubenarrest?«, feixt Sarah.
»So lange es eben dauert, meine Liebe. Hauptsache, der Mann bleibt hier.«
»Dir ist schon klar, dass er irgendwann zurück nach Berlin muss.«
»Muss er das?«
Sarah sieht ihre Tante entrüstet an, »Dörthe, schlägst du ernsthaft vor, den Kerl hier gefangenzuhalten?« Erneut blubbert Gekicher aus ihr heraus. »Irgendwer wird ihn sicherlich vermissen.«

»Wer redet denn von gefangen halten? Ich denke, ein paar Tage noch und er wird freiwillig hier bleiben.«
»Diese Stadtpflanze? Wohl kaum«, höhnt die Jüngere.
»Wart's ab! In der Stadt fühlen sich Pflanzen weniger wohl als auf dem Land.«

13

Badespiele

Mit dem Gefühl zu verdursten wacht er auf. Im ersten Moment desorientiert, bemerkt er, dass es mittlerweile dunkel geworden ist und er sich vollkommen bekleidet im Bett befindet. Er muss einfach so ins Bett gefallen sein. Aber warum hat er auf Zähne putzen und umziehen verzichtet? Langsam setzt er sich auf und sieht sich um. Und mit der Bewegung kommt die Erinnerung. Cindy, Alkohol, Rudi, der Unfall, Sarah. Der Gedanke an sie versetzt ihm einen Stich. Stöhnend greift er nach dem Smartphone auf dem Nachttisch. Dieses sagt ihm, dass es kurz vor zwei Uhr nachts ist und sein Kumpel Daniel ihn während seines komatösen Zustandes zu erreichen versucht hatte. Aufgrund der späten Stunde verzichtet er darauf, direkt zurückzurufen. Stattdessen steht er auf und verlässt das Zimmer. Nachdem Thomas sich im Badezimmer erfrischt hat, beschließt er nach unten in die Küche zu gehen. Da er auf Abendessen verzichtet und auch seit dem Nachmittag nichts mehr getrunken hat, wird er sicherlich in der Küche auf der Suche nach einem kleinen Nachtmahl fündig. Im Gang hört er mit einem Mal irgendwo in der unteren Etage leise ein Telefon klingeln. Neugierig, wer um diese Uhrzeit, außer ihm, noch nicht schlafen kann, schleicht er die Treppe hinunter. Sein Ziel, die Küche, ist bereits besetzt. Sanfter Lichtschein fällt durch die angelehnte Tür. Sarahs Stimme lässt ihn aufhorchen und er schleicht näher. Selbstverständlich gehört es sich nicht zu lauschen, doch irgendetwas sagt ihm, dass dieses Telefonat wichtig sein könnte. Er hört, »… es war grotesk. Er und diese … Ja, ich weiß, so sollte ich nicht reden. Doch ich war so sauer. Wenn ich mir vorstelle … Mein armer Rudi! … Was? Ja, er wird wieder. Hat sich das Bein gebrochen. … Ja, das letzte Hinterbein. … Du sagst es, schöne Scheiße!« Sie schweigt. »Keine Ahnung, wie es ihm geht. Wen interessiert's? … Ja, ich weiß. Du kennst mich eben zu gut. Ich hab' vorhin nach ihm gesehen. Ihm geht's gut. … Wirklich. Ja, wenn er verletzt worden wäre, hätte ich mich um ihn gekümmert.«

Sie scheint mit Helene zu telefonieren und er das momentane
Gesprächsthema.

»Ich werd's versuchen. … Ja, doch, versprochen.«

Thomas schmunzelt.

»Ach, Helene, ich weiß immer noch nicht. … Jetzt fang doch nicht
schon wieder davon an. … Ich weiß.« Sie klingt bedrückt. »Ja, ich habe
mit ihr gesprochen. … Ihre Reaktion? Zustimmend, würde ich sagen. Sie
kann es sich vorstellen.«

»Was kann sich, wer vorstellen?«, fragt sich Thomas.

»Früher war es ja auch eine Pension. … Ja, wirklich. Aber ich bin immer
noch nicht …«

Pension? Konzentriert lauscht er weiter.

»Dörthe denkt, es ist machbar. … In dieser Hinsicht ist sie auch ganz
zuversichtlich. Sie meint, da findet sich schon jemand. Und ich … Na ja,
du kennst mich doch, ich bin eher der pessimistische Typ.« Ihr helles
Lachen hallt in der Stille wieder und lässt Thomas Herz hüpfen.

»Was, er? Du jetzt auch noch.« Sie stöhnt. »Ich weiß, dass er der
perfekte Mann dafür ist.«

Kommen wir nun zum wichtigen Teil?

»Ich versprech's dir, ich rede mit ihm.«

Das Gespräch scheint sich dem Ende zuzuneigen. Rasch schleicht er
rückwärts zur Treppe zurück. Dort angekommen, bleibt er einen Moment
abwartend stehen und geht dann gemessenen Schrittes zur Küche zurück.
Als wäre er überrascht, sie um diese Uhrzeit anzutreffen, reißt er
theatralisch die Augen auf. »Sarah? Sie hier?«

Überrascht fährt sie herum und starrt ihn an. Irrt er sich, oder wirkt sie
ertappt? »W-was tun Sie denn hier?«. keucht sie und wirft ihr Handy vor
sich auf die Tischplatte.

»Ich habe Durst«, gibt er fröhlich zurück. »Irgendwie fühlt sich meine
Kehle staubtrocken an.«

»Seltsam«, murmelt sie. »Obwohl Sie doch so viel getrunken haben.«

Thomas beschließt, ihren Einwurf zu überhören und verkündet
stattdessen, seinen eben im Geiste verfassten Plan, »Wissen Sie, was ich
mir überlegt habe?«

»Nein«, entgegnet sie misstrauisch. »Wie sollte ich?«

Fröhlich plaudert er weiter, während er zum Kühlschrank hinüberschlendert, um ihn nach etwas Trinkbarem zu durchstöbern, »Da heute Sonntag ist und laut dem Herrn, der Tag, an dem du ruhen sollst, dachte ich mir, wir könnten etwas zusammen unternehmen.«

Sie hält inne. »Unternehmen.«

Er greift nach einer Flasche Mineralwasser, schlägt die Kühlschranktür zu und wendet sich ihr zu. »Ja. Wir könnten schwimmen oder spazieren gehen.«

»Aber ich …«

»Ich weiß schon, was Sie sagen wollen, Sarah. Sie haben zu tun. Die Tiere und alles. Aber ich muss Sie doch wohl nicht an Ihr Versprechen erinnern?«

Mit trotzig vorgeschobenem Kinn lehnt sie sich gegen die Tischkante und sieht ihn mit vor der Brust verschränkten Armen an. »Welches Versprechen sollte das denn sein?«

»Sie hatten mir dieses Praktikum …« Mit gekrümmten Fingern zeichnet er Gänsefüßchen in die Luft. »… angeboten, um mich vom Dorfleben zu überzeugen. Zeigen Sie mir ihre wunderschöne Uckermark! Bekehren Sie mich, meine Zelte in der Großstadt ab und stattdessen lieber hier aufzuschlagen!«

»Sie sagen es doch selbst, hier ist es wunderschön. Welche Bestätigung brauchen Sie denn noch, Thomas?«, entgegnet sie grinsend.

»Ich bin Skeptiker«, grinst er frech und stellt sich direkt vor sie. »Sie müssen sich schon etwas mehr Mühe geben und mich vor all dem überzeugen.«

Sarah stemmt ihre Hände in die Hüften, »Also gut« und sieht zu ihm auf. »Wo in Brandenburg waren Sie denn schon alles?«

Nachdenklich legt er die Stirn in Falten. »Da wäre zum einen Angermünde.«

»Das ist klar. Wo noch?«

»Bei Daniels Junggesellenabschied mieteten wir uns ein Floß und sind den Finowkanal entlang getuckert.«

»Okay.«

Thomas denkt noch einen Moment nach. »Einmal hat mich eine Ex-Freundin in den Spreewald verschleppt.«

»Verstehe. Das war sicherlich schrecklich.«

Er zuckt die Schultern.

»Das ist allerdings wenig«, urteilt sie nachdenklich.

»Hm. Sie sehen also, ich brauche dringend Nachhilfe.« Er schenkt ihr ein freches Grinsen.

Schweigend sieht sie ihn an. Scheint die Vor- und Nachteile abzuwägen. Doch Thomas sollte sich irren, denn Sarah hatte wohl nur über das Programm nachgedacht, denn sie verkündet im selben Moment, wo er fragt, »Und, machen wir es?« »Okay. Ich hab' da auch schon eine Idee.« »Ist das so?«, grinst er.

Sie nickt. »Das wird prima!«

Misstrauisch furcht er die Stirn. »Und verraten Sie mir auch, wohin es geht?«

»Nö«, erwidert sie frech. »Lassen Sie sich überraschen!«

»Okay«, gibt er langsam zurück. »Brauche ich bestimmte Kleidung? Wanderschuhe oder so?«

Sarah lächelt zu ihm auf. »Auch das nicht.« Mit einem Mal wird beiden bewusst, wie nah sie beieinander stehen. Sie ist so nah, dass er ihren warmen Atem an seinem Hals spüren kann. Es wäre der perfekte Moment, um … Sie hat wunderschöne himmelblaue Augen. Warum waren die ihm nicht früher schon aufgefallen? Und rosafarbene, volle Lippen. Wie es wohl ist, sie zu küssen? Es käme auf einen Versuch an. Erwartungsvoll beugt er sich herab, ihr entgegen.

Unwillkürlich stellt sie sich auf die Zehenspitzen, reckt sich ihm entgegen. Etwas zu schnell, wie sich herausstellt, denn ihrer beiden Stirnen prallen schmerzhaft aufeinander.

»Autsch«, jammert sie kaum hörbar und taumelt etwas zurück.

»Fuck«, flucht er leise und reibt sich die betroffene Stelle.

Sie sehen sich an. Peinliches Schweigen, in dem nervöse Blicke getauscht werden folgt. Aus heiterem Himmel bricht unisono ein Lachen aus ihnen hinaus. Thomas fährt sich mit der Hand durch das Haar. Sarah lehnt sich kichern gegen die Tischkante. »Ich hoffe, das wird keine Beule.«

Er mustert ihre Stirn. »Sicher nicht.« Ganz von allein, hebt sich seine
Hand, streift sacht ihr Haar aus der Stirn hinter das Ohr. »Man sieht
schon gar nichts mehr.«
Erschrocken hält er inne. Zieht sofort die Hand weg und murmelt eine
Entschuldigung.
Nervös wendet sie sich ab, streicht selbst ihr Haar zurück und betastet
ihre Stirn mit den Fingerspitzen. »Wird schon gehen«, formen ihre
Lippen tonlos. »Lassen … ähm, lassen Sie uns jetzt schlafen gehen.
Dann können wir … "
»Ja, genau«, unterbricht er sie rasch. »Wir brauchen unseren
Schönheitsschlaf.« Erschrocken beißt er sich auf die Unterlippe. »Damit
wollte ich nicht … ich meine … Nicht dass Sie es nötig hätten. Ich
wollte nur …«
Grinsend entlässt sie ihn. »Ich weiß schon. Gute Nacht, Thomas.«
Erleichtert lässt er die zuvor angehaltene Anspannung los. »Gute Nacht,
Sarah«, flüstert er.

Nach der gemeinsam erledigten Tierversorgung und dem Frühstück
steigen sie in Thomas Audi. Dörthe winkt von der Haustür aus den
beiden zu. »Ich wünsche euch einen schönen Tag! Mach dir keine
Sorgen, Kind, ich kümmere mich hier schon um alles.« Rudi, neben ihr,
winselt leise und verabschiedet sich schließlich mit einem Bellen.
Sarahs Skepsis, ob der Wagen die Straßen zu ihrem Ziel überstehen wird,
ist ihr deutlich anzumerken. Zweifelnd sieht sie sich im Wageninneren
um.
»Was ist?«, fragt er.
»Ich bin mir noch immer nicht sicher, ob wir wirklich mit Ihrem Auto
fahren sollten.«
»Warum nicht? Ich verspreche Ihnen auch nicht zu rasen.«
»Das ist es nicht«, murmelt sie und lässt die Fingerkuppen über die
Türverkleidung gleiten.
»Ist es weit weg?«
»Nein. In etwa eine halbe Stunde"
»Und sind die Straßen ebenso mies wie Ihre Auffahrt hier?«
Sie nickt. »Kopfsteinpflaster. Eine ziemlich lange Straße.«

»Okay«, entgegnet er langsam und lässt den Blick aus den Fenstern schweifen.

»Ich weiß, mein Auto ist unbequem. Aber glauben Sie mir, Sie werden es mir danken, wenn es nicht ihr Wagen ist, der liegenbleibt«, versucht sie ihn von ihrem alten Vehikel zu überzeugen.

»Sie machen mir Angst, Sarah«, lacht er. »Bei Kopfsteinpflaster hatten Sie mich schon.«

»Keine Sorge. Ihnen passiert schon nichts«, erwidert sie fröhlich und entsteigt dem Audi.

Kurze Zeit später rasen sie, nun in Sarahs Jeep, in westliche Richtung nach Gerswalde.

»Haben wir es eilig? Schließen die bald oder warum rasen Sie so?«, keucht Thomas und umklammert den Notgriff über der Tür.

»Nö. Ich will nur den schönen Tag nicht vergeuden«, lacht Sarah.

»So so.«

»Ich hoffe, Sie haben Ihre Badehose eingepackt?«

»Badehose?« Entsetzt starrt er sie an. »Sie hatten nichts von Baden gehen gesagt. Und als ich es vorschlug, haben Sie nur skeptisch geschaut«, echauffiert er sich.

»Ups«, tut sie erschrocken. »Das muss ich in der Eile glatt vergessen haben.«

»Eile? Beim Arbeiten im Stall und später beim Frühstück ergab sich keine Gelegenheit dafür?«, meckert er weiter. Sicherlich ist er so verklemmt, dass es ihm peinlich ist, nackt schwimmen zu gehen? Höchste Zeit, dass er sich mal locker macht. Sarah freut sich schon auf sein Gesicht, wenn sie ihn später nackt in den See scheucht. Und sie freut sich nicht nur auf seinen Gesichtsausdruck, sondern ist auch gespannt, wie er so ausgestattet ist unter seinen Stoffschichten. Der Gedanke an einen splitterfasernackten Thomas, lässt sie grinsen und verursacht ein gewissen Kribbeln in ihrem Bauch.

»Was … was grinsen Sie denn so, Sarah?«

Sie sieht ihn an. »Ach nichts«, tut sie scheinheilig.

Die Fahrt dauert tatsächlich nicht lange. Die Straßen hier draußen sind entgegen denen, die er sicherlich gewohnt ist auffallend leer. Und sie führen vorbei an wunderschöner Landschaft.

Sonnenstrahlen besprenkeln durch das dichte Blattwerk den Asphalt.
Links und rechts der Landstraße erstrecken sich hellgelbe Weizenfelder.
Durch die Geschwindigkeit zu einem Lilaton vermischen sich das Rot
der Mohn und das Blau der Kornblumen. Flink huschen kleinere Vögel
aus dem Weg, als der Wagen sich nähert. Ein Mäusebussard kreist über
ihnen und stürzt sich, kaum Beute ausfindig gemacht, in das hohe Grün
eines Feldes.
»Sehen Sie sich um, Thomas! Ist das nicht wunderschön?«
»Ja, ist es. Das gebe ich ja zu. Nur etwas einsam, nicht?«
»Also ich mag diese Art Einsamkeit.«
»Hm«, macht er nur und schweigt. Er sagt kein Wort, bis sie besagte
Kopfsteinpflasterstraße erreichen. »Oh mein Gott. Da kann einem das
arme Auto leidtun.«
»Ein Auto ist ein Gebrauchsgegenstand«, lässt sie ihn flapsig wissen.
Drosselt aber dennoch deutlich das Tempo.
»Schon. Aber man kann auch sein Herz dran hängen.«
»So wie Sie?« Geschickt weicht sie einem mehrere Zentimeter tiefen
Schlagloch aus. Es staubt, als der Jeep durch den Sandstreifen am Rand
der Straße fährt. Eine beachtliche Hummel liefert sich mit dem langsam
vorwärts kriechenden Wagen ein Wettrennen, bis sie schließlich über das
Dach nach links abbiegt und verschwindet.
»Jup. Ich bin echt dankbar, dass Sie mich bekehrt haben, mit ihrer alten
Mähre hierherzufahren. Mein armer Audi wäre schrottreif.«
»Hm«, grinst sie. »Sie können Ihre Dankbarkeit später noch zum
Ausdruck bringen.«
Wie, das ist ihr süßes, kleines Geheimnis.
Zugegeben, sie selbst ist weit weniger begeistert über diese
Straßenverhältnisse als sie zugeben will. Auch ihr tut jedes Fahrzeug
leid, ob Gebrauchsgegenstand oder nicht, das sich hier herüber quälen
muss, aber es lohnt sich durchzuhalten. Ihr Ziel, Liesje Trecking ist
einzigartig in Brandenburg. Thomas ahnt ja nicht, was ihn erwartet, dass
sie sich bald schon noch viel weniger schnell und weniger stoß gedämpft
weiterbewegen. Nach ungefähr fünf Kilometern erreichen sie
Friedenfelde. Der Ort zählt nur eine Handvoll Häuser, besitzt aber ein

altes Gutshaus und hat sogar eine Bushaltestelle. Direkt in einer Kurve befindet sich der Hof von Nadin Halser.

»Liesje Trecking?« liest Thomas von dem Schild an der Einfahrt ab. »Eine Trecking Tour?«

»Ja, genau«, meint sie lapidar. Sorgfältig lenkt Sarah den Jeep auf einen freien Parkplatz. Der sandige Boden staubt, als das Fahrzeug darüber fährt.

»Da sind Pferde«, stellt er ernüchtert fest. »Haben wir den einen gegen den anderen Hof getauscht?« Er klingt enttäuscht. Höchste Zeit, ihn von ihrem heutigen Ausflug zu überzeugen. »Nur Geduld! Ich verspreche Ihnen, es wird toll.«

Mit einer Miene, die verrät, dass er da nicht so sicher ist, wirft er ihr einen bedeutungsvollen Blick zu, ehe er die Tür öffnet und aus dem Jeep steigt.

Sarah tut es ihm nach und geht schnurstracks auf eine Frau in Jeansshorts und T-Shirt zu, die von einem Stallgebäude ihnen entgegenkommt. »Hallo Nadin«, grüßt Sarah aus der Ferne.

Die andere winkt und ruft freundlich, »Hallo. Willkommen bei uns!« Neugierig wirft sie Thomas einen Seitenblick zu, nachdem sich die Frauen zur Begrüßung umarmt haben.

»Das ist Thomas Odenberg«, stellt Sarah sie einander vor. »Thomas, das ist Nadin Halser. Sie ist die Inhaberin von Liesje Trecking.«

Beide schütteln sich die Hand. »Hallo, Thomas.«

»Sehr erfreut«, murmelt er und sieht sich um. »Sie betreiben also einen Reiterhof?«

Lachend schüttelt Nadin den Kopf. »Nee. Geritten wird hier nicht.« An Sarah gewandt fragt sie, »Hat er gar keine Ahnung?«

Die Angesprochene grinst. »Ich habe ihm das Ziel unseres Ausflugs nicht verraten. Schließlich soll es eine Überraschung sein.« Sie wendet sich ihm zu. »Aber reiten müssen Sie nicht. Keine Sorge, Thomas.«

»Das wäre ja auch noch schöner«, murmelt dieser.

»Es wird toll. Nadin bietet hier etwas Einmaliges an. Wir werden mit einem Planwagen durch die Uckermark zuckeln.« In freudiger Erwartung lauert sie auf seine Reaktion.

Und wird enttäuscht. Statt vor Begeisterung zu strahlen, wiederholt er
indigniert, »Planwagen? Zuckeln?«
»Ja, genau.«
»Und das macht Spaß, weil …« Abwartend sieht er die Frauen an.
»Weil es so ist«, lacht Sarah und streichelt ihm tröstend den Oberarm.
Verdattert registriert sie, was sie tut und zieht schnell die Hand weg.
Peinliches Schweigen entsteht.
»Wollen wir dann mal?«, fragt Nadin, bedeutet den beiden ihr zu folgen
und wendet sich zum Gehen. Thomas folgt Sarah deutlich langsamer, als
sie sich von Nadine einen kurzen Rundgang über den Hof geben lassen.
»Das ist Balou«, stellt Nadin einen großen Schimmel vor, der ihnen über
die Latte des Zauns hinweg seinen großen Kopf entgegenstreckt.
Sarah spürt, wie sich auf ihrem Gesicht ein Strahlen ausbreitet. »Was für
ein Hübscher du bist!« Begeistert krault sie dem weißen Riesen die Stirn.
Zögerlich streichelt auch Thomas dessen weiche Nase. »Na du.«
»Sehr schön, ihr freundet euch schon an«, lacht Nadin. »Willst du ihn
mal direkt von der Koppel holen, Thomas?«
Ruckartig dreht er den Kopf und fragt entsetzt, »Ich?«
»Na klar. Früh übt sich. Schließlich seid ihr heute den ganzen Tag mit
Balou unterwegs.«
»O-okay«, stammelt er überrumpelt und folgt ihr durch das Tor. Er kann
nicht wissen, dass Sarah heute Morgen ihre Bekannte angerufen, und sie
gebeten hat, bei ihrem Besuch, später am Tag, ein wenig auf Thomas …
einzugehen. Nun lehnt sie sich gegen das Gatter und sieht schadenfroh
grinsend zu, wie Thomas sich abmüht. Doch ihre Freude wird gedämpft,
als der Wallach sich lammfromm von Thomas abführen lässt. Nadin
zwinkert ihr hinter seinem Rücken zu und bedeutet mit aufgestelltem
Daumen ihre Zufriedenheit. »Er macht das doch ganz gut«, lobt sie leise,
als beide Frauen Mann und Ross über die schmale Straße hinüber zum
Hof folgen. Dort übernimmt es Nadin, das Pferd an einer Querstange
festbinden. Anschließend zeigt sie Thomas, wie er das Fell des Pferdes
mit einer Bürste zunächst einmal vom groben Schmutz befreit, während
sie das Kutschgeschirr holt. Seine Unbeholfenheit lässt Sarah immer
wieder schmunzeln. »Wie soll ich es bitte schön schaffen, diesen Riesen
dazu zu bringen, das Bein zu heben?«, mault er.

»Genauso wie bei meinen Pferden.«

»Ach so? Und wie macht man es bei Ihren Pferden?«

Sie zeigt es ihm.

»Oh prima! Ihr seid ja schon fast fertig«, ruft Nadin fröhlich und legt das Geschirr über der Stange ab. »Dann zeige ich euch jetzt mal, wie ihr ihn auftrenst.«

Auch das klappt mit Anleitung ganz gut. Doch beim Kutschgeschirr ist auch Sarah Wissen erschöpft. Gemeinsam sehen sie der Chefin aufmerksam zu, als diese es ihnen zeigt. Dabei erläutert sie den beiden die Verhaltensregeln für Kuschen im Straßenverkehr. Zwar werden sie hauptsächlich auf Feldwegen fahren, doch man weiß ja nie, wo ein Navigationsgerät die Autos so hinlenkt.

Schließlich steht Balou, fertig angespannt vor einem grün überdachten Planwagen.

»Wenn ihr nachher baden wollt oder eine Rast macht, macht Balou bitte lose!«, bittet Nadin freundlich. »Ihr könnt ihn anbinden. Da gibt es Möglichkeiten. Traut ihr es euch zu, ihn anschließend wieder ins Geschirr zu bekommen?«

Sarah nickt. »Bestimmt. Ich habe genau aufgepasst.«

Thomas hebt beide Hände, sagt, »Sie sind die Pferdeexpertin« und sieht sie von der Seite an.

Lächelnd nicken sich die Frauen zu.

»Zur Not habt ihr ja meine Nummer.«

»Genau.«

»So, dann packt eure Sachen in den Planwagen und los geht's.«

Gesagt, getan. Mit gemütlichen ein PS zuckeln sie los. Das Kopfsteinpflaster, das sie vorhin schon durchgeschüttelt hat, setzt ihnen nun noch deutlicher zu.

»Keine Angst, gleich biegen wir auf einen Sandweg ein«, beruhigt Sarah Thomas, der einen gequälten Gesichtsausdruck zur Schau trägt.

Deutlich langsamer als vorher, jedoch viel eindrucksvoller zieht die Landschaft an ihnen vorbei. Der süße Duft der Heckenrosen, das Summen der Insekten, die Wärme der Sonne. All das spüren sie mit Haut und Haar.

»Ist das nicht herrlich?« Genussvoll lehnt Sarah sich auf dem
Kutschbock zurück und saugt mit geschlossenen Augen die Luft tief
durch die Nase ein. Die Zügel liegen unangetastet auf ihrem Schoß.
Balou kennt den Weg und läuft praktisch von allein.
»Ich finde das auch.« Ein wohliges Stöhnen entfährt ihm. Leise zwar
nur, doch deutlich hörbar, für jemanden, der neben ihm sitzt.
»Aber, Sie haben noch immer Einwände?«, mutmaßt sie.
»Wieso? Ich habe doch gar nichts gesagt«, rechtfertigt er sich.
»Aber Sie wollten.« Herausfordernd schaut sie ihn von der Seite an.
»Wer sagt denn das? Ich habe doch gar nicht …«
Ein lautes Wiehern, als würde Balou nicht wollen, dass sie streiten,
unterbricht sie.
Beide sehen sich an und lachen unisono los.
»Scheinbar ist da jemand harmoniesüchtig«, kichert sie und deutet mit
einem Nicken auf das Pferd.
»Scheint so«, lacht Thomas. »Woher kennen Sie Frau Halser
eigentlich?«, sucht er ein Gespräch zu beginnen.
»Es ist eine Weile her, da fand Nadin bei einem Hof in ihrer Nähe ein
verwahrlostes Pferd. Der Besitzer war gerade erst gestorben und die
Erben hatten keine Verwendung für die Stute.«
»Ich nehme an, es war zu alt für Liesje Trecking?«
»Das auch. Aber vor allem war die Stute kein Kaltblüter.«
»Das hat etwas mit der rittbarkeit zu tun, oder?«
»Hm. Die sogenannten Kaltblüter sind Arbeitspferde. Sie sind robust
und können schwere Lasten ziehen. Warmblüter sind die klassischen
Reitpferde. Ihr Körper ist drahtiger, sie sind weniger belastbar.«
»Verstehe. Und weiter?«
»Nadin erfuhr nach kurzer Recherche von meinem Hof. Ich war gerade
erst mit meiner Tierarztpraxis an die Wand gefahren und befand mich
noch in der Findungsphase mit meinem Gnadenhof. Nadin vermittelte
die Stute zu mir, damit diese ihren Lebensabend genießen kann.«
»Ich nehme an, sie lebt nicht mehr?«
Sarah nickt. »Stimmt. Vorletztes Jahr starb sie. Die Stute war schon bei
meiner Übernahme 26 Jahre alt.«
Zeitweilig schweigen beide und hängen ihren Gedanken nach.

Scheinbar mühelos zieht der Wallach den Planwagen. Anhand einer Karte, die Nadin Halser ihnen überlassen hat orientieren sie sich. »Wenn wir baden wollen, müssen wir da vorn nach links abbiegen.« verkündet Sarah und hebt den Blick von der Karte.

»Okay. Und wie lenkt man das Ding gleich noch mal?«

»Ha«, ruft sie freudig aus. »Wohl nicht aufgepasst.« Sie strahlt ihn an. »Aber keine Sorge, Herr Odenberg, Sie haben mich ja dabei. Und ich habe gut zugehört.« Resolut nimmt sie die Zügel auf, gibt ein akustisches Kommando sowie die Zügelhilfe, woraufhin Balou sofort nach links abbiegt. Der Weg führt noch einige Meter einen Feldweg entlang geradeaus, bis sie schließlich rechter Hand, die in der Sonne glitzernde Wasseroberfläche eines Sees entdecken. Sarah lässt das Tier einen Halbkreis laufen und hält, mit einem lauten »Brr, Balou!«, schließlich an. Unter einer dicht belaubten riesigen Eiche ist die Anbindestelle von der Nadin gesprochen hat. Federnd springt Sarah vom Kutschbock. Deutlich steifbeiniger folgt Thomas. Übertrieben steif stemmt er die Hände in den Rücken und biegt sich durch, als hätte die Fahrt hierher Stunden gedauert.

»So lange war das doch jetzt gar nicht?«, merkt Sarah kichernd an.

»Ich bin wirklich nicht dafür geschaffen«, murmelt er und beugt sich nach vorn.

»Wofür? Stundenlanges Kutsche fahren oder sportliche Betätigung an sich?«, zieht sie ihn auf.

»Ha ha«, macht er, klingt jedoch genervter, als er aussieht, denn er zwinkert ihr zu.

Sarah überlässt ihn seinen Turnübungen und geht hinüber zur Wasserkante. In freudiger Erwartung streift sie sich die flachen Turnschuhe und Söckchen von den Füßen und stapft ins Wasser. Kühl umspielt es ihre Knöchel. Ein paar Minuten genießt sie die Abkühlung, dann schlendert sie barfuß zurück zum Planwagen. Balou möchte schließlich auch seine Fesseln kühlen und entspannt grasen. Überraschend routiniert spannt Sarah das Pferd aus dem Geschirr aus und führt ihn zum See. Geräuschvoll schreitet Balou ins flache Wasser und trinkt schmatzend ein paar Schlucke. Auch Thomas zieht es nun endlich zum Wasser. Einem alten Holzsteg folgt er bis zu dessen Ende und sieht in die Tiefe.

»Na, können Sie den Grund sehen?«

Er schüttelt den Kopf und ruft, »Nee. Scheint tief zu sein.«

Fröhlich winkt Sarah ihm. »Kommen Sie doch zu uns, Thomas! Das Wasser ist herrlich erfrischend.«

Doch er schüttelt den Kopf. »Ich bleibe lieber an Land«, dreht um und schlendert zurück an das Ufer, wo er sich in das Gras sinken lässt. Wasserscheu ist dieser Mann also auch noch. Und dabei hatte sie gehofft, den Stock in seinem Allerwertesten mittlerweile herausgezogen zu haben.

»Na komm, Balou. Ab in den Schatten«, murmelt sie und führt das Tier in ebendiesen.

Nachdem sie ihn unter den Bäumen angebunden hat, geht Sarah hinüber zu ihrem anderen männlichen Begleiter. »Kommen Sie doch mit schwimmen, Thomas! Das Wasser ist sehr erfrischend.«

»Also ist es kalt«, brummt er und sieht sie an.

»Nein. Erfrischend«, widerspricht sie resolut. »Und ganz sauber.« Sie muss sich zusammennehmen, ihn nicht an beiden Händen mit sich zu ziehen.

»Aha.«

Von ihrem besten Welpenblick begleitet mutmaßt sie, »Es wäre doch herrlich ein wenig zu schwimmen.«

»Ohne Badekleidung wohl kaum«, brummt er und lässt den Blick schweifen.

Enttäuscht lässt sie sich neben ihn ins Gras sinken. »Warum sind Sie so brummelig?«, beschwert sie sich und lässt ebenfalls ihren Blick wandern. Der See ist recht groß und in einiger Entfernung kann man einen Zeltplatz ausmachen. Kinderlachen schallt über die still vor ihnen liegenden Wasseroberfläche. Ein Schwanenpaar durchpflügt geräuschlos das Wasser.

»Das ist das Paradies«, stöhnt sie und lässt sich rücklings fallen. Mit hinter dem Kopf verschränkten Armen sieht sie in den wolkenlosen Himmel hinauf.

Thomas brummt zustimmend. »Ja. Ruhig, aber schön. Einsam, aber irgendwie …«

»Ja?«

Er atmet tief durch. Schweigt. Und sagt schließlich, »Ach nichts.«

»Aha«, entgegnet sie verwirrt. »Und?«

»Was?« Er lässt sich ebenfalls rückwärts in das Gras fallen.

»Kommen Sie mit ins Wasser?«, drängt sie in ihn und lacht.

Anschließend dreht Sarah sich auf die Seite, um ihn direkt in die Augen sehen zu können. Ihre Blicke treffen sich. In diesem Licht wirken seine Augen noch viel grüner als sonst. Und sein Duft. So intensiv und … anziehend. Sarah muss sich konzentrieren, um nicht näherzurücken.

Seine, eine Hand, liegt flach auf seinem Bauch, die andere tatenlos zwischen ihnen. Nur ganz beiläufig könnte sie doch ihre auf die seine legen? So ganz zufällig.

Doch gerade als sie ihren Gedanken in die Tat umsetzen will, setzt er sich ruckartig auf und umschlingt seine Knie.

Enttäuscht tut sie es ihm nach. »Ich gehe jetzt da rein«, verkündet sie nach einigen Momenten den Schweigens.

»Bitte. Allerdings habe ich die Vermutung, dass Sie sich nicht trauen, so oft wie sie es jetzt schon angekündigt haben und doch noch immer hier neben mir sitzen.« Thomas sucht ihren Blick.

Sarah schnappt nach Luft. »Was? Ich ein Angsthase? Wohl kaum.« Sie springt auf und beginnt energisch, sich ihrer Kleidung zu entledigen. Knopf für Knopf öffnet sie ihre Bluse und registriert dabei aus den Augenwinkeln, dass er jede ihrer Bewegungen verfolgt. Soll er doch gucken, sie wird ihm seine Zurückhaltung schon madig machen.

Langsam und von einem koketten Blick in seine Richtung begleitet öffnet sie den Knopf ihrer Shorts und beugt sich in einer geschmeidigen Bewegung nach vorn, als sie diese an ihren glattrasierten Beinen hinunterfallen lässt. Dabei stellt sie sich vor, wie er hinter sie tritt, ihre Hüfte umfasst und …

»Ich bin etwas enttäuscht, dass Sie mir nicht gesagt haben, dass wir schwimmen gehen«, holt seine Stimme sie aus ihrem Tagtraum heraus.

»Na und?« Verwirrt runzelt sie die Stirn und sieht ihn an. »Sie können doch trotzdem ins Wasser gehen.«

»Und wie bitte schön?«

Jetzt oder nie. Herausfordernd sieht sie auf ihn herunter. »Nackt natürlich.« Jetzt würde sich herausstellen, ob und in welchem Grad er prüde ist.

»Nackt?«, wiederholt er keuchend. »Wohl kaum.«

»Warum nicht?« Unter einem herausfordernden Blick streift sie sich die offene Bluse über die Schultern. Mit den Händen angelt sie nach dem Verschluss ihres BH`s in ihrem Rücken.

Thomas' Augen weiten sich mehr und mehr. »Sarah, Sie können doch nicht …«

»Oh doch«, lacht sie und lässt den geöffneten BH fallen.

Beim Anblick ihres nackten Oberkörpers zieht er die Brauen hoch.

»Kommen Sie, Thomas, seien Sie doch kein solcher Spießer«, lockt sie ihn lächelnd.

»Spießer?«, wiederholt er indigniert. »Ich bin mitnichten …«

»Beweisen Sie es!«, unterbricht sie ihn frech grinsend und zieht mit einem Ruck ihren Slip über die Hüfte.

Thomas schnappt hörbar nach Luft.

Mutig lächelt sie ihm zu, geht hinüber zum Ufer und taucht ihre Füße ins kühle Nass.

Thomas' Augen sind das Einzige, was ihr folgt. Na, ja, soll er doch schmollen. Sie würde sich jetzt in die Fluten stürzen. Was die Kinder da hinten können, kann sie schon lange.

Erst als sie bis zur Hüfte im Wasser steht, dreht sie sich wieder zu ihm um. Thomas sitzt noch immer regungslos an Ort und Stelle. Doch seine Augen scheinen sie nicht eine Sekunde loszulassen.

Nach weiteren, erfolglosen Versuchen, ihn zum Mitmachen zu überreden, taucht sie einmal unter.

Es würde wohl doch nicht so einfach werden, diesen Mann mal aus sich herauskommen zu sehen. Blitzschnell fasst sie einen Plan. »Ich schwimme dann mal 'ne Runde«, verkündet Sarah, nachdem sie aufgetaucht und sich das Wasser aus dem langen Haar gestreift hat. Anschließend schwimmt sie in Richtung Seemitte.

»Ja, ja, tun Sie, was sie nicht lassen können«, brummt er. »Ich werde so lange …«

Was Thomas so lange zu tun gedenkt, hört sie schon nicht mehr.
Zielsicher verschwindet sie hinter der Schilfreihe. Kaum kann sie den
am Ufer im Gras sitzenden Thomas nicht mehr sehen schwimmt sie
einige Augenblicke hin und her. Feixend überlegt sie, wie die nächsten
Minuten wohl verlaufen werden. »Das dürfte reichen«, überlegt sie und
sieht sich um. Es wäre wenig hilfreich, wenn sie mit ihrer Aktion, wen
anders anlockt, als Thomas. Doch andere Badegäste befinden weit
genug entfernt. Schließlich, die gespielte Panik in ihrer Stimme hörbar,
ruft sie laut um Hilfe. Um ihr Schauspiel glaubhafter zu machen, patscht
sie kraftvoll auf die Wasseroberfläche. »T-Homas! H-hilfe!«
Sie lauscht. Tatsächlich ist deutlich eine Person zu hören, die sich
lautstark in die Fluten wirft. »Sarah?«, schreit er. Panik schwingt auch in
seiner Stimme mit. »Sarah, wo bist du?«
»H-hier«, ruft sie und schlägt mit der flachen Hand auf das Wasser.
»Hilfe.«
»Halte durch. Ich bin gleich da.«
Wahrhaftig kann Sarah Thomas schon sehen. Mit kraftvollen Zügen
schwimmt er ihr entgegen. Zeit, um die Dramatik zu erhöhen.
Theatralisch lässt sie sich einen Moment untertauchen.
Kaum wieder oben hört sie ihn rufen, »Sarah.« Suchend sieht er sich um.
Sie winkt und taucht erneut ab.
Beinahe sofort wird sie unter die Achseln gegriffen und nach oben an die
Wasseroberfläche gezogen.
»Sarah«, keucht er ängstlich und versucht gleichzeitig ihr das Haar aus
dem Gesicht zu streichen und über Wasser zu bleiben.
Sie tut, als würde sie nach Atem ringen, klammert sich an seine
Schultern und japst, »D-danke.«
»Komm, ich bringe dich an Land.« Thomas schwimmt, einen Arm ihr
unter die Achsel gelegt, los.
Das würde reichen. Mit einer geschickten Bewegung macht sie sich von
ihm los.
»Was?«
»Ich komm' klar. Bestimmt«, lacht sie ihn an.
Verwirrt mustert er sie. »A-aber …«

Beim Anblick seines verwirrten Gesichtsausdrucks kann sie nicht mehr an sich halten und macht dem blubbernden Gefühl, das ihre Kehle emporsteigt, Luft. Rasch steigert sich dieses zu einem ausgewachsenen Lachen.

»W-was ist?«, stammelt er. »Ist das der Schock?«

Ja, ganz sicher ist er das. »Ich … ich bin nur so froh, dass Sie in der Nähe waren«, kichert sie.

»Hm.« Sorgenvoll hebt er mit einer Hand ihr Kinn an, »Geht's wieder? Irgendwie benehmen Sie sich seltsam.«

»Ich kann Ihnen versichern, alles ist in Ordnung. Wie könnte es auch nicht? Schließlich habe ich erreicht, was ich wollte.«

»Wieso?«, fragt er lahm und schwimmt auf der Stelle.

»Na, Sie sind im Wasser, Thomas.« Ihr Kinn deutet auf ihn.

Er sieht sich um und macht ein Gesicht, als würde er jetzt erst registrieren, dass er im Wasser ist.

»Allerdings hätte ich es vorgezogen Sie nackt zu sehen«, lacht sie keck.

»Nackt?«, formen seine vollen Lippen tonlos. Dann scheint der sprichwörtliche Groschen zu fallen. »Moment, war das alles nur gespielt?«

»Ups«, kichert sie.

Sofort verdunkelt sich sein Blick. »Nicht wirklich«, faucht er. »Das haben Sie nicht getan?«

»Offensichtlich doch. Und, ist es so schlimm?«

»Ich habe meine Klamotten an.«

»Augenscheinlich.«

»Ich dachte, Sie ertrinken.«

»Ich bin eine sehr gute Schwimmerin«, kontert sie.

»Auch die können mal in Not geraten.«

»Bin ich aber nicht.«

»Ich habe mir Sorgen gemacht.«

»Das war nicht zu überhören. Zu meiner Verteidigung möchte ich sagen, dass mein Plan vielleicht nicht ganz ausgereift war. Ich wollte nicht …«

»Nicht ausgereift. Sie spinnen wohl!«

»Na hören Sie mal, Thomas, ich …«

»Blöde Tussi«, flucht er leise.

»Verklemmter Idiot.«

»Wie bitte?«

»Ich sagte, wenn Sie nicht ein solch verklemmter Id… Ich meine, Mann wären, wäre es gar nicht so weit gekommen.«

»Und das ist jetzt Ihre Entschuldigung?«

Sie setzt eine Unschuldsmiene auf und sieht ihn an.

Er gibt ein unverständliches Brummen von sich und macht sich daran, ans Ufer zurückzuschwimmen. Ohne sie. Eilig folgt Sarah ihm.

»Thomas, bitte! Es tut mir leid«, ruft sie eilig. »Ich wollte nicht, dass Sie sich solche Sorgen machen.«

»Dann rate ich, in Zukunft erst nachzudenken und dann zu handeln.«

»Danke«, ruft sie eingeschnappt.

»Bitte.« Thomas erreicht das Ufer und stapft wie ein begossener Pudel aus dem Wasser. Schwer klebt seine Kleidung an seinem Körper. Wasser rinnt in zwei Bächen aus seinen Hosenbeinen. Das sonst so perfekt frisierte Haar klebt an seinem Kopf und wird nun durch seine Hand verstrubbelt.

Dieser krasse Gegensatz lässt Sarah erneut losprusten.

»Schön, dass ich Ihnen selbst in diesem Zustand noch einen Grund zum Lachen biete«, faucht er sie an und reißt sich das nasse Shirt über den Kopf. Beim Anblick seiner breiten Schultern und dem definiertem Sixpack verstummt sie schlagartig. Oh mein Gott! Dieser Mann sieht aus wie gephotoshopt. Mit weit aufgerissenen Augen sieht sie zu, wie er sich auch noch seiner Hose entledigt.

»Na, zufrieden?«, höhnt er.

Und ob. Sie starrt ihn an.

»So schweigsam?«

»Ich … ähm … ich … Jetzt können Sie doch in mir … ich meine, mit mir … wieder hier reinkommen?«, stammelt sie verlegen.

Thomas scheint ihre Verlegenheit zu registrieren, grinst und stemmt beide Hände in die Hüfte. »Könnte ich. Aber trauen Sie sich auch zu mir hier heraus?« Sein Blick schweift über das Gras.

Würde sie? Schließlich war nicht nur er nackt.

»So schweigsam?«, wiederholt er sich.

»Es ist gerade so schön … feucht … ich meine, nass hier drin.« Was redet sie denn da?

»Ist das so? Dann sage ich, hier draußen ist es aber so schön trocken und heiß.« Herausfordernd sieht er ihr in die Augen.

Oh ja, heiß war es wirklich. Kommt es ihr nur so vor, oder schwitzt sie tatsächlich?

Abwartend steht er noch immer einfach nur da und wartet auf sie.

Wenn sie jetzt an Land geht, passiert etwas. Es kann vieles geschehen, sicherlich auch wunderbare Dinge, doch möchte sie das wirklich? Ein harmloser Flirt sollte es sein, doch sie hat es zu weit getrieben. Thomas scheint definitiv angebissen zu haben. Wird sie diesen Geist, den sie rief, auch wieder loswerden? Und wollte sie das überhaupt?

»Was ist nun? Kommen Sie?«

»Hol mich doch!« Die Worte waren gesprochen, ehe ihr Hirn etwas dagegen tun konnte.

»Okay.« Rigoros zieht er sich die Boxershort über den Hintern und stapft erneut ins Wasser.

Sarah schnappt nach Luft. Leider verdeckt das Wasser sein bestes Stück viel zu schnell, doch was sie hat sehen können, lässt ihren Unterleib sich erwartungsvoll zusammenziehen.

Kaum bei ihr geht alles ganz schnell. Mit einer flüssigen Bewegung gelingt es ihm sie unter- und sofort in seinen Armen wieder aufzutauchen. Im Klammergriff seiner starken Arme wird sie direkt gegen seine harte Brust gedrückt. »W-was?«, ruft sie verwundert und streift sich das Haar aus dem Gesicht.

»Noch mal, oder jetzt doch ins Trockene?«, raunt er und sieht ihr tief in die Augen.

»Noch mal.« haucht sie und geht sofort wieder auf Tauchstation.

»Hey.« protestiert sie, kaum dass sie wieder Luft bekommt. »Was sollte das? Na warte.« Erfolglos versucht sie ihm dasselbe anzutun. Lachend wehrt er jeden ihrer Versuche ihn unterzutauchen ab. »Sieh's ein, Mitchell, ich bin zu stark für dich.«

Wirklich? Na mal sehen, was du dazu sagst? Ohne Vorwarnung presst sie ihre Lippen auf seine und genießt den erschrocken, verwunderten Ausdruck in seinen Augen.

14

Endlich ...

Was eine simple Ablenkung sein sollte, entpuppt sich als größter Fehler ihrerseits. Denn kaum haben sich ihre Lippen berührt, durchströmt eine Energie ihren Körper wie sie sie noch nie verspürt hat. Wellen wohliger Wärme breiten sich von ihrer Mitte im gesamten Körper aus und lassen ihn angenehm kribbeln. Ein längst vergessen geglaubtes Gefühl erwacht und erinnert sie, welch schönes Ende derlei Aktivitäten haben können. Beinahe schmerzhaft sehnt sie sich nach mehr. Überall, wo ihre Körper sich berühren steht die Haut in Flammen. Und Thomas Hände scheinen plötzlich überall zu sein. Packen ihre Hüften, umfassen ihren Po, vergraben sich in ihren schwer hängenden Locken.

Je länger und inniger sie sich küssen, desto stärker hält sie die Luft an. Das Blut rauscht in ihren Adern, ihre Glieder beben, und sie fühlt sich, als würde sie ganz langsam fallen und mit jeder Sekunde ein kleines bisschen schneller werden. Irgendwann übertreten sie die Grenze zwischen zivilisiert und animalisch. Wie ausgehungert stürzt sie sich auf ihn und hat mit einem Mal das dringende Bedürfnis diesen Mann zu besitzen, ihn für sich zu beanspruchen, ihn überall zu spüren. Als sich ihre Hände in seinen Nacken legen und sein weiches Haar durch ihre Finger gleiten lassen, entfährt ihm ein leises animalisches Geräusch, irgendwo zwischen einem Stöhnen und einem Seufzen. Sacht zieht sie an seinen Strähnen und erntet sofort ein weiteres Stöhnen. Dadurch zu noch mehr Mut angestachelt, drängt sie sich an ihn. Sie küssen sich, bis sich die Hitze zwischen ihnen zu einem kaum noch erträglichen Verlangen steigert. Doch irgendwann lösen sich seine Lippen von ihr. Sarah wagt nicht, die Augen zu öffnen, zu groß die Angst, es könne sich nur um einen Traum handeln. Den wunderbarsten, erotischsten, schönen Traum, den sie je geträumt hat.

»Sarah?«, raunt er.

»Hm.«

»Ist alles in Ordnung?«

»Hm.« Genießerisch legt sie den Kopf etwas schief. Die Augen noch
immer geschlossen haltend.
»Sarah, warum ...«
»Scht«, unterbricht sie ihn. »Halt die Klappe!«
»W...«
Erneut pressen sich ihre Lippen auf die seinen. Thomas spielt mit,
umfasst sie mit seinen großen Händen und presst sich nun seinerseits an
sie. Begleitet von einem dunklen Brummen hebt er sie hoch und trägt sie
langsam an das Ufer zurück.
»Was hast du vor?« schon auf den Lippen, schluckt sie den Satz dann
doch hinunter. Sie beschließt, sich einfach überraschen zu lassen.
Sicherlich träumt sie noch immer und würde zwangsläufig sowieso
erwachen. Leider.
Im Gras stellt Thomas sie sachte auf die Füße. »Komm!«, raunt er und
greift nach ihrer Hand. Willig lässt Sarah sich von ihm in den hinteren
Bereich der Liegewiese führen. Aus Ermangelung an einer Decke oder
anderer Unterlage, breitet Thomas sein feuchtes Shirt aus, damit Sarah
sich darauf setzen kann. Als ihr nackter Po mit dem kalten Stoff in
Berührung kommt, schaudert sie. Spätestens jetzt müsste sie doch
aufwachen. Doch als Thomas sich über sie beugt, weiter und weiter, bis
sie rücklings auf dem Gras liegt und sie wieder küsst, befindet sie sich
im siebenten Himmel. »Oh Gott«, entfährt es ihr.
»Nicht ganz. Du darfst mich gern Thomas nennen«, raunt er an ihrem
Mund.
Typisch. Das hatte er sich wohl nicht verkneifen können. Plötzliches
Kindergeschrei lässt beide zusammenzucken. Ertappt fahren sie
auseinander und sehen sich um. Weitere Badegäste sind angekommen.
Zwei kleine Kinder in bunter Kleidung springen um einen an der
Baumreihe geparkten SUV herum. Ein kleiner Junge trägt einen blau
gemusterten Ball unter dem speckigen Ärmchen. Hinter ihm her tapst ein
etwa gleichaltriges Mädchen. Eine Stoffpuppe in der Hand neben sich
her schlenkernd.
Ein älteres Mädchen folgt ihnen, das Gesicht gen Display eines
Smartphones gerichtet, scheint sie vollkommenes Desinteresse an allem
zu haben. Die Eltern folgen und werfen Sarah und Thomas misstrauische

Blicke zu. Auch als sie eine bunt geblümte Decke ausbreiten, werfen sie den beiden immer wieder neugierige Blicke zu.

»Ich glaube, hier sind wir nicht mehr ungestört«, meint Thomas und sieht sie auf den Unterarmen aufgestützt zu ihr herunter.

»Sieht so aus.«

»Und jetzt?«

Sarah zuckt die Schultern. »Keine Ahnung.« Sie sieht sich um. Mittlerweile steht die Sonne hoch genug am Himmel, um noch mehr Badegäste anzulocken. Wenn sie nicht gerade ihr erstes Mal im Wald haben wollen, würden sie sich wohl oder übel zurückziehen müssen. Vielleicht war doch alles nur ein Traum? Doch als Thomas jetzt ihre Hand nimmt und zart die Fingerspitzen küsst. »Wir können uns anziehen, abhauen, nach Hause fahren und somit kein öffentliches Ärgernis darstellen. Aber wir können auch einfach weitermachen und sehen, was passiert.«

Sie reißt die Augen auf. »W-weitermachen?«

Er nickt und entgegnet lapidar. »Na klar.«

»Nein«, platzt es aus ihr heraus. »Das können wir nicht. Auf keinen Fall. Thomas, da sind Kinder.« Energisch gestikuliert sie in alle Richtungen.

»Ich weiß«, grinst er.

Ohne ihn gehört zu haben, plappert sie weiter, »Wir können auf keinen Fall vor ihren Augen …«

»Ja? Was denn?«

»Na … nun ja … wir können nicht …«, stammelt sie und verdreht sich den Hals, um nach der Familie zu spähen.

Feixend entgegnet er, »Keine Panik. Das war ein Scherz. Ich wollte nur sehen, wie cool du wirklich bist«, lacht er.

Erstaunt starrt sie zu ihm auf. »Was?«

»Und ich hatte recht. So abgebrüht und cool wie du immer tust, bist du dann doch nicht.«

»Ich bin sehr wohl cool.« widerspricht sie patzig.

»Ich weiß.«

»Und auch spontan.«

»Sicher.«

»Und abgebrüht? Was habe ich getan, dass du mich so einschätzt?«

»Sorry«, ergeben richtet er sich auf, um sie freizulassen. Praktisch sofort liegt sie frei, und somit wie auf dem Präsentierteller da.

»Mensch. Scheiße!«, flucht sie und klatscht sich beide Hände vor die Brüste.

Lachend steht Thomas auf, bleibt einen Moment im Adamskostüm vor ihr stehen, In dieser Pose erinnert er sie an Michelangelos David. Leider bleibt ihr kaum Zeit, es zu genießen, da streckt er ihr hilfreich eine Hand hin. Sie ergreift diese und lässt sich schwungvoll auf die Füße ziehen.

»Komm! Da auch ich keine Lust habe diesen Kindern lebenslange Albträume zu bereiten, schlage ich vor, die Kutsche zurückzubringen und so schnell wie möglich nach Hause zu fahren.«

»Ich glaube bei dem Mädel, da müssten wir uns eher Sorgen machen als neue Sensation auf YouTube zu landen«, entgegnet sie und deutet mit einem Kopfnicken auf den Teenager, die sich auf die einzige vorhandene Bank mitten auf der Wiese gesetzt hat und weiterhin allein ihrem Handy ihre Aufmerksamkeit schenkt. Unwilkürlich geht sie hinter seiner breiten Statur in Deckung.

Thomas fährt sich lachend mit der Hand durch das Haar. »Stimmt auch wieder.«

»Übrigens, nicht übel.«

Er dreht sich zu ihr um, sieht auf sie herunter und fragt, »Was?«

Sarahs eindeutiger Blick in Richtung seiner Körpermitte lässt ihn verlegen grinsen.

»Überhaupt. ... du scheinst ziemlich viel Zeit in Sport zu investieren. Das hast du unter deinen Anzügen gut kaschiert.«

Er zuckt die Achseln. »Ich hab' gute Gene.«

»Ja, klar«, lacht sie und sieht sich um. »Unsere Sachen liegen da vorn.«

»Hm«, macht er, ohne den Blick von ihren Augen zu lösen.

Schweigend sehen sie einander an.

»Einer wird notgedrungen da rübergehen müssen, um sie zu holen«, murmelt er ohne zu zwinkern.

Doch sie würde einen Teufel tun und *Kein Problem. Ich mach's* rufen.

Stattdessen entgegnet sie lapidar, »Da hast du recht.«

»Ich nehme an, du möchtest nicht ...«

»Ich möchte nicht«, bestätigt sie ihm grinsend.

Er seufzt und lässt den Kopf hängen. »Ich hab's geahnt. Also gut …«
Zögerlich macht er eine halbe Drehung zur Seite. »Ich gehe jetzt unsere
Sachen holen.«
»Vielen Dank«, feixt sie schelmisch.
»Ich werde mit meinem Adoniskörper alle Aufmerksamkeit auf mich
ziehen.«
»Gut möglich.«
»Dem Mann dort könnte ich einen ausgewachsenen Komplex
bescheren.«
Ihr Blick rutscht tiefer. »Definitiv"
»Ich übernehme keine Garantie, dass die Frau dort nachher lieber mit
mir nach Hause gehen will.«
Sarah zuckt die Schultern und zwinkert ihm zu. »Wir werden sehen.«
Thomas sieht sie grinsend an. »Also gut, auf deine Verantwortung.« Er
zwinkert ihr zu, als er sich umdreht und über seine Schulter noch »Lauf
nicht weg!«, ruft.
»Werde ich nicht«, verspricht sie, beschattet mit der Hand ihre Augen,
um besser dem Geschehen folgen zu können. Deutlich weniger
selbstbewusst als er, lässt sie sich zurück ins Gras sinken, um möglichen
Musterungen zu entgehen. Während Thomas, als würde er regelmäßig
nackt spazieren gehen, deutlich souveräner vor den fremden Menschen
herumspaziert und dabei ein Teil nach dem anderen einsammelt.
Diszipliniert starrt Sarah abwechselnd seine breiten Schultern, das
Sixpack, die starken Arme oder die feine Haarlinie am Bauch an.
Überall, bloß nicht zum Offensichtlichen. Schwer zu übersehen, der
fleischgewordene Frauentraum, wie er bei jedem Schritt neckisch hin
und her pendelt und sie zu locken scheint. Unwilkürlich leckt sie sich die
Lippen, als er sich jetzt, wie ein Model aus der Vintage Wrangler
Werbung mitten auf die Wiese stellt und seine Hose auswringt, ehe er sie
sich über die nackte Haut zieht. Seufzend sieht sie zu, wie er den
Reißverschluss zuzieht. Fehlt nur noch ein Lagerfeuer und Cowboyhut,
schon ist der Spot fertig. Oh mein Gott! Sie wird doch wohl nicht
gesabbert haben?
Thomas greift sich ihre Shorts, das Shirt und den BH. Als er sich zu
ihrem Höschen herunterbeugt, betrachtet sie fasziniert das Spiel seiner

Rückenmuskulatur. Zunächst mit zwei Fingern aufhebend, knüllt es seine Faust zusammen und lässt das winzige Stück Stoff in seiner Hosentasche verschwinden. Die restlichen Kleidungsstücke wirft er ihr lässig in den Schoß, als er wieder vor ihr steht. Beeindruckt sieht sie an ihm auf. Keine Frage, sie hatte sich vollkommen in ihm getäuscht. Dieser Mann verströmt aus jeder Pore Sex-Appeal und Coolness. Wie hatte sie das vorher nur übersehen können?

Verstohlen wirft sie an seinen Beinen vorbei einen Blick in Richtung der anderen Frau. Tatsächlich starrt diese unverhohlen Thomas Kehrseite an. Ihr eigener Mann schien es aufgrund seiner Tätigkeit nicht zu bemerken. Mit hochrotem Kopf pustete gerade ein riesiges Schwimmtier auf.

Als sich die Blicke der Frauen kreuzen, kann Sarah nicht anders, als ihr mit einem stolzen Blick zu kommunizieren, »Sorry, Süße, das ist meiner.«

Doch war es so? War er ihr Mann? Ihr Partner? Klar, sie haben sich geküsst. Etwas länger geküsst. Etwas intensiver. Aber reichte das, um gleich den Beziehungsstatus bei Facebook zu ändern? Und was würde er dazu sagen? Wie sieht er das?

»Was ist?«, fragt Thomas besorgt, als er ihren nachdenklichen Gesichtsausdruck sieht.

Sie schüttelt leicht den Kopf, hebt den Blick zu seinem Gesicht und plappert, »Nichts. Gar nichts. Alles in Ordnung.«

»Gut«, grinst er. »Wollen wir dann hier verschwinden und zu Hause da weitermachen, wo wir vorhin aufgehört haben?«

»Ich kann es kaum erwarten«, entgegnet sie ehrlich und macht Anstalten aufzustehen. Galant reicht Thomas ihr eine Hand, um sie hochzuziehen. Kaum berühren ihre Füße den Boden, zieht er sie schon mit einem Ruck in seine Arme und raunt ihr mit seiner dunklen sexy Stimme ins Ohr.

»Hat dir mein Catwalk gefallen?«

Sie würde ja gern antworten, dass er das sicher nicht zum ersten Mal getan hat. Doch seine Lippen streifen ihren Hals entlang, knabbern zärtlich an der empfindlichen Haut ihres Schlüsselbeins, sodass sie vollkommen unfähig überhaupt einen anständigen Ton herauszubringen, gerade einmal seufzen kann.

Lachend lässt er mit einem Kuss auf ihre Schläfe von ihr ab und sagt, »Deine Reaktion ist Antwort genug.«

Rasch ziehen sich beide fertig an und verlassen Hand in Hand die Badestelle am See. Neugierig, ob die Fremde Thomas einen Blick hinter werfen würde, dreht Sarah sich noch einmal um. Tatsächlich werden sie auf eine Weise beobachtet, dass sich in ihrem Bauch ein stolzes Gefühl breitmacht und sie mutig seine Hand ein wenig fester greift. Gekonnt spannen sie Balou vor die Kutsche und kehren in Rekordzeit zum Hof zurück. Auch das Pferd war scheinbar froh, an einem solch heißen Tag früher als gewöhnlich zurück im Stall zu sein, denn kaum von der Kutsche befreit, galoppiert es los in Richtung Schatten spendendes Stallgebäude. Den Rahmen der Höflichkeitsregeln nicht allzu sehr ausreizend verabschieden sie sich von Nadin und sitzen wenig später im Jeep.

»Danke, dass ich fahren darf«, murmelt Thomas. »Ich glaube, wenn ich nur untätig neben dir sitzen müsste, würde ich verrückt werden.«

»Und du meinst, mir geht es besser?«

Er sieht sie an und grinst. »So schlimm?«

Ihr Blick gleitet von seinen großen Händen am Steuer, über den Oberkörper, hoch zu seinem Gesicht. »Und wie«, haucht sie.

Er beißt sich auf die Unterlippe, sieht sich um und gibt Gas.

»Hey, auch mein Wagen hat Gefühle.«

»Ich denke, ein Auto ist ein Gebrauchsgegenstand?«

»Ist es auch. Aber Gefühle hat er trotzdem.«

»Das musst du mir bei Gelegenheit mal genauer erklären, aber zunächst …« Gekonnt lenkt er das Fahrzeug in eine von einer schmalen Baumreihe gesäumte Feldeinfahrt.

»Hey, was …«

Kaum erstirbt der Motor, verschließt Thomas auch schon ihren Mund mit seinem.

Seufzend ergibt sie sich und öffnet den Mund ein wenig mehr für ihn. Im Radio läuft Eric Carmens *Hungy eys* und Hunger haben sie definitiv. Hunger nach mehr. Mit einem Klick öffnet sich ihr Gurt und Thomas beugt sich zu ihr, schiebt mit einer Hand das Shirt über die Rippen bis zur Wölbung ihrer Brust und küsst die nackte Haut darunter.

Besitzergreifend legt sich seine Hand um ihre Brust, wobei der Daumen wieder und wieder ihre Brustwarze neckt. Stöhnend lehnt sie den Kopf zurück und genießt diese lang vermisste Aufmerksamkeit. Wie lang war es her, dass ein Mann sie auf diese Weise verwöhnt hat? Unendlich. Energisch schiebt er ihr das Shirt über den Kopf, küsst sie auf den Mund und lässt anschließend eine feine Spur Küsse an ihrem Oberkörper abwärts wandern. Sich mit der einen an ihrem Sitz abstützend, gleitet die andere Hand in ihre Hose. Zum Glück hatte sie keine enge Jeans anzogen. Tiefes Knurren erfüllt den immer enger werdenden Raum im Wageninnern. Die Luft scheint wie elektrisch aufgeladen. Mit einem Schleier vor den Augen beobachtet sie Thomas Gesichtsausdruck, als er sie jetzt mit zwei Fingern befriedigt. Geschickt bewegt er sie in ihrem Innern. Lässt sie kreisen, drückt die richtigen Stellen, reibt und lässt Sarah in einer Explosion aus Lust aufgehen. Keuchend lehnt sie sich zurück und genießt die Wellen der Lust. Als er sich wieder über sie beugen will, dreht sie den Spieß um. Rigoros schiebt sie ihn auf seinen Sitz zurück und schwingt sich in einer flüssigen Bewegung auf seinen Schoß. »Hey«, lacht er leise.

»Scht.« Saft verschließt sie seine Lippen mit den ihren. Doch kaum schiebt sich seine Zunge in sie, ist es mit der Selbstbeherrschung auch schon wieder vorbei. Wild und losgelöst wandern ihre Hände unter sein Shirt. Die harten Muskeln in Kombination mit der weichen Haut, seinem würzigen Duft und dem leisen Stöhnen aus seinem Mund lassen sie schier wahnsinnig werden. Stürmisch reißt sie ihm das Shirt über den Kopf und beugt sich über ihn. Geschickt umkreist ihre Zungenspitze seine Nippel, bis sie schließlich sanft hineinbeißt. Stöhnend lehnt er mit geschlossenen Augen den Kopf zurück. Während ihr Mund auf Erkundungstour an seinem Oberkörper geht, wandern ihre Hände tiefer. Thomas hilft, indem er mit noch immer geschlossenen Augen seine Hose öffnet und sie sich etwas über die Hüfte schiebt. Sie greift zwischen seine Beine, berührt seine Erektion und umschließt sie mit den Fingern. »Sarah«, stöhnt er.

Während sie ihn streichelt und genießt, wie seidig weich und gleichzeitig hart er sich anfühlt, zeichnet sich in seinem Gesicht eine so extreme Lust ab, dass es fast schon wehtut. Er kneift die Augen zusammen und atmet zischend aus. »Ich muss dich warnen«, knurrt er. »Ich muss bald in dir sein, sonst verliere ich den Verstand.«

»Für mich ist das in Ordnung«, grinst sie schief.

Ihm entfährt ein dunkler Laut. Er schiebt sie von sich herunter. Überrascht plumpst sie auf ihren Sitz zurück.

Sarah will schon protestieren und fragen, was der Scheiß soll, als er aus dem Wagen springt, um ihn herumgeht und vor ihrer Tür stehen bleibt. Mit einem Ruck wird die Tür aufgerissen und sie aus dem Inneren gezerrt. »Was …«

Mit seinem viel größeren Körper drängt er sie gegen die warme Karosserie, verschließt ihren Mund mit weiteren Küssen und beginnt ihr die Kleidung auszuziehen. Sinnlich ergeben lässt sie es geschehen. Ohne den Blick von ihrem Gesicht zu nehmen, geht er vor ihr auf die Knie. Oh Gott, er würde doch nicht … Hier? Wo jeder sie jederzeit beobachten könnte.

Ohne ihr die Möglichkeit zu geben, irgendwelche Einwände zu erheben, drückt er ihre Knie auseinander und versenkt seinen Kopf zwischen ihren Beinen. Sarah hat mehr und mehr Schwierigkeiten, klar zu denken. »Ich will mehr!« ist das Einzige, was sie denken kann, als ungekannte Lust ihren Körper durchströmt. Stöhnend greift sie in sein Haar, drückt seinen Kopf noch näher an ihre pulsierende Scham. »Oh Thomas!«

Für manche Männer ist es wie eine lästige Pflicht, eine Frau oral zu befriedigen. Sie tun es, wenn sie müssen, aber es ist nicht das Lieblingswerkzeug in ihrem Sex-Werkzeugkoffer. Wie Thomas jedoch seinen Mund über ihr bewegt? Es ist, als wäre er völlig ausgehungert und sie seine letzte Mahlzeit eine Ewigkeit her.

Der nächste Orgasmus rollt, wie ein Tsunami durch ihren Körper. Plong. Mit schmerzverzerrtem Gesicht reibt sie sich den Hinterkopf, nachdem sie ihn sich bei einer ruckartigen Bewegung angestoßen hatte.

Grinsend wischt er sich mit dem Handrücken über die feuchten Lippen. »Du schmeckst gut. Besser als alles, was ich bisher gekostet habe«, raunt er dunkel.

»Komm her!«, befiehlt sie und zieht ihn am Nacken an sich heran. »Ich will dich endlich in mir spüren.«

Ernüchternd langsam und mit einem diabolischen Grinsen aus den
sinnlichen Lippen entledigt er sich in aller Ruhe seiner Schuhe und
Hose.
»Machst du das mit Absicht?«, faucht sie.
»Ich wusste gar nicht, dass du so ungeduldig bist«, lacht er leise.
Sie verdreht die Augen. »Du weißt noch so vieles nicht«, zieht an seinen
Armen und wechselt geschickt ihre Positionen. Verwundert will Thomas
protestieren, doch da ist Sarah auch schon vor ihm auf die Knie gefallen.
Kein Mann bringt einen gerade Satz zustande, wenn er nach allen Regeln
der Kunst oral verwöhnt wird. Genießerisch schließt sie die Augen, spürt
seine Härte in ihrem Mund und seinen Geschmack auf der Zunge. Die
süßen, gequälten Laute, die er von sich gibt, spornen sie an, noch mehr
zu geben.
»Fuck … Sarah … ich …«
Sie nimmt eine Hand dazu und verwöhnt ihn nun abwechselnd mit Mund
und Hand. Er vergräbt seine Finger in ihrem Haar und zwingt sie so,
langsamer zu werden. »Sarah … ich … Warte bitte! Verdammt«, keucht
er schwer atmend.
Als sie nicht Folge leistet, zieht er sie leichthin von einem Grollen
begleitet hoch und unterbindet alle Proteste mit einem Kuss. »Ich will
dich spüren«, presst er zwischen den Küssen hervor.
Atemlos bringt Sarah nur ein Nicken zustande.
Einen Augenblick später hebt er sie so hoch, dass sie rücklings gegen
das Auto gepresst wird. Halt suchend schlingen sich ihre Beine um seine
Hüfte und die Arme um den Nacken. Thomas' Kraft reicht aus, sie
gleichzeitig hochzuheben und seinem besten Stück den Weg in ihre
pulsierende Mitte zu zeigen. Ein paar Sekunden schwebt sie über ihm,
während beiden klar wird, dass es jetzt kein Zurück gibt. Wenn sie
einmal diesen Schritt gegangen sein werden, wird alles anders sein.
»Sarah, ich … ich will dir nur sagen, dass ich mich dir vom ersten
Augenblick an hingezogen gefühlt habe. Ich will das hier so sehr und ich
hoffe …«
»Ich auch«, unterbricht sie ihn, mit zusammengepressten Zähnen. Was
genau war unklar, aber im Moment egal. Für sie zählt nur, dass sie sich
so schnell wie möglich miteinander verschmelzen.

»Ich … ich mag dich wirklich gern.«

Überrascht hält sie inne. »Wirklich?«

»Klar«, entgegnet er geradeheraus.

Diese Ehrlichkeit haut sie beinahe um. »Ich mag dich auch. Sehr.«
Ein liebevoller Gesichtsausdruck überzieht sein gesamtes Gesicht, lässt
es strahlen. Seufzend lässt er sie Zentimeter für Zentimeter herabsinken.
Das Gefühl, wie er sie vollkommen ausgefüllt, ist so wundervoll, dass
ihr der Mund offen stehen bleibt. Zufrieden nimmt er es mit einem
Lächeln zur Kenntnis.

Viel zu spät denken beide an mögliche Konsequenzen.

Wie im Rausch und dennoch synchron bewegen sie sich rhythmisch zu
einem stillen Takt.

Einige Zeit genießen sie diese Position, dann aber keucht Thomas, »Ich
will dich tiefer spüren.«

»Gib's zu, ich bin zu schwer«, stichelt sie.

Schnaubend tut er ihren Einwand ab. »Wohl kaum.« Gekonnt dreht er sie
beide um und lässt Sarah langsam ins weiche Gras sinken. »Zum Glück
ist dies kein Sandweg, sonst würden wir nachher wie panierte Schnitzen
aussehen«, denkt Sarah schmunzelnd.

Wilde Begierde erscheint auf seinem Gesicht, als er sich ihre Beine über
die Schultern legt, um tiefer in sie einzudringen. »Du fühlst dich so
verdammt gut an, Sarah«, stöhnt er dunkel, als er tief und hart wieder
und wieder in sie eindringt. Erneut küssen sie sich und seufzen synchron
an ihren Mündern, als Thomas das Tempo erhöht. Als Sarah merkt, wie
sich in ihr der Orgasmus aufbaut und sie sich ihm, Stoß um Stoß
näherkommt, spannt sie sich an.

Ihr sozusagen den letzten Stoß verpassend bewegt er sein Becken
ruckartig nach vorn und gemeinsam explodieren sie in einer Supernova
der Lust.

»Oh Gott, Tommy«, schreit sie laut in die schwül warme Luft hinaus.
Keuchend reibt er sich mit zitternden Beinen an ihrem Oberkörper.

»Das war …« Zunächst lässt sie noch offen, wie sie es empfunden hat.
Stillschweigend resümieren sie die vergangenen Minuten. Lauschen
einander dem Herzschlag, atmen synchron und genießen einfach nur die

Nähe und Wärme des anderen. Was diese Tat für ihren weiteren Umgang bedeutet, würde sich noch früh genug herausstellen.

»Das war schön«, bricht irgendwann Sarah seufzend das Schweigen.

»Fand ich auch«, murmelt er und streichelt ihr Haar.

»Und ziemlich gewagt.« Leise kichernd, vergräbt sie das Gesicht an seiner Schulter.

»Wieso? Weil wir draußen sind?«

»Weil wir mitten auf dem Präsentierteller liegen.«

Er hebt den Kopf wenige Zentimeter, sieht sich demonstrativ um und entgegnet gelassen, »Ist doch keiner hier.«

»Nein. Aber es hätte jemand kommen können.«

»Und, wäre das so schlimm? Was hatte derjenige schon gesehen?«, fragt er und antwortet zeitgleich mit ihr, »Zwei Menschen, die einander lieben und diese Liebe zeigen.«

»Zwei Wilde, die übereinander herfallen.« Überrascht dreht sie den Kopf und starrt ihn an, »Moment. Was?«

Thomas' Blick durchbohrt sie. Er scheint zu sagen `Du hast mich schon verstanden.`

»Das … das …«, stammelt sie.

»Das ist genau die Art von Spontanität, die ich liebe«, beendet er in seinem Sinne ihren Satz und schmunzelt.

Oh ja, sie hatte sich definitiv in diesem Mann getäuscht. Ein unbeschreibliches Glücksgefühl flutet ihr Hirn, ihren Magen, ihr Herz. Lässt sie leichter als Luft werden und abheben.

»So schön es hier ist, dennoch sollten wir jetzt nach Hause fahren«, holt seine warme Stimme sie zurück aus den Wolken.

»Drei mal«, denkt sie selig, erhebt und zieht sich wieder an. »Dreimal hatte er Gut Greiffenberg nun schon als zu Hause bezeichnet.

15.

Kinderüberraschung

»Würde es dir etwas ausmachen zu fahren?«, fragt sie und sieht ihn
bittend über das Autodach hinweg an.
»Klar. Kein Problem.«
Sie wechseln die Seiten und steigen ein.
Während der Rückfahrt hängen beide schweigend ihren Gedanken nach.
Hatte er wirklich gerade ungeschützten Geschlechtsverkehr mit einer
Frau, von der er außer ihrem Namen und den Tatsachen, dass sie ein
großes Herz hat, chaotisch und wunderschön ist nichts weiterweiß. Wie
hoch sind gleich noch mal die Chancen, beim ersten Mal schwanger zu
werden? 99 Prozent? Was, wenn der spontane Spaß Folgen hat?
Unsicher, ob er diesen Aspekt ansprechen sollte oder wie er sich
überhaupt ihr gegenüber verhalten soll, traut er sich nicht Sarah
anzusehen. Definitiv hatte sich durch den Sex etwas verändert. Zum
guten, das ist klar. Denn, obwohl Sarah ihm anfangs mächtig auf den
Geist ging, hatte sie ihn mit ihrer Spontanität und Originalität doch für
sich gewonnen. Für ihn war es wie eine Erleichterung, ihre Fronten
endlich geklärt zu haben. Doch ist es auch das, was sie will? Nicht nur
einmal hatte sie deutlich gemacht, nicht an einer Beziehung interessiert
zu sein und Männern im Allgemeinen eher misstrauisch
gegenüberzustehen. Würde er da eine Ausnahme darstellen? Wohl kaum.
Obwohl, der Sex war klasse! Und Sarah hatte auf ihn nicht den Eindruck
gemacht, als würde sie keinen Spaß haben. Bliebe da noch die Tatsache,
dass gemeinsamer Sex, außer es ist ein von vornherein vereinbarter
One-Night-Stand, meist der Beginn einer Beziehung ist.
Aber wollte er das wirklich? War er bereit für *mehr*? Oder war es nicht
etwa so, dass er sich allein von der Situation hatte mitreißen lassen? Zu
gern würde er wissen, was sie denkt. Doch Sarah starrt nur schweigend
aus dem Seitenfenster.
Die vielen ungesagten Worte lassen die Luft im Wageninneren zum
Schneiden dick werden.

180

Sie schweigen, bis Thomas in die Einfahrt zum Gnadenhof biegt. Da
platzt es plötzlich aus Sarah heraus, »Wir müssen reden!«

Er fragt nicht, worüber, denn es ist klar, was sie meint. Daher brummt er
nur, »Hm.«

»Thomas, normalerweise bin ich nicht so … Normalerweise tue ich so
etwas nicht.« Ihr blondes Haar fliegt, als sie heftig den Kopf dreht.

Er gehört auch nicht zu der Sorte Mann der jede flachlegt, die nicht bei
drei auf dem Baum ist. »Kein Problem. Ich auch nicht.«

»Und dennoch haben wir es getan«, murmelt sie kaum hörbar und sieht
aus dem Fenster.

»Ich könnte jetzt behaupten, du hast es mit deiner Aktion provoziert,
aber …« Er fährt fort, als er sieht, wie sie nach Luft schnappt. »… es
gehören immer zwei dazu.«

Sie nickt zustimmend.

Sanft führt er aus, »Sarah, ich möchte dir sagen, dass ich … also, dass
ich es schön fand. Sehr schön sogar!«

»Ich ebenso.« Lächelnd sieht sie ihn an.

»Auch, wenn es ziemlich spontan war«, lacht er und fährt sich mit einer
Hand durch das dunkle Haar. »Sicherlich haben wir einen bleibenden
Eindruck bei dieser Familie hinterlassen.«

»Du wirst dieser Frau definitiv in Erinnerung bleiben.«

»Warum?«, tut er unschuldig.

»Na, weil …« Ihr eindeutiger Blick geht gen seinem Schritt.

»Beeindruckt?«

Sarah spürt, wie sie rot anläuft. »Ähm … also … ich muss schon sagen,
du bist da unten recht gut … ähm … ausgestattet.« Oh Gott, wie peinlich
ist das bitte?

»Recht gut ausgestattet?« Indigniert zieht er eine Augenbraue hoch.

»Etwas mehr Begeisterung bitte.«

Sie rollt mit den Augen und belässt es bei einem Lachen.

»Na gut, du bist übrigens auch nicht übel«, grinst er frech.

»Danke schön«, lacht sie.

»Und?«

»Was und?« Verwundert ziehen sich ihre Brauen zusammen.

»Wie jetzt weiter?«

»Nun ja, gleich sind wir zu Hause und ich werde mich erst einmal um …«

»Das meine ich nicht. Ich will wissen, wie wir jetzt miteinander …«

»Ach so.« unterbricht sie ihn. Ihr Lachen hat sich in ein nervöses Kichern gewandelt. Ihr Verhalten sagt ihm, dass auch sie in den letzten Minuten krampfhaft herauszufinden versucht hat, wie es mit ihnen weitergehen soll.

»Weißt du, was Gandhi einmal gesagt hat?«

»Nein. Was?«

»Egal, was du tust, es ist letzten Endes egal. Hauptsache, du tust es.«

»Aha.« Abwartend sieht sie ihn an.

»Ich will damit sagen, ich mag dich wirklich gern, Sarah. Und der Sex war toll. Aber … ich weiß nicht … Schließlich … ”

»Ja, ja genau.« plappert sie. »… du hast dein eigenes Leben …«

Er nickt. »Das ist wahr. Ich bin nur … zu Besuch … bald schon werde ich wieder …«

»Gehen.« ich weiß.«

»Gehen. Genau.« Konzentriert lenkt er den Jeep in einem großen Bogen vor das Haus. »Und du kennst meine Einstellung gegenüber dem Landleben. Ich …«

»Du hasst es.«

»Hassen würde ich jetzt nicht gerade sagen. In den vergangenen Tagen habe ich es …«

»Wie auch immer.« platzt es aus ihr heraus und genauso schnell entspringt sie dem stehenden Auto. Draußen vor der Haustür erklärt Thomas ihr, »Sarah, ich brauche Zeit, um das alles … Also, das muss gut überlegt sein.«

»Du musst nichts überlegen.«

»Nicht?«, wundert er sich.

Heftig fliegen ihre Locken, als sie den Kopf schüttelt. »Du musst dich nicht verpflichtet fühlen …«

»Wer spricht den von Verpflichtung?«, hakt er nach.

Wird jedoch sofort wieder von ihr unterbrochen, “»Wie auch immer. Du hast recht. Du lebst dein Leben in Berlin und ich … ich … Ich bin hier und … komm schon klar so allein.«

»Sarah ...« Er greift nach ihren Händen. »... hole mal Luft und lass mich ausreden!«

Sie tut wie ihr befohlen und sieht schweigend zu ihm auf. Mit einem Mal wird ihm ihr Größenunterschied bewusst. »Ich bitte dich nur um etwas Bedenkzeit. Dann komme ich wieder.«

Sie seufzt und wickelt sich nervös eine Locke um ihren Zeigefinger. »Wirklich?«

Ernsthaft bestätigt er das Gesagte mit einem Nicken. »Versprochen.«

»Nun ja, ich würde mich freuen, wenn du ... wiederkommst. Schätze ich.« Letzteres sprach sie derart leise aus, dass es kaum zu verstehen war. Doch er verstand und lächelte. »Freut mich! Aber zunächst bleibe ich ja noch zwei Tage.«

Sarah blinzelt. »Stimmt. Ähm ... wollen wir dann mal ...«

Energisch packt er sie am Handgelenk. »Sarah, ich möchte dir danken.«

»Weswegen?«

»Für den tollen Tag und ...« Langsam zieht er sie in seine Arme, beugt den Kopf, dem ihren entgegen presst sanft seine Lippen auf ihren Mund. »Angenommen«, haucht sie ergriffen.

»Oh Gott, ich fühle mich so schmutzig«, jammert Thomas am Fuß der Treppe, nachdem sie das Haus betreten haben.

»Herr Odenberg, so unzüchtig war Ihre Tat doch gar nicht. Wir hatten nur Sex«, neckt sie ihn.

»Nur ist gut«, brummt er dunkel und küsst sie erneut.

»Ja, gut, er war doch schmutzig.« Zur Bekräftigung wischt sie sich mit der Hand über den staubigen Unterarm.

»Wir sollten erst einmal duschen gehen«, raunt er an ihrem Mund.

»Das sollten wir. Sehen wir uns dann später?«

»Abendessen im schwarzen Ochsen?«

»Gern«, flüstert sie und küsst ihn zum Abschied auf die Wange, ehe sie sich daran macht, die Treppe hinauf zusteigen. Thomas folgt ihr und in seinem Zimmer angekommen leert er als Erstes seine Hosentaschen, reißt sich die dreckige Kleidung vom Leib und wirft sie achtlos auf das Bett. Seufzend lässt er sich auf der Bettkante nieder und vergräbt seine Hände im Haar.

Nun war es amtlich, er ist ein Trottel. Warum hatte er ihr das
Versprechen gegeben hierherzuziehen ohne vorher gründlich darüber
nachzudenken? Was war nur los mit ihm? Sein ganzes Leben hatte er
sich dagegen gesträubt auf dem Land zu leben, hat es verteufelt und nun
… Nach einem zugegebenermaßen recht geilen Sex mit einer praktisch
Fremden ist er bereit alles aufgeben, was er sich hart erarbeitet hat.
Wenig später beim Duschen und Rasieren kommt ihm noch immer kein
Geistesblitz, sodass er schlussendlich Rat bei der einzigen Person sucht,
die ihn besser zu verstehen scheint, als er sich selbst, Daniel, seinem
besten Freund. Oder zumindest hat Thomas das vor, als er nach seinem
Smartphone greift und den Flugmodus deaktiviert.
Kaum geschehen, ploppen mehrere Nachrichten und verpasste Anrufe
auf. Alle von seinem Bruder und den Eltern.
Verwundert, was so dringlich ist, dass sie ihn derart terrorisieren drückt
er gleich auf die Rückruftaste.
»Na endlich«, tönt die Stimme seines Bruders aus dem Gerät. »Wird ja
mal Zeit. Wo hast du gesteckt, verdammt noch mal?«
»Ruhig Blut, Basti«, sucht er seinen jüngeren Bruder zu beruhigen. »Was
ist denn so dringend?«
Ohne auf seine Frage einzugehen, palavert Sebastian weiter, »Mutter ist
schon völlig neben der Spur. Den ganzen Tag bist du nicht zu erreichen
und meldest dich auch nicht. Ist echt prima, wie man sich in einem
Notfall auf dich verlassen kann.«
»Notfall?« Schon ploppen vor seinem inneren Auge die schrecklichsten
Horrorszenarien auf. »Ist was mit Opa? Oder Oma? Oder hat Vater was
angestellt?«
»Was? Nee. Du bist es, der was angestellt hat.« Die Doppeldeutigkeit in
seiner Stimme ist nicht zu überhören.
»Ich? Was sollte ich schon angestellt haben?«, hakt er milde lächelnd
nach.
Dieses Lächeln verrutscht ziemlich, als sein Bruder ihm erläutert, was
vorgefallen ist.
Kreideweiß beendet er das Telefonat, wirft das Handy auf das Bett und
beginnt eilig seine Sachen einzusammeln. Anschließend steckt er sich
Smartphone und Autoschlüssel in die Hosentaschen und verlässt das

Zimmer. Eigentlich verlangt der Anstand, sich ordentlich zu
verabschieden und sich zu erklären, und er würde es auch gern tun, doch
auf seinem Weg zum Audi begegnet er keiner der beiden Frauen. Zeit,
um nach ihnen zu suchen, hat er allerdings auch nicht. Zu drängend ist
der Umstand, sofort nach Hause nach Schwarzbach zu fahren. Im
Eingangsbereich entdeckt er auf dem Tischchen neben dem Haustelefon
einen Stapel Post-it Zettel. Eiligst kritzelt er ein paar Zeilen auf das
Papier und lässt es anschließend einfach dort liegen. Wenn sie die
Nachricht liest, würde sie sicher zurückrufen.

Nachdem er sich den ganzen Nachmittag nicht mehr hat blicken lassen
und sie langsam Hunger bekommt, schlendert Sarah, als würde sie rein
zufällig hier vorbeikommen, zu Thomas Zimmer. Einfach mal zwanglos
nachfragen, was nun mit Essen gehen ist, würde schon nicht
missverstanden werden. Um keinen Preis der Welt möchte sie gierig oder
fordernd wirken.
Zaghaft klopft sie an die blaue Holztür und lauscht.
»Ist er eingeschlafen?«, denkt sie und überlegt, ob es klug wäre einfach
das Zimmer zu betreten. Sarah klopft erneut. Wieder tut sich im Inneren
des Zimmers nichts.
»Thomas?«
Einen Moment wartet sie noch ab, dann drückt sie entschlossen die
Klinke herunter und betritt den Raum. Wie ein Faustschlag trifft sie die
Tatsache, dass das Zimmer leer ist. Und mit leer ist wirklich leer
gemeint. Keine Spur von Thomas Anwesenheit. Alle seine Sachen sind
verschwunden. Eilig läuft Sarah von einer Ecke zur anderen durch das
Zimmer. Öffnet Schranktüren, schaut unter das Bett, inspiziert das
Badezimmer. Gerade einmal ein T-Shirt findet sie zusammengeknüllt auf
dem Stuhl. Doch Thomas selbst ist verschwunden. Ihr erster Gedanke
ist, es war also doch alles nur ein Traum.
Mutlos bricht sie auf der Bettkante zusammen. Hemmungslos lässt sie
ihren Tränen freien Lauf.
»Kind, was ist denn los?« Dörthe betritt den Raum und nimmt ihre
Nichte liebevoll in den Arm.
»Weg«, schluchzt Sarah an ihrer Schulter. »Er … ist … weg.«

»Wer? Thomas?« Suchend lässt die alte Dame ihren Blick schweifen. Tatsächlich deutet nichts auf die Anwesenheit eines Mannes hin. »Wo ist er denn?«

Sarah presst keuchend, »Ich … weiß … es … nicht.« hervor.

»Sicherlich kommt er zurück. Ist bestimmt nur kurz etwas holen gefahren. Eventuell eine Überraschung?«

»Sicherlich. Bestimmt. Eventuell«, zählt Sarah traurig auf. »Hätte, könnte, sollte. Alles negative Adjektive. Dörthe …« Schniefend wischt sie sich mit dem Handrücken über Augen und Nase. »… ich glaube, wir müssen den Tatsachen ins Auge sehen.«

»Ja?«

»Thomas Odenberg ist eben doch ein solches Arschloch, wie ich es anfangs prophezeit hatte. Und nun ist er doch weg. Sang- und klanglos abgehauen. Dieser … dieser übel riechende Kojote. Dieser Schuft.« Energisch steht sie vom Bett auf. »Ich hätte es wissen müssen. Er wollte nur seinen Spaß.«

»Als hätte er ausnehmend viel Spaß an der Stall- und Feldarbeit, erschien mir nicht so«, gibt Dörthe zu bedenken.

»Das meine ich doch auch gar nicht.«

»Nicht?«, staunt die ältere.

Sarah schüttelt den Kopf. »Nein. Was ich meine ist, dass er und ich …«

»Ja?«, grinst ihre Tante.

Sie sehen sich einander in die Augen. »Ach, nichts«, entgegnet Sarah mutlos und winkt ab.

»Ich denke, ich weiß, was geschehen ist«, beginnt Dörthe. Wissend mustert sie ihre Nichte. »Du hast dich in ihn verliebt und er sich auch in dich.«

»Scheinbar nicht, oder? Sonst wäre er wohl kaum einfach so abgehauen.«

»Das glaube ich erst, wenn es mir bestätigt wird. Bis dahin halte ich diesen jungen Mann für unschuldig.«

»Pha, unschuldig. Dörthe, er hat mir vorgegaukelt, etwas für mich zu empfinden. Sogar, dass er eventuell hierherziehen will. Von wegen Bedenkzeit. Bullshit! Oder nein, er hat es sich überlegt, herausgefunden, dass ich doch eine Schreckschraube bin und seine Sachen gepackt.«

»Zynismus steht dir nicht, Kind.«
Sarah macht ein unflätiges Geräusch.
»Ich bestehe darauf anzunehmen, dass er nicht ohne wichtigen Grund
verschwunden ist und wieder kommt.«
»Du hast ein viel zu großes, gutes Herz«, erwidert Sarah sanft.
»Das ist wahr. Und ich bin stolz darauf.«
Liebevoll lächelt ihre Nennnichte sie an. »Das liegt wohl bei euch in der
Familie.«
»Kann schon sein. Ebenso wie unser Optimismus.« Sie greift nach ihren
Händen. Streichelt mit den Daumen über ihren Handrücken. »Er wird
sich erklären. Du wirst es sehen. Hab nur einfach ein wenig Geduld.«
Schnaubend will Sarah schon etwas antworten, doch dann schluckt sie
die Worte doch hinunter. Vielleicht hat ihre Tante recht, und sie sollte
erst einmal abwarten.

Dem Umstand geschuldet, dass die Sommerferien bereits laufen und er
das Gaspedal auf der A 13 durchgetreten hat, erreicht er in Rekordzeit
Schwarzbachs Ortseingangsschild. Ein Hoch auf seinen Sportwagen.
Deutlich langsamer biegt er gleich dahinter nach links in die Einfach des
elterlichen Grundstücks ein. Zwischen dem uralten Saab seiner Eltern
und dem modernen Kombi von Sebastian und Sina parkt er ein und
entsteigt dem Wagen. Sofort begrüßt ihn der Gestank nach
Rinderexkrementen und feuchtem Gras. Entgegen dem
Super-Sommerwetter in Brandenburg hatte es sich, je mehr er sich in
südöstliche Richtung begab, mehr und mehr zugezogen.
Zurückgebliebene Regenpfützen deuten auf einen ordentlichen
Regenguss hin. Über dem Hügel hinter dem alten Stallgebäude geht rot
und prall die Sonne unter.
Zielstrebig geht Thomas auf die Haustür zu. Ein letztes Mal wälzt er die
Möglichkeiten gegeneinander ab. Als hätte er das in den letzten Stunden
nicht schon genug getan. Kommt jedoch auch dieses Mal zu keinem
schlüssigen Ergebnis. Es kann nicht wahr sein. Unvorstellbar. Tief
durchatmen drückt er die Klinke und betritt sein Elternhaus. Es ist kein
Ammenmärchen, dass die dörfliche Bevölkerung derart gutgläubig ist,
und ihre Häuser des Tags über unverschlossen lässt. Im dunklen Korridor

prallt Thomas mit seinem Vater zusammen, der nachsehen wollte, wer da gerade eingeparkt hatte.

»Vater.«

»Thomas«, begrüßen sich die Männer steif und geben sich die Hand. Anschließend führt ihn der Ältere in die bäuerliche Wohnstube, wo die anderen bereits auf seine Ankunft warten. Etwa eine Stunde zuvor hatte Thomas angerufen und sein Kommen angekündigt. Kaum einen Blick auf den unbekannten Besuch geworfen, sind alle Zweifel wie weggeblasen. Ausgeschlossen. Hier, vor ihm, steht -
seine Tochter.

Sprachlos starren sich beide einige Momente einfach nur an.

»Nun ja, also …« Margarete, seine Mutter, klatscht in die Hände. »Lass dich erst einmal anschauen.« Aufgrund seiner doch recht seltenen Besuche haben sich Mutter und Sohn eine ganze Weile nicht gesehen. Mit zwei langen Schritten ist er bei ihr und küsst sie liebevoll auf die Wangen. »Hallo, Mutter.«

»Es ist so schön, dich mal wiederzusehen!«

Er bestätigt, löst sich von ihr und wirft einen Blick auf das steif, wie ein Zinnsoldat dastehende Mädchen. »Ha …«, beginnt er, wird jedoch von seinem Vater unterbrochen, »Thomas, darf ich dich mal sprechen?«

»Natürlich.« Mit gesenktem Kopf folgt er seinem Vater hinüber in die Küche. Margarete tätschelt dem Mädchen entschuldigend die Schulter und verlässt ebenfalls den Raum.

»Kannst du uns bitte erklären, weshalb eine deiner Verflossenen wie aus dem Nichts hier bei uns auftaucht und verlangt, dass wir ihr Kind aufnehmen. Unsere angebliche Enkeltochter. Und das nur, weil du wie vom Erdboden verschwunden bist«, blafft er seinen Sohn an. »Was bildest du dir ein, ein Kind in die Welt zu setzen und dich dann nicht darum zu kümmern. Wenigstens mal etwas sagen, hättest du können.«

»Darf ich auch mal zu Wort kommen?«, wirft Thomas wütend ein. Konzentriert versucht er ruhig zu bleiben und verschränkt die Arme vor der Brust. Langsam erklärt er, dass niemand überraschter ist als er höchstselbst, zu erfahren, plötzlich Vater zu sein. »Natürlich erinnere ich mich an Jessica«, beantwortet er die Frage seiner Mutter. »Wir waren zusammen. Drei oder vier Jahre lang.«

»Und da ist dir nicht aufgefallen, dass …«

»Nein«, unterbricht er sie unwirsch. »Ich wusste nicht, dass sie schwanger war, als wir uns trennten. Tatsächlich war es sogar sie, die mir den Laufpass gab. Ich war ihr zu langweilig.« Letzteres speit er ihr förmlich vor die Füße.

»Das ist also deine Ausrede?«, fragt Wilhelm.

»Wieso Ausrede?«, faucht Thomas. »Ich bin kein Hellseher. Und Jessica nicht gerade mitteilsam. Die hatte immer nur ihren Sport, shoppen gehen und ihre Freundinnen im Kopf. Wie bitte schön hätte ich ahnen können, dass sie ein Kind erwartet?«

»In einer Partnerschaft redet man doch miteinander.«

»Nicht jeder führt eine solch intakte Ehe wie ihr zwei«, blafft er.

Das Ehepaar Odenberg wechselt einen Blick.

»In Ordnung, sie wollte es dich also nicht wissen lassen. Wie kommt diese Frau dann dazu, Jahre später ausgerechnet bei uns aufzutauchen und uns ihr Kind unterzuschieben?«

»Hat sie das so gesagt?«

»Ja, hat sie. Du warst ja als Ansprechpartner nicht zu erreichen. Logisch, dass sie als Nächstes zu uns kommt.«

»Ach, logisch ist das? Eine Mutter schiebt ihr Kind ab, nach, wie alt ist das Mädchen, 10? Und ihr findet das logisch. Ja klar, kommt sicherlich alle paar Tage vor.«

»Junge, reiß dich zusammen«, mahnt seine Mutter und legt ihm ihre Hand auf den Unterarm. »Lass uns bitte sachlich diskutieren. Der Kleinen wegen.«

Das sieht er ein. Das Kind kann am wenigsten was dafür.

»Woher hätte ich denn wissen können …«, versucht er sich deutlich ruhiger zu erklären.

»Das hättest du nicht, aber was du vielleicht hättest machen können, ist, eine Nachsendeadresse zu hinterlassen, wenn du vorhast unterzutauchen«, schimpft Wilhelm.

»Ich bin mitnichten untergetaucht«, widerspricht Thomas. »Ich habe gearbeitet.«

»Am Wochenende?«

»Ja, auch da müssen manchmal Papiere … ähm kontrolliert werden«, stammelt sein Sohn.

Mit einem wissenden Blick entgegnet Wilhelm, »Was auch immer. Lass beim nächsten Mal dein verdammtes Handy an! Wofür habt ihr jungen Leute sonst so ein Scheißding?«

»Da hab' ich einmal …«

Ehe der Streit ausarten kann, stellt sich Margarete zwischen sie beide und verkündet, »Wie dem auch sei. Es ist offensichtlich, dass dieses Kind …« Ihre Hand beschreibt eine Geste in Richtung Wand. »… *dein* Kind ist, Thomas. Und somit unsere Enkelin. Jessica wird ihre Gründe gehabt haben, ihre Tochter dir zu verheimlichen. …«

»Wenn du damit andeuten willst, ich hätte zu irgendeiner Zeit jemals meine Hand ihr gegenüber erhoben oder …«

»Um Gottes willen, Junge. Was vermutest du denn, was ich über dich denke?«

»Na, ihr haltet mich doch für das Arschloch in dieser Geschichte. Aber ich kann euch versichern, ich hatte wirklich keine Ahnung. Als Jessica mich verließ, war sie so schlank wie immer, trank Alkohol und sagte nichts von wegen *Ach übrigens, ich bin schwanger.*«

»Ich … wir glauben dir«, versichert Margarete und nickt ihrem Mann zu. Worauf dieser ebenfalls mit dem Kopf eine zustimmende Geste macht. »Wie gesagt, wir kennen Jessicas Gründe nicht …«

»Apropos Gründe, hat sie welche angeführt, weshalb sie nach so langer Zeit auftaucht und ihr Kind an einen praktisch Fremden abschiebt?« Wütend gestikuliert Thomas durch die Luft. »Hat sie denn gar nicht an ihre Tochter gedacht? Das ist doch für ein solch kleines Kind unbegreiflich, plötzlich mit dem Vorhandensein eines Vaters konfrontiert zu werden.«

»Da hast du recht.«

»Wenn Jessi hier wäre, würde ich ihr aber mal so richtig die Meinung geigen. Ich würde … Wo ist sie überhaupt?«

»Zuerst einmal solltest du dich beruhigen«, rät Margarete und legt erneut ihre Hände auf seinen Unterarm. »Dieses Kind ist ebenso verunsichert wie du. Doch du bist älter. Du bist ihr … ihr … nun also, ihr Vater und, ich finde, du solltest dich auch wie einer benehmen.«

»Ich. Vater. Woher soll ich wissen, wie ein solcher sich verhält? Andere haben neun Monate Zeit, sich an den Gedanken zu gewöhnen. Ich dagegen …«, keucht er und lässt sich auf das schäbige Ur-alt Sofa fallen. Verzweifelt fährt er sich mit beiden Händen durch das Haar.

»Das wirst du herausfinden.« Langsam lässt sich seine Mutter neben ihm nieder und legt ihm tröstend eine Hand auf die Schulter. »Zunächst einmal aber sollten wir alle uns beruhigen. Vielleicht solltest du etwas trinken? Wilhelm!«

Margarete wirft ihrem Mann einen bedeutungsvollen Blick zu. Dieser scheint zu begreifen und schenkt seinem Sohn aus der Hausbar eine klare Flüssigkeit in ein Glas.

»Danke«, murmelt Thomas und stürzt das scharfe Getränk in einem Zug herunter.

»Was Jessicas Gründe angeht, zumindest die für ihr jetziges Verhalten, da kann ich nur wiedergeben, was sie uns gestern zwischen Tür und Angel erzählt hat«, beginnt sie.

»Zwischen Tür und Angel?«, wiederholt ihr Sohn. »Echt? Sie hat nicht einmal die Zeit gefunden, hereinzukommen, sich zu erklären und sich ordentlich zu verabschieden?«

»Oh, sie hat sich verabschiedet. Kurz zwar, aber wenigstens das. Uns erklärte sie nur so viel. Sie hat einen neuen Mann gefunden und geht mit ihm nach Amerika. Sie verfolgt den Plan als persönliche Trainerin oder wie das heißt dort drüben Fuß zu fassen. Das Kind ist ihr dabei wohl im Weg, da dachte sie, es sei Zeit, dir von ihrer Existenz zu berichten.«

Über so viel Ignoranz kann Thomas nur den Kopf schütteln. Doch so war diese Frau schon damals. Im Nachhinein kann er nicht einmal sagen, was ihn damals überhaupt an Jessica gereizt und er es vier Jahre lang mit ihr ausgehalten hat. Oberflächlicher, narzisstischer und anderen gegenüber ignoranter kann ein Mensch kaum sein.

Und ausgerechnet mit ihr soll er einen neuen Menschen erschaffen haben?

»Das Kind kann einem nur leidtun«, seufzt Margarete. »Spielball zwischen ihren Eltern, wird sie immer nur herumgeschubst. Wenn sie dich so reden hört …«

»Moment mal, ich schubse niemanden herum. Ich wusste bis eben gar nichts von ihrer Existenz«, echauffiert Thomas sich erregt.

Sie nickt. »Das stimmt.«

Da fällt ihm eine weitere wichtige Frage ein. »Wie heißt sie eigentlich?« Seine Mutter schluckt und Wilhelm prustet spöttisch die angehaltene Luft aus. »Wilhelm, ich bitte dich. Für ihren Namen kann die Kleine gar nichts.«

»Hätte mein Sohn ein Wörtchen mitzusprechen gehabt, wäre sicherlich nicht so etwas dabei herausgekommen.«

Thomas ahnt Schlimmes. Was hatte sich Jessica bloß ausgedacht? Schon damals hatte sie eine abnormale Affinität zu allem amerikanischem.

»Shirley heiße ich«, tönt mit einem Mal eine helle Stimme hinter ihnen. »Genauer, Shirley Rose.« So wie das Mädchen es ausspricht, klingt es, als sei sie am allerwenigsten zufrieden mit ihrem Namen.

Erschrocken drehen sich alle drei zu ihr um.

Das brünette Mädchen steht, mit der Schulter lässig an den Türrahmen gelehnt und mit vor der Brust verschränkten Armen da und mustert Thomas. »Aber, das Rose, kannst du dir schenken. Und du bist also mein Vater.« Es war keine Frage. Dieses Kind weiß, um ihre Herkunft und scheint besser durchzublicken als alle anwesenden Erwachsenen. »Und wie soll ich dich nennen? Erzeuger, Vater, Papa oder Thomas?«

Ganz offensichtlich war dies sein Kind. Wenn man bedenkt, dass bei der Zeugung fünfzig zu fünfzig die Gene aus beiden Eltern zusammengemischt werden, hatte seine Tochter offensichtlich einiges von ihm abbekommen. Das dunkle Haar, die Augen. Schlank war sie ebenfalls. Auf den ersten Blick kann er keine Ähnlichkeiten mit Jessica ausmachen. Bleibt zu hoffen, dass auch ihr Charakter sich von dem Jessicas unterscheidet.

Er erhebt sich und macht einen Schritt auf sie zu. »Ähm … ja, ich bin … bin Thomas, dein … dein … ähm Vater. Augenscheinlich. Du … du kannst mich nennen, wie du magst.«

»Du siehst aus wie ich«, bestätigt sie das Offensichtliche.

»Das ist wahr.«

»Ich glaube, ich werde Papa sagen, wenn ich darf?«

»Natürlich.«

Margarete nickt schweigend und knetet die Hände.

»Und … ähm, du … du bist also Shirley. Ein … ein schöner Name.«

Wilhelm lässt erneut ein abfälliges Schnauben hören.

»Hm«, macht das Mädchen. »Meine Mutter mag amerikanische Namen. Überhaupt mag sie alles, was von da kommt.«

Thomas grinst schief. »Diese Macke hatte sie schon damals.« Erschrocken, abfällig in ihrem Beisein über ihre Mutter gesprochen zu haben, reißt er die Augen auf. »Bitte entschuldige, vergiss, was ich gesagt habe.«

Shirley zuckt die Schultern. »Schon okay. Sie hat eine Macke.«

Konstatiert, zieht er die Brauen hoch.

»Mutter ist … na ja, sie war eh nie für mich da. Ich bin praktisch von Oma großgezogen worden.«

Thomas erinnert sich als Jessicas Mutter. Alexandra war damals schon eine ältere Dame, grundanständig und freundlich. Jessica war ihr einziges Kind und sie bekam sie erst mit 41. »Was ist mit deiner Oma? Warum hat deine Mutter dich nicht zu ihr gebracht?«

»Oma ist gestorben. Vorletztes Jahr schon.«

Getroffen schluckt er schwer. Alexandra tot? »Ich … ich verstehe. Das tut mir sehr leid!«

»Hm. Danke.«

»Du musst entschuldigen, wenn ich mich etwas seltsam verhalte. Das ist alles neu für mich.«

»Und für mich nicht, meinst du?«

»Wilhelm, komm, wir lassen die beiden mal in Ruhe.« Margarete winkt ihren Mann zu sich. Beide verlassen den Raum und somit Thomas und seine Tochter allein.

Shirley geht weiter in den Raum hinein, schlendert an der Wand entlang und betrachtet interessiert die ausgegangenen Fotos. Ausgerechnet in der Küche hat Margarete die Familienfotowand errichtet. Andere Leute wählen dafür die Wohnstube oder den Flur. Doch in einer Landwirtschaft findet das Leben hauptsächlich in der geräumigen Küche statt. Das war vor hundert Jahren so und ist es bis heute. Margarete ist stolz auf ihre Familie. Auf ihre Enkel, Nichten und Neffen.

»Hast du eine Frau? Kinder?«, will sie ohne ihn anzusehen wissen und mustert die Kinderbilder vor sich.

»Nein.« Er schüttelt den Kopf. »Habe ich nicht.« Seine Gedanken fliegen zu Sarah. »Das da sind alles meine Neffen und die Kinder meiner Tante.«

Shirley mustert ihn. »Aber eine Freundin hast du?«

Er nickt. »Ich denke schon.«

»Du denkst?« Sie runzelt die Stirn. »Wie kann man sich da nicht sicher sein? Entweder mag man sich und ist zusammen, oder man geht getrennte Wege. So wie Mutter und du damals.«

»Das pragmatische Denken hat sie jedenfalls von mir«, denkt er amüsiert.

»Was denn?«, hakt Shirley nach, der sein Lächeln nicht entgangen war.

»Ich bin nur überrascht, wie erwachsen du schon bist. Apropos, wie alt bist du, Shirley?«

»12.«

»Hm.«

»Mutter hatte gerade erfahren, dass sie mit mir schwanger war, als sie dich abgeschossen hat. Du bist der größte Langweiler der Welt, sagte sie immer, wenn ich nachgefragt habe. Und dass wir ganz gut ohne dich klarkommen.«

Getroffen zuckt er zurück. »Ähm … was?«

»Guck nicht so«, lacht das Kind. »Ich hab' mir vorgenommen mir selbst ein Urteil zu bilden. Und was das klarkommen betrifft … Jetzt müssen wir es ja wohl oder übel.«

»Das ist auch wieder sehr vernünftig«, grinst er. Ein gewisser Stolz erfüllt ihn. Seine Tochter scheint ein echt dufter Kerl zu sein.

»Ähm … willst du was trinken?« Eilig springt er auf und geht zum Kühlschrank. »Ich hab' keine Ahnung, was wir dahaben, aber mal sehen.« Er reißt ihn auf. »Milch, Wasser und … scheinbar nichts weiter. Oder warte, Mutter hat immer Saft da, für Ole und Tommy.« Hektisch kramt er im Schrank unter der Spüle.

»Papa, Wasser ist okay«, beruhigt Shirley ihn grinsend.

»Wirklich?«

Sie nickt.

Selig, weil ein anderer Mensch ihn gerade zum ersten Mal Papa genannt hat, schenkt er ihr ein Glas kühles Tafelwasser ein. »Hier bitte! Setz dich zu mir und wir unterhalten uns«, schlägt er vor und deutet mit dem Kinn auf das Sofa, das hier schon seit ewigen Zeiten an der Wand der Sitzecke steht. Genau wie er lässt sie sich im Schneidersitz darauf nieder und sieht ihn geradewegs an.

Trotz der späten Stunde unterhalten sie sich eine lange Zeit über Gott und die Welt.

Spät in der Nacht, Shirley war dann doch irgendwann auf der Couch eingeschlafen, sodass er sie zum ersten Mal auf Händen tragen konnte, sitzt Thomas auf dem Bett in seinem alten Kinderzimmer und starrt die gegenüberliegende Wand an.

In dieser Nacht würde er wohl keine Minute Schlaf finden. Zu viele Gedanken gehen ihm durch den Kopf. Aus heiterem Himmel Vater zu werden ist nichts, was man so locker akzeptieren kann. Bisher war er dem Gedanken eine Familie zu gründen erfolgreich aus dem Weg gegangen. Kinder zu bekommen, überließ er lieber seinem Bruder und Frau. Sina und Sebastian waren mittlerweile stolze Eltern zweier Jungen. Doch dann trat Sarah in sein Leben und alles änderte sich. Gerade als er sich eingestand, dass sie die Frau ist, mit der er sich vorstellen kann eine eigene Familie zu gründen, erscheint wie aus heiterem Himmel seine Tochter. Mit ihrer Cleverness und coolen Art kann er sich keine bessere Tochter als Shirley vorstellen. Doch würde Sarah ebenso begeistert sein, von der Tatsache, dass er eine zwölfjährige Tochter mit in die Beziehung bringt? Sarah hat vollkommene Ehrlichkeit verdient. Doch ist ihre aufkeimende Beziehung auch bereit dafür? Und wie würde andersherum Shirley reagieren, wenn sie statt mit ihm allein in Berlin, dann doch 'ne Nummer kleiner gemeinsam mit Sarah, einer älteren Dame und etlichen Tiere auf einem Bauernhof leben muss?

Erstaunlich locker nimmt das Kind die neue Situation an. Genügsam ist sie mit allem einverstanden, was er vorschlägt. Sogar mit dem Umzug nach Berlin in seine Wohnung. Bisher hatte sie in Potsdam gelebt, wo ihre Mutter Hals über Kopf ihre Wohnung gekündigt und, sicherlich von langer Hand geplant, mit ihrem neuen Partner nach Amerika übergesiedelt war. Selbstverständlich ohne den Ballast in Form ihrer Tochter.

Mitfühlend versprach Thomas ihr, dass er versuchen wird, dass sich so wenig wie möglich sonst für sie ändern würde.

»Das ist schon okay«, antwortete sie. »Ich komm schon klar. Seit Oma tot ist, war ich die meiste Zeit eh auf mich allein gestellt.«

Betreten hatte er sie daraufhin angestarrt.

»Wenn du viel arbeiten musst, Papa, komme ich damit auch zurecht«, beruhigte Shirley ihn. »Ich hoffe nur, dass ich in meiner neuen Schule schnell Freunde finde!«

»Du bleibst natürlich in deiner aktuellen Schule.«

Daraufhin hat Shirley ihn derart abschätzend skeptisch angeschaut, dass er sich die Wahrheit gleich selbst eingestehen konnte. Jeden Tag den weiten Weg von Berlin nach Potsdam, Angermünde und wieder retour. Das würden sie beide nicht lange durchhalten. »Außerdem wechsel ich eh zum nächsten Schuljahr in die Oberschule.«

»Wirklich?«, staunt er. »Du kommst schon in die Oberschule.«

Daraufhin hatte sie gelacht und ihm das heutige Schulsystem mit eigenen Worten versucht zu erklären.

Vollkommen überfordert mit der Situation im Allgemeinen und dem Umgang mit einem Teenager Mädchen im speziellen weiß er nicht so recht, an wen er sich Rat suchend wenden könnte. Seine Eltern würden keine große Hilfe sein. Sina und Basti vielleicht? Aber deren Kinder waren viel jünger.

Wieder ploppt Sarahs Konterfei vor seinem inneren Auge auf. Er kann doch nicht zuallererst zu ihr rennen? So gut kannten sie sich wirklich nicht. Und auf keinen Fall konnte er sich mit Kind bei ihr einquartieren. Das macht doch keine Frau mit. Zumindest keine, die er sonst so kennt. Doch Sarah ist nicht wie andere Frauen. Wirklich nicht.

Eine leise Stimme in seinem Hinterkopf sagt ihm, dass die Wahrheit selten schlicht und niemals einfach ist. Er würde allen Mut zusammennehmen müssen und ihr die Wahrheit sagen.

Während Thomas ans Fenster tritt und in die tintenschwarze Dunkelheit hinaus sieht, grübelt er über das Schicksal nach. Was hatte er verbrochen, dass eben jenes Schicksal ihm ausgerechnet in dem

Moment, in dem er sich verliebt, und ernsthaft überlegt sein Leben zu ändern, ein Kind zuschanzt? Was wollte es ihm damit sagen? Dass er bereits siebenunddreißig Jahre alt ist und seine Innere Uhr allmählich zu ticken begonnen hat? Das wusste er auch so. Männer seines Alters waren schon längst Väter, oder zumindest Ehemänner. Bisher war dieses Lebensmodell jedoch keines, mit dem er sich identifizieren konnte. Bisher. Seufzend wendet er sich ab.

Wie würde Sarah reagieren, wenn er ihr eröffnet, überraschend Vater geworden zu sein? Würde sie ihm überhaupt diese unglaubliche Story abkaufen? Sarah Mitchell war kaum in der Lage einen Mann in ihrer Nähe zu akzeptieren, wie sollte er ihr noch ein Kind schmackhaft machen?

Doch aufgeben und Sarah gehen zu lassen, kam nicht infrage. Er hatte sie gerade erst gefunden, lieben gelernt und ihr Herz gewonnen …

Zu dem Entschluss kommend, dass man Ergebnisse nur erzielen kann, wenn man handelt, greift er nach seinem Handy und wählt ihre Nummer. Trotz der späten Stunde faucht sie ziemlich munter durch das Gerät an seinem Ohr, »Dass du es wagst hier anzurufen«, kaum dass sie das Gespräch entgegengenommen hat.

16

Leben reloaded

»Sarah?«, fragt er verwundert. Warum ist sie so sauer? »Ist irgendetwas?«

Glockenhell klingt ihr Lachen durch das Gerät. »Ob irgendetwas ist, fragt er auch noch.«

»Ja.«

»Hör mal, Thomas, du kannst nicht einfach abhauen und dann mitten in der Nacht, nur weil dir langweilig ist, anrufen. Da darf ich dann doch wohl mal fragen, ob du nicht alle Tassen im Schrank hast?«

»Sarah, darf ich …«

»Nein!«

»Sarah …« Langsam wird er ungeduldig. Kann diese Frau nicht einfach mal die Klappe halten?

»Vielen Dank, ich weiß noch wie ich heiße, Thomas Odenberg«, ätzt sie.

»Was auch immer du sagen willst, spar dir die Atemluft. Ich bin müde und lege jetzt auf.«

»Sa…« Doch sie hat schon aufgelegt.

Ein weiteres Mal probiert er es, mit dem Ergebnis, dass gleich die Mailbox anspringt.

Wütend schlägt er mit der flachen Hand auf den Tisch und wirft sein Handy achtlos daneben.

So viel zum Thema, Ehrlichkeit ist das A und O.

Tief in Gedanken versunken, läuft er im Zimmer auf und ab. Was sollte er jetzt machen? Unmöglich konnte er mit Kind zurück nach Berlin fahren. Arbeit, Haushalt, Kind. Shirley hat noch zwei Wochen Ferien. Womit sollte sie sich die Zeit vertreiben? Muss er, als Vater, sie rund um die Uhr bespaßen? Eine neue Schule für sie muss auch noch gefunden werden. Wie stellt man so etwas an? Und dazu das Amt. Wie sollte er seinem Vorgesetzten verklickern, dass er weiteren Urlaub braucht? Wie sollte er das alles schaffen?

In dieser Nacht gelang es ihm nicht, Schlaf zu finden.

Als das erste Morgenlicht dämmerte, ging Thomas ins Badezimmer, um
bei einer warmen Dusche seine verspannten Muskeln zu lockern.
Später, in Boxershorts und einem Handtuch über den nackten Schultern,
schlendert er über den Flur zu seinem Zimmer. Direkt vor der
geschlossenen Tür steht, an die Wand gelehnt, Sebastian.
»Hast du nichts zu tun?«, fragt sein älterer Bruder und schiebt sich an
ihm vorbei in sein altes Zimmer. Sebastians war eigentlich direkt
daneben, doch seit der erwachsen und verheiratet ist, bewohnt er mit
seiner Familie den ausgebauten Dachboden.
»Schon. Aber die Geheimnisse meines Bruders zu ergründen, ist
wichtiger«, entgegnet dieser mit einem süffisanten Grinsen.
»Welche Geheimnisse denn?«, tut Thomas unschuldig.
Sebastian folgt ihm ins Zimmer und schließt die Tür. »Zum Beispiel das
Rätsel um meines Bruders Freundin. Ich begreife nicht, warum du ein
solches Geheimnis darum machst?«
»Welche Freundin denn?«
»Na die, bei der du in den letzten Tagen zu Hause warst.«
»Ich war gar nicht … Moment mal, woher weißt du davon?«
»Also ist es wahr?«
»Nein«, widerspricht Thomas vehement. Als er den skeptischen Blick
seines jüngeren Bruders sieht, lenkt er ein, »Also gut. Ja. Da gibts
jemanden. Aber das ist so frisch, frischer geht's gar nicht.« Und
mittlerweile weiß ich nicht mehr, ob da überhaupt etwas ist.
»Frisch wie frisch gepresster Orangensaft?«
»Eher wie Rohmilch«, lacht Thomas und lässt sich auf der Bettkante
nieder. »Woher weißt du also davon?«
»Als Jessica dich nicht erreicht hat, hat sie es bei Daniel probiert. Ihr
wart ja mal alle befreundet"
»Stimmt.«
»Als der dich ebenfalls nicht erreichen konnte, fiel ihm ein, dass du in
der tiefsten Provinz ja noch Familie hast. Wie er auf die Idee kommt,
dass ausgerechnet wir wüssten, was in deinem Leben vorgeht, kapiere
ich nicht.«
»Ha ha«, brummt Thomas und zieht sich ein T-Shirt über den Kopf.

»Jedenfalls mussten wir ihn enttäuschen. Doch dann drehte sich der Spieß um, und Daniel hatte eine Neuigkeit für mich.«

Thomas brummt etwas Unverständliches.

Sebastian setzt sich neben ihn. »Also, ich will alles wissen! Und lass ja kein pikantes Detail aus.«

»Ich versteh' wirklich nicht, warum Daniel überall herumposaunt … Na ja.«

»Ja, ja, ja. Los jetzt! Spann mich nicht länger auf die Folter.«

Thomas stöhnt genervt auf und vergräbt beide Hände in seinem Haar.

»Sie war eine Klientin. Eigentlich sollte ich nur ihre Steuerunterlagen prüfen«, beginnt er.

»Und da hast du deine Prüfung gleich mal vertieft?«

»Von wegen«, schnaubt Thomas. »Diese Frau hat mich anfangs in den Wahnsinn getrieben. Eine große Klappe, die sie kaum halten kann. Dazu diese Blicke, als würde sie mich vierteilen wollen. Und dummerweise ist mir in ihrer Gegenwart andauernd ein Missgeschick nach dem nächsten passiert.«

»Sie hat dich also genau so kennengelernt, wie du wirklich bist«, blödelt der Jüngere.

»Ha ha. Für das meiste konnte ich nichts. Sie ist wie ein Wirbelsturm und reißt alles mit sich.«

»Klingt gefährlich.«

»Klingt aufregend. Sarah hat was. Sie ist klug, hübsch und spontan.«

Beim Gedanken an ihre Aktion am Badesee muss er schmunzeln.

»Und obwohl ich anfangs dachte, ich will hier so schnell wie möglich weg, überlege ich mittlerweile ernsthaft, ob ich es darauf ankommen lasse.«

»Worauf?«

»Du weißt schon.«

»Nein, weiß ich nicht«, grinst der Jüngere frech.

»Basti. Komm schon. Du bist nicht so blöd, wie du aussiehst.«

»Oh wow. Danke für das Kompliment«, lacht er.

Thomas verdreht die Augen. »Auf eine Beziehung, Mensch. Darauf könnte es abzielen.«

Sebastian klatscht in die Hände. »Mein großer Bruder wird erwachsen.«

»Was?«, keucht er. »Ich bin sieben Jahre älter als du.«

»Ich verheiratet und Vater.«

»Das …« Er deutet mit dem Zeigefinger auf sich. »… habe ich jetzt auch abgehakt. Also das Vater werden.«

Sebastian grinst. »Und hast du schon einen Plan, wie es jetzt weitergehen soll?«

Sein Bruder schüttelt den Kopf. »Nicht so richtig. Letzte Nacht wollte ich mit Sarah sprechen, doch irgendwie muss ich sie auf dem falschen Fuß erwischt haben.«

»Du hast ihr nicht wirklich mitten in der Nacht am Telefon sagen wollen, dass du überraschend Vater geworden bist?«

»Doch, genau das hatte ich vor.«

»Du bist so bescheuert.«

»Vielen Dank auch.«

»Du kannst doch nicht wirklich am Telefon eine solch brisante Tatsache verklickern. Erst recht nicht, wenn diese Frau dir etwas bedeutet. Fahre lieber hin und rede mit ihr!«

»Danke sehr«, knurrt Thomas. »Aber das werde ich nicht tun. Weißt du, als ich Sarah kennenlernte, war sie kratzbürstig und abweisend. Mehr als deutlich hat sie klargestellt, dass sie an einer Beziehung absolut nicht interessiert ist. Eine Frau wie sie kommt am besten allein zurecht.«

»Das glaube ich nicht«, widerspricht Sebastian. »Niemand kommt prima allein klar.«

»Sie schon. Du glaubst gar nicht, was sie sich da alles aufgebürdet hat. All diese Tiere, das riesige Anwesen. Dazu die Geldprobleme.«

»Ja, ja, das Leben ist schon anstrengend. Zumindest, wenn man einer anständigen Tätigkeit nachgeht.«

»Ich habe neun Semester Jura studiert. Ich würde schon sagen, ich tue etwas Anständiges.«

»Du bist Finanzbeamter, Thommy. Du ziehst anständigen Leuten ihr hart verdientes Geld aus der Tasche. Schlimmer sind nur noch die Typen vom Denkmalamt.«

»Wie du es nur immer schaffst, auf solch freundliche Worte zu kommen?«

»*Mann* tut, was man kann«, lacht seine kleiner Bruder und deutet mit beiden aufgestellten Daumen auf seine Brust. »Aber jetzt, wo du schon so viel Belangloses von dieser Frau berichtet hast, will ich auch privateres über sie erfahren!«

»Das da wäre?«

»Wie viel bedeutet sie dir? Konntest du ein paar Pluspunkte sammeln? Und wenn ja, wie nahe seid ihr euch gekommen?«

»Du kennst sie nicht.«

»Ja, leider.«

»Sarah ist selbstsicher, neurotisch, chaotisch und absolut … nun ja … Ich stand von Anfang an auf ihrer Abschussliste. Und dummerweise passierten mir in ihrer Gegenwart andauernd dämliche Dinge. Missgeschicke.«

»Das kann ich mir bei dir gut vorstellen.«

»Ha ha. Dazu ihr andauerndes Gerede von wegen wie toll das Landleben ist und wie blöd das in der Stadt.«

»Die Frau gefällt mir immer besser und besser.«

»Irgendwann haben wir dann eine Vereinbarung getroffen.«

»Vereinbarung? Was für eine Vereinbarung denn?«

»Ich mache ein Praktikum, arbeite dort auf dem Hof mit und ganz nebenbei unterzieht sie mich einer Gehirnwäsche.«

Sebastian grinst. »Und, hat's geklappt? Bist du bekehrt?«

»Ich war gerade dabei, schätze ich, als dein Anruf kam und …«

»Verstehe. Blödes Timing. Aber was will man machen? Und jetzt?«

»Wie gesagt, ich wollte es ihr sagen, aber …«

»Und ich sag' dir noch mal etwas, fahr dahin und rede mit dieser Sarah!«

»Sie will mich nicht sehen, schätze ich.«

»Nur, weil du sie aus ihren Träumen gerissen hast«, mutmaßt Sebastian.

»Sie wird es sicher verstehen.«

Thomas macht ein skeptisches Gesicht. »Verstehen? Diese unglaubliche Geschichte? Wohl kaum. Ich würde mir selbst nicht glauben.«

»Typisch, mein großer Bruder. Der ewige Pessimist"

»Ich bevorzuge Realist.«

Sebastian winkt ab. »Ihr seit euch also schon näher gekommen?«

Thomas windet sich, gibt schließlich aber doch auf und gesteht zerknirscht, dass Sarah und er sich sehr wohl schon nähergekommen waren.

»Ich will alles wissen!«

»Meine Güte. Du hast sicher genug Fantasie. Mal es dir aus.«

»Nö«, grinst sein Gegenüber frech.

Seufzend rauft er sich die Haare. »Wir haben und geküsst.«

»Und weiter?«

»Nichts weiter. Was denkst du denn?«

»Dass ihr übereinander hergefallen seit wie zwei Raubtiere. Schließlich seit ihr Singles. Ich weiß ja nicht, wie lange sie keinen Mann hatte, aber bei dir ist es doch schon eine Weile her.«

»Du weißt schon, dass es so etwas wie One-Night-Stands gibt, oder?«

»Trotzdem stelle ich es mir so vor, dass sich eurer angestauter sexueller Frust mit einem Mal entladen hat.«

»Sexueller Frust?«, echot Thomas verständnislos. »Was redest du denn da?«

»Komm schon.« Sebastians Faust trifft auf seinen Oberarm. »Raus mit der Sprache! Wie gesagt, kein pikanten Detail auslassen.«

»Lebst hier wohl kein besonders spannendes Leben, oder?«, stöhnt Thomas und vergräbt vor Scham sein Gesicht in den Händen. »Ich kann dir doch nicht erzählen, dass wir es nicht mehr bis nach Hause geschafft haben und stattdessen mitten im Wald getrieben haben.«

»Danke, das genügt«, lacht Basti.

»Ich hoffe, dein Gosip Akku ist nun wieder aufgefüllt.«

»Sicher«, lacht er. »Und jetzt seid ihr zusammen? Oder war das auch nur ein One-Night-Stand?«

»Ich weiß es nicht. Beides.«

»Beides?«

»Na ja, wir hatten Sex und wohl beide die Hoffnung, dass es mehr wird. Doch dann kam …«

»Mein Anruf. Ich weiß.«

Thomas nickt. »Genau. Wir waren auf diesem Ausflug, dann finde ich eure Nachricht vor und bin abgereist. Dummerweise ohne Sarah davon zu erzählen. Allein einen Zettel habe ich geschrieben. Den sie jedoch nicht gelesen zu haben scheint. Denn sonst hätte sie mich sicherlich nicht so abgekanzelt.«

»O-k-a-y.«

»Wie es aussieht, werde ich dann wohl nach Berlin statt nach Greiffenberg fahren. Ist vielleicht auch besser so. Shirley und ich sollten uns erst einmal allein aneinander gewöhnen.«

»Hm«, meint Sebastian und sieht dabei aus, als wäre er ganz anderer Meinung.

»Was?«

»Ich meine nur, vielleicht wäre es besser, wenn ihr euch zu dritt an die neue Situation gewöhnt?«

»Von Zusammenziehen war nie die Rede.«

»Was wäre denn gewesen, wenn Shirley nicht dazwischen gekommen wäre?«, will Basti wissen und sieht ihn aufmerksam an.

»Ich wäre … ich hätte die Wochenenden bei ihr verbracht. Denke ich. Meine Wohnung in Berlin aufzugeben, wäre Irrsinn. Die ist Goldstaub wert.«

»Das musst du ja auch nicht. Was ich nicht verstehe ist, warum du dich nicht auf eine Beziehung einlassen willst? Eine richtige Beziehung. Mit allem Drum und Dran. Das täte dir gut.«

»Meinst du?«

»Ja, auf jeden Fall. Thommy, du bist 37 Jahre alt. Findest du nicht, es ist mal an der Zeit sesshaft zu werden? Vater bist du jetzt schon. Okay, gewöhne dich an den Gedanken. Aber schieße diese Frau nicht in den Wind. Ich sehe doch wie du schaust, wenn du von ihr sprichst.«

»Wie soll ich schon gucken?«

»Vollkommen fasziniert und gedankenverloren.«

Thomas lacht abfällig. »Bullshit. Sarah ist toll, sexy und so, aber etwas Ernstes … Ich denke nicht, dass das was wird. Erst recht jetzt nicht mehr. Sie kann sich ja kaum mich in ihrer Nähe ertragen. Wie soll ich ihr verklickern, dass es mich ab jetzt nur noch im Doppelpack gibt?«

»Sie wird's verstehen.«

»Sicher nicht. Außerdem ist es nicht fair von ihr zu verlangen, auch noch ein Kind zu akzeptieren. Shirley und ich, das wird meine neue Beziehung.«

»Okay, also geht's nach Berlin. Du weißt schon, dass du dich um eine Schule für Shirley kümmern musst?«

»Ähm, ja … ja klar.«

»Wenn ich mich recht erinnere, ist deine kleine Wohnung in der Stadt nicht gerade auf Kinder eingerichtet.«

»Kinder. Shirley ist doch schon fast erwachsen.«

Skeptisch hebt sich Bastias Augenbraue.

»Das wird schon gehen.« winkt Thomas ab.

»Und ihre Freunde?«

»Potsdam ist nicht weit weg. Die können sich trotzdem weiterhin sehen.«

»Und was hast du dir für ihre Freizeitgestaltung überlegt?«

»Da bietet Berlin ja wohl genug. Sie kann Klavier spielen lernen, oder zum Ballett gehen oder …«

»Du hast dir das ja alles ganz toll überlegt …« Unterbricht sein Bruder ihn. »… aber was machst du, wenn es deiner Tochter in der Großstadt nicht gefällt?«

»Sie lebte bisher in Potsdam. Ich denke, sie ahnt, wie sich das Leben in Berlin anfühlt. "

Sein Bruder zuckt die Schultern. »Ich habe sie gestern mal mit in den Stall genommen. Sie war begeistert«, fügt er an.

Seufzend lenkt Thomas ein. »Na schön. Einen Reiterhof werde ich wohl auch in Berlin oder der näheren Umgebung auftreiben können. Vielleicht kaufe ich ihr auch ein Pferd.«

»Gute Idee! Und das stellst du dann auf deine Dachterrasse?« Über seine glänzende Idee von einem Ohr zum anderen strahlend, sieht er ihn an.

»Du bist blöd«, brummt Thomas beleidigt, dass sein Bruder ihm so überhaupt keinen Funken erwachsenes Vater Verhalten zutraut.

»Na, du wirst ja sehen, was passiert. Ich prognostiziere dir aber, es wird ihr nicht gefallen. Wenn du dabei gewesen wärst, sie gesehen hättest …«

»Wie du schon sagst, wir werden sehen«, unterbricht ihn Thomas und zieht sich eine legere Stoffhose über.

»Leben reloaded.«

»Was?«

»Na, du startest dein Leben neu.«

»Ja, als alleinerziehender Vater in Berlin.«

»Jep. Das wird cool! Ich freue mich schon auf deine verzweifelten Anrufe. Basti kannst du mir bitte sagen, wie man auf einem Elternabend erscheint? Basti, welche Impfungen braucht ein Kind? Wie geht gesunde Ernährung?«

»Stell dir vor, dass ich bisher auch ganz gut klargekommen bin.«

»Ja, schon, aber da warst du noch nicht Vater«, lacht sein kleiner Bruder. Thomas zuckt die Achseln. »Aber gut zu wissen, dass ich dich jederzeit anrufen kann.«

»Gerne doch«, brummt dieser.

Nach dem Frühstück verstauen die beiden ihr Gepäck im Kofferraum des Audi und verabschieden sich von Thomas Familie.

»Ich hoffe, jetzt, wo ich auch von dir ein Enkelkind habe, dauert es nicht wieder bis Weihnachten bis ich dich wiederseh'«, stichelt seine Mutter Margarete beim Abschied und nimmt ihren Sohn in die Arme.

»Sicher nicht«, verspricht ihr Ältester.

»Ich habe gar keinen Kindersitz. Ole und Tommy brauchen so was. Ich habe so etwas nicht und auch nicht dran gedacht. Ob die beiden einen übrig haben?« Er will schon losstürzen, als Shirley ihn am Handgelenk zurückhält. »Warte!«

Abwartend bleibt er stehen und sieht sie an.

»Die beiden brauchen so was, weil sie hundert Jahre jünger als ich sind.«

»Hundert Jahre?«, echot er verständnislos. »Brauchen Kinder nicht immer einen?«

»Du hast doch auch Eltern? Brauchst du noch einen?«, kontert sie trocken.

»Warum ich?«

»Weil du auch ein Kind bist. So gesehen zumindest«, lacht sie.

»Du hast recht. Du bist also alt genug?«

»Wohl eher, groß genug.«

»Okay.« Kritisch mustert er seine Tochter von Kopf bis Fuß. »Dann los.«

Shirley, die zum ersten Mal in einem Sportwagen zu sitzen scheint, ist anfangs vollkommen begeistert.

Überraschend schnell haben sich beide auf einen Radiosender geeinigt. Seine Tochter schien auch denselben Musikgeschmack wie er zu haben. Das versprach spannend zu werden.

»Lass uns ein Spiel spielen«, schlägt sie schließlich vor, um das Schweigen im Auto zu unterbrechen.

»In Ordnung. Welches?«, fragt Thomas mit einem Seitenblick.

»Ein Reaktionsspiel. Ich sage ein Wort und du sagst daraufhin das Erste, was dir dazu einfällt. Und andersherum. So können wir einander kennenlernen.«

»Gute Idee! Los geht's!«

»Fangen wir mit was Leichtem an. Lieblingsfarbe?«

»Grün.«

»Schwimmen oder wandern?«

»Schwimmen.«

»Joggen oder Rad fahren?«

»Joggen.«

»Boxen oder Kickboxen?«

»Ganz klar, Kickboxen. Das mache ich schon seit meiner Jugend.«

»Wirklich? Ist ja cool.« Sie strahlt ihn bewundernd an. »Aber man sieht es dir auch an. Irgendwie. Was mich zu meiner nächsten Frage führt. Jeans oder Anzug?«

»Schau mich an! Anzug.«

»Okay. Aber nicht in deiner Freizeit, oder? Sonst könnte es für mich ziemlich peinlich werden.«

»Hey«, lacht er. »Frauen finden gut angezogene Männer anziehend.«

»Ja, alte Frauen«, kichert sie.

»Dann gehöre ich auch zu den *alten*?«

»Hm. Ich bin mir nicht so sicher. Noch nicht. Aber durch dieses Spiel kann ich mir ja ein Bild machen. Also weiter! Kochen oder essen gehen?«

»Beides. Ich koche gern, lasse mich aber auch gern mal verwöhnen.«

»Dass du lieber Sportwagen fährst, sehe ich ja.«

»Stimmt. Obwohl ich schmerzhaft feststellen musste, dass ein solches Auto auf manchen Straßen ein echter Nachteil sein kann.«

»Erzähl.«

Und er tut es.

»Verstehe. Schöner Mist!«

»Wem sagst du das. Nächste Frage!«

»Banane oder Apfel?«

»Apfel.«

»Nutella oder Marmelade? Wurst oder Käse?«

»Marmelade und Wurst.«

»Ich auch.«

»Gut. Ich versuch's mir zu merken.«

»Veggie oder Fleisch?«

»Ganz klar, Fleischfresser.« Er deutet mit dem aufgestellten Daumen auf seine Brust.

»Ich auch, obwohl ich Tiere echt gern mag. Apropos, Hund oder Katze?«

»Weder noch.«

»Echt? Du hast also kein Haustier? Oder hast du Fische, eine Schlange oder …?«

»Nee. Keine Haustiere. Ich bin selten zu Hausse.«

»Verstehe.« Sie wirkt enttäuscht. Lässt den Kopf hängen.

»Keine Angst, du wirst nicht viel allein sein. Wenn die Schule wieder angefangen hat, suchen wir die ein schönes Hobby. Vielleicht so etwas wie Ballett?«

»Ballett?«, echot sie und wirkt dabei entsetzt.

»Na gut, dann kein Ballett? Lieber reiten?«

»Ja«, kreischt sie beinahe.

Überrascht dreht er den Kopf. »Echt? Du bist ein Pferdemädchen?«

»Ich weiß nicht«, gibt sie kleinlaut zu. »Mutter hat mich nie beim Reiten angemeldet. War ihr wohl zu teuer. Hätte sie gewusst, dass du in Geld schwimmst, hätte sie dich sicherlich schon früher angerufen.«

»Hey, weder schwimme ich in Geld noch war sie ahnungslos, was meine finanzielle Situation angeht. Schließlich habe ich auch damals schon, als Jessica und ich zusammen waren, als Finanzbeamter gearbeitet.«

»Echt? Dann bist du wohl doch ein Langweiler?«

Thomas klappt die Kinnlade herunter.

»Sorry, Thomas. Ich bleibe dabei, ich will mir ein eigenes Bild machen.«

»Okay«, brummt er dezent beleidigt. »Ich verspreche dir, dich nie vor deinen Freunden zu blamieren.«

»Ach, kein Ding. Die seh' ich doch nicht wieder.«

»Ich habe dir doch gesagt, du kannst sie jederzeit besuchen oder sie dich.«

Shirley zuckt die Schultern. »Ich habe eh kaum Freunde.«

»Nicht? Warum?«

»Keine Ahnung. Ich war denen wohl zu … seltsam.«

Thomas spürt, auf dem richten Weg zu sein, um seine neue Tochter näher kennenzulernen. »Warum?«

»Ich lese viel. Bin ruhig und höre andere Musik als die anderen.«

Er weiß genau, wie sie sich fühlt. »Mir ging es genauso. Damals, als ich selbst noch zur Schule ging«, gesteht er ihr. »Das geht vorbei. Spätestens wenn sie sehen, dass du den cooleren Job hast oder erfolgreicher bist, sind sie auf dich neidisch. Dann dreht sich alles um, und sie kriechen dir in den Hintern.«

»Na dann muss ich ja nur noch ein paar Jahre durchhalten«, murmelt sie traurig.

»Hey, komm schon, Shirley, wir packen das zusammen!« Aufmunternd drückt er ihre kleine Hand. »Du wagst in der neuen Schule einfach einen Neustart.«

»Wenn die genauso riesig ist, wie meine alte, nicht. Da geht man doch voll unter.«

Thomas vermerkt sich in Gedanken, in Berlin, nach einer kleinen, vielleicht einer privaten, Schule zu suchen.

»Wollen wir dein Spiel weiter spielen?«, schlägt er freundlich vor.

»Hm. Land oder Stadt?«

Und da hatte sie ihn. »Ähm …«

»Du musst schnell antworten.«

»Ja, ja, ich … ähm … ich lebe gern in der Stadt, aber … auch auf dem Land. Schätze ich.«

»Du bist also unschlüssig?«

»Ja, genau. Es hat alles so seine Vor- und Nachteile.«

»Hm. Ich bin gern draußen. Wiese oder Parkplatz?«

»Was?«

»Na, wo bist du lieber? In der Natur oder in Straßen spazieren?«

»Natur. Ganz klar. Straßen stinken.«

Das bringt beide zum Lachen.

»Buch oder Fernsehen?«

»Buch. Hey, ich bin Jurist.«

»Und das bedeutet, dass du ständig Fachbücher liest?«

»Ähm … was? Nö.«

»Fantasie oder Aktion?«

»Aktion. Du meinst doch Filme, oder? Apropos. Hast du Netflix?«

»Nö.«

»Ich richte dir ein Konto ein. Dann kannst du abends im Bett …«

»Sollte ich da nicht eher schlafen?«, erinnert ihn seine zwölfjährige Tochter.

»Sicher. Na klar. Dann eben nur am Wochenende.«

»Lieblingsschauspieler oder Spielerin?«

Er stöhnt. »Oh, da gibts gar niemanden bestimmten.«

Shirley seufzt. »Doch. Jede Menge. Ryan Gosling oder Ryan Reynolds. Aber am meisten mag ich Tom Holland.«

»Wer?«

»Na, Spiderman.« Sie macht ein Gesicht, als wäre er der letzte Hinterwäldler.

»Ähm …«

»Du kennst doch wohl Spiderman, oder?«

»Nö.«

»Hier.« Sie zeigt ihm ein Bild auf ihrem Smartphone.

»Ah klar. Jetzt, wo ich ihn sehe«, grinst er frech.

»Du veralberst mich, oder?«

»Nur etwas.«

Shirley kichert. »Du bist schlimm, Papa. Und jetzt sag du, welcher ist dein Lieblingsfilm?«

»Da gibts auch zu viele. Aber Top Gun mochte ich. Den alten Film. Und die Rocky Teile.«

»War ja klar.«

Sie spielen das Spiel noch eine kleine Weile, bis Shirley plötzlich mit

»Hast du eine feste Freundin?«, raushaut.

»Also … ähm … nein. Schätze ich.«

»Ach ja, du bist dir nicht sicher.«

Er nickt.

»Ich frage mich, entweder bist du ein absoluter Softi. Solch ein Warmduscher, der zu allem ja und amen sagt und Frauen alle Wünsche erfüllt oder du bist absolut abgebrüht. Lügst, um zu bekommen, was du willst.«

Er schnappt nach Luft.

»Sorry, Thomas, ich weiß, das war ungezogen, aber ich muss dich schließlich kennenlernen. Durch meine Mutter kenne ich ein paar Typen von Männern. Ich will nur wissen, woran ich bin.«

Thomas verschlägt es die Sprache. »Hatte deine Mutter viele … Freunde?«, lässt ihn seine Neugier aber dann doch fragen.

»Hm, schon einige«, meint Shirley.

»Okay. Krass. Und wie war das für dich?«

Sie zuckt die Schultern. »Na ja, was sollte ich machen? Die meiste Zeit war ich ja eh bei Oma.«

Er nickt verständig. »Stimmt.«

»Sie fand es alles andere als gut. Oma hat immer gesagt, Mutti ist eine Schlampe.«

Besser hätte er es nicht sagen können. Doch dass seine Tochter solche Worte kennt, schockiert ihn dann doch etwas. »Benutz bitte nicht solche Worte«, tadelt er sie.

Shirley macht ein zustimmendes Brummgeräusch. »Dir ist aber schon klar, dass ich zwölf Jahre als bin?«

»Ja, voll krass. An den Kinder sieht man, wie die Zeit vergeht. Das die Beziehung zu Jessica schon so lange zurückliegt.«

»Ich möchte wetten, du warst froh, sie los zu sein?«

Er schluckt. »Ähm …«

»Das jedenfalls hat einer ihrer Ex-Freund euns auf den AB gesprochen.«

»Da scheint ja ganz schön was los gewesen zu sein, bei euch zu Hause?«

»Hm. War blöd. Ich bin lieber immer unterwegs gewesen.«

»Wo da zum Beispiel?«

»Es gibt da so eine Bauruine. Und in der Bibliothek war ich oft.«

Thomas fällt Sarahs Bibliothek auf Gut Greiffenberg ein. Dort würde Shirley sich sicher wohlfühlen.

»Ich werde für dich da sein, das verspreche ich dir. Bei mir musst du nicht abhauen, weil mein Leben im Chaos versinkt.«

Sie nickt. »Ich finde es ja toll, wenn es nicht jeden Tag zur selben Zeit Mittagessen gibt, oder wir immer sonntags zur selben Zeit spazieren gehen, oder so. Ich mag es, wenn man mal einfach so etwas tut.«

»Ich glaube, was du sagen willst ist, dass du ein spontaner Mensch bist.«

»Aha.« Und da hätten sie den Unterschied zwischen ihnen. »Bist du denn ein spontaner Mensch?«

»Ich … ähm … na ja, nicht so richtig. Ich mag's, wenn der Arbeitstag nichts Unvorhergesehenes bringt. Ich bin auch immer gern auf alles vorbereitet.«

»Oh Gott, du bist aber nicht so ein Prepper?«

»Prepper?«

»Typen, die sich in Bunkern verstecken und auf den Weltuntergang vorbereitet sind«, erklärt das Kind.

Geschockt ruft er »Absolut nicht. Nein!« aus.

»Dann ist es ja gut«, lacht seine Tochter.

Unterwegs machen sie zweimal Halt. Einmal musste Shirley aufs Klo und beim zweiten Mal kehren sie bei einer bekannten Fast-Food-Kette ein und schlagen sich die Bäuche voll.

Am frühen Nachmittag passieren sie das Ortseingangsschild von Berlin und mit einem Mal kam ihm wieder Sebastians Ausspruch in den Sinn. Leben reloaded.

Genau das würde dann wohl genau jetzt beginnen.

»Da drin wohnst du?«, fragt Shirley und lässt den Blick an der Hausfassade hinauf wandern, ehe ihr dieser versperrt wird, weil der Audi in der Tiefgarage verschwindet.

»Jup. Und du jetzt auch.«

»Hm.«

Die meiste Zeit der Fahrt hatten sie schweigend verbracht. Shirley saß neben ihm, Kopfhörer auf den Ohren und den Blick starr auf das Display eines Tablets gerichtet. Wohingegen er seinen Gedanken nachhing. Hatte sein Bruder recht? War es besser, Sarah mit ins Boot zu holen, ihr alles zu erklären und auf ihre Milde zu hoffen? Sollte er, wenn sich sein Leben schon so radikal ändert, es gleich richtig machen und einen Neustart in Greiffenberg wagen? Er weiß es nicht und kommt bis Berlin auch zu keinem Entschluss.

»Tja. Willkommen zu Hause«, ruft er und stößt die Wohnungstür auf, um seiner Tochter den Vortritt zu lassen.

Staunend sieht die Kleine sich um. »Wow. Ist das modern. Das hätte ich gar nicht gedacht.«

»Warum nicht?«, lacht er und lässt ihr Gepäck fallen.

»Weil du alt bist.« Sie betritt die Küche und sieht sich in dem lichtdurchfluteten Raum um. »Das ist ja ein cooler Kühlschrank«, ruft sie erfreut. »So einen hab' ich schon mal in einer Serie gesehen.«

»Hm.« Er schlendert zu besagtem Möbel und holt eine Flasche Mineralwasser heraus.

»Darf ich die Eiswürfel rein machen?«, bittet sie begeistert.

»Klar.« Er reicht ihr die beiden Gläser.

»Das …« Er lässt den Blick in den Raum schweifen. »… dürfte dann wohl dein Zimmer sein.«

»Das ist doch dein Schlafzimmer?«, wundert Shirley sich.

»J-a«, gibt er gedehnt zurück. »War es bis jetzt.«

»Ich kann doch auch auf der Couch …«

»Stopp«, unterbricht er seine Tochter. »Du schläfst ganz sicher nicht auf der Couch. Du bist jung, deine Knochen noch in der Entwicklung. Du brauchst eine richtige Matratze«, bestimmt er streng.

»Okay«, grinst sie und betritt das Zimmer. Vorsichtig nimmt sie auf dem Boxspringbett platz und lässt die Handflächen sacht über die seidene Überdecke gleiten.

»Ich weiß, ist nicht dein Stil«, gibt er verlegen zu. »Zu meiner Verteidigung, als ich abgereist bin, war ich noch kein Vater.«

»Warst du schon. Du wusstest es nur nicht.« Sie strahlt ihn an. »Ich find's toll! Ehrlich.«

Trotzdem nimmt Thomas sich vor, gleich heute Abend im Internet nach geeigneteren Mobiliar umzusehen.

Da sein Urlaub noch bis Freitag dauert, können sie die Zeit zum
Einleben nutzen. Gemeinsam fahren sie mit einem gemieteten
Kleintransporter zu dem Lagerraum und holen Shirleys Sachen.
»Das … sind eine Menge Sachen«, staunt er vor dem prall gefüllten
Raum.
»Keine Angst, Thomas, das sind hauptsächlich Mutters. Meine sind das
da.« Shirley deutet auf einige wenige Umzugskartons an der linken
Wand.
Thomas schluckt. Das arme Kind. Wieder einmal wird ihm vor Augen
geführt, welch schlechter Mensch Jessica ist. Die ungleiche Anzahl
Krempel deutet auf ihr egomanisches Leben hin.
Schnell sind die Kartons verstaut. »Das sind aber nicht gerade viele
Kleidungsstücke«, urteilt er, als er neugierig in einen hineinspäht.
»Nö. Das ist aber nicht schlimm. Ich brauche nicht viel. Kein Problem.«
Verwundert runzelt ihr Vater die Stirn. »Ich dachte immer, kleine
Mädchen lieben Klamotten?«
»Kleine Mädchen? Ich bin nicht mehr klein«, protestiert sie.
»Nein, bist du nicht«, gibt er schmunzelnd zu. »Aber gerade die älteren
stehen doch auf shoppen, Bands und Glitzerkram.«
»Ich nicht«, brummt sie nur und geht zur Seitentür, um einzusteigen.
Notiz an ihn selbst: gemeinsame Shoppingtour am Wochenende.
Am selben Tag liegt ein dickes Kuvert einer Rechtsanwaltskanzlei im
Briefkasten. Jessicas angekündigte Regelung bezüglich Shirley.
Während er liest, wandelt sich Thomas Neugier und pure Ungläubigkeit.
Für ihn ist es unverständlich, wie eine Mutter so mit ihrem eigenen
Fleisch und Blut umspringen kann.
»Und, alles geklärt?«, fragt Shirley, die ihn während des Lesens
aufmerksam schweigend beobachtet hat.
»Bei Weitem nicht«, lacht er dunkel auf. »Aber das ist nicht dein Bier.
Ich mach' das schon.«
»Aber sie ist doch in Amerika?«
»Das macht nichts. Das regeln ab jetzt die Anwälte.«
Sie beißt sich auf die Unterlippe. »Ich mag aber nicht zurück zu Mutter.«

Erschrocken geht er vor seiner Tochter in die Hocke. »Was denn? Denkst
du … nimmst du etwa an, dass ich dich loswerden will? Dich zurück zu
… zu ihr schicken will?«
Shirleys Nicken ist kaum merklich.
»Oh, Süße, auf keinen Fall. Wir gewöhnen uns doch gerade aneinander.
Ich freue mich so, dass du jetzt hier bei mir bist! Ehrlich.«
»Wirklich?«
»Klar.« Sein Nicken fällt eine Spur zu heftig aus. »Außerdem, was soll
ich denn mit der Pferdebettwäsche und den Postern?«, lacht er.
Kichern stimmt sie ein. »Stimmt. Und die ganzen Süßigkeiten kannst du
auch nicht allein essen.«
»Ist ein bisschen viel, oder?«
Mit den Fingern deutet sie ein kleines bisschen an. »Ja. Wenn du das
alles allein essen würdest, dann wärst du bald ganz moppelig«, lacht sie.
»Stimmt.«
»Du könntest es aber auch mit deiner Freundin teilen.«
»Freundin?« staunt er.
»Na die, bei der du nicht so richtig weißt, ob ihr zusammen seid.«
Er winkt ab. »Vergiss sie.«
»Echt?«
Er nickt. »Jetzt konzentrieren wir uns erst einmal auf uns. Was hältst du
davon, morgen shoppen und danach ins Kino zu gehen?«
»Gern«, strahlt sie ihn an.
Und zum ersten Mal, seitdem sie sich kennen, liegen sie einander in den
Armen. »Ich bin froh, dass ich dich hab, Papa«, haucht ihre helle Stimme
an seinem Hals.

17

Barfuß geht er die ausgetretenen Steinstufen ins Erdgeschoss hinunter. Ein kleiner Hund hebt den Kopf, als er am Fuß der Treppe ankommt und wedelt träge mit dem Schwanz. Verübeln konnte man ihm seine mangelnde Bewegungsbereitschaft nicht. Es war unglaublich heiß. Stöhnend wischt sich Thomas mit dem Handrücken über die Stirn und tapert weiter in Richtung Küche, woraus bereits der köstliche Duft nach frischem Kaffee wabert. »Guten Morgen«, ruft er beim Betreten des Raumes. Mit einem Blick nimmt er die Szenerie in sich auf. Shirley sitzt, ein aufgeschlagenes Buch vor sich, am Tisch und liest. Sie hebt den Blick und antwortet, »Hallo, Papa.«
»Hallo«, hört er eine sanfte Stimme hinter sich und wendet sich um. Sarah hockt, den Rücken ihm zugewandt vor dem Buffetschrank und kramt darin herum.
Mit zwei Schritten ist er hinter ihr, hilft ihr aufstehen und raunt an ihr Ohr, »Guten Morgen, Schatz.« Eine Hand stützt das Kreuz, die andere liegt schützend auf ihrem prallen Bauch. Sein Blick wandert an ihrem Oberkörper herunter zu eben jenem. »Und, wie geht's unserem Kleinen heute Morgen?«
»Er freut sich, genau wie ich, bald da raus zu sein.« Strahlend sieht sie zu ihm auf und schenkt ihm einen intensiven Kuss.
Erschrocken reißt Thomas die Augen auf und keucht. Was war das? Ratlos sieht er sich in dem dunklen Raum um. Ah ja, sein Wohnzimmer. Dennoch tastet seine Hand unbewusst neben ihm die Liegefläche ab. Keine Frau. Schon gar keine Sarah. »Nur ein Traum«, sucht er sein galoppierendes Herz zu beruhigen. Kaum festgestellt, kommt die Ernüchterung und damit einhergehend eine seltsame Leere in seinem Innern. Um diese abzuschütteln, steht er auf und beginnt im Zimmer herumzugehen. Wieder einmal hatten ihn seine Träume um drei Uhr nachts geweckt. Nicht nur psychisch, sind ihm mittlerweile die vielen schlaflosen Nächte anzusehen. Die Haut fahl, dunkle Augenringe und unrasiert übersteht er die Tage mehr, als dass er sie durchlebt.

Eine der Umzugskartons mit dem Fuß wegschiebend, macht er sich
Platz, um die Terrassentür zu öffnen. Einen tiefen Atemzug nehmend
betritt er barfuß die kalten Steinfliesen. Kühle Nachtluft umhüllt ihn wie
ein Kokon, als er an die Brüstung tritt und den Blick über das nächtliche
Berlin schweifen lässt. Bis vor wenigen Monaten konnte er hier stehen,
den Blick schweifen lassen und empfand vollkommene Genugtuung.
Doch heute …
Wo er sonst die Lichter der Großstadt als glitzernd, das ferne Rattern der
S-Bahn als Großstadt-Sing-Sang und die stickige Luft als angenehm
empfunden hat, empfand er es mit einem Mal nur noch übermäßig grell
nervtötend und stickig. Berlin war ihm fremd geworden.
Definitiv hatte sich etwas verändert. Die Stadt war sonst sein Heiliger
Gral. Seine Erfüllung. Doch seit er Sarah kennen, die Ruhe und
Abgeschiedenheit genießen und die gesunde Luft wertschätzen gelernt
hatte, war er ein anderer. Und wo in seinem Kopf früher sein
Sportwagen, der Sport und sein persönliches Befinden an erster Stelle
war, schleicht sich neuerdings immer öfter eine gewisse Blondine in
seine Gedanken. Der Umstand, keine Gelegenheit gehabt zu haben, ihr
erklären zu können, weshalb er abgereist und nicht zurückgekommen
war, macht ihn wahnsinnig. Mehrmals hatte Thomas in den vergangenen
drei Tagen versucht Sarah telefonisch zu erreichen. Ohne Erfolg.
Entweder nahm sie gar nickt erst ab, drückte ihn weg oder schrie ihm
einen Einzigen, nicht besonders netten, Satz entgegen. Auch die
unzähligen Nachrichten blieben unbeantwortet.
Die reizlose Aussicht hielt ihn keine Minuten länger fest. Mit der
Vorahnung auch den Rest dieser Nacht keinen Schlaf finden zu können,
schleicht Thomas sich nach nebenan in sein ehemaliges Schlafzimmer.
Shirley liegt auf der Seite, ihren Stoffbären fest an sich gedrückt in
seinem Bett und schläft. Das Bild von seiner kleinen Tochter rührt ihn
beinahe zu Tränen. So gern möchte er ihr Sarah vorstellen. Möchte, dass
sie sich mögen. Möchte eine Familie gründen. Moment. Was? Was denkt
er denn da? Dieser Traum schien ihn auch im Wachzustand nicht
loszulassen. Was wollte ihm sein Unterbewusstsein damit sagen?
Kopfschüttelnd sucht er im diffusen Licht seines Handydisplays seinen
Kleiderschrank nach geeigneter Bekleidung.

Sportlich leger gekleidet schleicht er sich kurz darauf aus Wohnung, um sich beim Laufen den Kopf frei zu pusten. Zu dieser frühen Stunde liegt die Großstadt noch in tiefem Schlummer. Nur all jene, die es müssen, sind schon unterwegs. Vor dem Haus startet Thomas die Playlist in seinem Handy, verstaut dieses in der Halterung an seinem Oberarm und beginnt zu laufen. Der Wundtstraße in nördliche Richtung folgend läuft er bis zum Eingang des Lietzenseepark. In vollkommener Schwärze liegt er vor ihm. Dunkel und still. Ein wenig erinnert es ihn an die Umgebung in Greiffenberg. Auch dort gibt es nur wenige Straßenlaternen. Allerdings ist hier nur der Park dunkel, der Rest der Stadt strahlt hell ohne Unterlass. Stille und Dunkelheit kennt die Großstadt nicht.
Die Parkwege kreuz und quer nehmend rennt er, bis ihm das Herz beinahe aus dem Brustkorb springt. Vor der auffälligen Fassade des Seehotels bleibt er schließlich stehen und drückt schnaufend das Kreuz durch. Heftig atmend wandert sein Blick an dem hässlichen Gebäude aufwärts. »Wie die Anwohner der Häuser gegenüber das nur aushalten?«, fragt er sich im Stillen und schüttelt den Kopf. »Dieser hässliche Kasten. Vier Sterne hin oder her.« Er sieht sich um. Überhaupt erschien ihm mit einem Mal die Stadt hässlich, voll und stinkend. Genervt weicht er einem Hundehaufen aus und tritt dabei beinahe in eine Pfütze aus menschlichen Hinterlassenschaft aus anderer Körperöffnung. Angewidert verzieht Thomas das Gesicht und beginnt wieder schneller zu werden.
Ganz in der Nähe würde Shirleys neue Schule sein. Dank der Unterstützung von Daniel und seiner Frau hatte er kurzfristig dort noch einen Schulplatz ergattern können. Weit hätte sie es nicht, von zu Hause aus. Das persönliche Gespräch mit der Schulleitung noch ausstehend, hatte er bisher noch kein Blick auf das Gebäude erhaschen können. Neugierig joggt er die Kuno-Fischer-Straße hinunter auf das moderne Schulgebäude zu.
Überraschend unbeeindruckt sieht er sich um. Würde er gern hier zur Schule gehen? Würde er überhaupt gern hier leben, wenn er ein Kind wäre? Wohl kaum. Weder gibt es ausreichend Freiflächen, um ungefährdet spielen zu können, noch Grünflächen. Natürlich bietet Berlin viel für Kinder und Jugendliche. Doch er selbst war ohne all das

aufgewachsen und glücklich damit. Das Gespräch mit Helene und Sarah kommt ihm in den Sinn.

Zur Unterstützung hatte er seinen Bruder gehabt. Shirley ist allein. Nicht einmal Freunde hat sie in dieser Stadt.

Sein Ziel abgelenkt, ausgepowert, und müde nach Hause zurückzukehren, misslingt gewaltig. Nachdenklich bereitet er sich in der Küche einen Kaffee zu und stellt sich schließlich, die Tasse in der einen, sein Smartphone in der anderen wieder auf die Terrasse. Als würde eine innere Stimme zu ihm sprechen, die ihn schalt, »Das bemitleidenswerte Spektakel deiner Selbstzerstörung ist kaum noch mit anzusehen. Beende es! Rufe sie an! Jetzt sofort« wählt er automatisch ihre Nummer. Diese bereits auf dem Display, schwebt sein Daumen regungslos über dem grünen Hörer.

»Es ist gerade einmal vier Uhr dreißig«, bemerkt er.

»Na und?«

»Sie wird noch schlafen und sicherlich sauer sein, wenn er sie weckte?«

»Egal.«

»Soll ich es wirklich tun?«

»Ja!«

Ein letztes Mal holt er tief Luft, hält diese an und senkt mit geschlossenen Augen den Daumen auf das Glas.

Konsequent lässt er es klingeln. Hält weiterhin gespannt den Atem an und lauscht. Irgendwann nimmt sie ab und erst als er ihre Stimme leise hauchen hört, »Ja, hallo?« kann er sich entspannen.

Hörbar rauscht die Luft aus seinen Lungen.

Scheinbar hat Sarah schlaftrunken einfach nach dem Handy gegriffen ohne sich zu vergewissern, wer zu dieser unchristlichen Zeit sie zu erreichen versucht. Ansonsten würde er sicherlich nicht in den Genuss des Klangs ihrer Stimme kommen.

»Hi, ich bin's«, flüstert er und fügt schnell hinzu, »Bitte, leg nicht auf. Bitte nicht.« Sein Herz trommelt gegen seinen Brustkorb.

»Was willst du?« kommt es abweisend zurück. Wie ein Schwert durchbohrt ihre Stimme ihn.

Mit einem Flehen in der Stimme entgegnet er, »Ich muss mit dir reden.«

»Das wurde schon aus deinen letzten hundert Anrufen offensichtlich«, stöhnt sie. Thomas hört das Rascheln von Stoff. Sicher hat sie sich im Bett aufgesetzt.

Ohne darauf einzugehen, fragt er, »Hast du meine Nachrichten gelesen?«

Seufzend antwortet Sarah, »Ja, habe ich. Allerdings nur die ersten hundert.«

Ein Scherz. Immerhin. Ein Funke Hoffnung keimt in ihm auf. »Und?«

»Das Märchen vom ausgesetzten Kind kannst du jemand anderen erzählen. Ich bin nicht blöd, Thomas.« Ihr britischer Akzent sticht durch. Wie immer, wenn sie wütend ist.

Er reißt die Augen auf. »Das ist kein Märchen«, widerspricht er vehement. »Wenn du willst … ich beweise es dir. Ich mache ein Foto vom Brief des Rechtsanwalts. Oder eines von Shirley. …« Beschämt vernimmt er den weinerlich, flehenden Klang seiner eigenen Stimme.

»Shirley?«

»Meine Tochter«, erklärt Thomas leise. »Sie ist so zauberhaft. Du wirst sie mögen.« Er spürt, wie seine Verzweiflung und ihre Kälte ihm die Tränen in die Augen steigen lässt.

Sie stöhnt. »Thomas …«

»Nein, wirklich, Sarah. Ich bitte dich! Sieh es dir an!«

»Warum?«

»Weil es mir wichtig ist.«

»Aber warum?«, fragt Sarah erneut. »Du könntest es doch genauso gut deiner Friseurin erzählen.«

»Weil es mir wichtig ist, dass du mich anhörst, dass du mir Glauben schenkst.«

»Dann hättest es auch deiner Familie erzählen können.«

»Die liebe ich nicht.«

Stille.

»Ich meine, ich liebe sie nicht in dem Maße, wie ich etwas für dich empfinde.« Angespannt beißt er sich auf die Unterlippe.

»Was hast du gesagt?«, fragt sie kaum hörbar.

Nachdem er tief durchgeatmet hat, erklärt er, »Ich sagte, ich will es dir
erzählen, weil du mir wichtig bist und mich nur interessiert, was du
denkst.«
Wollte sie ihn quälen, oder weshalb hakt sie erneut nach? »Aber warum,
Thomas? Warum ich?«
»Weil ich dich liebe.« So, jetzt war es raus.
Erneut herrscht Stille.
»Sarah?«, fragt er vorsichtig. »Bist du noch da?«
»Hm.«
»Hast du verstehen können, was ich gesagt …«
»Ja.«
»Und … was … was sagst du dazu?«
Er hört sie tief atmen. »Thomas … ich … ich weiß nicht so richtig …«
»Was weißt du nicht?«
»Alles.«
»Du hast meine Nachrichten gelesen, hast du gesagt. Ich weiß, es klingt
vollkommen abstrus. Total irre. Doch ich muss dir leider … aber
eigentlich stimmt das nicht, denn ich bedauere es absolut nicht … Ich
bin wirklich Vater einer wunderbaren Tochter geworden. Kam das
überraschend? Und wie. Hatte ich es geahnt? Absolut nicht. Freue ich
mich? Auf jeden Fall.«
»Du solltest über einen Berufswechsel nachdenken«, scherzt sie in
gespielt fröhlichem Ton.
»Was?«
»Cheerleader.«
»Sehr lustig«, brummt er. »Aber im Ernst, Sarah, ich konnte dir nichts
davon sagen, weil ich es vorgestern erst erfahren habe.«
»Warte mal. Du willst mir wirklich weismachen, du wusstest nichts von
dem Kind? Echt jetzt? Es stand wirklich einfach so auf deiner
Türschwelle.«
»Na ja, Türschwelle? Jessica, das ist meine Ex, hat sie bei meinen Eltern
abgeladen.«
»Einfach so?«
»Einfach so. Oder vielleicht auch nicht. Sicherlich hat es sie ganz schön
Mühe gekostet, alles zu organisieren.«

»Ich begreife nicht …«, beginnt sie zögerlich. »… wie kann eine Mutter ihr Kind einfach so abgeben?«

»Tja. Leider kann ich sie nicht fragen.«

»Warum? Ist sie … tot?«

Er lacht. »Nein. Jessica lebt, und wie. Allerdings ein neues Leben. Mit neuem Mann. Nur eben ohne den Ballast eines alten Kindes.«

»Das klingt ziemlich hart.«

»Ist es auch … für Shirley.«

»Das glaube ich.«

»Sarah, du musst mir glauben, ich wusste nicht, dass ich ein Kind habe. Ich wäre schon vorher ein anderer gewesen und vor allem hätte ich es dir nicht verschwiegen. Ich vertrete nämlich die Auffassung, dass das Fundament einer Beziehung Ehrlichkeit ist.«

»Beziehung? Willst du damit sagen, dass …«

Rasch unterbricht er sie, »Ja, ich möchte eine Beziehung mit dir, Sarah! Ehrlich.«

Wieder herrscht für einen kleinen Moment Stille.

»Sarah?«

»Ich bin noch dran.«

»W-was sagst du dazu?«

»Ich sage, dass das ganz schön viel auf einmal ist. Ich muss das erst einmal … verarbeiten. Durch deine vielen Nachrichten, dachte ich … na ja, ich hatte angenommen, es sei nur eine Masche, um mich rumzukriegen. Doch du brennst ja förmlich.«

»Ist das jetzt was Gutes oder was Schlechtes?«

»Was Gutes. Schätze ich«, lacht sie leise. »Kannst du mir ein paar Stunden Bedenkzeit … ähm, ich meine, Zeit zum Verarbeiten geben?

»Klar, kein Ding. Nimm dir davon so viel du brauchst. Hauptsache, du nimmst das Telefonat an, wenn ich anrufe!«

Sarah lacht.

»Ansonsten, und das darfst du gern als Drohung auffassen, stehe ich vor deiner Tür und überzeuge dich mit meinen anderen Qualitäten von mir und einer Beziehung mit mir.« Mutig stimmt er in ihr Lachen ein.

»Das käme auf einen Versuch an …«

»Ehrlich?«

Einen Wimpernschlag lässt sie ihn zappeln, ehe sie antwortet, »Kommt vorbei und überzeugt mich!«

Glücklich schlägt sein Herz einen Salto. Und noch einen und noch einen. »Also werden wir noch ein paar gemeinsame Momente haben?«, fragt er mit zitternder Stimme und muss dabei wieder an seinen Traum denken.

Sarah antwortet, »Was auch immer da schiefgelaufen ist, mit deiner Ex in deiner Vergangenheit. Warum auch immer sie dir dein Kind verschwiegen hat. … Ich möchte dir, wo du scheinbar so gern mit Zitaten um dich wirfst, auch mit einem antworten, *Die Probleme deiner Vergangenheit sind deine Sache. Die Probleme deiner Zukunft sind mein Privileg.*«

»O-k-a-y«, gibt er gedehnt zurück. »Also, gibst du uns noch eine Chance?«

Statt einer direkten Antwortet stellt sie die Gegenfrage, »Passt euch Samstag?«

»Ja … ja, klar.«

»Prima. Und jetzt lass mich noch etwas schlafen! Ich habe nachher eine OP.«

»Apropos OP. Wie geht es Rudi?«

»War ja klar, dass du dich zuerst nach ihm, als nach unserem Befinden erkundigst«, lacht sie.

»Hey. Willst du mir etwa Ignoranz gegenüber meinen Mitmenschen unterstellen?«

»Gute Nacht, Thomas.« Damit legt sie auf.

Langsam lässt er die Hand sinken. Wo sein Herz eben noch aus Angst und Verzweiflung enorm getrommelt hat, hämmerte es jetzt aus Aufregung und dem berauschenden Gefühl des Verliebtseins. Das Zittern aus seinen Händen breitet sich in seinem gesamten Körper aus. Mit dem Handy in der Hand umklammert er das runde Geländer und lässt sich rücklings fallen. Das Gesicht dem dunklen Himmel zugewandt bemerkt er plötzlich am wolkenlosen Firmament die Sterne. Neben der langsam aufziehenden Morgenröte schimmern sie hell klar über ihm. Eruptiv ist er von Hoffnung erfüllt. Hoffnung, die ihn beinahe schweben lässt. Umso unvermittelt zuckt Thomas zusammen, als mit einem Mal Shirley mit ihrer hellen Stimme vom Wohnzimmer aus »Guten Morgen, Papa«, ruft.

Gähnend steht sie im Pyjama, die hellbraunen Locken wirr in alle Richtungen vom Kopf abstehend da und lächelt zu ihm hinüber.

»Sie sieht sie herzallerliebst aus«, denkt er und entgegnet liebevoll die Begrüßung.

»Warum bist du schon wach?«

Sie zuckt die schmalen Schultern. »Keine Ahnung.«

»Ich konnte auch nicht mehr schlafen.« Er grinst und kommt zurück ins Wohnungsinnere. »Hast du Hunger, Shirley?«

»Und wie. Vielleicht konnte ich ja deswegen nicht mehr schlafen? Weil mein Bauch so doll knurrt.«

Lachend öffnet er in der Küche mehrere Schränke auf der Suche nach einem nahrhaften Frühstück. »Mist! Da waren wir in den letzten Tagen so viel einkaufen, aber eines haben wir völlig vergessen.«

»Was denn?« Sie schwingt sich verkehrt herum auf einen der Stühle.

»Etwas Richtiges zum Essen.«

»Cornflakes und Müsli?«

»Nutella, Croissants und Marmelade.« Sein aufgestellter Daumen deutet auf sich. »Und Kaffee für mich.«

Shirley lacht über seine Albernheit.

»Und Obst. Ich mag Obst.«

Thomas zückt spielerisch den Notizblock. »Und welches wäre das?«

Lachend zählt die Kleine auf, »Bananen, Äpfel, Weintrauben, Mango und vor allem Erdbeeren.«

Ihr Vater tut, als würde er in die Luft schreiben. »Ist notiert, Fräulein Odenberg.«

Shirley wirft den Kopf in den Nacken. »Aber ich heiße doch gar nicht Odenberg.«

Er schluckt, erstarrt und sieht sie fragend an.

»Shirley Rose Müller. Das weißt du doch.« Noch immer lachend, schüttelt sie den Kopf.

»Stimmt ja«, nuschelt er und steckt sich rasch eine Scheibe Salami in den Mund.

»Und, was wollen wir heute unternehmen?«, fragt Thomas, als sie später in einem Café um die Ecke sitzen und sich ein Französisches Frühstück schmecken lassen.
»Hm. Mal überlegen.« Theatralisch tippt Shirley sich an die Nasenspitze. »Ich würde gerne mal ins Sea Life gehen.«
»Fische also. Das sind deine Lieblingstiere?«
Sie schüttelt den Kopf. »Nee, das sind Pferde.«
»Na klar.« Er tippt sich gegen die Schläfe.
»Aber ich finde Fische toll.«
»Okay. Dann also das Sea Life heute. Und was noch?«
»Boot fahren«, jubelt seine Tochter. »Und dieses Schloss würde ich gerne mal sehen.«
»Schloss Charlottenburg?«, staunt Thomas. »Das interessiert dich?«
Sie nickt. »Ja, da hängen bestimmt schöne Bilder und in einem Schloss kann man sich wie eine Prinzessin fühlen. Das fände ich mal schön.«
Letzteres kam nur noch im Flüsterton über ihre Lippen. Doch die Worte dringen laut in sein Herz. Und er nimmt sich vor, seine Tochter fortan auf Händen zu tragen. Wenn jemand es verdient hat, sich wie eine Prinzessin zu fühlen, dann Shirley, die bisher immer hintenan stehen musste.

18

Die restliche Woche erkunden sie wie typische Touristen die Großstadt. Shirley wollte alles abklappern, wovon sie bisher nur gehört hatte. Sea Life, Fernsehturm, Madame Tussauds und eine abenteuerliche Bootstour auf der Spree. »Voll cool!«, »Wow! Wie hoch. Die Leute sehen aus wie Ameisen.«, »Beyoncé. Die sieht ja total echt aus.« und »Dauert das noch lange?«

Glücklich erfüllte Thomas ihr auch materielle Wünsche. »Lush. Da wollte ich schon immer mal einkaufen.«, »Ich liebe Thalia. Können wir mal reingehen?« oder »Decathlon? Was ist das?«

Thomas hingegen war ebenfalls auf einer Mission. »Soll ich dir meine alte Uni zeigen?«, »Planetarium? Was kann man da drin machen?«, »Ist eine Bibliothek nicht total langweilig?«

Das Naturkundemuseum Berlin kannte sie schon. Dort war sie schon mit ihrer ehemaligen Klasse. Also hatte sie kein gesteigertes Interesse an einem weiteren Besuch. Shirleys Sympathien gelten offenbar eher den lebendigen Tieren. Somit kann sie den Samstag und ihre damit verbundene Abreise kaum erwarten.

Gleich nach dem Frühstück laden sie ihr Gepäck ins Auto und fahren in Richtung Greiffenberg.

»Und es ist wirklich okay für dich, das Wochenende auf dem Land zu verbringen?«

Sie nickt.

»Es wird sicherlich langweilig. Dort gibt es wirklich nichts«, versucht er seine Tochter aus der Reserve zu locken. Er musste herausfinden, ob sein Bruder recht damit hatte, als er behauptete, Shirley wäre glücklicher auf dem Land.

»Ich finde schon, was, womit ich mich beschäftigen kann«, entgegnet das Mädchen. »Bei deiner Familie … ähm, ich meine … ähm, Oma und Opa …«

Schnell unterbricht er, »Es ist schon okay. Für mich ist der Gedanke auch noch … neu« und lächelt sie aufmunternd an.

Sie strahlt. »Jedenfalls hat es mir dort sehr gut gefallen. Mit all den Tieren und so.«

»Tiere hat Sarah auch«, murmelt Thomas.

»Echt? Welche denn?«

»Na ja, Esel, und Schweine. Hühner und wildgewordene Schwäne, mehrere Hunde und …«

»Warum wildgewordene Schwäne?«, unterbricht sie kichernd.

»Das ist ein eher unangenehmes Kapitel meiner Geschichte.«

»Ich will es trotzdem wissen!«

Nachdem er seiner Tochter von seinem unfreiwilligen Bad und dem Eindringen, in das Schwan Territorium berichtet hat, kann Shirley beinahe nicht mehr aufhören zu lachen. »Ist das komisch«, keucht sie und hält sich den Bauch.

»Eher schmerzhaft«, grummelt Thomas.

»Tut es wirklich so weh, von einem Schwan gebissen zu werden?«

»Und wie«, lügt er. »Als würde man von einem Monster zerrissen.« Shirley kichert.

»Aber im Ernst. Es ist schön da! So ruhig und alle sind freundlich. Du wirst Sarah mögen.«

»Wohnt sie da ganz alleine?«

»Nein. Ihre Tante Dörthe ist auch da.«

»Dörthe? Ein ulkiger Name.«

»Nicht, wenn du aus Norddeutschland kommst.«

»Warum hat Sarah so viele Tiere? Ist das ein Bauernhof wie bei … bei deinen Eltern?«

»Sie hat einen Gnadenhof. Das ist, wenn …«

»Ich weiß, was das ist. Sie nimmt alte Tiere auf und gibt denen ein schönes Leben.«

»Ganz genau«, lobt er lächelnd.

»Hat sie da auch Pferde?«

»Ja, die hat sie auch. Drei. Falls nicht noch weitere dazu gekommen sind. Sarah ist in solchen Angelegenheiten sehr … speziell.«

»Wieso?« Neugierig geworden richtet Shirley sich in ihrem Sitz auf und sieht ihren Vater erwartungsvoll an.

Beinahe hätte Thomas die Augen geschlossen, um Sarah Bild vor sich zu sehen, um es so detailliert wie möglich wiedergeben zu können. »Sie ist wie … eine Löwin. Sarah kämpft für das, was sie liebt und als wichtig erachtet. Auch, wenn sie damit anderen auf die Füße tritt. Das ist ihr vollkommen egal. Sie steht darüber.«

»Das klingt, wie eine Buchfigur«, lacht sie. »So wie eine Ritterin. Ich habe mal ein Buch gelesen, da gab es eine Ritterin.«

»Interessant«, murmelt Thomas.

»Meinst du, ich darf bei ihr Mal reiten? Ich wollte schon immer mal reiten. Doch Mutter hat es mir nie erlaubt.«

»Sicher.«

»Aber sind die Pferde nicht alt und krank oder so was?«

»So alt sind sie auch wieder nicht. Und du … du bist doch so leicht wie eine Fee.«

Lachend wirft sie den Kopf in den Nacken. »Ich wiege über vierzig Kilogramm.«

»Sag' ich doch, leicht. Ich wiege mehr als neunzig«, stimmt er in ihr Lachen mit ein.

»Und wir bleiben nur das Wochenende dort?«

Er nickt. »Jup. Ab Montag muss ich wieder arbeiten.«

Geknickt sinkt ihr Kinn auf die Brust.

»Hey«, sucht er sie aufzumuntern. »Dafür genießen wir aber jede freie Minute an diesem Wochenende.«

»Fahren wir jetzt jedes Wochenende dorthin?«

»Was? Jedes Wochenende?« staunt er.

»Na klar. Du und Sarah seid doch ein Paar. Wollt ihr euch nicht regelmäßig sehen?«

»Natürlich wollen wir das, aber …«

»Du wohnst in Berlin und sie irgendwo auf dem Land. Apropos? Wie lange ist es denn noch?«

»Nicht mehr lange«, murmelt er nachdenklich. »Ja, du hast recht, wir wohnen getrennt. Fernbeziehung nennt man das, was wir haben. Das ist eben so. Viele führen eine Fernbeziehung und kommen damit klar.«

Shirley zuckt die schmalen Schultern. »Also, ich könnte das nicht. Wenn ich jemanden so richtig gern hätte, würde ich die ganze Zeit bei demjenigen sein wollen.«

Wie erwachsen sie doch ist.

»Du nicht? Dann magst du Sarah also doch nicht so gern?«

»Doch«, beeilt er sich zu sagen. »Doch, sehr, aber … ich arbeite eben in Angermünde und sie wohnt in Greiffenberg.«

»Das habe ich schon beim ersten Mal verstanden, Papa. Aber kannst du nicht zu ihr ziehen? Ich meine, wir.«

Thomas schluckt. »Ähm …« Verzweifelt sucht er in seinem Hirn nach einer geistreichen Antwort. »Wenn es so wäre, wozu haben wir denn dann diese neue Schule gesucht?«

»Die finde ich doof.«

Ein vernichtendes Urteil. Erstaunt starrt Thomas einen Moment zu ihr hinüber. »A-aber ich dachte …«

»Ich finde sie zu groß«, erklärt Shirley.

»Groß? Na ja, sie hat schon ein paar Schüler …«

Sie seufzt. »Weißt du, ich war bis jetzt auch auf einer großen Schule. Ich hatte einfach gehofft, dass es jetzt eine Nummer kleiner geht.«

»Warum? Was spricht denn gegen eine große Schule? Da ist doch Potenzial für viele neue Freundschaften.« Aufmunternd lächelt er sie an. Mit einem Mal wirkt Shirley abgrundtief traurig.

Tröstend legt er seine Hand auf ihre. »Was hast du denn, Süße?«

Erst nach einigen Augenblicken antwortet sie zögernd, »Ich sehe darin nur Potenzial für mehr Probleme.«

Alarmiert horcht Thomas auf. »Was für Probleme denn? Hast du Angst, dich zu verlaufen?«

»Nee. Aber geärgert zu werden?«

»Du wurdest geärgert?«

Sie zögert erneut.

»Shirley. Wenn du Probleme hast, musst du … ähm … ich meine, du kannst immer mit mir reden. Ich bin für dich da. Das verspreche ich dir!«

»Ich weiß«, flüstert sie. »Da gab es so ein paar Mädchen. Die haben mich geärgert«, bricht sie nach einigen Augenblicken das zermürbende Schweigen.
»O-k-a-y.« Thomas schweigt und lässt ihr somit Zeit fortzufahren.
»Am Anfang haben sie meine Sachen weggenommen. Sie versteckt.«
»Diese Stachelschweine«, probiert er sich in kindgerechten Schimpfworten.
Sie schenkt ihm ein schiefes Grinsen. »Irgendwann waren die Sachen dann kaputt. Meine Schulbücher zum Beispiel. Mutter hat mir keine neuen gekauft. Sie dachte, ich hätte sie verbummelt.«
»Aber hast du ihr denn nicht von diesen Mädchen erzählt?«
Resigniert zuckt das Mädchen die Achseln. »Das hätte nichts gebracht. Sie hat mir eh nie zugehört.«
Betreten schluckt nun Thomas einen Kloß in seinem Hals herunter.
»Oma hat versucht zu helfen. Doch die Schuldirektorin hat sie ignoriert.«
Das würde ihm nicht passieren. Er ist fest entschlossen für seine Tochter in den Ring zu steigen. »Das ändert sich jetzt. Versprochen. Falls wieder so etwas passiert, werde ich ein Machtwort sprechen.«
Shirley sieht ihren Vater an und lächelt. »Danke«, haucht sie.
»Weißt du, was das Gute ist?«
»Nein, was?«
»Dass du diese Arschlöcher nie wieder sehen musst«, erklärt er und lächelt ihr aufmunternd zu. »In der neuen Schule machst du einen Neustart. Neue Lehrer, neue Freunde.«
»Na hoffentlich finde ich auch welche.«
»Ganz bestimmt.«
»Wenigstens habe ich jetzt dich.
»Genau«, bekräftigt ihr Vater.

»Heute kommen sie also?« Es klang mehr nach einer Feststellung als nach einer Frage. Dörthe schaut sie abwartend an.
Sarah nickt gedankenverloren. Im Kopf geht sie schon wieder ihre Checkliste durch. Waren die beiden Zimmer hergerichtet? Ja. Hatte sie Kind taugliche Speisen im Haus? Ja. Waren die nicht jugendfreien

Bücher in der Bibliothek ganz nach oben verbannt? Ja. Waren Stall und Hof gesäubert und herzeigbar? Noch nicht. Aber bald. Ihr fällt auf, dass es ihr wichtig ist, dass Shirley sich bei ihr wohlfühlt. Warum nur? Sie kannte das Kind nicht einmal. Doch sie freut sich. Allerdings nicht nur auf Shirley. Sie hatte das dringende innere Bedürfnis alles richtigzumachen. Es lag ihr was an Thomas ... nein, im Grunde lag ihr viel an ihm und sie wollte nicht, dass ihre eventuell beginnende Beziehung an einem Zerwürfnis mit seiner Tochter scheiterte. Hatte sie geeignetes Spielzeug im Haus? Spielten Kinder in diesem Alter überhaupt noch?

»Und, bist du aufgeregt?«, fragt Dörthe, als sie schweigt.

Erstaunt sieht sie auf. »Ich? Wieso?«

Ihr Gegenüber lächelt verschmitzt. »Ich frage nur, weil du so erregt aussiehst.«

»W-was?«, stammelt ihre Nichte und fährt sich mit der Hand durch das Haar. »Ich bin doch nicht ...«

»Erregt ist vielleicht das falsche Wort. Aufgeregt trifft es wohl eher. Ich frage mich nur, weswegen?«

Hä?

»Entweder, weil du einen gewissen jungen Mann heute wieder triffst oder wegen der Tatsache, dass besagter junger Mann mittlerweile Vater geworden ist.«

Sarah winkt ab. »Das macht mir gar nichts aus.«

»Nicht?«

Sie schüttelt den Kopf. »Thomas ist Vater. Na und? Was geht mich das an?«

»Nun ja, vielleicht, weil du in ihn verliebt bist und dich nun schon in der Rolle der Stiefmutter siehst?«, bringt ihre Tante, ganz wie es ihre Art ist, die Tatsachen auf den Punkt.

»Stie ... Stiefmutter«, stammelt sie entsetzt. Das war ihr ja noch gar nicht in den Sinn gekommen. Ach, du sch ... »Ich ... ich bin doch keine Stiefmutter«, echauffiert Sarah sich.

»Stimmt. Noch bist du es nicht. Vorher müsste eine gewisse Frage gestellt werden«, lacht Dörthe wissend.

Am späten Vormittag passieren sie das Ortseingangsschild von Greiffenberg.

»Ist ja ein wirklich kleines Nest«, urteilt Shirley und sieht aus dem Fenster.

»Oh ja«, grinst Thomas. »Greiffenberg hat nicht viele Attraktionen zu bieten. Aber immerhin gibt's hier ein berühmtes Schlagloch.«

»Das, wovor das Schild da eben gewarnt hat?«, fragt sie und deutet mit dem Daumen hinter sich.

Betreten presst er die Lippen aufeinander. Noch eine Person mehr, der das Schild sofort aufgefallen war. Warum nicht auch ihm damals?

Kurz darauf fahren sie die Auffahrt zum Gnadenhof hinauf. »Gleich sind wir da«, lässt er sie wissen.

Shirley staunt mit offenem Mund. »Gehört das alles deiner Sarah?«

»Ja. Das gehört zum Gnadenhof. Sarah braucht schon ein wenig Platz für all die Tiere.«

»Na klar.«

Amüsiert stellt er fest, je näher sie dem Haus kommen, umso nervöser zappelt Shirley auf ihrem Sitz herum. »Sorry, ich muss hier langsam fahren. Die Straße.« Sein Kopf nickt in Richtung Fahrbahn. »Noch mal brauche ich keine teure Reparaturrechnung.«

Das gelb getünchte Haus kommt in Sichtweite.

»Das ist ja ein Schloss«, staunt das Mädchen. »Ist Sarah eine Prinzessin oder so was?«

»Nicht jeder, der in einem Schloss wohnt ist auch gleich ein Adliger«, belehrt er sie.

»Aber ganz bestimmt fühlt sie sich wie eine. Ich würde das jedenfalls«, kontert sie ergriffen. Beide Hände auf der Kante des heruntergelassenen Fensters wirkt sie, als würde sie vor Ungeduld am liebsten aus dem fahrenden Wagen springen. Ihr langes, braunes Haar weht im Fahrtwind.

»Das mag sein. Du kannst sie ja mal danach fragen!«

Shirley nickt und reißt, kaum dass der Audi zum Stehen gekommen ist, die Beifahrertür auf.

Dörthe, die den Wagen bereits von Weitem gesehen haben muss, kommt zeitgleich aus dem Haus. Mit dem silbergrauem kurzem Haar, in eine bunte Strickjacke gehüllt und mit Gummistiefeln an den Füßen macht sie den Eindruck einer gemütlichen, freundlichen Omi. Herzlich zieht sie Thomas, der mittlerweile ebenfalls ausgestiegen ist, in die Arme.

»Schön, dass Sie wieder hier sind, Thomas!«

»Ich freue mich auch«, bestätigt er und küsst sie galant auf beide Wangen.

»Und diese junge Dame ist sicherlich Shirley?« Freundlich lächelnd reicht sie dem Mädchen die Hand zur Begrüßung. »Hallo Shirley, wir haben schon von dir gehört. Viel war es nicht, aber wir werden uns schon kennenlernen. Zeit ist genug dafür. Komm!« Ohne eine Antwort abzuwarten, legt sie eine Hand auf Shirleys Schulter und führt sie ins Haus.

Wissend schmunzelnd folgt er ihr mit Shirleys und seinem Gepäck. Kaum betritt er den kühlen Eingangsbereich des Wohnhauses atmet er tief durch. Ein angenehmes Zuhause Gefühl macht sich in ihm breit. Thomas stellt das Gepäck an der Wand ab und sieht sich um. Der kleine, gelbe Zettel liegt noch immer auf dem Telefontischchen. Ob sie ihn mittlerweile gelesen hatte?

»Ja, ich habe ihn gelesen«, liest Sarahs Stimme seine Gedanken. Sein Blick fliegt hoch zur Galerie, wo sie steht und lächelnd auf ihn heruntersieht. »Es hat ein wenig gedauert und ich musste erst durch das Tal der Hoffnungslosigkeit gehen, doch dann fand ich ihn.« Lachend kommt sie die Treppe herunter, während er zeitgleich die Stufen zu ihr hinauf steigt.

»Da bin ich aber froh, dass dich die Hoffnungslosigkeit nicht dahin gerafft hat.« Lachend fallen sie sich in die Arme.

»Ist das schön, dass du wieder da bist«, haucht Sarah an seinem Hals.

»Ich freue mich auch«, entgegnet er ebenso leise und presst, ehe sie noch etwas sagen kann, seine Lippen auf die ihren.

»Ich hab' dich vermisst. Auch wenn ich das, wenn mich jemand fragt, abstreiten werde«, flüstert sie grinsend.

»Ich konnte pausenlos nur an dich denken«, schwört Thomas ehrlich.

»Echt?« Ihr Kopf ruckt zurück. Eindringlich mustert sie ihn. »Obwohl du doch sicherlich jede Menge anderes zu Bedenken hattest?«

Er fährt sich mit der Hand durch das Haar. »Stimmt. Tagsüber. Aber die Nächte galten nur dir allein.«

»Da bin ich aber froh. Und ich dachte schon, dass deine Ex gleich mit zurückgekommen ist?«

»Jessica? Gott bewahre. Mich vor ihr. Sie lebt mittlerweile mehrere tausend Kilometer entfernt.«

Verwundert furcht Sarah die Stirn.

»Amerika. Sie ist ausgewandert. Das geht natürlich leichter ohne zusätzlichen Ballast in Form eines Kindes.«

»Sie hat wirklich ihr Kind einfach so an fremde Leute abgeschoben.«

Erschrocken weitet sich ihr Blick. »Bitte entschuldige. Aber du bist doch praktisch ein Fremder, wenn ich dich richtig verstanden habe.«

Er löst sich von ihr, steigt zwei Stufen hinunter und sieht zu ihr auf. Mit den Händen wiegelt er ab. »Kein Ding. Schließlich hast du recht, ich bin ein Fremder. Doch Shirley und ich sind auf einem guten Weg. Das Mädchen hat es erstaunlich gut genommen.«

»Die Situation meinst du?« Sarah beginnt, die Treppe ganz heruntersteigen.

Er nickt. »Jup. Überhaupt ist sie für ihr Alter ziemlich erwachsen. Manchmal denke ich, wow, das Kind soll erst zwölf Jahre alt sein?«

»Wirklich?« Sie lacht. »Aber ich werde es ja selbst sehen. Wie lange wollt ihr bleiben?«

»Das Wochenende. Montag muss ich wieder arbeiten.«

Mit einem Mal wirkt Sarah enttäuscht. Doch dann ist der Moment vorüber und das Lächeln ist zurück.

»Dann muss das wohl reichen, um sie kennenzulernen.«

»Hey.« Thomas ist stehen geblieben und hält sie am Handgelenk auf. »Ich hab' schon vor, regelmäßig zu Besuch zu kommen.«

Ihr Blick fliegt von seiner Hand zu seinen Augen. »Zu Besuch?«

Er nickt. »Wenn ich darf?«

»Ich hatte auf mehr gehofft«, flüstert sie kaum hörbar.

Erstaunt weiten sich seine Pupillen. »Mehr?«, echot er.

»Na ja, ich dachte …«

Statt sie aussprechen zu lassen, verschließt er ihren Mund mit einem weiteren Kuss.

Einem stummen Kuss, der jedoch alles verspricht und sagt, was sie nicht
trauen, auszusprechen. Seine Stirn presst sich sanft gegen ihre. Tief ist
der Blick in ihre Augen. »Soll ich dir Shirley jetzt mal vorstellen?«,
flüstert er.
Sarah nickt ergriffen.
»Shirley freut sich riesig, hier zu sein. Sie liebt Tiere.«
»Und du? Du freust dich nicht?«, stichelt sie mit einem wissenden
Lächeln.
Statt einer Antwort küsst er sie erneut. »Reicht dir das als Antwort?«,
raunt er an ihrem Mund.
»Auf jeden Fall. Sehr überzeugend, Herr Odenberg.«
Mit einem Rückwärtsschritt löst er sich etwas von ihr. Jedoch nicht, ohne
weiterhin ihre Hand zu halten.
Kurz darauf betreten sie gemeinsam die Küche, wo Shirley vor einem
Becher Kakao mit Sahnehaube und einem Stück Apfelkuchen sitzt. Wie
hatte Dörthe es nur fertiggebracht, das so schnell zu zaubern?
»Das Mädchen ist vollkommen ausgehungert nach der langen Reise«,
erklärt Dörthe und wirft ihr einen liebevollen Blick zu.
»War ein wenig viel in den vergangenen Tagen«, murmelt Thomas und
nimmt ebenfalls am Tisch platz.
»Papa und ich haben Berlin erkundet.«
»Wirklich?«, will Sarah wissen und nimmt ihr gegenüber platz. »Hallo.
Ich bin Sarah.«
Das Kind nickt eifrig. »Papa hat schon viel von dir erzählt. Toll hast du
es hier!«
»Danke. Und toll war doch bestimmt auch, was du mit deinem Papa
bisher erlebt hast, oder?«
Wieder nickt das Mädchen und beginnt begeistert von den vergangenen
Tagen zu berichten.
»Da hat ihr ja eine Menge erlebt«, staunen beide Frauen. »Wenn du dich
jetzt lieber ein wenig ausruhen möchtest …«
»Nö«, widerspricht Shirley vehement. »Ich will jetzt die Tiere sehen!«
Plötzlich schien ihr aufzufallen, wie unhöflich sie sich gerade benommen
hat, denn sie rudert zurück und sagt geläutert, »Entschuldigung.

Ich meine, ich würde jetzt gern die Tiere sehen. Und vielen Dank für den Kuchen! Der war sehr lecker.«

Schmunzelnd streichelt Dörthe ihr über den Kopf. »Danke. Und natürlich kannst du die Tiere sehen. Sarah hat sie alle noch einmal geputzt, damit sie bei dir einen guten Eindruck machen.« Lachend wirft sie ihrer Nennnichte einen schelmischen Blick zu.

»Hey, ich putze meine Tiere und ihre Ställe jeden Tag.«

»Weiß ich doch.«

Shirley, die, wie bei einem Tennismatch von einer zur anderen geschaut hat, steht nun auf, als Dörthe sie dazu auffordert. Gemeinsam verlassen sie die Küche durch den Garteneingang.

»Wir haben Shirley ein Zimmer neben deinem vorbereitet.« erklärt die junge Frau Thomas, nachdem sie allein sind.

»Danke schön.«

»Jetzt bist du also Vater.«

»Jup. Eine ganz schöner Brocken. Nicht nur für mich.«

»Das glaube ich. Aber ein tolles Mädchen!«

»Ich weiß. Leider nicht mein Verdienst.«

»Also hat sich deine Ex doch ganz gut um sie gekümmert. Dann verstehe ich aber nicht, weshalb sie ihr Kind in ihre weitere Lebensplanung nicht eingeschlossen hat?«

»Tja, das werden wohl nie erfahren.«

»Sie stand einfach so mit dem Kind vor eurer Tür, hat sich umgedreht und weg war sie?«

»Vor die meiner Eltern, genau. Ich war nicht zu erreichen, daher … Jedenfalls ganz schön crazy. Niemand war irritierter als ich selbst.«

»Und du hattest wirklich keine Ahnung?«

Er schüttelt den Kopf und erzählt ein weiteres Mal die Geschichte der Trennung und der Zeit danach.

Kurz danach spazieren alle Sarah hinterher, die einen kurzen Hofrundgang abhält. Shirley staunt mit offenem Mund über die Fülle an Viehzeug und die richtige Tierarztpraxis. Eine solche hatte sie noch nie von innen gesehen. Ihre Augen weiten sich, als sie den Pferdestall betritt.

»Und hier sind meine Pferde«, verkündet Sarah überflüssigerweise und macht eine allumfassende Geste. »Da haben wir *Comtesse*, meine alte Stute. *Leeroy* und *Vivaldi*, meine beiden Wallache. Und das Shetland Pony heißt *Paulinchen*. Wenn du magst, darfst du auf ihr reiten? Bist du denn schon einmal geritten, Shirley?«

»Nein, leider noch nie.«

»Kein Problem, dann lernst du es«, lacht Sarah.

»Mehr Pferde hast du nicht?«

»Doch noch einen Hengst. *Be nice to me*, heißt er und ist ganz neu hier. Deswegen verträgt er sich noch nicht so gut mit den anderen. Er steht auf einer separaten Koppel. Bei meinen beiden Eseln. Mit denen verträgt er sich nämlich überraschenderweise sehr gut.« Sie lacht. »Darf ich ihn sehen?«, bettelt Shirley.

Geduldig erklärt Sarah, »Ich dachte, wir machen einen Rundgang. Also, natürlich wirst du ihn sehen. Und du darfst nachher schon mit dem reiten anfangen. Dafür verlange ich dann aber auch etwas von dir.«

Aufmerksam lauscht Shirley, was nun folgen wird. Auch Thomas ist gespannt, was Sarahs Preis ist.

»Du hilfst ein wenig bei der Stallarbeit. Arbeit gegen Reitstunden. Das ist so üblich auf dem Land.«

Erleichtert atmet das Mädchen aus. »Kein Problem.« und zwinkert der Älteren fröhlich zu, ehe sie den Kopf in Richtung ihres Vaters wendet.

»Ich darf doch, oder Papa?«

»Du hast es doch gehört, das ist so üblich auf dem Land.«

»Genau genommen, hat dein Papa auf diese Weise genauso seine Unterkunft verdient.«

»Echt jetzt?«, staunt sie und sieht ihren Vater mit großen Augen an. »Du hast hier mal gearbeitet? Ich dachte, ihr kennt euch erst seit Kurzem?«

»Das stimmt auch. Dein Vater war vor ein paar Wochen hier«, erklärt Sarah. »Genaugenommen schuldet er mir noch zwei Tage Mitarbeit. Doch jetzt habe ich ja Ersatz für ihn. Da gebe ich ihn frei.« Lachend legt sie ihre Hand auf seinen Unterarm. Dörthe lächelt wissend.

»Aber was soll Papa denn machen, wenn er hier nicht mehr gebraucht wird?«

Das bringt alle noch ein wenig mehr zum Lachen.

»Ich habe doch einen Job, Shirley. Einen richtigen.«

»Ach ja, stimmt ja. Wo noch mal?«

»In Angermünde. Das ist eine Stadt in der Nähe.«

»Und was machst du da?«

»Ich arbeite im Finanzamt. Das habe ich dir doch erklärt.«

»Aber das ist doch langweilig. Klingt zumindest so. Hier ist es doch viel spannender.«

»Genau das versuche ich deinem Vater auch die ganze Zeit schon klarzumachen«, kichert Sarah. »Doch noch sieht er das anders.«

»Verstehe ich nicht. Ich will hier gar nicht mehr weg«, verkündet das Mädchen und flitzt glücklich kichernd durch eine Seitentür aus dem Stall.

Dörthe lächelt, Sarah kichert hinter vorgehaltener Hand und in Thomas Magen bildet sich ein Knoten. Sollte Sebastian tatsächlich richtig liegen mit seiner Vermutung, dass Shirley sich deutlich wohler auf dem Land als in der modernen Stadt fühlt?

19.

Das Kind gefällt ihr. Lebensfroh stürmt sie vom Stall zur Koppel, aus der Praxis in den Hof. Mit leichtem Herzen folgt Sarah dem Mädchen. Thomas stolpert mehr oder weniger begeistert hinterher.

»Und auf dem Pony darf ich wirklich reiten?«

»Ja, sicher doch.«

»Klasse!«

»Papa sagt, dass du auch Schweine hast?«

»Wenn jemand weiß, dass hier Schweine leben, dann dein Papa.« Wissend lächelnd wirft sie Thomas einen Blick zu.

»Hä?«

»Diese Geschichte kann dir dein Papa erzählen.« Lachend legt Sarah einen Arm um Shirleys Schulter und führt sie aus dem Gebäude. Kaum den Hausdurchgang verlassen, klappt Shirleys Kinnlade herunter. »Wow! Gehört das alles dir?«

Wie immer, wenn auf die Ausmaße ihres Grundbesitzes angesprochen, etwas verlegen entgegnet die junge Frau, »Ähm, ja.«

»Krass« war das Einzige, was das Kind dazu noch dazu sagen kann. Dann rennt sie auch schon in Richtung Schweinegatter. Die Erwachsenen folgen ihr und bleiben, wie sie am Zaun stehen.

»Das sind Pipi und Karoline Pausenbrot«, erklärt Sarah dem Mädchen.

»Karoline Pausenbrot?«, wiederholt Shirley ungläubig staunend. »Das ist aber ein komischer Name?«

»Das ist er. Aber gerechtfertigt«, entgegnet sie lachend.

»Warum?«, will Thomas wissen und bekommt prompt die Erklärung von Dörthe, »Dieses freche Tier hat, als Sarah sie noch frei hat herumlaufen lassen, stets die Küche ausgeräubert.«

»Das Schwein ist echt ins Haus gekommen?«

Dörthe nickt. »Es hat die Speisekammer durchwühlt, im Eingangsbereich ein Sofa dem Erdboden gleichgemacht und sich schließlich im Wohnzimmer vor der Terrassentür erleichtert.«

»Und warum war das so?«, echauffiert Sarah sich über eine eigentlich längst vergessene Gegebenheit.

»Weil eine gewisse schusselige alte Dame, die Tür im Sommer offen hat stehen lassen.« Grinsend streicht sie sich mit der Hand über die Stirn.

»Was mich erinnert, dass ich in ebendieser Küche noch etwas zu tun habe.« Damit dreht sie sich um und verschwindet in Richtung Haus.

Lachend sieht Shirley ihr nach. »Bei euch ist es lustig«, urteilt sie. »Ich wünschte, ich könnte länger bleiben.«

Sarah und Thomas wechseln einen Blick.

»Und wie heißt der ganz große da?«, lenkt das Mädchen das Gespräch wieder auf die Tiere.

»Das ist unser Karlchen.«

»Kann er eigentlich noch für Nachwuchs sorgen?«, flüstert Thomas an ihr Ohr.

Doch nicht leise genug. Hellhörig fragt seine Tochter nach, »Nachwuchs? Gibt es etwa demnächst Ferkel?«

»Na ich hoffe doch nicht, dass es noch mehr geben wird«, antworten Sarah und Thomas unisono.

Verwundert und auch ein wenig enttäuscht schaut Shirley zu ihnen hoch. »Warum? Tierbabys sind doch süß!« Doch dann erhellt mit einem Mal Erkenntnis ihr Gesicht. »Ihr sagt das so komisch. Gibt es denn schon welche?«

Zögernd antwortet Sarah, »Ähm … ja.«

»Ehrlich? Cool«, jubelt die Kleine. »Wo sind sie? Warum sind sie nicht bei ihren Mamas?«

»Weil sie mittlerweile zu alt sind. Sie sind im Park.«

»Laufen die da frei rum?«

»Nein.« Sarah schüttelt den Kopf. »Sie sind da auf einer Weide.«

»Die will ich sehen!« Ehe die Erwachsenen etwas entgegnen können, flitzt sie los. Deutlich gesitteter folgen sie ihr.

Den ganzen restlichen Tag verbringen sie mit der Besichtigung des Hofs. Obwohl scheinbar kaum möglich, steigert sich Shirley's Begeisterung noch. Erst recht, als sie Bekanntschaft mit Rudi macht. Wie auch schon beim Vater schaffte es der gehandicapte Rüde es gleichsam bei der Tochter, sich in deren Herz zu schleichen. »Ist der süß!«

»Das ist er«, bestätigte Thomas, ging in die Hocke und kraulte seinem Kumpel hinter den Ohren.

»Warum hat er nur drei Beine?«

»Das kann dir Sarah erzählen.«

Und das tat sie. Hinterher fragte Shirley besorgt, ob er denn keine Schmerzen hätte. Als Sarah ihr diese Sorge nahm, wurde sie sogleich wieder fröhlich. Ab da an humpelte Rudi stets hinter seiner neuen kleinen Freundin her. Thomas war offenbar abgeschrieben.

Später beim Mittagessen versucht Shirley noch einmal die Ausmaße Sarahs Tiere zu begreifen. »Du hast wirklich eine Menge Tiere. Und ich habe, glaube ich noch gar nicht alle gesehen.«

»Doch so ziemlich alle«, widerspricht ihr die ältere.

»Ich bin mir sicher, das reicht auch«, meint Thomas.

»Ich finde, auf einen Bauernhof gehören viele Tiere.«

Er wendet sich an seine Tochter, »Shirley, Tiere machen auch viel Arbeit und vor allem kosten sie Geld«, vollendet Thomas Sarahs Satz.

»Ja, das denke ich mir. Das kostet bestimmt ziemlich viel Geld, das alles hier …« Ihre kleine Hand macht eine umfassende Geste. »… zu bezahlen.«

»Wem sagst du das?«, gibt Sarah zu und staunt über die Ernsthaftigkeit, die dieses Kind an den Tag legt.

»Bist du eine Prinzessin?«, platzt es aus ihr heraus.

Erstaunt wandern Sarahs Brauen hinauf zum Haaransatz. »Prinzessin? Ich? Wie kommst du denn da drauf?«

Thomas schlägt sich lachend die Hand vor den Mund.

»Na ja, das Schloss. Der Park. All die Tiere. Du musst Geld haben. Also musst du eine Prinzessin sein«, legt sie mit kindlicher Logik ihre Sicht der Dinge dar.

Nun muss auch Sarah lachen. Kopfschütteln widerspricht sie, »Nein. Ich bin alles andere als reich oder gar eine Prinzessin. Weißt du …« Sie wendet sich dem Mädchen zu. »… nicht jeder, der in einem etwas größeren Haus lebt, ist gleich ein Prinz oder eine Prinzessin.«

»Genau das hat Papa auch schon gesagt.«

»Siehst du. Und wenn sich einer mit Finanzen auskennt, dann ist es dein Vater. Schließlich arbeitet er im Finanzamt.«
»Hm.« Shirley wendet sich wieder den Tieren zu. »Aber wie bezahlst du das dann alles? Tiere kosten doch eine Menge Geld. Das hat meine Mutter jedenfalls immer gesagt, wenn ich einen Hund oder einen Hamster haben wollte.«
»Oh ja, sie kosten jede Menge Geld«, stimmt sie zu. »Ich behandle ab und zu ein paar Tiere aus der Nachbarschaft. In meiner Praxis weißt du? Aber so richtig viel kommt da nicht bei rum. Dann suche ich immer mal wieder nach Sponsoren.«
»Was ist denn das?«
Sarah erklärt es ihr und zählt auf, was sie in diesem Jahr bereits an Sponsorengeldern eingenommen hat.«
»Das ist aber auch nicht viel«, urteilt das Kind.
»Da hast du recht«, murmelt die Ältere und sieht nachdenklich in die Ferne.
Liebevoll streichelt Thomas ihren Rücken. »Jetzt bin ich ja da«, raunt er an ihrem Ohr.

Und Thomas zeigte seine Mitarbeit. In den folgenden Monaten schaffte er nicht nur Ordnung in Sarahs Büro, sondern entwickelte zudem noch ein Konzept, mit dem sich der Hof selbst halten konnte.
Selbstverständlich würde man zur Entlastung der hier lebenden Frauen mindestens eine zusätzliche Kraft eingestellt werden, doch das würde zu stemmen sein. Sie kamen überein, dass Dörthe im Gutshaus drei bis fünf Fremdenzimmer anbieten würde. Die Gäste durften nicht nur die herrliche Umgebung, die Ruhe und die Entspannung in der Natur erwarten, sondern auch leckere, saisonale und regionale Halbpension. Damit die Gäste aber gut versorgt wären, würde sie eine Frau aus dem Dorf einstellen, für die es kein Problem wäre anzureisen und nach der Arbeit nach Hause zu gelangen. Auch logistisch gab es nicht viel vorzubereiten, da das Haus früher bereits als Pension genutzt wurde und die Räume noch entsprechend eingerichtet waren. Es bedurfte allenfalls einer gründlichen Reinigung.

Für die Tierarztpraxis überlegte Thomas sich Werbung in Form von Anzeigen in den hiesigen Tageszeitungen, Plakaten und Flyern. Shirley half nur allzu gern bei der Verteilung letzterer. Sie war es auch, die vorschlug, dass Sarah Aufenthalte für Naturbegeisterte Kinder auf ihrem Hof anbieten sollte. Rasch war ein Konzept entwickelt und dank Thomas Verbindungen zu den richtigen Leuten war es auch bald angemeldet. Künftig würden also Kinder bis vierzehn Tagesausflüge auf den Hof machen können und dabei das gute Landleben mit allem Drum und Dran genießen. Tatsächlich wurde dieses Angebot rege angenommen und Sarahs Terminkalender füllte sich. Durch die Aufmerksamkeit der Eltern und die damit einhergehende Mundpropaganda wurde ihr Angebot schnell bekannt und immer mehr Anrufe erreichten sie. Pünktlich zur Weihnachtszeit hatte sie eine weitere Idee. Warum nicht eine Tierpatenschaft verschenken? Auch dieses Angebot wurde rege angenommen. Durch all diese Aktionen füllte sich die Kasse und schon bald musste Sarah sich keine Gedanken mehr um die Bezahlung der Strom- oder Futterrechnung machen.
Heiligabend verbrachten alle gemeinsam im Gutshof. Shirley staunte über die Riesentanne im Foyer des Wohnhauses. »Wow, so groß ist die bei uns zu Hause nicht.«
»Die würde bei uns auch gar nicht reinpassen«, lachte ihr Vater.
»Überhaupt kommt mir zu Hause alles immer so klein vor.« Betrübt sieht sie auf ihre Schuhspitzen.
Thomas und Dörthe wechselten einen Blick, wonach die alte Dame ihm kaum merklich zunickte.
»Ähm … wollen wir nicht mal in die Wohnstube gehen?«, rief Thomas fröhlich und klatschte in die Hände. »Ich glaube, ich habe gerade die Glöckchen vom Schlitten des Weihnachtsmannes gehört.«
Skeptisch sah seine Tochter zu ihm auf. »Papa, ich bin doch kein Baby mehr«, echauffierte sie sich. »Ich glaub' schon lange nicht mehr an den Weihnachtsmann.«
Verwirrt klappte sein Mund zu und er nickte. Dennoch gingen alle hinüber in das heimelig geschmückte Wohnzimmer, wo bereits ein prasselndes Kaminfeuer und warmer Tee auf alle wartete. Noch bis vor einer halben Stunde hatten Sarah, Shirley und Thomas die Tiere versorgt.

Nun waren alle umgezogen, fein herausgeputzt und bereit, das Weihnachtsfest zu begehen.

Das Mädchen nahm neben Dörthe auf dem alten, gemütlichen Sofa platz und sah den draußen, vor der Fensterscheibe fröhlich tanzenden Schneeflocken zu. Gerade als Sarahs Po das Polster ihres Sessels berührte, läutete es an der Haustür. Verwundert sah sie zu Thomas. »Wer kann das denn sein?«

Rudi humpelte aufgeregt bellend zur geschlossenen Wohnzimmertür. »Das wissen wir nur, wenn wir öffnen«, entgegnete er achselzuckend.

Da er sehr wohl wusste, wer vor der Tür stand und es eine Überraschung für Sarah sein sollte, blieb er stur sitzen, rief Rudi zu sich und überließ es seiner Freundin erneut in die Halle hinauszugehen. Gleich darauf erfüllt freudiges Lachen, das Haus. »Das darf doch nicht wahr sein … Was macht ihr denn hier?«

Erstaunt sah Shirley auf. »Wer ist das?«

»Sarahs Freundin mit ihren Kindern«, erklärte Thomas schmunzelnd. Seine Idee war es gewesen Helene und ihre beiden Söhne einzuladen. Für das, was er vorhatte, war es schön, wenn Sarah alle Menschen, die ihr lieb und teuer sind dabeihätte.

Helene betrat als Erstes den Raum. »Hallo und frohe Weihnacht«, rief sie laut und winkte. »Draus vom Wald und so weiter. Allerdings bringe ich keine Rute, nur Geschenke.«

»Du?«, blaffte ihr Ältester. »Ich muss alles schleppen.«

»Du Ärmster«, lachte seine Mutter und tätschelte Ben die Schulter. »Aber die Pakete hättest du ruhig unter den Baum im Eingang ablegen können.« Ihr aufgestellter Daumen deutete hinter sich.

Stöhnend entgegnet der Teenager. »Danke für die Info. Wie immer, absolut pünktlich«, wendet sich um und verschwindet wieder. Helene begrüßt alle herzlich. »Schön dich kennenzulernen Shirley. Gehört habe ich schon viel von dir.«

»Echt?«

Sie nickt. »Aber nur Gutes. Vor allem … dass du immer ganz tolle Ideen hast.«

Bescheiden lächelnd, sieht das Mädchen weg.

Kurz darauf erscheinen die anderen und nehmen platz. Sarah wuselt wie
ein Derwisch um alle herum und versorgt ihre Gäste mit einem
strahlenden Lächeln auf den Lippen mit Getränken.
»Soll ich euch zeigen, was ich auf der Gitarre gelernt habe?«, ruft
Shirley und sieht abwartend in die Runde.
Als alle nicken, greift sie sich die bereits neben dem Sofa bereit liegende
Gitarre und beginnt ein Weihnachtslied anzustimmen. In den
vergangenen Monaten hatte Thomas ihr Unterricht gegeben. Stolz strahlt
seine Tochter, als alle applaudieren, nachdem sie geendet hat.
»Wunderbar«, lobt Sarah. »Du bist wirklich eine Wucht.«
»Das meine ich aber auch«, stimmt Dörthe ihr zu und lächelt ihrer
Nichte zu.
»Habt ihr eigentlich Hunger?«, fragt Sarah erschrocken. »Wir haben so
viel da. Wollen wir …« Plötzlich wird sie von einem Klingeln
unterbrochen. »Na, nu, noch mehr Gäste?« Fragend sieht sie Thomas an.
»Kannst du jetzt bitte gehen? Ich will schnell in die Küche, da ist … ähm
… ich glaube, der Kuchen muss aus dem Ofen.«
»Na klar«, sagt er und erhebt sich. Der Glühwein machte sich bereits in
seinem Körper bemerkbar. Langsam schlendert er in Richtung Haustür.
Durch die Glasscheibe kann er mehrere Personen ausmachen und kaum
geöffnet, sieht er auch, um welche späten Besucher es sich handelt.
»Mutter, Vater?«
»Und wir sind auch noch da«, ruft sein Bruder ergänzend und schiebt
seine Frau vor sich.
Thomas steht vor Erstaunen der Mund offen. »Was … was macht ihr
denn hier?«
»Ich glaube, es ist Weihnachten und das feiert man für gewöhnlich im
Kreis der Familie«, kontert sein Vater und klopft seinem Sohn auf die
Schulter. »Was ist jetzt, dürfen wir eintreten?«
Mit einem rückwärtigen Schritt macht Thomas platz und lässt seine
Familie eintreten.
Nachdem er ihnen ihre Mäntel abgenommen und in der Garderobe
verstaut hat, nimmt Margarete ihn beiseite. »Dein Vater hat sich ehrlich
über die Einladung gefreut.«
»Ach.«

»Ja, tatsächlich. Du hättest ihn sehen sollen, als er den Brief gelesen hatte.«

»Brief?«

»Na den mit der Einladung.« Misstrauisch mustert sie ihn. »War das gar nicht deine Idee?«

»Ähm …« Verlegen weicht er ihrem Blick aus. »Nein.«

»Aber … wer könnte denn dann?«

Endlich hebt er den Blick und sieht seiner Mutter in die Augen. »Ich nehme an, es war Sarah? Sie wollte sicherlich …«

»Deine Freundin?«

Er nickt.

Margarete strafft die Schultern. »Nun gut. Ich hoffe, du freust dich dennoch?«

Mit einem Nicken bestätigt er. »Kommt, ich stelle euch allen vor.« Hinterher übernahm er es, die neuen Gäste mit Getränken zu versorgen. Als die Hausherrin mit ihrer Freundin wieder einmal in der Küche verschwunden war, um weiteres Essen zu holen, raunte Margarete Thomas zu, »Sie wirkt sehr nett. Ist das jetzt was Festes mit euch?«

»Wie fest das mit ihnen war, würden sie alle später noch erfahren«, denkt Thomas und lächelt wissend.

»Wer kümmert sich jetzt um eure Tiere?«, will Shirley von Wilhelm wissen.

Dieser sieht seine Enkelin an und erwidert, »Unser Personal.«

»Ach, endlich habt ihr jemanden eingestellt?«, hakt Thomas sich in das Gespräch ein.

»Ja, aber nur über die Feiertage. Der Bernd aus dem Ort ist eingesprungen.«

»Wie lange wollt ihr denn bleiben?«

»Bis übermorgen.«

Also das gesamte Weihnachtsfest. Gerade wollte er etwas erwidern, da kommen Sarah und Helene zurück. Vorsichtig lächelnd nimmt seine Freundin ihn beiseite und fragt, »Ist die Überraschung gelungen oder freust du dich nicht?«

»Doch, doch, ich freue mich schon.«

»Aber?« Fragend mustert sie ihn.

»Ich … na ja, ich bin nur etwas durcheinander. Sie wollen drei Tage
bleiben.«
»Ja, ich habe sie über Weihnachten eingeladen.«
»Aber … ich hatte gehofft …«
Sarah umarmt seine Mitte. »Du hast mich doch auch mit Helene und
ihren Kindern überrascht.«
»Stimmt.«
»Zum Glück stehen die Gästezimmer über die Feiertage frei«, murmelt
sie und sieht zu ihm auf. »Oder … hast du das auch extra geplant?«
»Nein«, beteuert Thomas. »Das war reiner Zufall.«
»Ja, na klar«, lacht seine Freundin.
Das Weihnachtsessen hielten sie aufgrund der überraschenden Größe der
Gesellschaft als Buffet ab. Jeder nahm sich, was er oder sie gern mochte
und genoss es, wo es ihm oder ihr am liebsten war. So bildeten sich
Grüppchen. Man lernte sich besser kennen – Thomas Eltern mit Dörthe
und Sarah. Freundete sich an – Helenes Jungen mit Thomas Neffen.
Oder genoss ein vertrautes Gespräch unter vier Augen – Thomas mit
Helene. »Bleibt es denn dabei?«, fragt sie.
Er nickt. »Klar.«
»Obwohl die Zahl der Zuschauer größer geworden ist?«
Thomas lässt den Blick schweifen. Atmet tief durch. »Trotzdem.«
Sein Gegenüber nickt wissend und schmunzelt. »Ich finde es ja immer
noch total mutig von dir.«
»Mutig?«, echot er. »Weil wir erst so kurz zusammen sind?«
Als Helene nicht antwortet, fährt er fort. »Dafür bin ich mir aber sehr
sicher. Sarah ist die Richtige. Außerdem bin ich mittlerweile Vater
geworden.«
Nun hatte sie doch etwas zu sagen, »Und suchst nach einer neuen Mutter
für Shirley?«
»Ja, und nein«, kontert Thomas. »Ja, natürlich ist es besser für sie, wenn
sie auch eine weibliche Ansprechpartnerin hat für … für Frauensachen
und so …«
Helene kichert.

»Aber auch für mich … ich … ich vermisse sie, wenn ich allein morgens aufwache, weil ich Idiot noch immer in Berlin lebe. Ich sehne mich nach ihr, kaum, dass wir uns getrennt haben.«

»Nach Shirley?«, feixt sie.

Er legt den Kopf schief und macht einen Schmollmund. Auf den Arm genommen zu werden, ist nicht angenehm. »Ha ha ha.«

Freundschaftlich klopft sie ihm auf den Unterarm. »Schon gut. Meinen Segen hast du.« Schade nur, dass ihre Eltern bei diesem geschichtsträchtigen Moment anwesend sein werden.«

»Geschichtsträchtig?«

»Na ja, dass Sarah Mitchel vor den Traualtar tritt, hätte sich sicherlich niemand vorstellen können.«

»Zuerst muss ich sie fragen und sie *Ja* sagen, ehe es dazu kommt«, erinnert Thomas Sarahs beste Freundin.

»Dass du es versuchst, ist schon Wunder genug«, stellt Helene klar.

»Was ich da alles gehört habe.«

»Was denn?«

Verschwörerisch rückt sie näher an ihn heran. »Sarah ist ein Freigeist, wie du sicherlich inzwischen bemerkt hast. So war sie wohl schon immer. Ich selbst kenne sie ja auch erst seit einigen Jahren. Doch von Dörthe habe ich erfahren, dass die kleine Sarah immer quer geschossen ist. Hat wohl nie das getan, was man von ihr erwartet hat. Hat sich nichts sagen lassen.«

»Ja, das klingt ganz nach ihr.«

»Ihre Eltern liegen ihr schon lange in den Ohren, all das hier …« Ihre Hand beschreibt eine ausholende Geste. »… zu veräußern und lieber nach England zurückzukehren, wo sie brav an der Seite ihres Bruders in deren Praxis arbeiten könnte.«

»Ja, davon habe ich gehört …«

»Wie schön, dass du ihr einen anderen Weg aufgezeigt hast und eine andere Zukunft in Aussicht stellst«, schließt sie und tätschelt seine Brust. Selig verdreht sie die Augen und murmelt etwas, von wegen, »Wie lange ich das schon machen wollte.« Damit lässt sie ihn stehen und schlendert hinüber zu Sarah, die im Gespräch mit Dörthe etwas abseits steht.

Schmunzelnd sieht Thomas ihr nach. Ihren Segen hatte er also. Nun stellte sich nur noch die Frage, wann der bestgeeignete Moment für den Antrag war?

20.

Was hast du sagen wollen?

»Waren das jetzt alle?«, ruft Sarah fröhlich und sieht sich um, ob auch wirklich alle Gäste ein Päckchen auf dem Schoß halten.

Bisher hatte Thomas sich noch nicht getraut, doch nun musste er sich zusammenreißen. »Nein«, ruft er laut. »Deines fehlt noch.«

Irritiert hebt Sarah die Schachtel in die Höhe. »Stimmt nicht. Ich habe meines.«

»Das meine ich nicht«, murmelt er dunkel und klingt dabei unbeabsichtigt finsterer als es sollte.

Ihre Verwirrung steigert sich dadurch noch.

Sofort setzt er ein entschuldigendes Lächeln auf. »Sorry, ich meinte … ich habe noch etwas … nur für dich.«

Aus dem Augenwinkel beobachtet er, wie Helene einen raschen Blick mit Dörthe wechselt und sich anschließend aufrechter hinsetzt.

»Oh, okay«, murmelt Sarah.

Langsam erhebt Thomas sich und geht zu ihrem Sessel hinüber.

Ihre Pupillen weiten sich. Verwirrt plappert sie, »Oh, ähm … muss ich auch aufstehen? Was …«

»Kannst du bitte einen Moment mal still sein?«, grinst Thomas. »Ich … das ist ziemlich … na ja, ich bin aufgeregt.«

Ihre nächsten Worte bleiben ungesagt und ihr schöner Mund klappt zu. Wie in Zeitlupe geht er vor ihr auf die Knie. Hinter ihm räuspert sich jemand und eine weibliche Stimme murmelt etwas, was er jedoch nicht verstehen kann.

»Thomas …«, haucht Sarah ergriffen und hält sich eine Hand vor den Mund.

»Sarah«, kontert er leise. »Ich weiß, wir sind noch nicht lange … aber …«

Läuten.

Geradezu erschrocken fahren alle bei dem Geräusch zusammen.

Niemand bewegt sich. Keiner sagt etwas, bis es erneut klingelt.

»Wer … was …?«, stammelt Thomas verwirrt.

Dörthe erhebt sich. »Merkt euch, was ihr tun oder sagen wolltet! Ich gehe nachsehen, wer da stört.« Damit verlässt sie den Raum. Alle lauschen gespannt als Worte im Foyer gewechselt werden. Schließlich kehrt die alte Dame zurück und ruft aufgeregt, »Sarah, es tut mir leid, aber drüben bei Michael gibt es einen Notfall.«

»Notfall?«, wundert sie sich, als fragte sie sich, wie ausgerechnet sie in einem Notfall helfen können sollte. Doch dann schien ihr wieder einzufallen, dass sie Tierärztin war und es sich sicherlich um einen veterinärmedizinischen Notfall handelte. »Natürlich. Ich komme.« Entschuldigend sieht sie auf den noch immer vor ihr knienden Thomas hinunter. »Sorry, Darling.«

Er winkt ab. »Schon gut. Das geht vor …« Seine Hand wedelt durch die Luft.

Offenbar war das Sarahs Stichwort, sie springt auf und rennt aus dem Wohnzimmer.

Dezent ratlos bleiben die übrigen Gäste zurück.

»Tja, allem Anschein nach müssen wir erst einmal auf unsere Sarah verzichten«, verkündet Dörthe und reibt sich die Hände.

»Wer ist denn dieser Michael?«, will Wilhelm wissen.

Die alte Dame wendet sich ihm zu und erklärt, dass er ihr direkter Nachbar ist und ebenfalls eine Landwirtschaft besitzt. Er züchtet Rinder und eines dieser Tiere hat wohl offenbar ausgerechnet den Heiligen Abend ausgesucht, um krank zu werden.

»Wenigstens hat sie Verantwortungsbewusstsein«, murmelt Thomas Vater und wirft seinem Sohn einen strengen Blick zu.

»Was, ich etwa nicht?«, sagt der Blick, den er ihm zurückwirft. Während sie auf ihre Rückkehr warten, essen, trinken und unterhalten sie sich. Die Kinder, genauer gesagt Jugendlichen hatten sich längst verabschiedet und sich in die obere Etage zurückgezogen. Mürrisch zog Thomas sich in die Küche zurück, wo er seine imaginären Wunden leckte, indem er sich einen Whiskey eingoss.

Margarete folgte ihm und sagte mitfühlend, »Nimm es ihr nicht krumm, dass ihr ihr Beruf wichtig ist.«

»Tue ich nicht«, versicherte er.

»Doch es war schwer für dich, überhaupt den Mut zu finden. Das habe ich dir angesehen. Und dann das …«
»Ja, Mutter, ich musste meinen Mut zusammenkratzen, aber … Ich weiß ja, wie Sarah tickt. Tiere werden immer an erster Stelle stehen. Dessen bin ich mir bewusst.«
Sie nickt verständig.
»Aber ausgerechnet in diesem Moment?«
»Hätte sie den Nachbarn um Geduld bitten und deinen Antrag abwarten sollen?«
»Natürlich nicht.«
»Na dann …«
»Aber …« Er sieht seiner Mutter ins Gesicht. »… ich kann doch nicht einfach da weitermachen, wo ich vorhin aufgehört habe? Wie sieht das denn aus?«
»Kannst du nicht?x
Er schüttelt den Kopf. »Niemals. Die Chance ist vertan.«
»Aber du willst sie doch immer noch heiraten?«
»Natürlich«, erwidert Thomas. »Nur muss ich jetzt auf den nächsten geeigneten Moment warten.«
Margarete sieht aus, als würde sie persönlich diese Sache anders angehen, doch sie schweigt.

Dieses Weihnachtsfest ergab sich für Thomas nicht noch einmal die Gelegenheit, die Frage aller Fragen zu stellen. Zwischen Sarah und ihm herrschte eine sonderbare Stimmung. Unausgesprochene Worte schwebten, vertane Handlungen hemmten ihre Stimmung. Am Siebenundzwanzigsten reisten ihre Gäste alle ab, sodass die Stille die anschließend im Gutshaus herrschte, geradezu erdrückend war. Schließlich reichte Dörthe es und sie verkündet beim Frühstück tags darauf, »Nun ist aber gut. Thomas, was hast du letztens fragen wollen?«
Erschrocken ruckt dessen Kopf herum und mit geweitetem Blick fragt er stammelnd, »W-was? Ich … ich wollte nicht … ich habe nicht …«
Sarah senkt schmunzelnd den Blick und tat, als hielte sie ihr Frühstücksei für wahnsinnig interessant.

»Doch, doch, am Heiligabend hast du Sarah etwas ganz bestimmtes
sagen wollen …«, drängt die alte Frau in ihn.
Peinlich berührt, wich er ihrem Blick aus. »Ich kann doch nicht …
einfach so … doch nicht jetzt …«
Einmal an der Angel ließ sie ihn nicht mehr los. »Doch, doch und wie du
kannst. Diese Stimmung hält doch niemand aus.«
Thomas sieht zu Sarah hinüber. Die sitzt grinsend da und sieht überall
nur nicht zu ihm hin.
»Warum sollte dieser Moment nicht ebenso gut geeignet sein, wie ein
Antrag in einem Riesenrad oder einem Norwegischen Plateau?«
»Na, weil … weil keine romanische Stimmung herrscht.«
»Ich zünde ein paar Kerzen an, wenn es dir dann leichter fällt.«
Er schenkt ihr ein schiefes Grinsen. »Vielen Dank, aber das … reicht
nicht.«
»Ich könnte auch ein Lied anstimmen oder ich bitte Shirley etwas auf der
Gitarre vorzuspielen«, schlug sie weiter vor.
Sarah kicherte hinter vorgehaltener Hand.
Verzweifelt suchte Thomas nach weiteren Ausreden, den Antrag nicht
ausgerechnet jetzt halten zu müssen, als seine Tochter in die Küche
geschlendert kam und ruft, »Mensch, Papa, das ist doch nicht so
schwer.« Sie ließ sich Sarah gegenüber auf ihren Stuhl fallen und fragte,
»Sarah, liebst du meinen Paps und möchtest du ihn heiraten?«
Diese sah sie an und erwiderte, »Zweimal ja.«
»Na also«, lachte das Kind. »Siehst du, Papa, so einfach ist das.«
Schamvoll sah Thomas von einer zur anderen, bis sein Blick schließlich
an Sarah hängen bleibt. »Wirklich?«
Sie nickt. »Natürlich.«
»Wundervoll«, ruft Dörthe und klatscht erfreut in die Hände. »Ich
schlage eine Sommerhochzeit vor.«

21

»Kannst du bitte heute Shirley aus der Schule abholen?«, ruft Sarah aus dem Badezimmer.

Thomas streckt den Kopf zur Tür herein und rückt seinen Krawattenknoten zurecht. »Klar, kann ich machen. Hast du was vor?«
Sie schmunzelt und nickt geheimnisvoll. »Ja.«
»Ist gut.« Damit lässt er es bewenden und geht wieder. Sollte sie ihre Geheimnisse haben. Wer hatte die nicht? Auch er traf sich dann und wann mit Daniel und tat dann wenig erbauliche Dinge, die ihren Ehefrauen sicherlich nicht sehr gefallen hätten. Als Rückzugsort für Auszeiten hatte er seine Eigentumswohnung in Berlin nach ihrem Umzug nach Greifenberg nicht aufgegeben. Für Eventualitäten wie diese hatte er sie behalten, obwohl Thomas, seit ihrem Umzug vor über einem Jahr keine einzige Nacht mehr allein dort verbracht hatte. Zu sehr genoss er Sarahs Nähe. Doch ab und zu schliefen Helene oder einer ihrer Söhne dort. Oder Sebastian, wenn er mal Abstand zu seiner Frau suchte.
Shirley vor der Schule abzuholen, welche, nach ihrem Wechsel an die Oberstufe, sich ebenfalls in Angermünde befand, fiel sowieso meist ihm zu. Nur einmal die Woche war es an Sarah, das Mädchen abzuholen. Mittwochs nämlich, wenn Markttag war.
Seine Arbeitsstelle beim Finanzamt hatte er nicht aufgegeben. Die Pension hatte sich noch nicht retabliert. Ebenso wie die Idee Kinder einen Tag auf dem Bauernhof verbringen zu lassen. Noch waren sie zu unbekannt, sodass die Familie Odenberg-Mitchel weiterhin auf sein Gehalt angewiesen war. Doch in den letzten Monaten bahnte sich ein neues Standbein an. Der etablierte Veterinärmediziner Grabowski hatte vor einiger Zeit beim Stammtisch im hiesigen Wirtshaus angedeutet, dass er mit dem Gedanken spielt in den Ruhestand zu gehen. Seitdem war die Hölle los. Aufgeregte Landwirte fragten sich, wer ihre Tiere zukünftig heilen sollte. Heimtierbesitzer jammerten, dass sie künftig Kilometer mit ihren kranken Lieblingen zurücklegen müssten, um diese gut versorgt zu wissen. Niemand kam auf den naheliegenden Gedanken,

die einzig andere Tierärztin der Gegend in Betracht zu ziehen. Bis
Thomas, selbstredend rein zufällig, auf der Straße und im Wirtshaus,
sowie bei einem Frühlingsfest ein paar Sätze in gehobener
Zimmerlautstärke verlauten ließ, wie sehr er die Fürsorge seiner Frau bei
seinem Rüden wertschätzte. Wenige Tage später verirrte sich tatsächlich
ein älterer grimmig aussehender Mann mit einem riesigen Hund an der
braunen Lederleine auf ihren Hof und sah sich um. Sarah, die gerade aus
dem Stall trat erstarrte. »Kann ich Ihnen helfen?«
Der Mann bellte, »Wenn Se mir sajen könn wo ik die Viehärztin finde?«
»Sie steht vor Ihnen«, entgegnete sie vorsichtig und furchte die Stirn.
»Ah, jut. Dit is Bruno. Der hat nen Fisch gefressn und jetz hängt ihm ne
Gräte quer.«
»Ach so?«
»Ja.«
»Woher wissen Sie das?«, fragte sie und musterte den sonst recht munter
aussehenden Rottweiler.
»Na dit sieht man doch.«
»Ach so? Also, ich …«
»Was sind se denn für ne Tierärztin, wenn se dit nich sehn könn?«
Sarah schmunzelt. »Tja, ich habe mich bisher für eine gute gehalten.«
Der Fremde runzelte misstrauisch die Stirn.
Freundlich winkt sie ihn zu sich. »Na, kommen Sie mal mit! Ich schau
mir Ihren Hund mal an.«
Er setzt sich in Bewegung.
Über die Schulter fragt sie, »Woran machen Sie die … Erkrankung Ihres
Hundes denn fest?«
»Er frisst nix.«
So wie der Hund aussieht, täte ihm eine Fastenkur eigentlich ganz gut.
Munter plaudert das Herrchen weiter. »Sonst frisst a imma sein
Hacksteak, aber seit vorjestern will er nich mehr.«
»Hacksteak?«
»Klar. Kocht ihm de Minna jeden Morjen.«
»Und haben Sie es auch schon einmal mit … nun ja, normalem
Hundefutter probiert?«

»Hundefutter?«, echauffiert der Mann sich. »De Bruno kricht doch keen Hundefutter.«

»Wie Sie meinen«, murmelt Sarah und hält beiden die Tür zur Praxis auf. »Kommen Sie mit ins Behandlungszimmer!«

Er folgt ihr. Sein Hund trottet brav neben seinem Herrn her. Ebenso folgsam erklimmt das Tier dank der Hilfe einer Behelfstreppe den Behandlungstisch.

»Na dann machen se mal, Frau Doktor!«

Und das tat Sarah. Fachkundig untersucht sie den Rottweiler. Konnte jedoch im Rachen des Tieres keinen Fremdkörper finden. »Sehen kann ich nix, aber ich könnte es noch mit Ultraschall versuchen.«

Er macht eine Geste und bestätigte, »Machen se nur.«

»Ich muss Sie darauf hinweisen, dass die Untersuchung dann aber teurer wird.«

Er macht ein verständnisloses Gesicht. »Na und?«

»Okay, dann hole ich das Gerät. Können Sie so lange Ihren Hund festhalten?«

Tatsächlich bestätigte die Untersuchung die Diagnose des Besitzers. In der Speiseröhre des Tieres hing wirklich ein länglicher, kurzer Fremdkörper. »Ich muss operieren«, eröffnet sie ihm.

»Tun de was se tun müssen.«

»Ein Königreich für eine Arzthelferin«, murmelt Sarah, als sie allein mit dem sedierten Hund im Behandlungszimmer ist und versucht jeden Arbeitsschritt selbst zu erledigen. Doch der Eingriff gelingt und schon bald kann das erleichterte Herrchen seinen Bruno wieder in die Arme schließen. Na ja, mehr oder weniger. In etwa eine Stunde würde es noch dauern, bis der große Hund wieder so weit hergestellt ist, dass er heimgehen kann. Mit zitternden Händen tippt Sarah am Computer die Rechnung und überreicht sie ängstlich Herrn Piontek. Nun würde sich zeigen, wie sehr ihm sein Hund am Herzen liegt. Und tatsächlich zahlt Brunos Besitzer anstandslos den doch recht hohen Betrag. »Und danke nochma, Frau Doktor. Ik hätt nich gewusst, was ik jemacht hätt, wenn se nich dajewesen wärn.«

»Das ist mein Job«, kontert sie verlegen. »Aber, danke schön.«

Dieses Ereignis hatte genügt, um das Misstrauen der ländlichen
Bevölkerung zu zerstreuen. Fortan verirrten sich regelmäßig Patienten
mit ihren Herrchen und Frauchen in ihre Praxis. Sehr zur Freude Sarahs.
Und auch Thomas gefiel, dass seine Frau aufblühte. Von der frustrierten
und auf Krawall gebürsteten Frau, die er damals kennengelernt hatte,
war nichts mehr übrig. Die Einsamkeit in der Fremde vertrieben Thomas
und seine Tochter. Und das regelmäßige Einkommen sorgte sicherlich
dafür, dass sie nachts ruhig schlafen konnte. Und nicht nur Thomas
Bekanntenkreis erweiterte sich durch Shirley. In ihrer neuen Schule
galten Thomas und Sarah ganz selbstverständlich als ihre Eltern. Man
lud sie zu Grillfesten und ähnlichem ein. Shirley fand neue Freunde, die
sie regelmäßig zu sich einlud. Gern gab das Mädchen mit den Tieren und
dem schlossähnlichem Gebäude an. Ihre Mutter vermisste sie nicht. Kein
Wort der Trauer, keine geweinte Träne, nicht einmal, wenn diese wieder
einmal nicht an ihren Geburtstag, Weihnachten oder den Kindertag
gedacht hatte.
An einem Abend im Sommer, durch die geöffneten Fenster der
Tierarztpraxis konnte er Sarah bei der Arbeit beobachten, saß Thomas im
Garten und wartete auf sie. Eine dicke Hummel sauste an seinem Kopf
vorbei und verschwand im Blütenmeer der Heckenrosen und dem
Geißblatt. Wenn man ihm noch vor zwei Jahren erzählt hätte, er würde
einmal in einem solchen Garten sitzen, ein solches Leben führen, er hätte
demjenigen ins Gesicht gelacht. Thomas Odenberg, Familienvater und
Landbewohner – niemals.
Und nun, saß er hier, hielt eine gekühlte Bierflasche in den Händen und
sann über sein Leben nach. Früher nahm er an, glücklich zu sein, heute
ist er überzeugt, dass er es wirklich ist. Lächelnd hing er seinen
Gedanken nach und bemerkte nicht, dass Sarah inzwischen Feierabend
gemacht hatte und zu ihm in den Garten gekommen war. »Einen Penny
für deine Gedanken«, sagte sie, küsste ihn auf die Stirn und nahm neben
ihm auf dem Holzdeck, welches die Terrasse bildete, platz.
Liebevoll sah er auf. »Meine Gedanken?«, wiederholt er lächelnd und
log, »Die willst du gar nicht kennen.«
»Warum nicht? Sind sie so unanständig?«

»Und wie«, erwidert er und zieht ihren Kopf mit einer Hand in ihrem Nacken an sich heran. Nachdem sie sich geküsst hatten, fährt er fort, »Nein, im Ernst, ich habe nur gerade daran gedacht, wie glücklich ich mittlerweile bin.«

»Bist du das, ja?«

Er nickt. »Und wie.« Ihre Blicke verhaken sich. »Wie könnte ich auch nicht? Ich habe eine wundervolle Ehefrau, eine tolle Tochter und lebe am schönsten Ort der Welt.«

»Schönster Ort? Was ist mit, das Landleben kann mich mal? All die Scheiße und die Viecher.«

Er winkte ab. »Das soll ich mal gesagt haben?« Er lacht. »Kann ich mir nicht vorstellen.«

Sarah stimmt in sein Lachen mit ein. »Leider gibt es keine Videoaufzeichnungen von deinen ersten Besuchen hier, aber … vielleicht schreibe ich irgendwann einmal ein Buch darüber? Dann kannst du deine … Fehl… oh, Verzeihung, Auftritte noch einmal nachlesen.«

Lachend zieht er sie an sich. »Komm her, du freche Katze.«

Zärtlich streicht er mit der Hand über ihren Rücken, als sie sich indes eng an ihn kuschelt. »Ich bin dir so dankbar«, murmelt Thomas in ihr Blondhaar. »Du hast mir so viel geschenkt …«

»Und ich hör' nicht damit auf«, nuschelt sie kaum hörbar.

Thomas, der denkt, sie meine damit ihr Zusammenleben, fährt fort, »Du hast mein Leben verändert. Ich bin jetzt ein viel besserer Mensch. Bin Ehemann und Vater.«

»Wofür ich nur für einen Teil verantwortlich bin.«

»Ja, klar. Du bist Shirley ein so guter Mutterersatz … das ist …«

»Na, ich hoffe doch, dass ich künftig mehr sein werde als das?«

»Natürlich, Schatz. Du bist kein Ersatz, du hast recht. Jessica hat ihre Rolle mit ihrem Fortgehen weggeworfen …«

»Müssen wir jetzt echt über deine Ex reden?«, brummt sie.

»Müssen wir nicht. Bitte entschuldige«, beeilt er sich zu sagen. »Ich meine ja nur … ich wollte damit sagen, dass du viel mehr für Shirley bist als …«

»Eine Stiefmutter?«

»Genau. Das bist du nicht. Du bist eine Mutter …«

»Noch nicht, aber bald«, unterbricht sie ihn.

»Du kümmerst dich, hast ein offenes Ohr für sie und macht so Dinge wie … na ja, die Mütter eben so machen …«

Liebevoll legt sie eine Hand auf seinen Unterarm, sieht ihm ins Gesicht und fragt leise, »Sag mal, hast du gerade zugehört?«

Irritiert furcht Thomas die Stirn. »Wie bitte?«

»Hast du gerade zugehört?«, wiederholt Sarah ihre Frage.

Fragend legt er den Kopf schräg. »Ja klar.«

»Und was habe ich gesagt?«

»Dass du keine Stiefmutter sein willst«, kommt es wie aus der Pistole geschossen zurück.

»Genau.« Abwartend sieht Sarah ihm lächelnd entgegen.

Doch ihr Liebster schien auf dem Schlauch zu stehen. Daher sah sie sich gezwungen, näher zu erläutern, »Ich konnte heute doch Shirley nicht abholen?«

Er nickt zustimmend.

»Ich hatte einen Termin.«

Erneutes stummes Nicken.

»Hatte einen Arzttermin.«

»Bist du krank?«

Ein Lachen, so hell und fröhlich wie schon lange nicht mehr dringt aus ihrer Kehle.

»Was denn? Habe ich was Falsches gesagt?«, fragt Thomas verwundert.

Sie schüttelt den Kopf. »Nein, hast du nicht. Du stehst nur vollkommen auf der Leitung.«

»Leitung? Wieso?«

»Mein Gott, Thomas, weil sie ein Kind erwartet«, hören sie da die ungeduldige Stimme Dörthe's hinter sich. Die alte Dame hatte sich unbemerkt genähert und seine Unwissenheit offenbar nicht länger ausgehalten.

»Wer erwartet ein Kind?«

»Na ich«, ruft Sarah und legt, wie zur Bestätigung eine Hand auf ihren noch flachen Bauch.

Herzzerreißenden Kinderweinen dringt durch die Stille der Nacht.
Mit dem Fuß stupst Sarah Thomas am Unterschenkel an. »Du bist dran.«
Ächzend rollt dieser auf die Seite. »Warum ich schon wieder?«
»Weil du sein Papa bist«, kommt es undeutlich von unter der Decke.
»Ja, ja.«
»Ich war gestern dran.«
Sie hat recht, soviel wusste sein vernebeltes Hirn noch. Also schwang er die Beine über die Bettkante und kam schwankend auf die Füße.
Langsam tapert Thomas die wenigen Schritte hinüber in das Kinderzimmer, nimmt seinen laut protestierenden Sohn auf die Arme und beginnt leise summend mit ihm im Raum auf und ab zu gehen.
»Scht, mein Kleiner. Papi ist ja da«, unterbricht er seinen Sing Sang. Nach und nach verebbt Pauls Weinen und der Säugling schaut, den Daumen seines Vaters fest umklammert zu ihm auf.
»Na, alles wieder gut?«, brummt Thomas liebevoll und lächelt.
Vor wenigen Wochen erst war Paul auf die Welt gekommen und doch kam es der Familie so vor, als wäre er schon viel länger bei ihnen. Vielleicht lag das daran, dass er ein Wunschkind war und sie alle sich auf ihn gefreut hatten?
Mit seiner Geburt fügte sich für Thomas auch noch das letzte Puzzleteil zum vollkommenen Glück aneinander. Noch nie zuvor hatte er derartige Zufriedenheit, derartigen Stolz empfunden. Nicht einmal damals, als er seinen teuren Sportwagen in bar hatte bezahlen können. Mit Sarah hat er sich hier in Greifenberg etwas Unbezahlbares aufgebaut. Er ist Familienvater und Ehemann. Mehr kann man vom Leben doch wohl kaum erwarten, als den wahren Sinn des Lebens zu finden und einfach wunschlos glücklich zu sein.

Vorsichtig schleicht sie ihm nach und bleibt abwartend hinter der angelehnten Tür stehen. Mit vor der Brust verschränkten Armen beobachtet sie, wie Thomas Paulchen aus seinem Bettchen nimmt und sachte in seinen Armen wiegt. Sarahs Herz weitet sich beim Anblick von Vater und Sohn. Womit hatte ausgerechnet sie so viel Glück verdient?

Ihr Leben hat sich in den vergangenen Monaten derart stark verändert, dass es kaum vorstellbar ist, dass es mal ein Leben vor dem Mutterdasein gab. Doch die gab es. Traurig und einsam war sie damals. Vollkommen auf sich allein gestellt. Die Familie weit weg gab es niemanden, den sie um Rat oder gar Hilfe bitten konnte. Irgendwie hatte Sarah es geschafft zu überleben, doch weit mehr als das war es nicht gewesen. Verbohrt, wie sie war, hatte sie die Lösung nicht erkennen wollen – sich ihrem Umfeld zu öffnen, über ihren eigenen Schatten springen oder mal Rat von jemand Außenstehenden anzunehmen. Erst recht weigerte sie sich, Rat von dem attraktiven Berliner Schnösel anzunehmen. Wie falsch sie damit doch lag …

Paulchen's Geburt war turbulent und aufregend. Der errechnete Termin war der Nikolaustag, doch das Kind ließ sich Zeit. Zudem machte er es spannend. Immer wieder hatte Sarah Wehen, welche die aufgeregten werdenden Eltern ins Krankenhaus jagen ließen. Doch wie auch bei den vorangegangenen zwei Malen ebbten diese abrupt ab, sobald jemand die Worte »Na dann wollen wir das Kind mal auf die Welt holen« sagte. Es war wie verhext. Sarah erinnert sich noch gut an die Enttäuschung, die sie jedes Mal empfunden hatte, als sie ohne Baby nach Hause zurückkehrten. Doch am Morgen des zwölften Dezembers, mitten an der Supermarktkasse, platzte ohne Vorwarnung die Fruchtblase.
»War ja klar, dass dir das passieren musste«, lachte Shirley, die ausnahmsweise an diesem Tag zu Hause geblieben war. Was sich im Nachhinein als gute Entscheidung herausstellen sollte. Denn Thomas, der für eine Tagung in Berlin war, würde sicherlich später eintreffen als das Kind. Sarah, die vor Aufregung immer panischer wurde, hatte mit einem Mal alles vergessen, was sie sich in Ruhe während der langen Schwangerschaftsvorbereitungszeit vorgenommen hatte.
Gepackte Kliniktasche greifen und in die Klinik fahren – Wie verdammt sollte sie vom Supermarkt aus an die verflixte Tasche kommen?
Die Wehen ruhig veratmen, während man langsam herumgeht – Wer hatte sich diesen Quatsch ausgedacht? Herumgehen, ruhig Atmen – no way.

Auf die Hilfe der eigenen Hebamme vertrauen und die Geburt als emotionales und aufregendes Ereignis genießen – Aufregen tut sie sich höchstens, weil ihre verfluchte Hebamme nicht an ihr Handy geht.

»Was machen wir denn jetzt?x, fragt sie das Kind.

Und Shirley bewies wieder einmal, wie erwachsen die vierzehnjährige schon war. »Wir rufen jetzt ein Taxi und dann fahren wir in die Klinik. Weit ist es ja nicht.«

»O-okay«, nickt Sarah.

Resolut zieht Shirley ihr Smartphone hervor und wählt den Taxiruf. Woher das Mädchen diese Nummer hatte, war Sarah ein Rätsel. Doch es klappte und bald darauf hielt ein gelbes Taxi auf dem Kundenparkplatz des Supermarktes.

Kaum angehalten entsteigt der Fahrer seinem Wagen und fragt mit skeptischem Gesichtsausdruck, »Wohin müssen Sie?«

»Nach Eberswalde«, eröffnet Sarah ihm, keucht und versucht mir geschlossenen Augen eine Wehe wegzuatmen.

»Sie wissen aber schon, dass das teuer wird?«

Mit schief gelegten Kopf starrt sie ihn an. »Echt jetzt?«

Ergeben hebt er die Hände. »Ich meine ja nur.«

Sarah nickt und watschelt um das Fahrzeug herum.

Misstrauisch beobachtet er sie. »Aber Sie sind sich sicher, dass das Kind nicht in meinem Auto kommt?«

»Ich … kann für nichts … garantieren«, keucht Sarah und stemmt die Fäuste in den Rücken.

»Ich hab' echt keinen Bock auf die Reinigung. Können Sie nicht …«

Da reichte es der Teenagerin. »Sagen Sie mal, bei Ihnen piepts wohl?«

Erstaunt starrt er nun sie an.

»Meine Mutter bekommt ein Baby. Sie hat es sich nicht ausgesucht, ausgerechnet hier damit zu beginnen. Aber, ich denke doch, selbst Ihnen ist klar, dass ein Baby nicht auf einem Supermarktparkplatz zur Welt kommen sollte?«

»Na-natürlich«, murmelt er betreten.

Zufrieden nickt sie. »Na also, dann fahren Sie uns endlich mal ins Krankenhaus!«

»Klar.«

»Ist Ihnen die Strecke bis nach Eberswalde zu weit?«

»Ähm … nein, aber …«

»Uns auch nicht. Und auch wenn, dann wäre es nicht zu ändern«, schrie Shirley ihn an. »Schließlich gibt es hier weit und breit kein Krankenhaus mit Geburtsstation.«

»Ähm, okay …«

»Das passt uns nicht, das gefällt Ihnen nicht, aber es ist, wie es ist.«

»Okay«, nickt der Mann verstört. Offenbar hat er es bisher nicht mit Jugendlichen von Shirley's Format zu tun gehabt.

Wo endlich alles geklärt war, half er Sarah sogar beim Einsteigen und nahm anschließend hinter dem Steuer platz. Die aufgeregte andere Kundin, die wenig hilfreich neben ihnen gestanden und ständig Worte wie, »Sie schaffen das schon« oder »Alles wird gut«, gemurmelt hatte, winkte ihnen nach, bis das Taxi um die Kurve fährt.

»Ich danke dir«, presste Sarah an Shirley gewandt vor.

»Kein Problem, ich mache es gern. Schließlich kommt heute mein Bruder zur Welt.«

Und ebendieser hatte es, nach den vorangegangenen Fehlversuchen dann doch recht eilig. Kaum im Forßmann Krankenhaus angekommen, verfrachtete man Sarah gleich in den Kreißsaal. Aus Ermangelung an einer männlichen Vaterfigur war es an Shirley, sie zur Untersuchung zu begleiten. Neu war das für den Teenager nicht, da sie bereits mehrfach bei einer Vorsorgeuntersuchung anwesend war. Also hielt sie Sarahs Hand, als diese Wehe um Wehe wegatmete und zuckte auch nicht zurück, als diese ihre Hand während des Pressens beinahe zerquetschte.

»Gleich geschafft, Frau Odenberg«, prognostizierte die Hebamme und tauchte wieder zwischen ihren aufgestellten Beinen ab.

»Ich kann nicht mehr«, keuchte Sarah kraftlos.

»Doch, Sie können.«

»Neeeiiinnnn.«

Mitfühlend streichelte Shirley ihre Schulter.

»Da kommt die nächste … Atmen … Atmen …Pressen!«

Sarah versuchte es.

»Ich kann das Köpfchen schon sehen«, jubelte die Geburtshelferin.

»Was? Wirklich?«, japst die werdende Mutter.

Der braun gelockte Kopf tauchte wieder auf. »Ja«, erwiderte sie strahlend. Ihre rosigen Wangen glühten. »Möchten Sie mal fühlen?«

»Was?«, entfährt es Sarah. Verwirrt presst sie hervor, »Wie … soll das … gehen?«

»Na, Sie nehmen Ihre Hand …«

Doch sie wurde von der nächsten Wehe unterbrochen. »Kurz noch durchhalten, dann haben Sie es geschafft.«

»Ich kann … aber nicht … mehr.«

»Du packst das, Sarah. Ich weiß das«, murmelt das Mädchen hinter ihr.

»Ach, was weißt du schon?«, blafft sie sie an. Sofort tut es ihr Leid.

»Bitte entschuldige, aber iiicchhh …«

»Schon gut«, schmunzelt Shirley.

»Du kannst … ja nix … dafür. Allein … dein Vater … erst pflanzt er mir …«

»Jetzt pressen!«, ruft die Hebamme.

»… diesen Riesen ein … und dann … hat er nicht mal …«

»Noch einmal Pressen, Sarah!«

Zwischen den Pressvorgängen lässt sie ihrer Wut freien Lauf.

»Der Kopf ist da.«

»Sarah, der Kleine ist da«, jubelt Shirley und verrenkt sich den Hals, um einen Blick auf den neuen Erdenbürger werfen zu können.

»Noch nicht«, stellt die Geburtshelferin freundlich klar. »Zuerst nur das Köpfchen.«

Enttäuscht lässt das Mädchen sich auf den Hocker zurückfallen.

»Ich halte das nicht länger aus.« Heftig atmend schüttelt Sarah vor Verzweiflung den Kopf. Das lange, blonde Haar klebt ihr am verschwitzten Gesicht.

Freundlich zu ihr auf lächelnd erklärt die Hebamme, »Sammeln Sie noch einmal die letzten Kraftreserven, Sarah. Gleich ist es geschafft.« Nervös sieht sie sich um. »Wissen Sie, ob Ihr Mann auf dem Weg ist?«

»Wenn er es ist, sollte er sich besser beeilen«, murmelt Shirley kaum hörbar.

»Wenn der hier auftaucht, Gnade ihm Gott«, flucht die werdende Mutter. »Ich wünschte, er wäre es, der das hier durchmachen müsste.«

Die nächste, und wenn man der Aussage der erfahrenen Geburtshelferin
Glauben schenken konnte, letzte Wehe bahnte sich an und schnürte ihr
erneut die Luft ab. Eben noch glaubte sie, am Ende ihrer Kräfte
angelangt zu sein, doch plötzlich fühlte sie eine unbändige Kraft in sich.
Irgendetwas, tief in ihr, versicherte, dass sie das schaffen konnte. Tief
Luft holen, diese Kraft festhalten, umwandeln und in ihren Unterlaib
schicken. Wieder und wieder.
Plötzlich geschieht alles gleichzeitig.
»Ich will nicht mehr.«
Die Tür fliegt auf und ein abgehetzt aussehender Thomas mit schief
sitzender Krawatte erscheint.
»Da ist er ja …«, rufen Hebamme und Shirley gleichzeitig.
»Sarah«, ruft Thomas.
»Du Arschloch«, entgegnet diese.
Ein Baby schreit.
Mit den Worten, »Herzlichen Glückwunsch« erhebt sich die Brünette
rosa bekittelte Hebamme und hält dabei ein nacktes, blutverschmiertes
Baby in den Armen. »Sie haben einen gesunden Jungen.«
Sofort ist Thomas zur Stelle und nimmt das Kind entgegen. Freundlich
lächelnd nickt sie ihm zu. Und er strahlt, als wäre es sein Verdienst
gewesen, dieses Kind auf die Welt zu bringen.
»Ganz schön spät, Paps«, tadelt Shirley und stellt sich neben ihren Vater.
»Der Verkehr«, murmelt dieser.
»Hallo? Ich bin auch noch da«, mault Sarah.
»Sie haben gleich noch zu tun«, lässt die Hebamme sie wissen.
Entsetzt starrt die frisch gebackene Mutter sie an. »Wie jetzt? Ist da noch
ein Kind drin?«
Lachend erwidert sie, »Nein, aber die Nachgeburt muss noch raus.«
»Oh nein.«

»Er ist so wunderschön«, haucht Thomas ergriffen und küsst seine Frau
auf die Stirn.
»Das ist er«, bestätigt sie erschöpft.
»Und du bist wundervoll. Ich bin so stolz auf dich, Schatz.«
»Danke.«

Liebevoll beobachten beide das winzige Wesen auf Sarahs nackter Brust, das friedlich eingeschlafen war. Seine kleinen Hände, zu Fäusten geballt lagen erschöpft neben seinem Köpfchen.

»Es tut mir leid, dass du es allein durchstehen musstest.«

Sie nickt.

»Ich bin so schnell gekommen, wie ich konnte, doch …«

Misstrauisch mustert sie ihren Mann. Irgendetwas beschäftigte ihn. »Was ist?«

»Ich … ähm … wurde außerdem … aufgehalten.«

»Wie das?«

Peinlich berührt erklärt er, »Na ja, ich … ähm … bin etwas zu schnell gefahren …«

Sarah verdreht die Augen. »Sag nicht, du hast wieder einen Unfall gehabt?«

»Nein«, kam es wie aus der Pistole geschossen zurück. Zögerlicher fährt er fort, »Aber ich wurde angehalten.«

»Warum?«

Die Worte, »Mit achtzig durch die Ortschaft« genügten, um alles zu sagen.

Kichernd hielt sich Sarah eine Hand vor den Mund.

»Ich musste aussteigen und mehrere Tests über mich ergehen lassen.«

»Wirklich?«

Er nickt. »Hm. Die haben geglaubt, ich wäre betrunken, weil ich so aufgeregt war und offenbar unsinniges Zeug gebrabbelt habe.«

»Dabei warst du doch nur du selbst«, mischt Shirley sich feixend ein.

»Nur wussten die Polizisten das nicht.«

»Ha ha«, brummt ihr Vater. »Sehr witzig.«

Sarah legt ihre freie Hand an seine Wange und versichert leise, »Ich bin froh, dass du es doch noch geschafft hast.«

»Sicher doch. Für dich … nein für euch würde ich sogar Berge versetzen.«

»Versprich nichts, was du nicht halten kannst«, scherzt sie milde lächelnd.

Thomas zwinkert ihr frech zu. »Lass dich überraschen.«

Ende

Die Geschichte nahm ihren Anfang bei einem guten Frühstück unter Freundinnen. Einfach so sponnen wir den Faden für eine neue Geschichte. Ein armer Tropf, der selbst nicht weiß, wie arm er eigentlich ist, wird gezwungen sich mit der Realität der hart arbeitenden Gesellschaft auseinanderzusetzen. Oh, wie haben wir ihn leiden lassen, unseren Thomas Odenberg. Doch schlussendlich …

Nein, ich verrate an dieser Stelle lieber nichts weiter, falls Sie zu der Sorte Leser gehören, die zuallererst die Danksagungen lesen. Lassen Sie sich überraschen. Und, falls Sie das Buch bereits gelesen haben, hoffe ich, Sie mit meinem neuesten Roman gut unterhalten zu haben.

Zunächst einmal möchte ich Ulrike Linzer danken. Du warst es, die mir die Idee in den Kopf gepflanzt hat. Ich hoffe, dir gefällt, was ich daraus gemacht habe.

Dann danke ich noch meiner Cousine Dörthe, die der Tante in meinem Buch ihren Namen geliehen hat. Hoffentlich nimmst du es mir nicht krumm, dass ich ihn mir für eine ältere Dame geliehen habe.

Ich liebe die Uckermark! Ein wundervoller, dünn besiedelter Landstrich, der einem bei jedem Besuch aufs neue begeistert. Einer unserer vielen Ausflüge dorthin führte uns zu Nadin Halser. Ihr Unternehmen Liesje Trecking hat uns derart begeistert, dass ich jedem, der dies hier liest, einen Ausflug zu ihr – mit ihr ans Herz legen möchte. Google'n Sie es *https://www.liesje-trecking.de/* und lassen auch Sie sich von ihren Pferde und der Landschaft verzaubern!

Meinen Gnadenhof habe ich im Schloss Wartin angesiedelt, weil ich diesen Ort geeignet fand. Der Gutshof, die Stallgebäude und die verschiedenen Tiergehege entsprangen der dichterischen Freiheit. Greifenberg, Angermünde und sämtliche andere, im Buch erwähnten Orte, gibt es wirklich. Ihre Bewohner und deren Namen sind gänzlich frei erfunden. Ähnlichkeiten mit lebenden sowie verstorbenen Personen sind rein zufällig und von mir nicht beabsichtigt.

Zuletzt danke ich, wie immer, meiner Familie.

Sven, dank deines unstillbaren Bewegungsdrangs und nicht zuletzt wegen deiner Liebe zum Autofahren, entdecke ich an deiner Seite jede

Woche neue Ziele, neue Inspirationen für neue Geschichten. Wie immer danke ich auch meinen Kindern. Ihr seid mein ganzer Stolz und ich liebe euch von ganzem Herzen.

Ich habe sie bisher nie erwähnt, doch ohne sie wäre ich nicht ich – meine Eltern. Danke Mutti und Papa, dass ich überhaupt bin. Ich hatte eine tolle Kindheit. Inmitten echter Freundinnen wuchs ich im wunderschönen Eisenach auf. Ein Glücksfall, den man erst im reiferen Alter zu schätzen weiß. Meinem Papa danke ich im Nachhinein für den Schwedenurlaub, als ich, glaube ich zwölf Jahre alt war. Diese Tage im schwedischen Sommer haben mich nachhaltig geprägt und sind mir heute noch so lebhaft in Erinnerung, als wäre sie gerade erst vergangen. Da gibt es noch so viele Menschen, denen man mal Danke sagen sollte … Dörthe, Kathleen, Juliane, Michael, Franziska, Ulrike, Nadine, Regina …

Ich bin froh und dankbar, dass ihr alle Teil meines Lebens seid.

Meine letzten Worte gelten Ihnen, liebe Leser. Ohne seine Leser ist ein Schriftsteller nichts. Sie sind es, die meine Bücher kaufen, sie lesen, bewerten und weiterempfehlen. Dies alles ist so kostbar, so wichtig. Ich danke Ihnen von ganzem Herzen und freue mich über jedes Lob oder jede Kritik, die Sie mir zukommen lassen möchten.

Man liest sich …

Ihre Andrea Hinze

Liesje
Trecking

Quellenverzeichnis

Schloss Wartin:
©https://thelfttlibrary.com/2015/06/16/lftt-and-emergency-kit-for-neuroskeptics-at-schloss-warten-de/
Angermünde:©https://mobilet.eu/de/staedte/angermuende/
Uckermark: ©Ode an die Uckermark
(https://bikingtom.com/2018/08/04/ode-an-die-uckermark-2/) &©CanvaPro
Dreibeiniger Hund: ©Alamy
Audi R8:
©https://fredericken.com/1726/der-neue-audi-r8-die-rennstrecke-von-portimao-und-ein-gut-gelaunter-jan/
Liesje Trecking (Foto & Logo):©Nadin Halser
Berlin: ©Kasa Fue (Wikipedia)
Pferd: ©Privat
Paare:©CanvaPro